江南灯彩图

JiangNanDengCaiTu

张嘉骏

著

北京联合出版公司
Beijing United Publishing Co.,Ltd.

一未文化　　非同凡响

北京一未文化传媒有限公司
www.bjyiwei.com
出品

灯市行

(南宋) 范成大

吴台今古繁华地，偏爱元宵灯影戏；
春前腊后天好晴，已向街头作灯市。
叠玉千丝似鬼工，剪罗万眼人力穷；
两品争新最先出，不待三五迎东风。
儿郎种麦荷锄倦，偷闲也向城中看；
酒垆博簺杂歌呼，夜夜长如正月半。
灾伤不及什之三，岁寒民气如春酣；
侬家亦幸荒田少，始觉城中灯市好。

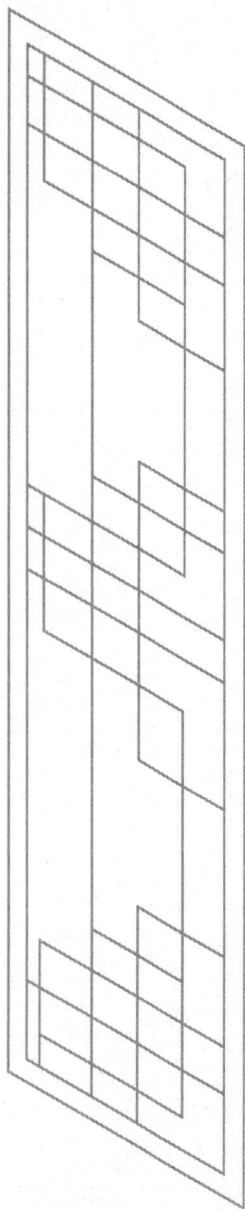
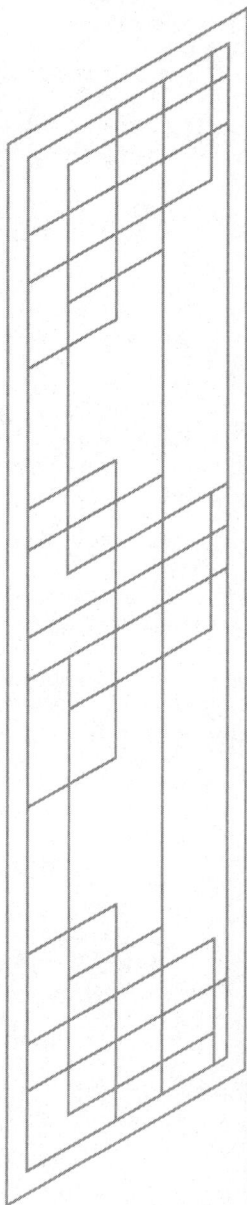

目录

楔子

甘茉走进朱家时，正是那个冬天最冷的日子。那年她七岁。

朱家的大当家朱守信正在会客，甘茉瑟缩着坐在廊下等候，睫毛上凝着晶莹的冰粒。一直等到黄昏，她从袋子里拿出一个干硬的玉米面窝头，左右看看，没人理睬，便小心地啃窝头。她的手拿起窝头时，手背上有两道皲裂的伤口。

一只猫晃悠过来，看着她。她掰下一块窝头，放到地上，猫瞥了一眼，嫌弃地走开了。她捡起那块窝头，拂掉灰尘放进嘴里，继续吃着。

这时，朱夫人牵着儿子加亮的手走过。

朱夫人见到甘茉时，倏地愣了下，没想到甘茉今天到家。夫人的眼神很复杂，有愧疚，还有隐痛、害怕。她的眼睛在背光处，甘茉没有看清楚，也不敢看。

加亮的一只手拉着母亲，另一只手上拿着糯米糕在吃。甘茉怔怔地看着。

加亮扭脸看甘茉。

甘茉看他手上雪白的糯米糕，他看甘茉腰上佩戴的橄榄灯。

然后他把糯米糕伸出去，清亮而稚嫩的声音："给你。"

甘茉犹豫着，刚起身走了几步，旁边传来朱守信的清咳声。

"嗯哼。"

甘茉吓得一激灵，脚下绊倒，橄榄灯脱落，咕噜噜滚动，如一个发光的竹球，到了加亮脚边。加亮仍伸着手，要把糯米糕给甘茉，甘茉爬起身，却不敢上前拿。

加亮把糯米糕给了娘，自己捡起了橄榄灯。

橄榄灯灯形秀丽，有拳头大小，灯皮是由四块圆弧状竹片拼合而成，镶嵌部位紧密，表面有精细入微的镂空雕花。内部有小小机关，包裹着灯烛，如同一颗珠子，无论怎么碰撞，灯笼都不会灭掉。

加亮双手捧着小小的橄榄灯，脸庞映着朦胧光线，眼神陶醉。

朱夫人面对这一幕呆住了。

朱守信走过来，从儿子手上拿起橄榄灯看了看，扭脸问甘茉。

"谁做的？"

甘茉一直盯着那块糯米糕，急忙低头，怯声说："回老爷，是奴婢做的。"

"哦，"朱守信看着橄榄灯，低吟道，"天渠流彩成金果，火落星透不计春。"

"爹，我喜欢！"加亮大声说。

"哦，是吗？"朱守信也有些意外。

朱夫人深吸口气，嗓音有些颤抖："春王，你愿意茉儿陪伴你制灯吗？"

"嗯，我想学制灯。"

朱夫人极快地看了朱守信一眼。朱守信面无表情，朝庭院里招招手，一个十四五岁的丫鬟急忙走来。

朱守信淡淡地说："阿盼，带这个丫头去梳洗一下，换身衣裳。"

"是，老爷。"阿盼随手拉起甘茉，不禁一怔，咕哝道："你的手好凉呀。"

甘茉回头看朱夫人手上的糯米糕，朱夫人不由得往前一步，想递过去，但她看看朱守信，脚步退回来。甘茉低头走了。

朱夫人心里一痛，对着她的背影说："从今往后，你就留在宅中继续做灯奴，陪少爷学制灯。"

甘茉站定，愣愣的。

阿盼摇晃她的手："蠢东西，快跪下磕头谢恩呀。"

甘茉一下扑倒在地："奴婢谢夫人开恩……奴婢谢老爷、夫人开恩。"

朱夫人极快地扭过脸，手指在眼角抹了一下。地上那瑟缩的小小一团，让她想起了过去的一幕，可命运已经铸成，如今的一切，就是最好的。

甘茉随着阿盼来到厢房洗漱。甘茉的手伸进水盆，抖了一下，阿盼拉过她的手仔细看，指尖上没有好的，其中有两根手指，指甲劈坏了，露出肉芽，手背上的伤口也在渗血。

阿盼问："是有人打你吗？"

甘茉轻声说："修花灯，竹篾划的。"

"肯定也挨了打吧？"

"嗯……我没做好，管事的生气。"

阿盼把甘茉的手拉进水盆："忍一忍啊，咱们没那么娇贵。"

"嗯，这不算什么。"甘茉微微皱眉，忍着。

阿盼说："我呀，不会制灯，只能当个粗使丫鬟，做重活儿累活儿，人家说我的这双手，就是牛蹄马掌。"

甘茉没忍住，"嘻"地一笑，脸庞似新月初升，一扫忧愁，却是稍纵即逝。

阿盼说："我们都是低贱的人，你却能陪伴少爷，前世修来的呀。"

甘茉抬起脸："姐姐是说，我前世也是修灯的吗？"

阿盼摇头苦笑："谁知道呢，守住今生的福分就好了。"

"奴婢谢老爷、夫人开恩。"

"行了，这里没外人。"

阿盼把毛巾扔给甘茉，甘茉擦手时，阿盼打量她。

"瘦瘦小小的，没有合适的衣裳给你啊。"

说着，阿盼的目光投向甘茉的脚，甘茉不由得往后退缩。

阿盼有些惊讶："你没穿袜子？"

她伸手一拉，不由得吸口凉气，只见甘茉露出的脚踝冻得发青。

"你过的什么日子啊？"

甘茉努力笑笑："姐姐，我都习惯了。"

"等一下用热水洗一洗，别让老爷、夫人看着难看。"

"是。"

阿盼把甘茉的头发解开，用梳子梳着。

她有些嫉妒地说："你的头发可真好，又黑又亮。"

"姐姐的也好。"

"喊，你是不是被打怕了，见人就说好话。"

"奴婢愚笨，不会说话。"

"你可要记住，宅子里规矩多，有些地方千万不能进。"

甘茉迫不及待地问："宅子里制灯的地方在哪里？"

阿盼停了手，瞪着甘茉："那地方只能男人进，我们进去了会把晦气带去的。"

甘茉低下头："哦。"

"那里供奉着五神之位。"

"哪五神呀？"

"我听说是……燧人做火、神农做油、轩辕做灯骨、唐尧做灯架、成汤做灯芯——五人合力完成一盏灯，称作'五神之功'。"

甘茉皱着小小的眉头："这五神，没有一个是女人吗？"

阿盼怔了怔："你怎么想到这儿了？"

"女人能做得更好。"

阿盼在甘茉头顶拍了一下："这丫头，一时变得这么古怪。"

"姐姐，女娲就是女人啊。"

阿盼想了想："要说到灯火神，是有一个典故，和女人有关。"

"姐姐快讲。"

"战国时候啊，有个齐宣王，他的夫人钟无艳，德才俱佳，但相貌很丑，只有夜里在灯光下看起来很美丽，那位齐宣王夜里宠幸了钟无艳，将无艳封为王后，可是到了白天一看，后悔莫及，但君无戏言啊，也就无可奈何，所以后世呀，有的地方称钟无艳为'灯火神'。"

甘茉忽然有些生气："我不信。"

阿盼一愣："女人做灯火神，你怎么又不高兴了？"

"这故事是男人编出来骗女人的。"

"哦？"阿盼哭笑不得。

"因为晚上在灯光下看起来很美，就成为王后，白天就因为丑，让男人后悔莫及，这就是说，一个女人德才俱佳根本没用，男人只看美丑，这不就是男人编出来的鬼话吗？黑白颠倒，全凭男人一时的喜好。"

阿盼怔了怔，吐了口气："那又怎么样？"

甘茉低头走到一旁。

阿盼说："你这个小丫头，又可怜，又实在有些危险，你爹娘是谁呀？"

甘茉摇摇头："我没有见过，只知道三岁时，我爹病死了，娘自己走了，把我留在虎丘山下的斜塘村。"

阿盼一愣："噢，我听说过，你就是与少爷同年同月同日同时生的，你娘叫桂娥。"

甘茉说："我不记得了。"

她望着窗外，暮色四合，青鸟从庭院上空飞过，朱宅各处点起了灯。

十四年后。

腊月初十，空中飘着细雪，青鸟从天边飞来，沿着河堤掠过。

溯河而行，跨过青石桥，便是苏州府千灯镇望族朱氏家宅。

整座建筑气势不凡，宅院坐北朝南，三院六进，由四座四合院组合而成。

此时，朱宅的大门上披红挂彩。从门厅往宅院深处走，须得穿过一条狭长的"备弄"，平日里光线昏暗，如一条幽暗的弄堂，此时灯烛照耀，一派喜庆。

送亲队伍浩浩荡荡出了备弄，眼前豁然开朗，入眼一座砖雕门楼，众人簇拥新娘上了两级台阶，穿行在风雨连廊，廊上是精美的楠木结构，饰有仙鹤、松竹图案。右侧的花园里石径逶迤，梅花盛开，两排喜灯一路挂到庭院深处。

院里传来婉转柔美的评弹小调："月升西街亭，奴把花灯观分明，狮子走马献寿桃，莲花架上鲤鱼跳，要看门楼上万盏灯，忽听那鼓儿响连声，莫不是远方的郎君把亲迎，前世姻缘早定情……"

新娘甘茉披着红盖头，由伴娘扶着，走进厅堂。

堂上两块高悬匾额，一为"灯照乾坤"的篆字横匾，一为"福"字黑底盘龙金书方匾。厅内挂着八盏花灯，辉映着东侧边门上的对联"八坐起文昌，一经传旧德"。

上首的两把太师椅，一左一右坐着朱家的大当家朱守信，与夫人朱陈氏。

朱守信一身富贵纹的长袍马褂，头戴瓜皮小帽，手持小烟管，腰带挂着精美的扇囊，正襟危坐。

朱夫人身着典雅的阔边长袄，表情略有些拘谨，望向甘茉的眼神，似有一种如释重负的感觉。

新郎朱加亮迎上新娘，不由得伸手去拽，周围人低声笑。

伴娘轻声："好少爷，没到时候哪。"

堂前的傧相二人宣唱仪式。

男傧通赞："新郎、新娘进香。"

女傧引赞："跪，献香。"

男傧通赞："跪，叩首，再叩首，三叩首……"

甘茉和朱加亮依次执行，姿态有些笨拙。

男傧高声："一拜天地……二拜高堂……"

朱夫人看着甘茉下拜，忽然眼角颤抖，喉咙使劲咽了咽。

朱守信表情平和，随着仪式，微微点一点头。

男傧高声："夫妻对拜……"

对拜时，加亮像一只鹅似的，伸长脖子往盖头下面看，对上了甘茉那羞怯的脸庞。甘茉头戴凤冠、身披霞帔，由于紧张而紧抿着唇，额头汗津津的，更惹人怜爱，仿佛一朵含羞的花瓣上凝着露珠，让人忍不住想轻轻一触。

堂下，丫鬟阿盼与仆人阿忠轻声议论着。

阿盼语气酸酸的："甘茉这个丫头，七岁进宅时就像个又冷又饿的小猫崽，别提多凄惨了。怎么也想不到，十四年的光景，她能从一个修灯的小灯奴，变成少奶奶。"

阿忠嘴角一牵："下辈子，你也脱胎个好命。"

"唉，缘分天注定，也是老爷、夫人给她的福分。本是让她陪着少爷学制灯，少爷却是对她喜欢得不行，居然为了娶她为正妻，前阵子让老爷给她赎了身，上哪儿说理去？"

"人家就有这本事，你不服也得服着，从今往后，咱们就得低声下气伺候着。"

"哎呀，你这么一说，她刚进宅子时，我就给她洗手、梳头，原来真是命啊。"阿盼感慨。

阿忠嘲弄地笑："还是你有眼光。"

"哼，怎么着她也是灯奴出身，我可照应过她，她还能整治我？"

"那倒是，这丫头性子柔顺。"

阿盼撇嘴："你说她柔顺吧，心里边可有一股子劲……"

厅堂的仪式终于结束，甘茉被送进新房，终于得以缓口气，紧张的心情稍作平复。从小到大，她很怕人多的场面，更没有像今天这样，被一大群陌生人围拢。还好她戴着盖头，仿佛被掩藏起来，让人拉扯着走来走去。

此刻，她静静坐在床边，等着新郎来揭盖头。虽然与少爷从小一起长大，这一刻她还是有种陌生的不安。她活动活动酸麻的双脚，撩开盖头一角，环视新房。

红烛映着镜子，窗玻璃泛着光泽。乾隆年间，玻璃还是极稀罕的物件，即便富裕人家也多用"明瓦"——用河蚌的壳打磨而成的半透明薄片，但朱宅内的许多窗户上，已然换成了玻璃。

坐在温暖的新房，望着窗外细雪朦胧，青鸟飞过，甘茉有了甜蜜憧憬。又想到老爷和夫人给她的恩惠，把她从泥潭里捞出来，恩赐她陪着少爷。至于少爷呢，什么都好，就是个吝啬鬼……想着想着，甘茉一笑，重新遮好盖头。

新郎还在院子里迎来送往。

朱加亮不记得自己喝了几杯酒，有些醉意。不断有人向他道喜，与他碰杯。

忽然，朱加亮发现桌脚旁，不知谁掉落了一枚铜钱，他正要过去，宾客向他举杯。

"朱少爷，恭喜恭喜啊。"

"同喜同喜。"

碰杯，喝酒，加亮的眼角余光盯着那一文钱。

客人转过身去，加亮连忙去捡铜钱，头一低，就有些晕眩，差点磕到桌角。阿忠眼疾手快，过来扶住他。

"少爷，您怎么了？"

加亮站直身，手上捏着那枚铜钱。

"阿忠，你是怎么关照的？"加亮有些不满。

"这……"阿忠看清了铜钱，低下头，"小人没注意。"

"看到了也装作没看见吧，小钱儿扔就扔了。"

"小人绝无此意。"

"平时怎么教训你们的，祖上创这份家业不易，我爹守着家业更难……"

"是是是。"

摊上这样的少爷，阿忠只能认了，这位是千灯镇乃至苏州府有名的财迷少爷，财迷加抠门，私底下有个外号"朱抠财"。

但朱老爷最欣赏这一点，虽然儿子的花灯艺道不怎么样，但人不能求全责备。豪门望族最怕纨绔子弟败光家业，朱老爷让儿子从小就深刻学习并领会了祖训：

家宅以安，尤须兢慎，若便骄逸，必至丧败。

朱加亮继续教训着："别看今日繁盛，须为将来计算。"

"是是……"

"一朝马死黄金尽，有朝一日什么都没有了，你怎么办？"

"少爷，春宵一刻值千金，您快回屋，莫冷落了新娘子。"

"对，茉儿还在等我……那你听明白我的话了？"

"明白明白。"

朱加亮把那一文钱揣进怀里，踉跄着往回走。

甘茉坐在新房，越发难受，从婚礼开始到现在，三四个时辰没动过，她很想上厕所。

实在不行了，她掀开盖头，侧耳听听，前院隐约传来笑声，宾客们正在散去。

她咬咬牙，出了门，沿着回廊走去。

一刻钟的光景，她匆匆返回，经过庭院西南角时，忽然看到佛堂里透出灯光。她经过窗外，往里瞥一眼，只见朱夫人跪在蒲团上，声音里似乎带着哭腔。甘茉有些担心，便凝神细听。

2

佛堂上的神像旁边，供奉着朱家的祖先牌位，朱夫人跪在老太太的牌位前，那便是朱守信的母亲，也就是朱夫人的婆婆。

朱夫人正对着老太太的牌位，一边念叨一边抹眼泪。

"……心上一块石头终于落地，自今日起，即是全新日子……把她拖出苦海，有恩于她，她没有辜负我们，十四年间柔顺本分，从无邪心歪念……这就是上天给朱家赐下的好媳妇……"

甘茉身上笼罩着阴影，伏在窗外偷听。忽然，她退了两步，迷离的灯光下，只见她的侧脸上似有怨恨。她又俯身偷听，脸色越发难看，接着便踉跄转身，跑回新房。

她在屋子里团团转了两圈，躁动的心绪无以依托。她急切地拉开柜子，胡乱搜寻着，瓷瓶和锦匣滚落在地。

她在寻找薄荷——她一直瞒着朱加亮和家人，对薄荷有严重的依赖性。因为十五岁那年，她连续发烧十几天，病好后，总感觉嗓子难受，似乎塞着灼热的棉花，令她烦躁不堪，吃了薄荷就舒服了，从此便离不开。

柜子里没有寻到，她慌急地打开一口箱子，乱抓乱翻。终于想起自己储存在箱底的布兜，连忙拿出来，打开，抓出一团薄荷叶。这是她早就晾晒了预备好的，虽然不如新鲜叶子，却能解燃眉之急。

她把手上的薄荷叶塞进嘴里，使劲嚼着，咽下时卡在喉咙，抓起水杯往下灌，呛得眼冒金星，跌坐在床边。

感觉到头上凤冠的沉重，她摘下凤冠，扯落霞帔，一起扔到床上。

耳朵里嗡嗡响，一股莫名的驱动力，使她站起身，把剩下的薄荷叶塞进怀里，踉跄着跑出去。

她冲向宅子后门，拼命跑着……不知去哪里，只是要跑。

身后隐约传来呼唤："少奶奶……"

是阿盼的声音。甘茉冲出后院的门，冲向夜幕深处。

与此同时，朱加亮走进新房，愣住了，地上一片狼藉，床上扔着凤冠霞帔，红盖头丢在门前，上面踩了脚印。加亮的酒意顿时醒了大半。

他愕然低喃："茉儿是怪我回来晚？"

阿盼从庭院里奔来，喊叫："少爷——少奶奶跑了！"

加亮一惊："跑了……为何？"

很快，二三十个家丁和仆从，分作四路，在夜幕中搜寻。

一片灯笼沿河岸散开，加亮嘶喊："茉儿！茉儿——"

没有回应。

加亮疯了似的寻找，不断地摔倒。

阿忠气喘吁吁地吩咐仆从们:"注意着河面,看看有没有落水?"

加亮怒吼:"茉儿不会落水的!"

阿忠惊慌:"是是,少奶奶不会有事。"

仆从们还是朝河面望着,加亮独自跑开了。

夜风中传来他凄厉的呼唤:"茉儿,回家吧——"

他喊哑了喉咙……突然,在河边的一片草丛里,隐约看到一个人影。

"茉儿?"

加亮猛冲过去,手上的灯笼摇晃着,灯光映照出甘茉蜷缩的身影,已经昏迷。加亮背起甘茉。阿忠等人跑过来,簇拥着加亮奔向朱宅。

夜里,从医馆叫来郎中,给甘茉把脉,说是受了惊吓,心神不稳,开了些药。

朱守信和夫人进来看看,询问出了什么事,加亮困惑不安,请二老去歇息,然后屏退众人,自己坐在床边,看着昏睡的甘茉。

微弱的灯光下,甘茉的脸庞苍白得近乎透明,长长的睫毛遮着眼睑,似乎关闭着巨大的秘密。

加亮喃喃低语:"为何如此?这是为何呀?"

3

翌日上午,甘茉慢慢睁开眼睛,看到朱加亮伏在床边,头埋在手臂里,坐姿僵硬,显然是守了一夜。可是甘茉的眼神没有泛起波澜,与其说她平静,不如说是麻木。

她侧过脸,看到墙边的灯笼,里边的烛火还没有熄灭,她想起自己做灯奴时的情景,一丝恨意浮上脸颊。

这时,加亮的身子动了动,一下子抬起头,激动地说:"茉儿,你醒了!"

甘茉看着夫君,恨意,不可抑制地汹涌而上。

她闭上眼睛。

"茉儿,你究竟怎么了?"加亮急切地问。

甘茉把脸转过去，背对加亮。

加亮焦灼："娘子，你倒是说话呀！"

甘茉默不作声。

加亮看着甘茉冷漠的背影，叹口气："你先好好歇一歇吧。"

他出了房间，在庭院里徘徊，听到宅中谣传：少奶奶在河岸边昏倒的地方，曾是镇上的柳三娘跳河之处，柳三娘活着时，便是个冷厉女人，昨天晚上勾去了少奶奶的魂儿。

朱加亮对着两个仆人吼道："再敢嚼舌根，打烂你们的牙！"

仆人们没见过少爷发这么大的火，哆嗦着后退。

随后的日子，甘茉越发漠然，对谁都不理不睬，朱夫人到房间看她，她也无视。朱夫人一着急，训了她两句，她给朱夫人甩个冷脸。加亮急忙把母亲劝出了房间。

朱夫人对儿子说："好好管一管你媳妇，别让人看笑话。"

"我就不明白，怎么突然变成了这样。"加亮一脸愁苦。

朱夫人回去问朱守信："那丫头是不是真的中邪了？"

"你也跟着胡扯。哼，那种人我见得多了，只是没料想，她也是这样。"

"什么样的人？"

"从灯奴，一跃成了少奶奶，开始摆谱抖威风了，属于小人得志。"

"不会吧，茉儿这些年，哪天不是谨小慎微？"

"所以我说看走眼了嘛，让一个小丫头蒙骗了。"

"那往后怎么办？"

"先看看儿子能不能制得住。"朱守信沉着脸。

转过天，加亮终于按捺不住，对甘茉说："娘子，咱家是有家法的。"

甘茉躺在床上，没理他。

加亮拉着她的胳膊。"你起来说话。"

甘茉坐起身。

加亮直视媳妇："你说，我哪点对不起你了？"

甘茉面无表情走到桌前，拿起一个漂亮的瓷瓶，狠狠摔到地上，"嘭"的一声响。

"哎哟！"加亮又心疼又生气，"你有什么毛病冲我来！"

他蹲下来捡拾碎片："这可是五十两银子买的！"

甘茉又躺回床上。

晚饭前，加亮对甘茉说："娘子，按礼数，该去向爹娘奉茶。"

甘茉说："不去。"

"你可算是开口了，那你为何不去？"

"朱家的礼数，与我无关。"

"什么？"加亮愕然。

"从今往后，每天早晨的跪拜请安，不去。家中来了亲戚，不见。一切我不愿做的事，不做！"

"这……这是一个媳妇该说的话吗？"

加亮怒冲冲在屋里寻找，拿起一只木碗摔到地上，木碗弹跳起来，打在他的额头，他气急败坏地揉着脑门。

童年时，当他第一次得知，这女孩和他同年同月同日同时生，觉得仿佛上天安排了一份奇迹在身旁，让他与甘茉有了命运的连接。随着年岁增长，甘茉的顺从和怯弱，更让他觉得，自己要保护她。从少年到青年，他在甘茉面前始终是个"大男人"，甘茉则是那个"小女子"，他认为一辈子就会是这样，可是眨眼之间，天翻地覆，他不知道为什么。

婚礼后的十来天，宅子里关于甘茉"中邪"的谣传又起来，版本也多了，有人说少奶奶被发现时，掉了一只鞋，是被河童摸了脚，致使神魂颠倒。

仆人们都躲着她，一个不祥的女人。

婚礼后的第十二天夜里，甘茉在睡觉，床头的纱灯散发淡淡的光芒，忽然，一把剪刀出现在灯光里，迷糊之中，剪刀对准甘茉的头，只听咔嚓一声，剪下一绺青丝。

朱加亮鬼鬼祟祟收起剪刀，又从怀里拿出一张二尺见方的白纸，铺在床前的地上，然后拿起甘茉的鞋，用鞋底按压白纸，留下浅浅的印迹。

加亮把那一绺青丝放到纸上，再把纸折叠起来，伸头看看床上熟睡的甘茉，诡秘地一笑，悄然出门。

后院，朱加亮跪在地上，把包着甘茉头发的纸，放进火盆，一边烧一边念叨：

"天灵灵，地灵灵，把我的娘子送回家……"

忽然听到身后有动静，朱加亮猛地转头，只见甘茉站在那儿，腰上佩戴着橄榄灯，冷冷地看着加亮。

加亮张了张嘴："娘子，我不是在给你下咒，是给你招魂儿哪。"

甘茉走上前，一脚踹翻了火盆，返身回屋。

加亮坐在地上，咕哝着："是不是直接烧鞋才灵啊，可是鞋子好贵的。"

婚礼之后的第十四天夜里，朱加亮喝了酒。

"你是我的女人，我得给你立立规矩。"

他酒壮色胆，把甘茉扑倒在床上，气喘吁吁地扯甘茉的衣裳。甘茉穿了件宽松的青色对襟长袖短衣，透出一股清新可爱的温柔味道。加亮使蛮力，扯开她短衣的襟口，露出里面的淡红色抹胸，衬着雪白的肌肤，更刺激得朱加亮眼睛发红。甘茉突然从枕下抽出一根竹条，打在加亮脑袋上。加亮"哎呀"一声叫，抱头跌下床。

加亮气恼又委屈："我们本就两情相悦，才成了夫妻，你既肯嫁与我，为何却让我做这有名无实的郎君？"

"你听着，"甘茉慢慢扣起了襟口，遮起雪白的前胸，"等我成了掌灯人，我们再圆房。"

"掌灯人？"

加亮一惊，坐在地上仰望甘茉。灯下的甘茉鬓角斜掠浓密的头发，脸色冷峻。

"茉儿，掌灯人可不是你能做的……"

"我再说一遍，等我成了朱家的掌灯人，我们圆房。"

"你……你原来一直在等这个？"

"听懂我的话了吗？"

"茉儿……"

"在那之前，你若敢对我无礼，我就把你……阉了。"甘茉狠狠地咬牙。

加亮不由得小腹一疼，急忙夹紧裤裆。

"你来真的？"他看着甘茉，然后慢慢低下头，咕哝着，"难道真是中邪了？"

"你说什么？"

"没有，"加亮一边从地上爬起身，一边盘算着，说道，"既然娘子一门心思求上进，我会想办法的。"

他试探着坐在床边。

甘茉把他的被褥扔到地上，加亮只好趴在地板上铺平了，躺在上面。

屋里变得很静。

甘茉的床头有一盏楠木底座的纱灯，散发着朦胧的光晕。她从很小的时候，睡觉就要点灯，否则害怕得睡不着。当年她刚来宅子时，少爷听说她夜里要点灯，还教训她说，太费油了，并给她算了一笔账，那时她惊叹少爷的小脑瓜这么能算，更害怕少爷把她的灯灭了，但少爷算过账似乎便忘了。

此时，甘茉躺在床上，听到加亮发出梦呓。

"茉儿……你别离开我……"

甘茉嘴唇微微颤抖，侧身看地上的加亮。从她七岁来到朱宅成为灯奴，与其说是她陪伴少爷学制灯，不如说是少爷与她相互陪伴。少爷其实是个孤独的男孩，身旁没有同龄孩子，只有严肃的匠师，可他对制灯没兴趣，是甘茉的出现，让他觉得制灯也没那么乏味。甘茉每每巧施妙手，让破损的灯，在黑暗中发出光芒，甚至使他仰慕。

他们是同一天生日，但灯奴是没有资格过生日的，每次朱加亮白天吃了席，晚上必定拿了好吃的，偷偷给甘茉，甘茉想吃却不敢，朱加亮就蛮横地命令她。他的蛮横，专治甘茉的自卑怯弱；而她的自卑怯弱，享受着他的蛮横关怀。

——茉儿，有我呢，你怕什么？

这一句话，是那些年朱加亮最常说的。

想到这里，甘茉忽然嗓子一哽，眼里溢出泪。

泪水在眼窝里颤动着……

不……

甘茉把眼泪吞回去了。

我要恨朱加亮！

甘茉咬着牙关，转头望着天花板。

我不能对他好，对他好就是对我自己的不公。

她冷冷望着天花板，数着那些凌乱的灯影。

——等我成为掌灯人，我要让朱家对我俯首称臣！

4

腊月二十六，朱家的婚礼过去了十六天，原本想借着年节，喜上加喜，却因少奶奶的莫名变化，气氛显得古怪了。但时光依旧流淌，朱家人全力迎新年。

癸未年将至，生肖属羊，朱守信按照每年的惯例巡行院子，一帮仆从簇拥着大当家，去灯坊查看即将完成的羊灯。

朱守信背着手，迈着方步，沉沉地问了句："春王呢？"

春王是加亮的小名，是朱守信的母亲给起的。加亮出生三个月，奶奶就死了，只留下这个小名保佑他。

阿忠连忙躬身说："回老爷，少爷……喀，去采办年货了。"

朱守信目视前方："他有那份心采办年货？怕不是又被那丫头引得团团转。"

阿忠小心地说："少奶奶或许是对新婚不适应，少爷多陪陪，总是好的。"

朱守信说："唉，我担心的是，这次与风家的'上元赛花灯'，就等着朱家的脸面往阴沟里丢吧。"

阿忠赔笑："那倒不至于，风家二少爷的水平，未必赶得上咱家少爷。"

朱守信默然。

当年乾隆下江南，路过苏州，地方官员纷纷献上珍奇古玩和当地特产，苏州知府专门让千灯镇的朱家和风家，各自进献花灯。

江南花灯中最为精妙的，是"苏州灯彩"，世称"苏灯"。千灯镇是"苏灯"之源，更是"苏灯"的巅峰，此处所制灯彩，足可比拟珍奇古玩。

乾隆看到朱家的贡灯时，赞了一声"好"，看到风家的贡灯，赞一声"甚好"。

就是少了一个"甚"字，让朱家的大当家朱守信，甚不愉快。

从此，朱家仿佛被风家压了一头，后来风家大少爷娶了个善于经营的妻子，在大少爷的花灯艺道、大少奶奶的经营谋略加持下，风家更为繁盛。直到一年前，风家大少爷突然死了，风家的昂扬势头才稍微压下，朱家才得以缓口气。

但朱家总是比风家慢一拍——当年风家有了两个儿子后，朱家才有了朱加亮；如今风家的孙子都长起来了，朱家少爷才刚成亲。

不过镇上有好事者议论，说朱家办的婚礼，是故意让风家难受的，因为风家大少爷就是去年腊月死的，今年朱家偏偏选在腊月办喜事。对这些传闻，朱守信并不在意，反正朱家和风家斗了上百年，横竖都不对。

朱守信从庭院里收回目光，继续前行："那个风鸣朝，也不能小看，我这次与风家做这场斗赛，就是想掂量掂量这位二少爷的本事。"

阿忠说："此人之前倒是没有露过能耐，不知是风家故意藏着，还是压根就扶不起来。"

朱守信说："若是他大哥还活着，我连想都不敢想，听闻那位大少爷致力于研究完美花灯，现如今人虽然没了，东西还在，倘若被二少爷继承了，怕是……"

阿忠说："老爷不必多虑，做花灯，天赋占五成、勤勉占三成、运气占二成。"

不料这句话打在朱守信的痛处，他哑声低语："春王的花灯艺道还差着火候，只能让他媳妇扶一把，可自从成了亲，反倒越来越不像样子了。"

阿忠忙说："少奶奶虽然心性有些变化，可是对灯毫不含糊，小人昨天还见她在后院整理竹架。"

朱守信沉着脸不说话。

随从队伍顿时弥漫起一阵不安气氛。众人闷着生息穿过月亮门，黑压压一群，沿回廊走过仓库，准备绕到天井后的灯坊。

可在拐弯时，突然有人迎面埋头过来，差点撞上朱守信，队伍霎时乱了。

朱守信冷不防一趔趄，险些摔倒。阿忠慌忙托住他的腰，又惊又怕的目光投向来人。

"谁这么放肆？"

"是少奶奶！"身后人低呼。

甘茉没理会他们，只顾护着怀里的东西。

朱守信有些狼狈地吐出一口气："你乱跑什么？"

甘茉漠然地看了朱守信一眼，径直往前走。

仆从们急忙让路。

朱守信还没反应过来，突然，阿忠惊叫一声："掌灯！"

朱守信这才看清楚，甘茉用衣襟遮掩的是那盏"青铜梅花灯"。

一群仆从全都惊住了。

朱守信厉声："甘茉，你要做什么？"

甘茉淡然："我要修好它。"

众人又是"嗡"的一声惊叹。

朱守信怀疑自己听错了:"你要修这盏灯?"

这盏青铜梅花灯不是一般的灯,至少三十年没有亮过了。

甘茱冷淡地说:"您怎么忘了?我为奴时,专事修灯。"

大家的目光一起投向朱守信。

朱守信陡然怒道:"胆子太大了,你怎么能碰掌灯?"

说着,一把抢过灯,甘茱还没反应过来,朱守信喝道:"待我从灯坊回来,再与你算账。"

他向前走去,随从们急忙跟上。

甘茱漠然地望着人群背影。

5

朱守信脸色铁青,坐在书房,桌上放着那盏青铜梅花灯。

阿忠在门口行礼:"老爷,少奶奶来了。"

朱守信眼皮都没抬:"叫她进来。"

甘茱走进书房,勉为其难地欠欠身,算是行礼。

朱守信从鼻孔里喷出一股气,瞥了眼桌上的灯:"此灯锁在柜子里,只在祭拜掌灯人时,才会取出,你是怎么拿到的?"

甘茱一言不发。

朱守信提高语调:"要么是有人偷偷帮你,要么是你自己偷的!"

甘茱说:"此灯久已损坏,我专事修灯,何谈偷窃?"

"你没资格修它,碰都不能碰。"

甘茱抬起脸:"我要做掌灯人。"

朱守信像被雷劈了:"你说什么?"

甘茱的眼神更加决然:"我要做掌灯人!"

朱守信怒极反笑:"你凭什么?"

"鹤梨公临终时留下遗言——谁修好此灯,谁可成为掌灯人。"

朱守信紧抿嘴唇。鹤梨公是朱家的上一任掌灯人，也是迄今为止的最后一位掌灯人，三十年前病逝，其实在他死前十年，青铜梅花灯已经出了毛病，因为岁月过于久远。《朱家族谱》记载，设立"掌灯之位"三百年来，总共只用过两盏灯。鹤梨公由于疾病导致头昏眼花，无法亲自修理，临终遗憾地留下这盏残灯，交给朱家后人，其间曾有人动念修灯，均告失败，今天竟被甘茉提起。

甘茉漠然道："老爷，我的话没错吧？"

朱守信说："哼，这与你何干？掌灯，是朱家传承三百年的至圣源流，灯是燧人做火、神农做油……"

"轩辕做灯骨、唐尧做灯架、成汤做灯芯。"

"既然知道，你就更应明白，青铜梅花灯的五瓣梅花，就是象征了五神之功，掌灯人必须能完成五神之功。"

"我可以。"

朱守信一拍桌子。"女人不准掌灯！"

甘茉直视朱守信："鹤梨公留下遗言时，并未指明是男是女。"

朱守信厉声："你还想噬主吗？"

甘茉垂下眼睑。

朱守信说："你该明白自己的本分，嫁到朱家就赶快生下孙子，那才是你遵守的正道，其余皆是妄想！"

甘茉说："我只想修灯……"

"别以为你成了少奶奶，就能肆无忌惮。我能把你从虎丘山捡回来，就能把你再扔过去！"

"——爹，是孩儿的错。"

书房外忽然传来朱加亮的声音。

加亮进门后便跪下了。

"你做什么？"朱守信愣了下，眼神一转，"哦，掌灯的事，与你有关？"

"是，青铜梅花灯是孩儿拿出来给茉儿的。"

朱守信厉声："你意欲何为？"

"这个……"加亮瞥了甘茉一眼。

——为了快些圆房……

"孩儿为了朱家的昌盛，才这样做的。"

"为了……昌盛……"朱守信没想明白。

"咱们家每年的立春、立夏、立秋、立冬，都要举行仪式，祭拜掌灯人，此为四季轮回之中，立天地功德。"

"没错，可与修灯有何关系？"

"爹，您想想，"加亮推心置腹地说，"每次祭拜时，青铜梅花灯置于鹤梨公的画像前，可它不亮，三十年来，一百多次，众人对着一盏坏灯磕头……"

"坏灯？！"

"啊，青铜梅花灯，本是维系家族心念的。可是灯不亮，心不明，如此祭拜，久而久之，人心必散，朱家何以昌盛？"

书房静默。

甘茉看了看加亮，加亮正斜眼看她，甘茉撇撇嘴，转开视线。

朱守信冷声："于是你便自作主张，偷出这盏灯，给了媳妇？"

"孩儿急着为爹分忧，就让茉儿试一试。反正她已嫁入朱家，是自己人，又擅长修灯……"

朱守信沉声问："那你知道不知道，她想做掌灯人？"

"哦？是吗？"加亮故作惊讶地看着甘茉，"茉儿，你不会这么想吧？"

他悄悄给甘茉挤眼睛，让甘茉借坡下驴。

甘茉无视。

朱守信一拍桌子："够了。以修灯为名，企图达成妄念，不可饶恕！"

朱守信无法容忍那些有点才能却又充满妄念的人，尤其是家宅中，有这样的人迟早出乱子。

加亮说："爹，茉儿她……"

"你不明事理，一味骄纵，一个卑贱的奴仆，让你宠到天上了，"朱守信越说越生气，"以至今天在大庭广众之下，让人看到朱家的媳妇儿，竟然私拿掌灯，我如何平息众怨？"

"这不至于吧。"

"还敢顶撞我？"朱守信怒指加亮。

甘茉开口："要修掌灯是我的想法，与他无关。"

"好啊，两口子合起来要反了天，"朱守信对着门外，"来人！"

阿忠进来："老爷，请吩咐。"

"家法伺候——"

加亮急忙跪前两步，拉住朱守信的袍襟："爹，灯是我偷的，罚我吧。"

"罚谁不罚谁，岂是你说了算的？"

"咱们朱家与风家的'上元赛花灯'，只剩半个来月，您念在茉儿能为咱家出力的分儿上，饶了她。"

朱守信更生气："你身为朱家少爷，让你和风家二少爷斗灯，你竟然全指望媳妇儿，不嫌丢脸吗？"

"孩儿无能，但只要茉儿在，就能捡回脸面。"

朱守信差点要抽儿子一巴掌："打你，我还嫌手疼。"

他胸中的两股怒火合为一处，对阿忠喝道："还等什么？家法伺候！"

"是是。"阿忠吓得一躬腰，出去了。

6

庭院当中摆了两张条凳，加亮被两个仆人押出来。

加亮一边走一边对小厮低语："快去请我娘。"

小厮哭丧着脸："夫人去了城隍庙。"

"啊……"

加亮被推倒在条凳上，抬起屁股。

朱守信背手站在廊下，阿忠站在旁边。甘茉斜坐在回廊的木台上，院子周围站着仆众。

阿忠请示朱守信："老爷，您下令吧。"

朱守信神色威严："少爷不遵规矩、不守本分，即当重罚。"

他环视庭院："尔等谨记，在朱家，任何人犯错，皆不可恕。"

众人缩肩耸脑。

甘茉坐在回廊，低着头，手上编织着细细的竹条。朱守信的目光扫过甘茉，他的话不仅是警告下人们，更是说给甘茉听的，可是当事人似乎没放在心上。

朱守信怒："杖责二十！"

院子里响起嗡嗡的声浪，这是朱家的最高刑罚了。

阿忠有些惊愕，小心地说："老爷，这……"

"你有疑问？"

"没……没有。"阿忠闭上嘴巴。

两个家丁拎着竹杖，站在加亮身旁，一个家丁有意无意地看了看阿忠，这是在用眼神询问，是朱宅的潜规则。因为阿忠是朱老爷的贴身随从，最能揣摩老爷的心思，虽然朱家多年不设管家，但大伙都把阿忠看作是老爷身边的红人。每次要责罚谁，家丁摸不准轻重，有时老爷喊得凶，实际上并不想狠打，而有时看他轻描淡写，心里却是恨透了，如果不能让老爷如愿，老爷就会生气。老爷的心就是这么难猜。

所以要看阿忠的暗示。

这时，阿忠悄悄比画了三根手指——"五"是最高级别，依次往下降，三，就是"较狠地打"。

竹杖轮番落下，院里响起噼里啪啦的声音。

阿盼也在人群中观望，每一次竹杖落下，大家都是一哆嗦。

加亮开始呻吟，声音越来越大。

"啊……爹……饶了孩儿……"

有的丫鬟悄悄抹眼泪，有的小厮背过脸，大家都有感同身受的痛苦。

但阿盼忽然发现，少奶奶根本没有反应，兀自坐在回廊里，编织竹条，已经做出了一个小巧的灯架，拿起来对着阳光欣赏，完全是在消闲享受。

阿盼吸口凉气，咕哝："她的心真硬啊，夫君这么挨打，她竟无知无觉。"

加亮的呻吟求饶，反而像是给甘茉的好心情配乐似的。

围观者也都注意到了甘茉的反应，有人愤然，有人害怕。少爷与少奶奶成亲才十几天，而且之前早就两情相悦，按理说正处于浓情蜜意时，可夫君的屁股都打烂了，她的心一点不疼。

朱守信也发现了，不禁低喃："真是中邪了？"

终于结束，少爷被人架回了北厢房。

后晌，甘茉在庭院里转了两圈，沿着回廊往前走，路过的下人们向她行礼，然后在背后撇嘴。甘茉听到下人说"少爷的屁股都快被打飞了"，她的脚步慢下来，迟疑片刻，走向北厢房。

房门口放着一个簸箕，里边是一堆揉成团的血布。

甘茉正要进去，听到屋里传出加亮虚弱的声音："娘……我没事。"

朱夫人焦灼得发抖的声音："儿啊，打成这样了，还说没事？"

加亮的声音变得委屈："谁让您不在家啊，爹就收拾我。"

"别说了，我拜城隍爷的时候，就觉着心里像针扎似的，赶快往家赶，还是迟了一步。"朱夫人的抽泣声。

"娘，莫哭……翠芹，你哭什么呀？"

翠芹哽咽："奴婢看到少爷伤成这样，心里着实难受。"

"谁看了不难受？"朱夫人顿了顿，声音变沉，"听阿忠讲，事情是因你媳妇引起的？"

"不怨茉儿，是我……"

"别为你媳妇辩解，咱家可容不下恃宠而骄的女子，明白吗？你若是学不会管住你媳妇，就看看我与你爹。"

"您二位可是典范，我和茉儿脱了鞋都追不上。"

"臭小子……我叫你打诨！"

"哎哟，您也收拾我。"

门外的甘茉既愤懑又悲哀，觉得自己很多余、很可笑。她转身走开。

下台阶时，她听到后边传来朱夫人的声音："既然来了，怎么不进去啊？"

甘茉停步，回头看一眼，淡漠说："夫人，我是路过。"

她继续往前走。

"等等。"朱夫人说。

甘茉停步。

翠芹搀着朱夫人走过来。

翠芹凌厉的眼神瞥了甘茉一下。

朱夫人说："听闻春王挨打时，你视若无睹。"

甘茉低垂眼睑："媳妇不知该如何是好。"

"当年我嫁给老爷不久，我的婆婆责罚过老爷，我就跪在地上磕头求饶，老太太那么刚强的人，心也会软一下的，"朱夫人一字一顿地说，"为妻者，当以命护夫，夫就是你的天。"

"如您所说，夫是天、妻是地，地如何护天？那只能是地包天，很难看的。"

"你……"朱夫人嘴角颤抖，忍了忍，低声说，"我是为你着想，莫要不识好歹。"

甘茉语气平淡："谢夫人教诲。"

"我余生别无所求，只愿家宅安宁，莫生事端，懂了吗？"

甘茉淡然欠欠身，转身离去。

朱夫人对她的背影，声音有些痛苦："女人，只有生下孩子，才站得稳。"

甘茉头也不回地远去。

朱夫人哑声低喃："真是冤孽。"

翠芹咕哝："少奶奶成亲之前，对您尊敬有礼，天天请安，如今难道她的三魂六魄都丢了吗？"

朱夫人瞪了翠芹一眼，翠芹慌忙道："夫人恕罪，奴婢不该随便议论。"

"莫生事端，忘了我的话吗？"

她径自走去，翠芹急忙跟上。

7

空中飘着水雾，扑面一股沁人心脾的梅花香气。甘茉跟着加亮穿过月亮门，石板路两旁的枝叶上结了一层薄霜，被昏黄的日光一照，泛着晶莹光泽。

加亮一瘸一拐地走着，他只在床上歇了一天，就迫不及待出来了。

"茉儿，掌灯的事别想了，我爹还在气头上，宅中上下都对你不满。"

"你想说什么？"甘茉目视前方。

"上元赛花灯，就是我们的机会，只要你助我赢了这场斗赛，谁敢不服？"

甘茉没作声。

加亮挨近甘茉："我在爹面前拼命保你，就是要让他知道，我离不开你。"

甘茉瞥了加亮一眼，目光冷淡。

加亮咧嘴一笑，露出一口白牙："我给你讲个笑话吧，最近烦心事太多，都把这事儿耽误……"

甘茉低喃："我自己就是个笑话。"

"茉儿，你说什么？"

"笑话我听腻了！"

加亮的笑容一滞，抓了抓后脑勺："以前你都笑的，你笑起来可好看了，为了让你笑……"

"隔三岔五，听你说那些乏味的笑话，出于礼貌笑一笑而已。"

甘茉加快步伐往前走。

加亮低着头站了片刻，一拐一拐地追上去："这个笑话不乏味，你听啊……有个人被老虎叼去了，他儿子执弓追逐，准备射箭时，那人在虎口中朝儿子喊，我儿，对着虎脚射啊，不要伤坏了虎皮，没人肯出价钱。"

甘茉冷笑："不知是真蠢，还是装傻，人家明明是用这笑话讽刺你，吝啬鬼。"

加亮拊掌："能让娘子笑了就好，管他什么来路。"

甘茉哼了声。

两人沿着回廊走过仓库，绕到天井后面，眼前是一扇宽大厚重的房门，门上镶金的牌子刻着两个隶书大字：灯坊。

旁边竖的小牌子写：闲杂人等，禁止入内。

朱加亮正要往里走，门从里边拉开，灯彩师曹大葫走出来，打了个照面。

"哦，少爷来了。"曹大葫不卑不亢，语气中有着匠师的矜持。

"我带少奶奶看看。"

加亮和甘茉往里走，曹大葫返身跟进来，似乎不放心。

灯坊有一股扑鼻香气，环境结构是鸳鸯厅的样式，分为外间和内厅。按照朱家规矩，女人与低等级的工匠，只能到外间。

甘茉进来后，先站在门厅处，与朱加亮一起，用拂尘"净身"。

这是很严谨的仪式：拂尘从左脚的鞋面开始，拍打五次，然后按照从左到右的顺序，沿左腿向上拍打到肩膀，再从右肩往下拍打到右脚鞋面。

完成后，从门厅进入外间，还得先经过一道屏风。

屏风的高度六尺、长度十二尺，上面画着十二个人提着灯，是以十二生肖为造型的各种花灯，造型古拙，画面幽蓝的底色中透出几许神秘。

这是朱家的第一代掌灯人梅载公，亲手绘制。从梅载公到上一任掌灯人鹤梨公，已有八代。自从鹤梨公去世后，朱家已有三十年没有掌灯人了。

甘茉做灯奴时，来过灯坊的外间，每次都要盯着屏风，望着画中人和那十二盏灯发呆。

这些画面究竟有什么意义，没人说得清楚，屏风立在这里有三百年，朱家人已经熟视无睹，只当作一道屏风而已，但画面上似乎在召唤什么……

"茉儿，走吧。"加亮提醒道。

"嗯。"甘茉回过神。

从屏风前走过来，便是灯坊的外间，也称为工匠操作间。

挑高的天花板上，几十盏花灯悬挂着，有宫灯、纱灯、花篮灯、龙凤灯、棱角灯、树地灯、蘑菇灯，错落有致，层次分明。

屋里十几个年轻匠师忙碌着，有的做彩扎，有的裱糊，有的剪纸、绘画、雕刻，还有七八个工匠编织竹骨。现场除了偶尔迸出的清脆竹音，就是剪裁绸布绢纱的咝咝声和编织竹骨的唰唰声。

花灯多是以竹木作骨，丝绸、绢布、纸张作皮，还有的镶金嵌玉，有的饰以彩穗。墙壁周围各种材料摆放整齐，有竹木、绫绢、丝穗、羽毛、贝壳等，琳琅满目。墙边有序排列着制灯工具——锯子、柳条刀、凿子、锥子……

加亮每次进来，都要先盯着看一圈，有没有浪费行为。

操作间里的所有物料，必须想办法用光用净，之前最难处理的，是切割剩下的竹子，全是不成形的边角料，当作柴火都不行，烧不动，只冒烟。

加亮经过一番琢磨，让小工匠把竹子废料切成小片，与各种花瓣层层叠叠，在蒸笼里小火缓蒸，这样竹片就会沾染上各种花香。将这些竹片置入熏炉，一年四季所开过的百花的香气纷纷升起，此为"花蒸香"。

所谓"摘玉兰之闭蕊，收寒梅之坠瓣，花蒸竹香，香透藤墙"。

朱宅每间房的香几上，紫炉焚香，仿佛在春天的清晨，漫步在山径。

加亮用这一招，不费一文钱，足不出户，却是一举三得。

首先是处理掉了竹子废料；其次是收集了庭院里每个季节都落下的各种花瓣；最后是得到了百花熏香，还省了一大笔买香的钱。

之后他把这方法，用在了花灯上，只要把编织的竹条，先用百花蒸过，然后做成灯架，待全灯完成，灯芯点燃，随着灯内的温度渐渐升高，花香缓缓飘萦，使得朱家花灯从内到外透出香气，花灯的花香，可谓绝品。

财迷少爷朱加亮，竟然抠出了世间之绝。

此时，加亮盯着操作间扫视，小工匠们感受着少爷的压力，起劲地忙活着。

加亮满意地点点头，对甘茉说："茉儿，跟我来。"

8

甘茉跟着加亮往内厅走。

曹大葫急忙上前挡在紧闭的门前。

加亮说："曹师，我带少奶奶看看里边的羊灯。"

曹大葫说："灯坊核心之地，女子勿入。"

加亮说："茉儿是灯奴时进不去，现在是少奶奶……"

曹大葫说："请少爷体谅在下。"

加亮歪着头："元宵节，我决定就用羊灯与凤鸣朝斗赛，你没意见吧？"

曹大葫一怔："不敢。"

加亮说："少奶奶现在是我的师爷。"

"师爷？"

甘茉与曹大葫一起看着加亮。

加亮一脸凝重："上元赛花灯，事关重大，我请师爷看看羊灯，给我把关，曹师可有意见？"

曹大葫不卑不亢："少奶奶即使名为'师爷'，她也依然是个女人。曹某只知是女人，便不能进入灯坊内厅。此为你们朱家祖上定的规矩，恕我不敢违逆。"

甘茉冷笑："虚张声势。"

她径直往前走。

曹大葫伸手拦着："请少奶奶自重。"

加亮拉住甘茉："茉儿，不可强攻。"

甘茉甩开他的手："我只在内厅的门外看一看，这也不行吗？"

加亮一愣："这……门外看不清啊，茉儿稍候，我去找我爹请示。"

他匆匆离去。

曹大葫微微撇嘴："那不过是白费工夫。"

他转过脸，甘茉没再理他，走到小工匠身边，看人家编竹骨。

竹骨是三根叠加，再用四根竹条穿插，系上竹丝，既保持灯笼骨架的强度，同时有韧性，如遇到外力的挤压和碰撞，竹条自身的弹性，可将其化解。

甘茉问小工匠："你这个竹骨编法是谁教的？"

对方答："曹师教我的。"

甘茉抬脸看了曹大葫一眼，牵了牵嘴角。

曹大葫问："少奶奶有何指教？"

"这是饿肚子的编法。"

"嗯？"

"中间空了一层，须得再加一根竹条，不然的话，只能承受五斤以内的花灯重量。"

匠师自有一份傲气，却被一个女人当面教育，更何况这女人是灯奴出身。

"花灯一道，各有各的手法，少奶奶之前是修灯的，并非灯彩匠师，还望恪守本分。"

这时，内厅的门从里面拉开，一个脸色苍白的中年匠师走出来，摇摇晃晃地，被门槛绊了一下，摔在地上。

曹大葫急忙上前搀扶："哎呀，丁师哥，你是有几天没睡觉了？"

丁匠师艰难地站起身："活儿没干完，合不了眼。"

曹大葫扶着丁匠师坐到椅子上。甘茉走到内厅外，往里张望。她做灯奴时，就对灯坊内厅充满向往。

里面比外间更大，穹顶有二丈多高，房间里醒目地放置着一座"树形灯"，由主干、枝叶和底座组成，灯柱上分层伸出三十九盏灯，形成纵横交错的五层枝叶，装饰有凤鸟、玉璧，虽还没有点亮，却已呈现出繁茂华丽之姿。

不过更吸引甘茉眼球的，是地板中间摆放的羊形花灯，五个匠师围在旁边，神色焦虑地指点议论。

羊灯长约一丈，高六尺，灯腔打开了，可以看到内部是长明灯的双层结构，腹部微鼓，腹下渐收呈假圈足，一副短灯嘴，置于腹部一侧，通至腹内，另一侧置环形柄，器身为碗形夹层，中空。

按照构想，羊灯完工后，头部、四蹄、尾巴应该按节律摆动，活灵活现。但实施起来很难，同样的动作，若是节律不对，就显得僵硬可笑。

甘茉的目光掠过羊灯，投向墙壁前的博古架，上面摆放着各种构件，有的造型厚重，有的形状飘逸。

甘茉忘了周遭的一切，不知不觉就走了进去。匠师们没有注意到，仍在议论羊灯。

一个瘦匠师说："如今这个样子，即便点上灯，也是个死羊。"

另一个匠师说："对啊，差一口活气儿，从何而来？"

又一个匠师摇头："没时间耽搁了，只能抬着死羊出去……"

瘦匠师不满："那不是砸招牌吗？"

"你有什么办法？"

"想不出新的招式……"

"——用'连心轴'啊！"

冷不防一声，众匠师惊愕扭脸。

"谁？！"

"是少奶奶……"

"怎么进来的？！"

甘茉面对虎视眈眈的匠师，突然有些胆怯，两个月前还是灯奴的她，多次被这样的目光审视，从小到大的卑微感，瞬间让她惊慌起来，额头渗出冷汗。本能驱使便要退缩，但心中有个声音对她说：相信自己。她知道，这些人一旦察觉到她的卑怯，就会像狼虫虎豹般，将她试图建立的决心撕个粉碎。

她不能退。后面是深渊，倘若再次跌入，便永远不可能爬出来了。

甘茉努力挺起腰，目光掠过博古架，指着第三层架子。

"就是那个——连心轴！"

"什么？"

甘茉三两步走过去，从博古架上拿起一件精美的雕花木轴。原本颤抖的手指，握着连心轴，稳定下来。此物如同一个横放的"弓"字形，长约一尺，中心部位的滑动杆，是用金刚石镶嵌而成，拿在手里沉甸甸的，可以看出久远的年代质感。

可是甘茉刚拿起来，就听到一声厉喝："放下！"

这一声，是朱守信发出的。

内厅的门陡然洞开，朱守信怒目进来，甘茉还在发愣。门口的曹大葫冲进来，从甘茉手里抢过连心轴，小心地放回博古架上。

甘茉没反应过来，手上还残留着连心轴那微凉的、沉甸甸的触感。

朱守信怒声问："谁让她进来的？"

匠师们面面相觑。

甘茉说："是我自己进来的。"

加亮上前："爹，茉儿是我带来的。"

"你们一次次地，想做什么？"朱守信怒视二人。

加亮说："孩儿是为了上元赛花灯，咱们家被风家压制了多少年，一定要在这场斗赛上，扬眉吐气。"

"那不是你们破坏规矩的理由！"朱守信说。

"我急着让茉儿进来帮忙。"加亮说。

"灯坊有诸位匠师坐镇，他们是纸糊的吗？"

加亮低声说："没有茉儿帮忙，我就认输了。"

"你说什么？"朱守信气得脸色铁青。

旁边的匠师们个个儿愤慨。

加亮说："孩儿心里没底，不如就……就取消斗赛。"

"给我住口！"朱守信厉喝。

阿忠连忙劝道："老爷，消消气，少爷也是为了这个家。"

"竟敢要挟我。"朱守信指着甘茉："全是你的错。"

甘茉漠然问："我始终不明白，为何女人不能来这里？"

"这里有祭拜掌灯人的神位，女人会带来晦气，这是祖上定的规矩。"

七八个匠师围成一圈，充满敌意地看着甘茉。

丁匠师说："请少奶奶出去吧，否则，这里的匠师都要倒霉的。"

匠师们附和："是呀，会带来灾厄。"

朱守信说："甘茉，从今往后，不准你再碰花灯！"

甘茉惊讶地看着朱守信。

加亮忙说："爹，茉儿离不开花灯，一天不碰花灯，她难受。"

"咎由自取。哼，昨天妄图修掌灯，今天又走进灯坊禁地。"朱守信转脸对曹大葫和阿忠说："你们，各自盯住灯坊内外，甘茉再犯，就赶回虎丘山！"

加亮震惊失神。

匠师们面面相觑。成婚到现在，刚过了半个月，竟闹到这个地步，老爷已经不顾忌旁人耻笑了。

加亮焦急地朝甘茉使眼色，意思是快求饶。

甘茉转过身，大步出去。

加亮跟着："茉儿——"

"你站住。"朱守信对着儿子，"就留在灯坊。"

"爹，我……我做什么？"

"跟着众位匠师制灯，准备迎接上元赛花灯。"

加亮无奈地看着甘茉的背影离去。

甘茉身影孤寂，慢慢穿过回廊，周围是忙碌的仆佣，有小厮挑着担子送酒肉、有仆从抬着半成品的灯架匆匆前行，还有几个丫鬟提着年礼、抱着篮子，远远对着甘茉指指点点。

甘茉无处可去，这么多年，天天围绕着宅院，伴随着灯影，明明灭灭。

虎丘山下，梦魇般的童年，遗落在那里。

她曾是多么感激朱家啊，感恩老爷、夫人，把她从噩梦中拖出来。

可是……甘茉忽然觉得很冷，抱着双肩，艰难地走到第三进院落。小庭院有黄石假山，墙上有一排花格漏窗。再往后，有一面墙遮挡，墙上长满了绿藤。以往，每当心里难受时，她就独自来到这里，嗅到淡淡的水腥味。

此时，这里安静得让人觉得空旷。清冽的风中，她蜷坐在池边的石头上。

又回到了无依无靠的感觉。

耳边突然又浮现出朱夫人在佛堂的声音：

"……贱媳朱陈氏，特向婆婆还愿，自从二十年前……"

甘茉打个寒战。

她不愿去想婚礼当天晚上，在佛堂窗外听到的一切，但那清晰又沉重的阴影，无法遏制地，席卷而来。

"……启禀婆婆，甘茉为奴，已被我们压制二十年，如今把她拖出苦海，给她恩惠，她欠我们的，自当谨记。"

甘茉捂住耳朵，想捂住脑海里回荡的念叨声，那声音像细小尖利的牙齿，啃噬着她。她的头埋在臂弯，呜咽着。

她并不知道那一切是怎么发生的，她只知道自己遭受着残酷的摆布。

二十年前……

9

是夜，大雨突降。青白色的闪电从苍穹掠下，撕裂了雨幕。

翻涌的水声笼罩在河堤两旁，俯瞰，千灯镇如同一幅泼墨写意画。

朱宅的大门上悬着一盏硕大的莲子灯在风中摇曳，红通通的烛光映照，此为"添丁"之意，并且辟邪。

宅院上空，一道闪电划过，将朱守信年轻的身影映在廊下。

他焦急地徘徊着，心情既紧张又充满期待。朱家的血脉传承，就在今晚了，算命的说过，是男孩，去城隍庙抽签，也说是麒麟儿，朱守信把儿子的名字都想好了，朱加亮——花灯之明，亮上加亮。

朱守信望着那扇紧闭的门，已经过了一个多时辰，还是没动静。他不仅担心自己的妻儿，更忧虑母亲。母亲病入膏肓，却坚持要盯着媳妇生孩子。母亲仅存的心愿，就是看到朱家有后。

产房里，老太太蜷坐在一旁，眼睛半睁半闭，形容枯槁。

灯烛下，朱陈氏在床上痛苦地挣扎，发出呜咽喘息。

老太太嘶语："快呀……你倒是快呀……"

接生婆和两个丫鬟满头大汗，拼命地忙碌着。

终于，孩子诞生了。

"是……男孩吧。"老太太嘶声说着，伸出干枯的手指。

接生婆不敢给她。

"是……男孩吧？"老太太狰厉的眼神。

"不……是……"

老太太脸上浮起一团黑气："你们敢骗我。"

"不不……"接生婆跪倒。

孩子无力地哭着。老太太颤巍巍起身，低头看了看，慢慢坐回到椅子上。

床上的朱陈氏半昏半醒，哽咽道："婆婆，恕媳妇无能。"

这时，从窗外传来一阵婴儿哭声。

老太太哑声："是桂娥，也生了。"

女侍说："回老夫人，那边已经生了半个时辰。"

老太太盯着女侍:"男孩还是女孩?"

女侍颤声:"男……男孩。"

老太太盯着床上的朱陈氏:"你真是贱命,连仆人都不如。"

朱陈氏无力地哭着。床边,那一小团卑微的生命,也在无力地哭着,没有人敢抱她。

老太太的齿间发出咝咝声:"你们都出去,把少爷叫进来。"

很快,朱守信跟跄着走进。

"娘。"

"跪下。"

朱守信立即跪倒。

"儿啊,咱们朱家三代单传,我本想苦撑着看一眼孙子,却是这个下场,"老太太声音透着愤懑,"镇南的风家,已经有了两个男孩。我们与风家斗了几辈子……"

"娘,您还是歇息吧。"朱守信哀求。

"去年,两家给万岁爷献贡灯,朱家却还是被风家压了一头,难道朱家什么都不如风家吗……"

老太太突然咳嗽,咳出一口血。

朱守信惊恐:"您万不可生气,一定要保重。"

老太太嘴角沾着血,神志已经不那么清醒了,语调却很执拗:"你去把桂娥的孩子,换过来。"

朱守信一怔:"娘,您是说……"

"把两个孩子,换了,男孩归我们!"

窗外骤然一道闪电掠过,映出老太太青白色的脸,眼珠瞬间明亮,犹如鬼火。

朱守信险些瘫坐在地。

老太太将枯瘦的指爪按在儿子的肩膀上:"你听到了吗?"

"娘……儿还能再生,儿可以纳妾……"

"可我等不到了,我死不瞑目!"

"娘……"

"你不孝顺娘了吗?"

"不，儿不敢，"朱守信从地上爬起来，"儿这就去。"

他看也没看床上的朱陈氏，跌跌撞撞往外走。

他父亲死得早，与母亲相依为命，母亲一路扶持他成为朱家的大当家，其间曾因管家背叛，伙同族众几乎将朱家瓦解，是母亲支撑他力挽狂澜，并因此积劳成疾，咯血度日。朱守信在这世上只相信母亲。

换孩子很容易。

因为仆人的儿子长大了还是仆人，奴就是奴，变不了的，但只要肯换，当晚就改了命，儿子成了少爷。老太太还承诺，就让桂娥守在朱宅，留在儿子身边，看着他儿子做少爷，但决不允许泄露秘密。桂娥没有犹豫，发誓一辈子死守。

当所有人的目光投向床上的朱陈氏时，她虚弱地伸出手，似乎想抱一下女儿，但塞到她怀里的，是那个男婴。于是她低头看，男婴大声哭着，渐渐平息。

老太太嘶声问："你喜欢吗？"

"是，婆婆……喜欢。"

"我给他起个小名，就叫……春王。"

"是，遵照婆婆吩咐。"

朱陈氏说着抬起脸，那个女婴已经被抱走了。自始至终，朱陈氏没有抱过她。

老太太对那女婴有一股莫名的怨恨，可以说厌憎至极，认为那个女婴就是来妨害她的，不让她死之前看到孙子。为此她特意让张道师算了一下，结果印证了她的想法。两个孩子出生的时间，是所谓的阳辰，就是对男孩很好，对女孩不好，女孩出生后要走二十年大运，会给家族引祸，必须压制，家族才能兴旺。

老太太临死时做的最后一件事，是命人把那女婴远远地放养到虎丘山下的斜塘村，那里有朱家的一个花灯作坊。

于是，这个叫甘茉的女孩，出生还不到三个月，便在一个秋叶飘零的黄昏，被奶娘抱走了。

之后不久，老太太撒手人寰。

朱守信把宅中的几个知情人，用钱打发走。从此，这个秘密，便永远埋藏在他与夫人心底，再也不愿翻起。

朱守信原本想的是，给母亲尽了孝，然后为母亲送终后，自己纳个妾，好好生个儿子，到时朱加亮还是长子，但将来把家业传给那个名义上的次子，也就是他的亲生儿子。可惜这个心愿破灭了，因为一次意外事故，他不幸失去了男人的能力，再也不能生育了。

于是，朱加亮成了他唯一的儿子。他更是庆幸母亲的安排，从此心无杂念，栽培这个儿子。

加亮很聪明，惹人喜爱，三岁时，便被千灯镇的另一个花灯大族罗家相中。罗家提出与朱家结娃娃亲，朱守信毫不犹豫接受了罗家的聘礼。这真是天赐良缘，能与罗家联姻，打垮风家是迟早的事。

可是朱守信发现，儿子对花灯之道兴趣不大，让他学习制灯更是费劲，小小年纪就喜欢算账、看账本。

这让朱守信很是发愁。

更让人意外的是，罗家突然败落，娃娃亲的事不了了之。

虽然朱家没受什么影响，反而更加兴旺，但朱家要独自面对的风家，其长子比朱加亮大十岁，已经能做十几种花灯，还能自己设计造型。风家的二少爷，比朱加亮大三岁，也跟着哥哥学得像模像样，这让朱守信对未来充满忧虑。

他想了各种办法激发加亮的花灯热情，均告失败。加亮七岁时，朱守信找人算命，得到一句话：镜中花，水中月，这个孩儿要有光。

他苦思冥想，似有所悟，儿子需要一个对应的陪伴者，就像镜子内外是同样的花、水面上下是同样的月，互相映照，才能让儿子绽放。

于是朱夫人试着向夫君求情，把甘茉叫回来。

朱守信得知甘茉在虎丘山下学会了修灯，但那里环境恶劣，那丫头体弱多病，实际上没有给作坊里帮上什么忙。

——留在我们这里也是白费粮食，生了病还得有人照看一下，实在耽误工夫。

作坊管事的这样说。

朱守信终于决定把甘茉叫回来看看。

于是，七岁的甘茉，在那个最冷的冬天，走进朱宅，成了灯奴。

1

天色有些暗了，甘茉出了第三进庭院，拖着虚弱的脚步走着。迎面有两个仆人走过，向她行礼："给少奶奶请安。"

甘茉努力挺起腰，脸色恢复冷峻。她知道他们转过身，就会撇嘴议论，说她是个坏媳妇，那又怎么样？倘若婚礼那天晚上，她没有经过佛堂，没有听到夫人说什么，一切又会怎样？

夫人那天晚上，一定是备感欣慰，一定是最后一次说这件事，说完了，就彻底放到脑后，正如她自己所言，再无杂念。甘茉的命运，也就彻底掩埋在深渊了。

朱夫人跪在蒲团上，对着她婆婆的牌位，一边念叨一边抽泣。

"……贱媳朱陈氏，特向婆婆还愿，自从二十年前，交换了两个孩子，直至今日，贱媳心上的一块石头终于落地……请婆婆勿怪，把我女儿娶进朱家，正是为了这个家更好……"

当时甘茉在窗外听见，惊愕又迷惑。

"……春王只喜欢甘茉，非甘茉不娶，贱媳便与老爷商量，与其娶一个别人家的姑娘，奔着家产而来，将来离心离德，再伙同娘家闹出什么人间惨剧，还不如娶了甘茉。"

甘茉瑟瑟发抖。

"……启禀婆婆，甘茉为奴，已被我们压制二十年，如今把她拖出苦海，给她恩惠，她欠我们的，自当谨记。她也果然没有辜负我们，十四年柔顺本分，从无邪心歪念……这就是上天给朱家赐下的好媳妇……这是婆婆在天之灵保佑，今日婚事一办，亲上加亲……"

甘茉仿佛被一双冰冷的指爪掐住了咽喉，喘不上气。

"……还望婆婆放心，老爷又请张道师算过了，甘茉的二十年灾运已过，朱夫人用更低的声音说，"老爷还求了一道符，镇守家宅。"

窗外的甘茉如遭雷击，愣愣怔怔，眼前划过无数黑影。她突然感到极度恐惧，周遭的一切都变得倾斜扭曲。她踉跄转身，却不知该去哪里。

朱夫人嘶声碎语如同招魂曲，阵阵飘来："……请婆婆放心，自今日起，即是全新日子，贱媳朱陈氏不是甘茉的娘，而是婆婆……"

甘茉跌跌撞撞跑回新房，所有美好的憧憬，已被击碎，绝望、愤怒、惶惑、屈辱……她被这许多的情绪噬咬、吞没。她寻找薄荷，吞吃薄荷。被亲生父母换了人生，做了二十年的奴，父母却眼睁睁看着，不认她！她冲向宅子后门，拼命跑着。不知去哪里，只是要跑……

醒来时，已是次日上午。她看到朱加亮伏在床边，头埋在手臂里，坐姿僵硬，显然是守了一夜。可是她的眼神没有泛起波澜，与其说她平静，不如说是愤怒与绝望之后的麻木。她的人生，就被这个男子，换去了……不，是偷去了。

她该去询问父母吗？这个念头让她觉得自己可笑又可悲，泪珠缓缓地溢出。二十一岁的她，难道还抱有期望？当面去对质，除了得到更大的屈辱，还有什么？只会更让自己，在矛盾无定的迷径中，徒劳无功。

眼泪终于止不住，淌满了脸颊。

她侧过脸，看到墙边的灯笼，里边的烛火还没有熄灭。灯的世界多么纯净。灯不会骗她、欺她、辜负她，她只要安心地修灯，把灯点亮，灯便能温暖她。

她凝视着那盏灯，她那悲苦凄凉的心，渐渐平息下来。

灯光映照之处，才是她救赎的出口。可她一看到朱加亮，心情便如坠入冰渊，恨意，不可抑制地汹涌而上。看着这个男子，就是看着自己失去的二十一年人生，加亮的脸就像一面镜子，映照着她被父母抛弃的屈辱。

从她得知身世后，十几天，愤怒沉淀下来，痛苦却找不到突破口。甘茉明白，自己身上所谓的"罪"，只不过因为自己是女人。出生时被换掉、被无情地抛弃在虎丘山下，皆因如此。当年在虎丘山下，有一个疯疯癫癫的女人对她很好，那女人说过一句话：爱是通过对方的眼睛看到了世界。

彼时，年幼的甘茉不理解这句话。如今，她理解了，可她所看到的眼睛里只有残酷。她总是应该做点什么。既然命运被摆布到了这个地步，无视或者逃避，都不是最好的选择。至少，自己的痛苦需要一个突破口。只有花灯了。唯有花灯给她温暖和慰藉。她望着廊下挂着的灯，仿佛听到了召唤。那么就努力成为掌灯人吧。

"掌灯人"犹如朱家的精神领袖，是可以凌驾在朱家之上的。

她无法改变这个时代，但可以改变这个家，她决不能让以后的女人，像她一样，出生便带着"罪孽"。她要为以后的朱家女人争出一片天。

于是，她向朱加亮发出了宣言，随后又向朱守信发出宣言。

但紧接着到了今天，她连触碰花灯的权利都被夺去了。而且，朱老爷还会再揪她一个错，把她赶去虎丘山。

2

甘茉一直走到前院，坐在廊下的石台上。

旁边有人呼唤："少奶奶，少奶奶！"

甘茉回过神："哦，阿盼姐。"

阿盼提着一串小灯笼："少奶奶，可别叫我姐了，奴婢受不起。"

甘茉苦笑，站起身。

阿盼说："还有啊，奴婢要提醒少奶奶，这样的天气，切莫坐石台，凉啊，当心落下病根，生不了娃儿。"

阿盼由于无法生育，特别关注这一点。

甘茉淡漠地说："那有什么关系。"

"哟！少奶奶赶快生了孩子，脚跟就站稳了。"

阿盼打量甘茉，发现她脸色苍白。今天朱老爷在灯坊怒斥甘茉的事，还没有传出来，阿盼只是觉得甘茉不似前几天那么冷峻，反而有些脆弱似的。

阿盼继续往大门走去。

甘茉问："你做什么？"

"少奶奶忘了，老规矩，临近年关，去大门口给小孩子送灯笼。"

甘茉跟上："等等我。"

"您现在的身份……"

"走吧，我也散散心。"

正是傍晚，天空又飘起细雪，甘茉和阿盼在大门口的石狮旁，每遇到路过的小孩，便送出一盏灯笼，灯上有"朱家"二字，随着玩耍的小孩子满街满巷走。

一个十岁的男孩过来，叉着腰，仿佛在炫耀身上的锦袍。

阿盼却停了手。

甘茉问："怎么不送了？"

"少奶奶，您不认得那小子？"

"哦？谁呀？"

"风寅——他爹是风家大少爷，一年前死了的那个。"

"噢，也是没爹没娘的孩子。"

"哎呀，人家的娘还在呢，风家大少奶奶沈环白。"

"噢，反正也怪可怜的。"

只见风寅蓄足了力气，大声说起了歌谣：

"朝做灯，暮做灯，朝朝暮暮手不停，穷门破户徒往复，天不生兮地不育，朱家何苦兮，命里白忙碌！"

一群小孩围过来，管他听懂听不懂，反正是贬损朱家的，跟着起哄。

阿盼想驱赶，又不太敢，眼前都是大户人家的小孩。

甘茉淡淡地问："风寅，嘴巴这么损，谁教你的？"

风寅得意："我自己写的！"

"空有才学，偏不学好，当心告诉你娘。"

"哼，我娘最讨厌你们朱家，你快去告吧，看我娘赏你一顿火钳子！"

阿盼说："小少爷，这位是我们家少奶奶，你尊重些。"

甘茉苦笑摇头："孩子真淘气，过来，让我给你讲讲道理。"

风寅双手叉腰，更来劲："朝做灯，暮做灯，朝朝暮暮手不停，穷门破户徒往复……"

"虎儿——"街上不远处传来年轻男子的呼唤声。

风寅立刻止住歌谣。

"噢，二叔。"

他一边跑过去，一边回头朝甘茉做鬼脸："朱家何苦兮，命里白忙碌！"

甘茉忽然眼神怔怔，有些慌乱。

阿盼忙问："少奶奶，您怎么了？"

街上不远处，继续传来年轻男子的声音："虎儿，别在外边闹，失了身份，你娘会生气。"

"嘻嘻，您别告诉我娘就行。"

"走吧，陪二叔去码头接一位朋友。"

"好！"

阿盼摇了摇甘茉的胳膊："是不是寒战症又要犯了？"

甘茉缓上一口气："我不打紧。"

她探头往街上看，一个身材高挑的男子背影，手臂环着风寅的肩膀远去。

甘茉说："那人是……"

阿盼说："风家二少爷呀，您不认识他？"

甘茉说："我……没见过面。"

阿盼舒口气："还好他把那个坏小子领走了，不然怎么办？打又打不得、骂又骂不得。"

甘茉不安地退到石狮前，继续给小孩发灯笼。

她忽然想起了什么："噢，他就是和少爷赛花灯的人。"

阿盼皱着眉："对呀，您怎么像是才睡醒似的？"

又过来一个男孩，朝甘茉笑了笑。

甘茉心不在焉："这小子很可爱，你叫什么名字？"

男孩顿时变脸："臭女人，敢随便打听本少爷的名讳！"

他跑开了。

阿盼看看甘茉，说："少奶奶这些年只是埋头修灯，于人情世故，颇不在意，可如今您已是少奶奶，身份不同了，说话办事，须得有人照应。"

甘茉怔怔的："什么意思？"

阿盼见甘茉不开窍，有些着急："您身边得有个贴身丫鬟，帮您迎来送往，也显得身份尊贵，夫人身边都有翠芹呢。"

"哦……"

阿盼热切地问："您看我怎么样？"

甘茉摇摇头:"阿盼姐,我不用丫鬟。"

说完,转身进了大门。

阿盼碰了一鼻子灰,望着甘茉的背影,嘟囔:"站上高枝,也是个麻雀相。"

3

话说,就在甘茉送灯笼的时候,千灯镇的码头,一条乌篷船停在岸边。

一个年轻姑娘下船,手上撑起一把纸伞,手腕露出墨翠玉镯。

她的容貌中透出几分妩媚,眉眼狭长,睨视河岸。

满街的女子,穿着打扮多是"蓝、灰、绿、黑"几种平抑色调,她却是明丽跳脱的红与黄。上身是镶粉色边的浅黄衫,外着朱红色大云头背心,衣服外面结橘黄带子,端头有绣纹;玫瑰紫的裤裙边镶有绣花栏杆,足着红色绣鞋。

她在桥头伫立片刻,沿着石板街走到食摊前,买了一串糖果子,先是细细地端详,继而缓缓咬一口,眼神悠远,似在回味。

然后她仰脸看看天空,深吸口气:"娘,顺子回来了。"

她踩着石板街的正中间往前走,迎面的人纷纷避让。她一边走一边啃着果子,嘴唇沾满了蜜,全不管路人的眼神。

街旁不断有小孩笑着跑过,有的手提花篮灯,有的不知唱着什么。

街角有个男孩,正在抢一个小男孩的灯笼,灯笼上写着"朱家"。

罗顺子好奇停步,用手帕擦着嘴唇。那个逞凶的男孩正是风寅,他一把揪住小男孩的辫子。

"把灯笼给我!"风寅说。

小男孩哭叫:"我要玩耍。"

风寅抢过灯笼,摔到地上,踩了一脚。忽然,他脑后的辫子,也被揪住了。

罗顺子把风寅揪到自己面前。

风寅龇牙咧嘴:"你是谁?你可知我是谁?"

罗顺子弯腰,柳叶眉竖起:"我管你是谁,再敢欺负人,把你卖到宫里去做小太监。"

风寅挣脱罗顺子，一边跑一边回头嚷："你站着别动，我叫我二叔打你！"

刚才那个被欺负的小孩，抹掉眼泪，朝罗顺子伸出手，一副理所当然的表情："我要吃糖果子。"

罗顺子板着脸："这糖果子有毒，姐姐活腻味了才吃的。"

说着，突然做个怪脸。

小孩尖叫一声逃走。

罗顺子用脚尖钩着地上的破灯笼，拨拉几下，喃喃自语："这灯笼看着平淡无奇，做工还真是讲究——鸭嘴钩、兔子背、蛤蟆窟窿、猫抓底。"

她跨过破灯笼，继续往前走。

灯笼上被踩瘪的"朱家"二字，在风中翻滚着。

身后，风寅扯着那个高挑男子，指着罗顺子离去的方向。

"二叔，就是那个女人。"

风鸣朝无奈："二叔正给朋友接风洗尘，你别惹事了。"

风寅甩开鸣朝的手："那我回家啦！"

"哎，慢些跑——"

这时，一群人抬着花灯，从鸣朝身旁经过。

千灯镇除了花灯望族朱家和风家，还有不少花灯作坊，他们各成体系，有的凭借独门艺道，专攻某类花灯；有的几家联手，只做物美价廉的灯笼，销往乡野村寨。这些花灯作坊的存在，填补了朱家和风家以外的中低端市场，官府很支持，还经常出面协调，以免他们互相倾轧。

春节是花灯旺季，一个月赚饱一年的，是以家家都铆足了劲赶工。

此刻从风鸣朝身边过去的这群人，抬着龙灯，要赶往苏州城，准备参加正月初一"开灯"、正月十六"倒灯"——民间隆重的酬神娱人活动，表演花灯戏，伴以"龙灯舞"。

眼前这条龙灯规模不小，通体十五节，每节内可点火烛，龙头重达三十多斤，张开的龙嘴里含着一盏灯笼。

风鸣朝目送龙灯队远去。

细雪已停，夜幕降临，青石街张灯结彩。罗顺子合了纸伞，漫无目的地欣赏风景。这时，龙灯队过来了。街口对面又来了一队狮灯。

狭窄的街头，两队互相避让，龙灯队的一个人，脚在光溜溜的青石板上一滑，龙身猛然扭动，龙头撞向狮头。

狮灯队毕竟灵活，迅速退开，那龙头扭转不及，撞掉一家酒馆的招牌。

老板娘大喊："天爷啊，过年砸我招牌——"

围观的百姓躲避，龙灯队拼命后退，十五节龙身七扭八歪，只听咣当一声震响，龙头与龙身的连接部分折断，龙头砸在地上，险些砸中一个小孩。

人群"嗡"一声惊散。

龙灯队集体傻眼，地上仿佛一具坠落的龙尸。

4

见此情景，罗顺子拄着伞，饶有兴味地停步。

龙灯队十几个人围在一旁商量，有人提议先去苏州城，再修整；有人说抱着龙头上船过河不吉利，要求返回；又有人说，咱们是第一次进苏州城，就这样回去，如何交代？

罗顺子走到龙头前，弯腰，用伞柄杵了杵龙头。

龙头断裂的部分倒还完整，只是第一节的龙身，茬口破损，显然不是同一个匠师制作的。

罗顺子低喃："这个做龙身的，偷工减料，该死。"

"你是谁？退后！"

龙灯队发现了罗顺子，急忙过来驱赶。

领头的嚷道："是个女人……走开！"

围观者重新聚集，风鸣朝在人群后面看着。

罗顺子扫了眼龙灯队，轻蔑一笑："一群鹌鹑。"

领头的厉声："龙灯岂是女人能碰的？！"

罗顺子没理他，三两下拆掉自己的伞，握着伞骨，戳进第一节龙身。

"啊——晦气！"龙灯队有人号叫。

围观者不安地看着。

罗顺子从龙身上破损的茬口中，拽出两根竹条，沿着伞骨，交叉编织，再从荏口里剥离出四根竹丝。

龙灯队的人全部围上，呵斥："走开！不准碰！"

"——她在帮助你们。"

随着说话声，风鸣朝从围观者后面挤进来。

"哦，是风二少爷，"龙灯队的头领顿时矮了三分，"您认得她？"

风鸣朝摇头："在下只是路过。"

"那您……"

"这位姑娘的手法……"

"行了，你们把龙头接上吧。"

罗顺子起身拍拍手，谁都没看，径直往前走去，人群急忙让开。

风鸣朝招呼："这位姑娘，请留步。"

罗顺子侧过脸："你谁啊？"

人群议论："果然是外乡人，连风家二少爷都不认得。"

"是啊，苏州方圆二百里，谁不知道风家？"

风鸣朝说："鄙人姓风，敢问姑娘何处落脚，改日定当上门讨教。"

罗顺子一笑："讨教嘛，可以啊，我就住在……"

她四处扫视。

"哎哟，找店不如撞店，"老板娘多一好露出艳丽笑容，目光一扫，将顺子看了个清楚，"姑娘是远道而来吧？本店的客房宽敞干净，还有免费茶水。"

"你这不是酒馆吗？"罗顺子问。

刚才被龙头撞掉的招牌，正是多一好的店。

多一好笑道："一楼是酒馆，二楼住宿，风景更好，好上加好。"

"好，就住在你家。"

罗顺子径直步入酒馆，上二楼，进了一间客房。

房门虚掩，罗顺子坐在窗前，望着下边的青石街。

龙灯队已经排列好了，昂扬的龙头恢复了神采。多一好正与他们交涉，赔偿掉落的招牌，风鸣朝已经离去。

罗顺子抬眼远望，夜色中的江南水乡，在灯光映衬下，展现出另一番美景，所谓"白天粉墙青砖黛瓦，夜晚桥影似满月"。

房门一响，多一好进来，笑吟吟问："客官，觉着如何，舒坦吧？"

罗顺子点点头，多一好放下茶壶。

"客官到千灯镇来，是游玩散心，还是走亲访友？"

罗顺子笑笑："找事。"

"哦？"多一好打量罗顺子，"阿妹有这好本事，该去苏州府谋划前程啊，实话讲，我从未见过年轻女子，有如此精妙的花灯艺道。"

"我听说千灯镇，乃是花灯在世间的巅峰，不知是否有我的用武之地。"

"一定有，镇上最大的两个灯主，是朱家和风家，他们都给万岁爷献过贡灯。哦，风家的少爷你见过了。"

"嗯。"

多一好靠近些："我算是明白了，你刚才是借助龙灯，有意露一手，让满街的人都看到。"

罗顺子笑笑："却没想到会是龙灯这么大的场面。"

"嗯，很快就会传遍镇子。要说你来得也巧，朱家和风家正准备举办'上元赛花灯'。"

"哦？"罗顺子显出兴趣。

"你可以去帮一家。"

罗顺子思忖片刻："还是让他们主动来找我？"

多一好拊掌："对，我在酒馆把消息散出去，就说你接受雇用，到时候……"

"到时候，谁家给的佣金高，我就给谁帮忙。那佣金的两成，给你做介绍费。"

多一好笑成一朵花："阿妹上道啊！"

罗顺子微笑，斜睨窗外的街景。

5

风家雄踞镇南，与镇北的朱家遥相对峙。

风家大少奶奶沈环白，还在适应寡居生活。夫君死了一年，日子就像这江南的冬季，绵密的湿冷感觉，浸着骨头缝，让人难以忍受。但沈环白是强韧的女人，她坐在那里，决然看不出丝毫的脆弱。

炭盆里的火苗微微蠕动着，铁架上摆放番薯、山药，环白用火钳子轻轻夹着，来回翻动。

她满头珠翠，围着紫貂，身穿绉绸，下系一条百蝶狐裙，腰系青连环垂须绦，浑身充满富贵气。

她的娘家父亲是县衙的一名户房小吏，负责征税纳粮。娘家六个孩子，只有环白是女儿，母亲照顾不过来，父亲公务忙并且性格严苛，忽略了环白。环白从小在夹缝中生活，想要争取什么只能靠自己，形成了决不认输的禀性，七岁时便令哥哥、弟弟一众小孩俯首帖耳，逢年过节暗搓搓向她进贡，此为"征税纳粮"——户房家的小孩就是懂事。

但如今她培养儿子风寅，决不允许儿子向女孩子示弱，遇到厉害的女孩子，就要利用先天优势抑制住对方，这先天优势，就是自古定下的，天尊地卑、男强女弱之道。

"娘，娘，我饿了！"

风寅的声音打断思绪，环白抬起脸，儿子从门外匆匆进来，小脸红扑扑的。

环白的眼眸里是疼爱，语气却沉肃："虎儿，又在外边胡闹，今天读书了吗？"

风寅站定："读了《千字文》。我还会写歌谣。"

然后他低头咕哝了一句什么。

环白瞥他一眼："心里有不服气的，大声说出来吧。"

风寅抬脸，鼓了鼓腮帮子："要过年了，孩子们都在玩耍，我却还要读书。"

"你和他们不同，你是风家的长子长孙，明白吗？"

"嗯，明白。"风寅低头。

"我看你是装明白，来，番薯烤好了，你不是饿了吗？"

沈环白用火钳子夹起番薯。

风寅一脸木然："没油水，虎儿要吃米粉肉。"

沈环白自己掰开番薯："想吃米粉肉……说说你今天在宅院里观察到什么？"

"嗯……爷爷在院子里摔了一跤，奶奶在佛堂念了一天经……"

"没问你爷爷奶奶，问你宅子里有无新鲜事？"

"竹园的刘三被管事的骂了一顿，说碧玉竹比他的命还金贵，让他看好了。"

"嗯，竹园可是风家的命根子，"沈环白点点头，"还有什么？"

"还有灯舍里两个匠师争执，我没听懂，说是纱灯底下的三脚架合不拢，只能悬垂在半空，没办法用手举着。"

"遇到不懂的，随时向你二叔请教，你二叔心疼你，知无不言，言无不尽，你勤记着点……娘平时只管经营，对于花灯的知识，只是当初跟着你爹耳濡目染，虽是心里明白，却讲不出所以然。"

房间忽然静默。

风寅颤声说："娘，我想爹了。"

沈环白轻叹一声："心里记着你爹就好。"

风寅说："昨天我又看见，二叔对着爹的画像流眼泪。"

"他们兄弟情深，你二叔很崇敬你爹，"沈环白把番薯放回到铁架上，"行了，你最近的观察力有长进，去厨房找刘姑，叫她给你做米粉肉。"

"是，娘。"

风寅规规矩矩往外走，一跨出门槛，立刻飞奔而去。

沈环白摇摇头。

她余生唯一的寄托，就是这个孩子，风寅注定要成为风家大当家的，环白希望是再等八年，等到儿子十八岁时。

当初，她便是十八岁嫁到风家的。风家也正是福星高照，因为乾隆下江南时，对着风家的贡灯，说了声"甚好"，比朱家多了一个字。皇帝金口玉言，一字值万金，江南地区都知道了乾隆爷更赏识风家。迎娶沈环白，可以说是福上加福，此后风家便走了大运，一浪更比一浪高。

怎奈世事无常，一年前，大少爷暴毙，风家虽然根基稳固，不至于垮掉，但心灵上的打击更严重。风家的大当家风满堂，因长子的死，似乎心灰意懒，风夫人更是天天待在后院佛堂，诵经祈愿，不问世事。

幸好风家有她这位大少奶奶坐镇，还有风家二少爷鸣朝，对大哥遗愿的全力继承……

这时，丫鬟芳兰急匆匆进来。

"大少奶奶，您快去看看吧，二少爷在鞭打阎叔。"

"怎么回事？"沈环白有些惊讶。

芳兰给她拿来一件绣牡丹狐披风，二人出了门。

6

沿着回廊前行，隐约听到一阵哀求声。

"二少爷，我们不是故意呀……啊，饶了我们吧。"

芳兰先一步往前赶，远远地喊："大少奶奶来了！"

立刻传来阎婶的哭喊："大少奶奶——救命啊，二少爷快把老阎打死了。"

环白快步走到门前，只见阎叔侧卧在地，身上沾着土，阎婶跪在旁边，正在阻拦风鸣朝。鸣朝的眼神冷似寒冰，双唇紧抿，手上拎着鞭子。

环白迈过门槛，看到茶几旁掉落了一盏荷花灯，灯口摔破了。

风鸣朝看了环白一眼，又一鞭子抡到阎叔身上，阎叔的身子猛地抽搐。

沈环白低声："鸣朝，先放下鞭子。"

阎婶趁机夺了鞭子，扔到墙角。

风鸣朝怒指阎婶："全是你干的好事，应该打你才解恨。"

阎婶瑟缩着蜷坐在地。阎叔躺在那里呻吟，一副快死的样子。

环白问："鸣朝，怎么回事？"

风鸣朝指着地上的花灯："大嫂，您看这盏灯。"

"不是已经修好了吗？"

"是呀，可被他们撞坏了！"鸣朝怒声说，"这是大哥毕生的心血。"

风家大少爷致力于研究完美花灯，他去世后，给鸣朝留下这盏灯，鸣朝继承遗愿，已经接近了大哥的境界。

鸣朝说："还差一步要攻克的艺道，全在这盏灯里，被这个老东西摔坏了！"

阎婶哭诉："不是故意的……借我两个胆子，我也不敢呀。"

"平常千叮咛、万嘱咐，我不在这个屋的时候，谁都不要进来，即使打扫，我也必须在场。可是你这个赖婆娘，把我的话当耳旁风，"风鸣朝越说越气愤，猛踢阎叔一脚，阎叔大声呻吟，鸣朝指着阎叔，"还有脸叫唤，你们是故意趁我不在，溜进来窃取财物，听到我的脚步，惊慌之下，碰倒了花灯……"

"哎呀——二少爷血口喷人，我死了算了！"阎婶要把脑袋往桌角去撞。

"行了，"环白沉声，"我知道怎么回事了，你们都别吵闹，老爷和夫人心情不好，需要清静。眼下也快过年了，无论发生什么，过了年再说。"

风鸣朝气愤地坐到椅子上，脸扭向窗户。

阎婶仍然蜷坐在地，哭喊着："大少奶奶，你要为我们做主呀！"

"我让你别号丧了。"环白冷声。

阎婶爬到环白面前，拉扯着她的腿："这事今天不了断，往后二少爷不会放过我们，我们没法活了。"

"你听不懂我的话吗？"环白提高语调。

"今天必须了断，我们没有做错事，二少爷须得明白。"

"你想了断？好，芳兰——"

"请大少奶奶吩咐。"

"去账房取五两银子给他们。"

"……是。"

"我们老阎的命都快丢了，五两银子怎么能打发？"

"五两银子是给你们的安家费，拿了钱马上离开风家，风家不需要你们了！"沈环白不怒自威。

"什么？"阎婶愕然仰视环白。

"你不是要了断吗？"环白冷笑，"本来念在你给虎儿当过奶娘，你刚进风家时，也曾是夫人的贴身丫鬟，想睁一只眼闭一只眼算了，你真把我的容忍当成是怕了你？"

阎婶的嘴角抽搐几下，突然跳起身尖叫："我要向夫人告状！你背着夫人在宅中横行霸道，欺凌弱小……"

沈环白厌恶："血口喷人的老东西。"

阎婶扯住沈环白的衣袖："走，让夫人评理。"

环白被扯得一趔趄，甩手一巴掌，抽在阎婶脸上。阎婶猛地捂住脸，鸣朝和芳兰愣住。

沈环白怒视阎婶："你们这一对老东西，名声多臭，自己不知道吗？厨房每次进货，你们都要拿走一部分私自变卖。新来的丫头赚的月钱，你们连蒙带吓必得分一些私用……老爷和夫人纵容你，今天就到头了，乖乖拿了银子走开，若敢去嚼舌头，我让你们在整个江南，没有立锥之地！"

阎婶揉着脸："好，好，沈环白，你狠。"

芳兰催促："跟我走吧。"

地上的阎叔爬起来，掸一掸身上的土，恨恨地扫了沈环白一眼，出去了。

风鸣朝望着那二人的背影，愤然道："两个老无赖。"

他把地上的荷花灯放回到桌案上。

沈环白问："还能再修好吧。"

鸣朝叹口气："很难说。"

"你上次已经复原过。"

鸣朝怔怔地说："那不是我修的。"

环白一愣："哦，我猜不是朱家的那个灯奴修的？"

鸣朝有些掩饰地说："大嫂不必操心了。"

沈环白意味深长地说："是我曾经向你提起，朱家有个擅长修灯的小奴，看来你已经与她接触过了。"

鸣朝有些局促。

沈环白牵了牵嘴角："我还听说，你曾想找人出面，为一个小奴赎身，原来就是她呀。"

鸣朝不安地摸了摸下颏："大嫂，您怎么知道的？"

沈环白淡淡一笑："无关紧要了，如今那个小奴已经是朱家的少奶奶。"

鸣朝垂下眼皮，隐藏了神色。

沈环白轻叹一声："你若是早些与我商量，或许，事情有转机呢。"

"我们不谈这些无谓的闲事了。"

"我只是有些惊讶，刚才你鞭打阎叔时，仿佛换了个人，"环白说，"你一向温文尔雅，从未这样暴躁。"

鸣朝侧过脸，望着桌上的荷花灯："这是大哥留给我的遗物，却要毁掉了，我难过又生气，一时没有克制住，让大嫂见笑了。"

沈环白顿了顿，说："你也不必难过，相信一定能做好。"

7

这盏荷花灯，外观看起来没有多么惊艳，可它的内部构造，称得上奇异。它有九重机关，环环相扣，倘若把它拆下来，可以随意替换到各类花灯里，无论外观造型如何变化，这套机关都能让花灯呈现出最好的样子，所以它的真正名称，叫作"任意灯"。

这套装置，是从唐朝的皇宫传下来的，起初是唐玄宗在演奏霓裳羽衣曲时，用花灯来衬托气氛，后来宫中的匠人，为了适应杨贵妃舞蹈时美艳多变的身姿，研制出这套机关装置，随时随地，在各种花灯里使用，"以一应万变"，正是中华古老哲学，在灯上的完美展示。

此刻，沈环白轻轻抚着荷花灯，仿佛又看到夫君的身影浮现在灯上。

她的心里不禁波澜起伏。能不能承继夫君的遗愿，不仅是二少爷的使命，更是她的心心念念。

除了研究完美花灯，风大少爷生前更痴迷于长明灯，他始终不明白，为什么朱家的灯烛可以燃烧很久，而同样都是白蜡虫的分泌物，风家却难以做到。早些年，他曾派人混进朱家，看了饲养白蜡虫的小园林，与风家一样，种植着女贞树，白蜡虫生长、产卵、变蛾，分泌的白蜡，有仆人采收、加工。可风家的蜡脂燃烧时间无法与朱家相比，这是风大少爷生前最无法理解、最想探究的。

蜡脂是朱家资源，好在风家也有资源。

两家在花灯产业中较劲比拼，产品行销江南地区。虽然对抗，却又不得不交换资源。

朱家的蜡脂，可以保证灯烛长久不灭。而风家掌控着一片竹园，则有天底下最好的竹子，用它做灯笼的骨架，灯笼长期受热、受潮，保证不变形。

也就是说，风家掌握着灯笼的"骨"，朱家掌握着灯笼的"心"。

这使得两家的关系，微妙又复杂。

争斗数百年，时至如今，只要破解了朱家的蜡脂秘密，朱家就没有什么东西可以攥住风家的命脉，朱家就会沦为风家的附庸。

想到这里，沈环白说道："鸣朝，有件事，我一直没与你商谈过，就是关于你大哥的死，我心底有个很深的怀疑。"

风鸣朝问："大嫂是怀疑……朱家？"

环白的眼睛一亮："看来我们想到一处了。"

风鸣朝望着窗外的屋脊，倾听风铃发出的清声。

"因为大哥的死，最终是朱家获益最大，我便不得不这么想了。"

"是呀，若是你大哥活着，我们风家会永远压着他们一头。"

鸣朝语气幽幽："我到底是不如大哥呀。若是他在，朱家绝不敢提出'上元赛花灯'。"

环白的表情凝滞一下："那倒未必。"

鸣朝抬眼看着窗外一只青鸟飞过："朱家是觉得我像个软柿子，就想捏一捏、看一看，风家是不是后继无人了。"

环白说："那是朱家不了解你，我们却了解朱家那个财迷少爷。"

"嗯，对付他，我是有信心的。"

"还有一个人——已经成为朱家少奶奶的那个丫头，会不会造成威胁？"环白问。

大嫂的这句"朱家少奶奶"，让鸣朝感到痛苦，但他的脸色很快平静下来，有些自负地说："修灯与制灯，毕竟不同，就好比会修房子的人，未必会建造房屋。建造房屋要从打地基开始，一点一点成形完备。"

"我还听说，那丫头前几日忽然想做朱家的掌灯人，被朱老爷训斥，"环白笑了笑，"卑贱的灯奴突然成了少奶奶，果然就骄狂起来了，这种人，我是见过不少。"

鸣朝迟疑一下，自语："她倒不像是那样的人。"

环白用玩味的语气说："你对她很了解吗？"

鸣朝摇头。

环白嘴角一抹浅笑："我会留意这个朱家少奶奶，外界传闻她中邪了，或许，这对我们风家是个好事。"

鸣朝看了大嫂一眼："我们不谈她了。"

"嗯，你全力准备上元赛花灯，"环白说，"这是两家少爷的正式竞斗，你代表风家，朱加亮代表朱家。谁赢了这一战，谁就可能掌管江南花灯的未来。"

风鸣朝笑笑："未来终究是风寅的。"

环白把话题拉回来。"还有一件事，与朱家有关。"

"什么事？"

"我一直怀疑，是因为你大哥发现了朱家的长明灯秘密，才被朱家害死。我记得一年前，他与朱老爷洽谈，用咱们家的竹子，交换朱家的油脂，但朱家的条件不公平，双方没有谈拢，你大哥那几天不停地念叨'长明灯、长明灯'，之后又与朱老爷见过一面，结果第三天，便猝死在河边，郎中说是心痹。"

鸣朝敛眉思忖着："嗯，是这样。"

"我在朱家的耳目，一直寻找朱家的罪证，可迟迟没有头绪。"

"大嫂不必焦急，眼下应该专心应对朱家的挑战。"

环白吁口气："嗯，我们迟早会打垮朱家，把他们赶出千灯镇。"

鸣朝似乎对这个话题没兴趣，他想起另一件事："哦对了，您是否听过大哥提到一本书，《元朔花灯谱》？"

环白仔细想了想，摇头："毫无印象。"

"嗯，我也翻遍了家中的藏书，没有发现。"

"你怎么忽然提到此书？"

"昨日有一位朋友，因为回乡过年，途经千灯镇，我与他饮酒畅谈，是他说到这本书。"

环白低喃："《元朔花灯谱》。"

"花灯起源于汉代，'元朔'是汉武帝的一个年号，那一年的节气很特殊，正月初一与冬至，重逢于同一天内，而且又回归了同一时刻，汉武帝为了纪念这一天示祥瑞，便以'元朔'为年号。就在那年，花灯横空出世，并接连出了七套花灯，可惜全部失传。此后的花灯，是按照最初的灯笼骨架复原的，便有了那本《元朔花灯谱》，但后来也失传了。"

"原来是一本失传的书。"

"我想，是很难见到了。"鸣朝遗憾地说。

8

多一好酒馆的二楼客房内，罗顺子坐在桌前，从袖袋拿出一本书，古旧斑驳的封面上，竖着写了五个篆字：元朔花灯谱。

书的前半部分，绘制着造型繁复的花灯图案，每一盏灯，都做了局部的细致分解，标注了尺寸、角度。书的后半部分，详细介绍各种花灯材质、工具，小到一个细微的构件，大到巨型灯阵的排列。

外面房门叩响，罗顺子收起书。

多一好提着两盏灯笼进来。

她说:"分头在他们的店铺里买的,也不知你要看什么。"

她把两盏灯放在桌上,灯笼底端有小字,一盏写"朱家",一盏写"风家"。

罗顺子扫了一眼,说:"比市面上常见的灯笼精细多了,这两家互相竞斗,彼此盯着,谁也不敢有什么毛病被对方抓住。"

多一好似懂非懂:"哦。"

"从底层艺道,才能看出强弱,上下做到一丝不苟很难。朱家和风家,果然都在细微处用了功夫。"

"你就这么看一眼,全明白了?"

罗顺子笑笑,她一瞥之下,已经通过竹骨结构看出灯笼全貌,乃至灯芯所在,包括灯笼上的最薄弱之处。

多一好懒得琢磨,急切地说:"阿妹,消息已经散出去了,酒馆里全在议论此事,听说有几个花灯作坊,打算联合筹资雇佣你。"

罗顺子撇嘴:"不过是凑热闹,借机抬高自己的名号,这种货色,无须理。"

"明白,阿妹只盯两个大头,"多一好靠近些,"方便透露一下吗,你打算要多少佣金?"

罗顺子斜睨多一好。

多一好试探:"我估摸着,怎么也得五十两银子吧?"

罗顺子笑而不语。

"怎么,你还想要八十两?"多一好咬牙,"做人不能太贪。"

"老板娘,给我准备一壶酒,我要出门。"

"噢,"多一好往外走,"出去要当心些,你毕竟是孤零零一个人,初来乍到,别受了欺负。"

半个时辰后,罗顺子来到千灯镇西北角。与镇上浓郁的过年气氛不同,此处荒凉得犹如另一片天地。罗顺子越往前走,越伤感,没想到已经破败成了这样。半人高的荒草蔓延,其间隐伏残垣断壁,风吹过,残破的石梁上飘起尘雾。

罗顺子有些茫然地辨认着,踩过杂草,来到一排石磴前,拿出酒壶斟了杯酒,缓缓洒下。风把她的衣襟拂起,凌乱的发丝扫过面颊,逆光中看不清眼里的神色。

她在荒草中伫立良久,风吹着碎叶在脚边盘旋。

9

罗顺子回到酒馆，还没进大门，多一好迎上来，压抑着兴奋。

"阿妹，来客了。"

罗顺子淡然问："谁呀？"

多一好低声："风家二少爷，在柜台前等你呢。"

"哦，安排个雅座吧。"

罗顺子进了门，径直上二楼去了。

风家最先得到消息的，自然是沈环白，听说镇上来个年轻女子，是花灯高手，并且接受雇用。沈环白没当回事。女子唱一唱灯戏还行，或者打个下手、修修灯，就到头了，要说以花灯艺道立身，闻所未闻。

她身边就有实例，自己的婆婆风夫人，出身于无锡的一户花灯世家，但家中严令传男不传女，风夫人嫁过来时，也就约略明白一些花灯门类，与现在的沈环白差不多。所以沈环白压根不相信，竟有年轻女子深通花灯之道。

但鸣朝听说后，马上来找大嫂商量，环白才知道真有这样的女人。

既如此，就得抢先下手，把人接到风家再说，断不能让朱家裹去，否则在势头上就弱了，这叫"未战，先露败象"。

风鸣朝一进酒馆，路人便议论起来，二少爷亲自出马，这是势在必得。鸣朝在柜台前等候时，罗顺子根本没理他，径自上楼去，这架势，看来要价不会低啊。

及至谈判时，鸣朝还是觉得，自己太低估对方了。

罗顺子说："你们出一百八十两银子，是打发要饭的呢？"

鸣朝的心灵受到冲击，他客气地问："那姑娘出价几何？"

"你们怕是付不起。"

"说来听听。"

"五百两银子。"

正在雅座外偷听的多一好，险些一头栽下楼去。

鸣朝吸了口气："这个……确实出乎意料。"

"所以是白费工夫。"罗顺子站起身。

"容我回去商量一下。"

"噢，我忘了，你是风家的什么人？"

鸣朝耷拉着眉毛："鄙人是风家二少爷。"

"难怪说了不算，大少爷呢？"

"家兄已经不在了。"

"哦，抱歉啊。佣金一文钱都不能少，你回去商量吧，我最多等到申正。"

申正……不到两个时辰了。

鸣朝出了酒馆。

朱宅。

阿忠快步进了朱守信的书房，抹着脑门的汗。

"老爷，刚刚风二少爷去见了那姑娘，姑娘要价五百两银子。"

"什么？"朱守信从椅子上站起身，"这也太黑了吧。"

"我在街上各处打听了，那姑娘的花灯艺道确实了不得，只用了三下，就把一条摔烂的龙灯，整治得又能翻云覆雨了。"

"有那么神乎吗？"

"当时风鸣朝就在场看到了，所以才急着去雇人。"

"原来如此，我就说嘛，风家一向是不见兔子不撒鹰。"

"还有，中间人是多一好。"

"那个开酒馆的？"

"是啊，在镇上也有十年了，会做生意，也讲信誉，她肯操办这事，必是认准了。"

朱守信眯缝着眼："这么看来，咱们还是下手晚了。"

"老爷，您真想雇用那个姑娘？"

"虽说是个女的，却能解燃眉之急。眼下曹大葫和一班匠师，无法突破羊灯的障碍，需要有人点化。更关键的，那姑娘不能让风家抢了去。"

"是……"

门外忽然传来朱加亮的声音：

"爹，别花那冤枉钱！"

朱守信沉下脸："我商量事情，谁让你妄自议论？"

加亮走进书房："让茉儿帮我吧。"

"我已禁止甘茉触碰花灯，你忘了吗？"

"爹，求您解了禁令。"

"朝令夕改，我还怎么当家？"朱守信怒道，"更何况成亲后，她越来越不像样子，必得好好教训。"

"我主要是心疼银子，放着自家人不用，却从外边请来野狐仙。"

"还有脸说，但凡你有点筋骨，何至于让人扶着走？"

加亮请求："您就让茉儿试试吧。"

"我甚是讨厌那些有点才能却又充满妄念的人，肆意破坏规矩，自以为家宅离不开她。"

"爹……"

"住口！"

加亮无奈低下头。

朱守信转向阿忠："咱们继续说。"

阿忠提醒道："老爷，那个姑娘给风家的时限，是申正。"

朱守信瞥了窗户一眼。

阿忠说："不到一个时辰了。"

"你觉着风家会不会雇她？"

阿忠点一下头："话已经传出来了，风家硬着头皮也得接，否则就等于承认没实力。"

"好，咱们就给他来个截和，让他肚子痛。"

加亮急了："爹，你真要花这笔钱？"

朱守信不耐烦："这不是花钱的事。"

"那是什么？"

阿忠说："少爷，咱们必须得出价，是因为风家出过了价，从今往后，朱家事事都要压风家一头。"

朱守信斜睨儿子："听懂了吗？"

加亮抓了抓后脑勺："咱家打算出多少钱？"

朱守信说："八百两银子！"

加亮愕然看着他爹。

1

罗顺子被簇拥着走进朱家时，所有人都高看她一眼。

虽说八百两银子对于朱家和风家这样的门户来说，不算什么，但各行各业都有例规，比如曹大葫作为正宗匠师，在朱家干了十几年，月俸才涨到三十两银子。

不过朱加亮比曹大葫更不满，他在后院找甘茉，甘茉正在专心地砍树枝。

加亮说："茉儿，你不知道宅子里发生了什么事？"

"没兴趣。"甘茉头也没回，用铲刀刮着树枝。

"我爹雇了个花灯高手，是个姑娘。"

甘茉看了看加亮，继续刮树枝。

"你怎么不明白，我爹这样做，就是要彻底弃用你了。"

甘茉沉默着。

"花灯都不让你碰，你还想做掌灯人？"

甘茉停下动作："你的意思呢？"

"娘子，我是这个宅院里，唯一为你好的人……"

"行了，有话明说。"甘茉继续刮树枝。

"听我一句劝，家里是咱爹说了算……"

甘茉的手猛地一滑，铲刀的锋刃掠过拇指，刮掉一小块皮肤，殷红的血渗出。

加亮惊呼："啊，媳妇！"

他去拉甘茉的手，甘茉兀自攥住手掌，把大拇指捏在掌心。

她低语："咱爹……"

空茫的眼中浮起一丝痛苦。

"是呀，你嫁与我为妻，我爹可不就是你爹嘛，我娘就是你娘啊，我们是一家人，"加亮有些惊讶地看着甘茉，"你怎么了？"

甘茉深吸口气，抑制住悲愤，嘴角掀起一抹冷笑，拿着树枝走开。

加亮疑惑地跟上："娘子，我是想说，爹就是那样的人，你向他服软、求饶，我再拉着我娘，帮着一起说好话，让你做花灯。"

甘茉冷冰冰地说："谢谢，不必了。"

加亮急切："那个罗顺子，花灯艺道惊人，若是帮朱家打败了风家，那我们就再也说不上话了。"

甘茉脚步缓了缓："她是什么样的人？"

"浑身透出傲气，进大门只说了一句'朱家还真是豪阔呀'。"

"我问她的花灯水平呢？"

"还没有显露真本事，不过她和我爹谈了一场，我和几个匠师都听了，直接点出咱家灯的弱点，把我爹惊着了，还说幸亏没让风家把她接过去。"

"谈了什么？"

加亮想了想："嗯，她说朱家的花灯，有一类的竹骨编法不对，中间空了一层，应该加一根竹条，否则承受不住五斤以上的花灯。"

"哼，饿肚子的编法，我向曹师提过。"

加亮拊掌："难怪罗顺子说的时候，曹大葫埋着头，一副羞惭的模样。"

"世上还有罗顺子这样的姑娘，"甘茉顿了顿，问，"她在哪里？"

"我爹给她预付了一半佣金，今晚就落宿在宅子。"

"哦，明天欣赏她的手艺吧。"

甘茉提着树枝往前走。

加亮问："你拿这些东西做什么？"

"你爹不让我使用制灯的材料，我自己砍的树枝可不算，我做个连心轴，他能怎么样？"

"做一个？"加亮惊讶。

"让你爹知道他错了。"

"那个连心轴，你在手上掂了一下，就能做出来？"

"做个约略的样子罢了。"

"不可思议，"加亮赞叹，"那要是你抱我一下，还不得做个活人出来？"

甘茉有些羞愤："自重，少爷。"

加亮憨笑："娘子，我有了你，真是前世修来的福分。"

甘茉被"福分"二字打得心口痛，从她七岁来朱宅，每个人都说她白捡的福分，她更是每天战战兢兢，生怕老爷、夫人一不高兴，她又要跌回深渊。

耳畔仿佛又飘来朱夫人的声音：

"……启禀婆婆，甘茉为奴，已被我们压制二十年，如今把她拖出苦海，给她恩惠，她欠我们的，自当谨记。她也果然没有辜负我们，十四年柔顺本分……"

甘茉大步走开了。

加亮忧心忡忡地看着媳妇的背影。

2

入夜，一弯月牙挂在树梢，朱宅一片静谧。廊下的灯笼微微摇曳，洒下斑驳的光影。

一个人影滑过墙面，停滞在黑暗角落。

前方巡夜的家丁走过，敲着手里的梆子。"小心火烛，平安无事。"

家丁离去，那个人影沿着回廊行走，绕过仓库，来到天井后的灯坊，打开门，发出吱咛一声，闪身从门缝进去……

此时，甘茉在房间，放下毛笔，眼前的纸上勾画着十几个"连心轴"的草图，但都不满意。她捂嘴打个呵欠，走向床榻。

朱加亮去了账房查账，要到后半夜了，甘茉把地上的被褥踢到一旁，坐在床边，望着楠木纱灯散发的朦胧光晕，又想起朱老爷的禁令，不由得有些烦躁。她打开柜子，拿出个布囊，从里边捏出一些薄荷叶，晒干的枝叶对她的诱惑力仍然很大，她用指尖搓揉着，努力克制。

吃薄荷上瘾，已经给她带来不少麻烦。薄荷是凉性的，适量地吃，清凉舒适，但是吃得过量就会引发寒战症。她第一次发病时，是在十五岁，大家都没见过，情景很吓人。她浑身发冷，倒地颤抖，眼前一片模糊。把她抬进屋子，给她盖了棉被，她还是冷，足足折腾了两个时辰才缓过来。后来又犯过两次，郎中不知病因，只说受了风寒，虽不致死，可缓解时间最短也得一个时辰，苦不堪言。

甘茉第一次遇见风鸣朝，也是与薄荷有关。

甘茉虽然在千灯镇生活了十四年，却在朱宅很少出门，平日里专注于花灯，对于朱家和风家的争斗，自觉与她无关，只听说风家有两个少爷，即便偶尔在镇上遇到，也不相识。

直到半年前……

那时的甘茉还是灯奴，有一天，她为了一盏损坏的花灯耗费心力，薄荷也用完了，焦急中，悄悄从朱宅后门出来，经过水塘，沿路苦苦寻觅。

黄昏，她看到一片竹林，走近了，才想起这是风家的竹园。朱家灯奴万不可靠近，会被当贼一样打死的。她正要后退，忽然嗅到一股芳香的气味，令她心跳加快，顺着竹林边缘走去，看到竹子丛生的斜坡上，有一片碧绿鲜嫩的薄荷。

一抹瑰丽的夕阳映照在薄荷上，微风拂过，叶片摇动。甘茉不顾一切地钻进竹林，扑身跪坐在薄荷丛中，强烈的渴望令她失控，双手撕扯鲜嫩的薄荷叶，一把一把塞进嘴里。

斜阳下，柔弱的女孩犹如一只贪婪的小兽，拼命吞吃着。

极度的清凉舒适感，自喉间滑落，席卷全身，令她目眩神迷。灵魂瞬间炸裂，在风中振翅高飞，旋绕在云霞之中。

突然，太阳穴一阵咚咚狂跳，冰冷的刺激感，从头顶倒灌下来，等她意识到什么，已经迟了，她拼命想吐出嘴里残留的叶片，身体却翻倒下去。

天旋地转，电闪雷鸣。

她剧烈颤抖，如同丢弃在岸上的一条垂死的鱼。

灵魂冻住了，感觉不到自己的存在……

夜幕徐徐降临，笼罩了这个女孩。她微睁着空洞的眼睛，望着竹林上方交错的天空，一点一点黑下来。

远处，仿佛来自梦境，有一团缓缓飘动的亮光，越来越近，又似乎远了。

飘忽中，一个身影俯瞰下来。

身影在说话，声音悠远，模糊，如风划过。

甘茉侧身躺着，定定地看着那团亮光。

风鸣朝提着灯笼，弯腰呼唤着："你在这里做什么？你怎么了……"

甘茉拼命挣了挣，风鸣朝吓了一跳。甘茉猛地抢过灯笼，紧紧抱住，灯笼的温暖让她稍许安宁。风鸣朝试图拿回灯笼，甘茉在地上抖动，灯笼里的烛火引燃，一下子烧了起来。

风鸣朝一惊，连忙伸手，又是拖拽又是扑打，就在火焰即将烧到甘茉衣裳时，灯笼夺了出来，在地上滚动。风鸣朝使劲踩踏，自己的袍襟却烧着了，急忙拍打，上蹿下跳的，颇为狼狈。

甘茉有些清醒了，却仍是憨憨傻傻，看到这一幕，不禁"扑哧"地笑出声。

风鸣朝还在那儿忙活着，听到甘茉的笑声，本想生气地斥责两句，侧脸看了看，发现这女孩痴迷的模样，竟无比天真。

"喂，你是朱家的丫鬟？"风鸣朝扫视女孩的装束。

"嗯……那你是谁？"

"丫头，你摊上大麻烦了，此处是风家的竹园，你溜进来做贼，若被抓住，当场打死不问。"风鸣朝说。

"你不是也进来了吗？"甘茉歪着头说。

"呃……我当然可以进来。"

"为什么？"

"我又不是朱家人。"

"哦，不是朱家人就可以随便进风家竹园。"

甘茉的晕眩感还是阵阵袭来，眼前的男子忽而成了重影，忽而模糊，他的声音倒是清新悦耳。

风鸣朝把袍襟上的火弄灭了，看看甘茉说："你走吧，护林家丁就要巡逻了。"

甘茉如同喝醉了一般，控制不住自己，摇摇晃晃站起，身子猛地一歪。

风鸣朝去扶，手碰到甘茉的手腕，暖暖的。甘茉出于本能急忙避开，抓着旁边的竹子，柔软的身体随着竹子摆动，鸣朝怔怔地看她。

鸣朝忽然想起什么，自己十三岁那年，走在河边，被朱加亮偷袭，树干打到他背上，倒下时石头蹭烂了额头。朱加亮得意地跑开。之后有个女孩走来，小心翼翼地用手帕擦他额上的血，请他原谅自家的少爷……

此刻，鸣朝越看越觉得，甘茉是那个女孩，不由得心潮起伏。

甘茉只关注着地上的薄荷，心想，只要不是朱家人，就能随便进来，那下次换身衣裳岂不美哉？她一心为自己这个好主意兴奋。鸣朝见她时而痴迷、时而欣喜的模样，越发好奇。

这真是一个特别的女孩。

远处，浮现出一排灯笼的光芒。

鸣朝说："风家的护林家丁来了。"

甘茉惊慌地往外走。

鸣朝伸手示意："这边——从这片竹子钻出去，转过弯，有一条小道，记着往北边走。"

"看来你真是常客，"甘茉慌忙离去，"多谢啊。"

鸣朝目送甘茉的身影消失。

刘三和几个家丁过来，一起行礼："小人见过二少爷。"

"嗯，你们去那边看看。"鸣朝指着甘茉的相反方向。

"是，"刘三往地上看了看，"这里怎么乱七八糟的，被驴踩过了？"

鸣朝说："哪有什么驴？是我。"

刘三急忙说："小人失言，该掌嘴。"

"行了，去做事吧。"

鸣朝捡起地上残破的灯笼，兀自离去。

3

甘茉在睡梦中，手腕突然被年轻男子抓住，猛地惊醒。

她坐在床上，手背抹着额头，目光投向床头的灯，心绪逐渐安宁。

她的寒蝉症被那人救了一次，直到前日在大门口送灯笼时，又听到他的声音，这才明白，原来那个"不是朱家人"的男子，就是风家二少爷。

其实竹园晕眩事件过去后，又过了四个月，也就是今天的两个月前，她又见到了那个人，但这次他仍然没有亮明身份，想必是担心甘茉会拒绝他，因为他请甘茉为他修一盏灯。甘茉被他救过，他还帮甘茉逃脱，甘茉自然要还这个人情。而且，甘茉对于花灯的尊重和热爱，是发自内心的，当她听说有一盏灯，是故人留下的，迟迟修不好，无论如何要帮忙的。后来她想，倘若她知道了对方是风家二少爷，还会出手吗？

朱家要与风家斗灯，加亮的直接对手，便是风鸣朝。虽然当时甘茉还是灯奴，可朱家一旦知道她暗中协助过风家，她就成了背叛者，何谈掌灯人之位？

甘茉有些头痛，甩了甩头发，摆脱那些混乱的念头。

她走到窗前，望着庭院上空的一弯月牙。

忽看到回廊里有个人影，狸猫似的一闪即逝。

甘茉愣了片刻，急忙披了件衣裳，佩戴了橄榄灯，出来察看。那人影在廊下晃动。

"哎，你是谁呀？"甘茉追上去。

那人打灭了廊下的灯笼，在黑暗中一笑，踩着浓重的影子远去。

甘茉摘掉腰上的橄榄灯，提在手里，小小的一片光芒洒在脚边，她追上去。

那人从背影看像是女人，沿回廊向前跑，打灭一盏盏灯笼，然而黑暗虽有掩护作用，却也让对方摸不清方向，本来就对宅子地形不熟，东跑西撞，几个拐弯，又绕到庭院里。

甘茉越追越近："站住。"

那人看到了月亮门，飞奔而去，眼看就要逃进黑暗。情急中，甘茉把手里的橄榄灯扔过去，打在对方身上。橄榄灯弹起，掉在地上，咕噜噜滚动，犹如一个亮亮的竹球。

对方不由得多看了几眼。

甘茉追上来。

那人猛地一脚踢向橄榄灯，橄榄灯撞到墙壁上，嘭的一声响，裂开了。灯烛在空中跳跃、划动、熄灭。

甘茉追过来，对方已经不见了。

甘茉捡起破损的橄榄灯，心疼地一跺脚，这时才发觉，自己置身于黑沉沉的夜幕。她跑了几步，想起朱加亮在账房，便转身去找他。

账房的窗户透出灯光，甘茉上前拍门："少爷。"

"茉儿？"加亮惊讶地开了门，"娘子，你是不是独自睡觉害怕？"

甘茉说："宅院里进贼了。"

"啊？"

"看那情形，是从灯坊那边过来的。"

"你没看错吧？万一报错了信，我爹又说你故意胡搅。"

"那算了。"甘茉转过身。

"哎哎，我陪你去看。"

两人穿过回廊，朱加亮边走边说："灯坊的钥匙，曹大葫有，先找他。"

两人赶到匠师住宿的东厢房，敲开曹大葫的门。

曹大葫睡眼惺忪："少爷，两天没合眼了……"

"快，把灯坊钥匙给我。"

"这怎么行？"曹大葫急了。

朱加亮闯进东厢房，径直拉开抽屉。桌上有一杯没喝的茶水，曹大葫与加亮撕扯时，把茶杯碰倒了，水流到抽屉里。

曹大葫低呼："啊——"

加亮不耐烦："喊什么？这个家终归是我掌管，迟一天、早一天的事情。"

曹大葫指着抽屉："钥匙没了！"

"欸？"加亮愣住。

甘茉斜靠着门框，看他俩撕扯。

曹大葫从抽屉里拿出一个空木匣："钥匙原本在这里……"

加亮猛摇曹大葫的胳膊："除了你，还有谁敢拿钥匙？"

曹大葫哭丧着脸："罗……罗姑娘来过。"

"什么？罗顺子？"

"嗯，罗姑娘来找我，谈了如何编竹骨，我心服口服，转身给她沏茶时，她却走了。"

加亮嘲讽："你不是严禁女人进屋吗？怎么罗顺子突然变成男的了？"

"她是老爷八百两银子请来的，她金贵呀。"

甘茉不屑地撇撇嘴："别吵了，去灯坊看看吧。"

"对对。"朱加亮往外跑。

三人急忙来到灯坊前，发现钥匙就挂在锁上。

推开门进了外间，一扫视，没有什么异常。

三人直奔内厅。曹大葫本能地拦住甘茉。

"女人不能进内厅，这是古训……"

"训什么训？"朱加亮推开他，"茉儿不属于女人。"

"啊？"

甘茉和曹大葫一起盯着朱加亮。

加亮说："茉儿是神！"

甘茉被加亮拽进了内厅，曹大葫郁闷地跟着。三人把内厅检查个遍，东西都在原位，包括羊灯和招财树灯，华丽质感丝毫未变。

曹大葫咕哝："怪哉。"

朱加亮抓了抓后脑勺："是呀，哪里有问题？"

甘茉忽然心念一动，望向博古架，在第三层架子上，那个精美的雕花木轴，不翼而飞。

甘茉说："连心轴不见了！"

4

三人想不通，罗顺子为何独独拿去了连心轴？

要说那东西确实有年头了，但就是个花灯的构件，把它装到特定的花灯里，可称为绝品，可是除此以外，给谁都没用，既无实用价值，也无观赏价值，即便报了官，官府兴师动众把人抓来，搜出这么个东西，也会有耍弄官府之嫌。

曹大葫说："我才想起，难怪她在言谈间，提了一下连心轴，我根本没注意。"

加亮说："这事儿邪乎。"

曹大葫问："罗顺子是不是就在故意耍我们？"

"可是为什么？"朱加亮皱着眉，"咱们与她无冤无仇，我爹用八百两银子把她请来了，难道她不爱钱，就为拿走一个构件？"

甘茉哼了声："问有何用？快去禀报你爹吧。"

加亮摇头："这事暂时别说，我爹这几天正烦躁。"

他又看看曹大葫："你不会把少奶奶进灯坊的事，告诉我爹吧？"

曹大葫低头咕哝："你是朱家大少爷，你说怎么办就怎么办。"

他很清楚，灯坊的钥匙是从自己手上被拿走的，自己逃不了干系，幸亏歹人没有在灯坊大肆破坏，否则……曹大葫吓得不敢想了。

加亮笑笑："曹师是明白人，茉儿，咱们先捂住这事，弄清楚罗顺子到底要做什么。"

甘茉说："不管她做什么，也不该踢灭我的橄榄灯。"

橄榄灯伴随甘茉十几年，它是很有讲究的——据南宋的《齐东野语》记载，橄榄又名青果，初食橄榄时有涩口之感，放在嘴里久了，就会有清甜的回味，这盏橄榄灯，便取了"苦尽甘来"之意。

甘茉从小有个念想，就是娘可能有一天会回来找她。她在虎丘山下做这盏灯时，正是她最悲惨的时候，她是娘的女儿，等娘老了，应该会回来看她吧。这样想着，她便能坚强地活下去。

但如今已经知道了，她的父母就在身边，却眼睁睁不认她，所谓苦尽甘来，只是一个幻想。但那盏灯寄托的希望，却曾深深地安慰着她，成了她的一部分。

翌日，晨起，朱守信在院子里练了一套五禽戏。

阿盼端着水盆匆匆走来："老爷，好生奇怪，罗姑娘不在屋里。"

朱守信将身形收起，长长地吐出一口气："许是出门散心了，高人不必约束，叫厨房做几道点心，等罗姑娘回来用了餐，也好大显身手。"

此时，罗顺子正在用餐，是在多一好的酒馆里。

多一好喜滋滋地清点完了自己的介绍费，按照八百两银子的二成，轻松入账一百六十两，赚钱从来没这么容易过。

多一好说："阿妹，你也不必急着一大早就送来。"

"嗯，我有别的事。"

"哦？"

多一好坐到桌旁，看着罗顺子左一口桂花糯米藕、右一口小笼包。

罗顺子说："我要买一座宅院。"

"嗯？"多一好愣住。

"要快，今天就搬进去。"

"啊？"多一好疑惑，"你不是住在了朱家吗？少说能住到元宵节，你这么急着……"

罗顺子忽然语气一沉："不要多问，老板娘。"

多一好冷不防噎住了，她这才意识到，自己不知不觉间，想要深入罗顺子的生活，而且是以江湖过来人的姿态，希望调教这个初来乍到的妹妹，可是人家一开始就摆明了位置、厘清了关系。

"哦，抱歉啊，"多一好起身，"你想买什么样的宅院？"

"千灯镇的宅子什么价？"

"上个月，南街的林家，门面房四间，连同东西厢房，一共十四间房，作价六百两银子。"

"我现在手头有四百两，朱家还欠了四百两佣金。"

"你要将八百两全部用于购房？"

"嗯。"罗顺子吃饱了，放下筷子。

多一好思忖着说："按照你这个价码，镇上有几个不错的空宅，你先付四百两定金，今天可以住进去，十天内付清即可，但要有人作保。"

"老板娘为我作保，我另有酬谢。"

"好，给阿妹办事，我放心。"多一好说。

"另外，你这酒馆里，有没有闲着的仆从，我要雇一个。"

"对嘛，你住了新宅子，是得有人前后照应着。"

"不用干粗活儿的人，我要一个灵活的女子。"

多一好试探地问："有什么专门要办的事项吗？"

"嗯，我要招上门女婿。"

"啊？！"

饶是多一好见过风浪，也惊愕地瞪大眼睛："你、你这是急着……"

"宅子里怎么能没有顶梁柱呢？"罗顺子展颜一笑，"老板娘说过，小女子初来乍到，免受欺负。"

多一好心里说：我的天神大老爷，这位是什么来路？

罗顺子催促："你手头上究竟有没有灵活的女子？"

"既然是给您招收上门女婿，我只有拿出一位表妹了。"

"什么样的？"

"她的娘，也就是我的姨，便是媒婆子出身，专门保媒拉纤。我这个表妹，要不是身子弱，早就继承母业了。"

"祖传的媒婆儿，可。她叫什么名字？"

"小菱。"

"我按天数雇她，每天五两银子。"

"哎哟，我们全家是掉到福窝里了，县太爷一个月的薪俸还不到四两银子，您给她一天五两。您的钱是大运河冲来的吧？"

"就这么办，"罗顺子站起身，"买宅子、招赘婿，我的要求就一个，快。"

多一好斗志昂扬，将手帕一甩："客官等喜讯吧——"

5

罗顺子的新宅坐落在河边，梅竹掩映，可见木梁瓦顶，回廊小苑，清幽恬静。

不过很快就打破了平静。人们蜂拥而来，聚集在大门外议论纷纷。

今天是腊月二十九。

门口竖立的木牌上，赫然写着三个大字：招赘婿。牌子上披红挂彩，两旁悬挂着喜灯。

——这是唱的哪一出啊？

——听说是朱家付的佣金，直接拿来买了宅子。

——可是招赘婿是什么讲究？

——高人的想法，猜不透的。

——哎，贤弟，你急着往前凑什么？

——我父母双亡，就为这一刻，天命所归，我必奉献自己。

——呸，我绝世容颜，尚且排在后面，你还想插队？

……

甘茉和朱加亮也挤在人群中，伸长脖子往前看。

甘茉一身男子装扮，挤在人群中很不适应。她是被加亮拉来的，加亮说罗顺子毕竟是女人，倘若当面起了冲突，他不方便处置。

"茉儿，你靠近些，我护着你。"加亮说。

甘茉被挤来挤去，很不自在。周围的男人们，上到五六十岁，下到十四五岁。

加亮左右扫视："这罗顺子疯了吧？"

"不知她把连心轴放到哪里。"甘茉只关心这个。

大门口守着两个壮汉，门内有个灵巧的身影走过。

小菱的步态似弱柳，裙摆轻拂，走过叠有湖石花台的小院，来到正厅。

罗顺子负手背对门口，望着牌匾上"笃志经学"四个字，撇了撇嘴。

小菱行礼："罗姑娘，镇子全惊动了，大门外来了不少人。"

"有没有像模像样的？"

"苏州府地灵人杰，专产模样好的男人，千灯镇更是白菜心，集中出产俊美男子。只是这么急着来做赘婿的，恐怕没有那么多。"

"你看都有谁？"

"有这份心的，多是又懒又馋的半吊子，巴望着跟了罗姑娘，躺着就能改天换命。"

罗顺子斜眼："豪门大户，没有吗？"

"那都是来看热闹的，比方郑家三少爷、黄家兄弟、老柳家叔侄，哦，还有个财迷少爷朱加亮。"

"他也来了。"

"说得是呀，居然也凑这份热闹，他成亲才半个多月，真是脑壳坏了。噢，姑娘你不是朱家的座上宾吗？没见过他？"

"在宅中见过一面……那就他吧。"罗顺子轻描淡写的语气。

小菱呆住了："姑娘是说，要招朱少爷做上门女婿？"

"然也。"

"啊？！"小菱退了两步，"姑娘是在说笑话。"

"我每天五两银子雇你，不是叫你来听我讲笑话的。我就选了朱加亮，你来操持吧。"

小菱惊愕地看着罗顺子。

罗顺子不耐烦："你办不了，我就雇别人了。"

"办！"小菱咬着牙，"我娘自称能把死人说活了，让他娶了五百里外的九世活寡，我还有什么不敢办的？"

大门外，朱加亮故意起哄："等了半天都没动静，是来耍我们的！"

人群闹哄起来。

加亮继续煽惑："大伙儿进去看看，别是个空宅子，白白耽误了过年。"

人们一拥而上。

加亮抓着甘茉的手腕："趁乱进宅，寻找连心轴。"

大门口的壮汉挡不住了，忽然一阵虚弱的咳嗽声传来，小菱嘴上捂着手帕，出现在大门口。

人群退避，队形大乱，朱加亮紧紧拉着甘茉。

小菱咳了几声，移开手帕："罗姑娘已选中了赘婿。"

人群惊讶。

小菱扫视一圈，有了主意，清了清嗓子说："自古媒行里有个讲究，凡是经过了招婿牌子的人，表明认可此事，无从反悔。"

她指着那块"招赘婿"的木牌。

拥挤在前边的这堆人，面面相觑，有喜有忧，甘茉和朱加亮也在其中。

小菱抬起脸："现在我宣布，罗姑娘的赘婿，就是他——"

指尖对准的方向，正是朱加亮。

人群嗡的一声，有人喊，有人笑。

加亮傻站在中间："这、这是何意？"

只见小菱一挥手，那两个壮汉扑过来，扭住加亮的胳膊。

"恭喜你！"壮汉说。

然后扛起加亮便走。

加亮还没反应过来，就悬在半空。

他扭脸寻找甘茉："快回家报信！"

甘茉一下蒙住了，眨眼间，加亮已被人扛在肩上。她虽然怨恨加亮，可加亮毕竟是朱宅内唯一能帮衬她的，必要的时候，还能做她的挡箭牌。更何况，加亮已经成了她的夫君，怎么能在大庭广众之下，被另一个女人莫名其妙抢走？

甘茉不知哪来的力气，反方向挤过人群，冲到喜灯前，抓起一串灯，抡起来，砸到大门口。两个壮汉刚走过，脚边腾起一团火，一惊之下松手，加亮滚落在地。

甘茉喊："走啊！"

加亮翻身爬起，追上甘茉。

他余悸未消："疯了，真是疯了……"

后边的人群炸了窝似的，高喊着："朱少爷快跑，罗姑娘来抢亲了！"

一片喧嚣的欢腾声，涌动在河水上方。

6

沉静的朱家宅院。

阿忠躬身在书房门口："老爷，少爷来了。"

屋里传出朱守信的冷声："叫他进来。"

加亮耷拉脑袋走进书房，愣了下，只见曹大葫跪在地上，身子半软着，没有了匠师的气派。

朱守信说："曹师，你先下去吧。"

曹大葫爬起来，躬身退出。

加亮心虚："爹，您叫我有事。"

"你们合伙来蒙骗我，还有那个甘茉，屡教不改！"

"这事与茉儿无关，是我和曹师……"

"住嘴！连心轴丢失，为什么不禀报我？"

"我们想着自己拿回来，不让爹操心。"

"于是你们就跑出去丢人现眼，是嫌朱家还不够狼狈吗？！"

"我是真没想到，那个罗顺子是个疯子。"

"疯子专找傻子，难怪人家选中了你！"

"爹，招赘婿这事儿，全是胡闹，我不明白她为什么要这样？难道偷走连心轴，就是为了诱我上门？"

"人家送回来了！"朱守信拍着桌子。

加亮这才注意到，书案上有个蓝锦缎的小包。

他急忙打开锦包，果然是那个连心轴，更是疑惑。

"这、这什么意思呀？哎，怎么还有一份聘书？"

"正式下了聘书，让你做她的赘婿，连心轴就是她给朱家下的聘礼。"朱守信坐到椅子上。

"连心轴……聘礼？这明明是她偷咱家的东西，怎么反过来成了她的聘礼？"

朱守信语气幽冷："她先用朱家的钱买宅子，再用朱家的聘礼，招朱家儿子为赘婿，这种悍然的做法，闻所未闻。"

"我即便没有成婚，也不会由着她胡闹，"加亮一副崩溃的表情，"可她究竟为什么？她与咱家无冤无仇，咱们一片赤诚把她请来，还付了高额佣金……"

"别提那个了！"朱守信的脸色像猪肝。

这时，丫鬟翠芹搀着朱夫人来到门前。

加亮忙说："娘，您怎么来了？"

朱夫人踉跄着进来："春王，你先出去，我和你爹说说话。"

"哦……"加亮看了看母亲，再看看父亲，父亲面无表情。

加亮和翠芹出去了。

朱夫人瞥了眼桌上的连心轴："老爷，您醒过神了吧？"

朱守信吁口气："都到这地步了，还能不醒悟？"

"昨天那姑娘进宅子的时候，我远远地看了两眼，就觉着，她像……"

"你现在耳聪目明了，早干什么去了？"

"谁能想得到，她是罗家的后人……十八年了。"

十八年前，朱加亮三岁，罗顺子两岁。那时的罗家，也是千灯镇的大灯主，甚至规模超过了朱家和风家。

朱、风两家的资源是灯油和竹子，罗家就是艺道，比如那本失传的《元朔花灯谱》。

罗老爷很喜欢三岁的朱加亮，便给罗顺子和朱加亮定了娃娃亲，还送给朱家一个绝品构件连心轴，以示永结同心。朱守信很高兴，能与罗家联姻，打垮风家是迟早的事。

可不久，罗家举办的灯会发生火灾，把一位王爷烧伤，罗家因罪遭祸。火灾发生原因是朱家提供的油脂引燃，事后说是意外事故，朱家也试着帮罗家打点，终归只看着罗家败落。

罗老爷因为家族毁在自己手上，很快郁郁而死，罗夫人带着幼小的女儿离开千灯镇，从此杳无音信。

罗宅被认为是不祥之地，最终荒芜。罗家的一切，皆被荒草覆盖，不复存在。

如今，罗顺子突然回来，其所作所为，摆明是怨恨朱家，为了泄愤而来。

朱夫人收回思绪，不安地问："老爷，现在怎么办？"

"哼，她还能翻过天去？"朱守信沉着脸，"一个小小的丫头，千灯镇还轮不到她来兴风作浪。"

朱夫人紧张地站起身："你要怎么对付她？"

朱守信斜睨："还用对付？我根本不屑于搭理她。"

朱守信朝门外唤道："阿忠——"

阿忠急忙进来："老爷请吩咐。"

"派一个下人，速速把这个聘礼退回去。"

"是。"

朱夫人问："你不要连心轴了？"

"这本来就是罗家的，咱不认这门亲，当然退还。"朱守信不耐烦地说。

阿忠提醒："老爷，昨天和罗姑娘还有一份雇佣契。"

"嗯，你考虑得细致，雇佣关系解除，那四百两预付金，就当扔到河里了。"

"是。"阿忠躬身退下。

朱夫人忧心忡忡地看着老爷。

7

加亮来到后院找媳妇，看到甘茉孤单的身影，坐在廊下编树枝。

媳妇只能可怜地编织树枝，连竹条都动不了，加亮一阵难过。

"娘子，你受苦了。"

甘茉没有理睬。

加亮蹲在她身边，抱怨了一番罗顺子的无理，又说阿忠不肯把连心轴给他，说他爹要求速速退给罗顺子。

甘茉漠然处之。

"娘子，怎么办？"加亮发愁地说，"上元赛花灯，没有连心轴，那个羊灯就活不起来，肯定要败给风鸣朝。"

甘茉眼皮都没动："去问你爹吧。"

"茉儿，咱们只要赢了，才好与我爹谈条件。"

甘茉不理。

"快想个办法。明天就是除夕，再有半个月便要与风家当面锣、对面鼓。"

这时，一个小厮跑来招呼："少爷——老爷叫您过去。"

"唉，肯定是逼问赛花灯的事，"加亮站起身，"如今被罗顺子一闹，全镇都看我们笑话，这要是再输给风家……"

甘茉哼了声："你不是最爱讲笑话嘛，这下满意了。"

加亮悲痛道："娘子，你怎么这样呀？"

他赌气地走了。

甘茉独自坐了片刻，放下手里的树枝，起身往院子后门走去。

她出门绕过水塘，来到河边，踏过青石桥，走到街上。她低着头，沿着街边的房屋投影，步履忽快忽慢，显得心慌意乱。

她没有察觉，阿忠在身后尾随着。朱老爷并没有指示阿忠跟踪少奶奶出门，甘茉本来就很少出宅子，更少在镇上走动，以前多是陪着朱夫人和少爷去城隍庙进香。此刻阿忠看着甘茉的方向，也是城隍庙。

阿忠怀疑少奶奶有事瞒着。他不大相信少奶奶中邪了，也不大认可朱老爷说的，少奶奶属于小人得志。十四年来，他眼看着甘茉长大，一向逆来顺受，成婚后突然变了，其中必有原因，可阿忠猜不透，便想跟踪查看。

果然，甘茉走进了城隍庙。

此庙气势非凡，砖、石、木三雕，精美绝伦。不仅有屏风、月台、城隍殿、后大殿，还建有戏楼，并在两侧配有耳房、侧屋、夹屋、厢房等，纵深曲折，布局繁复。

今天的香客不多，稀稀落落地散布在各处。

阿忠看到甘茉没有进大殿，直接绕到了旁边的甬道，沿着侧屋走去。

阿忠要隐藏行迹，加之他从来没有来过殿后，转过拐角就迷糊了。甘茉显然对格局很熟，阿忠看到前方身影一晃，急忙跟上，甘茉却不见了。

阿忠站在幽深的过道，东张西望，贴着墙壁继续搜寻。

甘茉走进一座幽静的夹屋。屋内光线昏暗，小窗前映着个剪影，听到脚步声，影子动了动，苍老的脸庞浮现，左眼皱缩着，右眼泛着光泽。

甘茉掩上屋门，走过来："桑伯，身子还好吗？"

独眼老人嘶哑的声音："头皮正痒呢。"

甘茉小心地解开桑伯的辫子，用梳子细细梳理。

这独眼老人是朝廷钦犯，十年前逃到千灯镇，躲在一间废弃的房屋里，不幸遭遇一场大雨，屋梁塌了，他从废墟中爬出，奄奄一息，被甘茉看到，给他弄来药和食物。他注意到了甘茉佩戴的橄榄灯，作为回报，便要教她制灯。

桑伯是甘茉真正的师父。

甘茉作为灯奴，在朱宅里无法接触高深的艺道，是桑伯给她打开一扇窗。但甘茉从来没有完整地做成一盏复杂的花灯，她最大的问题是，缺乏信心。

随着年岁增长，这种不自信越发严重，童年尚能制作出橄榄灯，来到朱宅后，却因朱家对她心灵的压制，使她不断地否定自己。"不敢犯错"是她最大的束缚，倘若犯了错，就要被赶出朱家——这种恐惧感一直持续到少女时代，持续到青年。

直至她在婚礼当晚得知了身世，悲愤之情，使她决定要成为朱家的掌灯人。可是"信心"，决非一蹴而就，不像"愤怒"来得那么直接迅速。

她在桑伯面前不掩饰自己的不安，在这间小屋，她又成了那个小小的女孩。

"桑伯，我很怕。"甘茉说。

桑伯闭着那只独眼，在破椅子上微微摇晃着，享受甘茉给他梳头的感觉。

桑伯哑声问："当初，我告诉你，我是朝廷钦犯，你却为何不怕？"

甘茉愣了下："我那时不知道钦犯有多危险。"

"那现在呢？"

"您已经躲了十年，城隍庙的住持老爷，对您慈悲，还有什么可怕的？"

"哼。"

桑伯没有把后边的话说出来，以免甘茉更惊恐——窝藏包庇朝廷钦犯，罪同谋逆，一旦查知，满门抄斩。

桑伯说："所以怕与不怕，就在你的感知。你不觉得危险，就没有危险。"

甘茉手上的梳子停住："道理太深了，我怕我听不懂。"

"梳头吧。"桑伯长吁口气，放弃了鼓励。

甘茉继续梳头："朱家与风家这次斗灯，我并不在意，只是少爷总在我耳边聒噪。"

桑伯龇牙一笑："真的不在意？你不是想证明自己吗？"

"他们不准我碰花灯。"

"所有人都说你'不行'，让你回到那个壳里，这样就能摆布你了。"

"我知道，可我……"

桑伯慢声嘶语："弱肉强食，自古亦然，你在烂泥沟里是死是活，梅花都要开开落落。"

"……哦。"

"所以你还担忧什么？该让那帮兔崽子见识见识你的本事。"

甘茉沉默一会，从袖袋拿出一张草图，展开。

甘茉说："您帮我看看这个。"

桑伯睁着独眼，凑得很近看了看。他的眼睛是因为年轻时制灯，被灯油熏坏了。只有一只眼睛，制灯的难度更大，时间久了，手指也变形。

甘茉说："这个连心轴，本来可以用在羊灯身上，可惜没有了。"

桑伯哼了声："你一定有办法，不必问我。"

"我心里没底。"

"倘若我不在了，你如何是好？"

"到时再说吧。"

桑伯恨铁不成钢："我说死就死了，你不能事事都依靠我。"

"嗯嗯，下次一定，先帮我破题吧。"

桑伯靠在椅子上，往小窗外看了看，一只青鸟飞过。

桑伯收回目光："你知道羊的别称是什么？"

甘茉茫然。"不知。"

"就叫'青鸟'。"

"哦？"甘茉更加迷惑，"为何？"

"古人这么说，自有缘由，不必深究。你要用它起死回生。"

甘茉沉思。

"羊灯要活，就取青鸟之意，这叫'本源归流'。"桑伯闭上眼睛。

甘茉收起草图，思忖着，继续给桑伯梳头。

屋外忽然传来轻轻的脚步声，桑伯倏地睁眼。这个屋除了甘茉，极少有人来。桑伯抬手示意，甘茉慌忙躲到门后。

脚步声在门外停了，似乎在犹豫。

桑伯稍微大声地念诵经文："道可道，非常道；名可名，非常名……"

外边的人走开了。

甘茉回到桑伯身后，给他编好辫子，离开了城隍庙。

8

后晌，甘茉低头穿行在院中，手指在掌心勾画，嘴里念念有词。

有两个仆人匆匆往外走去，似乎有什么急事，甘茉浑然不觉，专注地思索着。

又有两个仆人跑过去，甘茉转个方向，沿着回廊前行。

阿盼快步走来："少奶奶，少奶奶。"

"阿盼姐……"

"您快去看看吧。"

"何事呀？"甘茉问。

"那个抢少爷的罗顺子来了。"

"老爷把聘礼都退了，怎么还胡闹？"

"人家打到门外了！"

甘茉蹙眉："真是不可理喻。"

她从没遇到过罗顺子这样的人，罗顺子突然闯入她的狭小世界，对甘茉来说，罗顺子的危险，超过了甘茉对于朱家的怨恨，罗顺子抢赘婿，是在破坏甘茉刚刚建立的生活，她的夫君再怎么可恨，也该她来处置，轮不到另一个女人无理取闹。

朱府大门外，六个仆人围着罗顺子，却不敢动手拉扯。

甘茉和阿盼挤到前边。

阿盼说："这位是我们家少奶奶。"

甘茉与罗顺子对峙，一个清冽如梅花、一个艳丽似桃花。

罗顺子气势汹汹说："朱家还欠我一半佣金没付，我还等着交房钱。"

甘茉说："人要讲理的，雇佣契书已经解除了。"

"单方撕毁契书，要全额赔偿。"

"谁说的？"

"我和你们老爷说的！"

甘茉一愣："不会有这事吧？"

曹大葫的身影在门内晃了晃，罗顺子指着他："别躲，过来说话！"

曹大葫只好走出来。

罗顺子说："昨天签文书的时候，我是不是说过那句话？"

曹大葫闷声闷气："你是笑着说的，就当你说笑话呢。"

甘茉说："对啊。"

"你们管我是笑着说，还是哭着说，把剩下的四百两银子交出来！"

仆人们齐声："你笑着说，不算数。"

罗顺子环视四周，早有围观百姓聚集起来，他们这几天就跟着罗顺子，罗顺子走哪儿，戏就开在哪儿。

罗顺子朝他们挥手说："你们看到了，朱家果然是，最会赖账。"

甘茉觉得她话里有话。

眼看聚集的人越来越多，阿盼说："我们不要与她纠缠，送到张巡检那里，让官府处置。"

仆人们齐声："好！"

罗顺子往后退："仗着人多势众，想欺负我……"

七八个仆人一起围上，罗顺子不断后退，更显得孤单。

罗顺子说："别过来，我的援兵要到了。"

她装模作样地看看天色："说到就到……"

又有五六个仆人和小厮从朱府冲出，势头越来越旺。

阿盼起劲地吆喝着："姓罗的是从外乡跑来，专门向大户敲诈银子的。"

众人追着罗顺子上了石桥。

甘茉冷声道："罗姑娘，你赶快回家去。"

罗顺子不屑地笑："这才刚开始，你们等着受罪吧！"

甘茉说："世间讲一个理字，君子循理，故常舒泰，小人役于物，故多忧戚。"

"你说的什么鬼话？谁是小人？"

"所谓道心出于天理，禀受仁义礼智之心，发而为恻隐、羞恶、是非、辞让，则为善……你听懂了吗？"

罗顺子做出呕吐状。

"罗姑娘，你是花灯高手，更应该明白，艺道便是天道，天道为灯，则为'道心'。道心，即是灯心，驱散黑夜，长明于人心。你却用恶劣的手法掠取财帛，你的心里全是私欲……"

"你是不是有毛病啊！"罗顺子烦躁。

阿盼说："少奶奶，您讲这些没用，这就是个有爹生、没娘养的东西。"

此话一出，让甘茉和罗顺子同时受到震动。

甘茉的隐忧自不必说，一时间又怨又难过。

罗顺子突然怒指阿盼："你说什么？"

阿盼单手叉腰："你——有爹生、没娘养！"

罗顺子怒极，紧咬牙关，眼里似乎要滴出血。

甘茉见她这样，一时忘了自己的痛苦，扯着阿盼往后退："算了，我们回去。"

阿盼说："怕什么？"

罗顺子一只手紧抓着桥上的石栏，显然是被刺伤了心，嘴唇颤抖着。

桥上变得沉寂。

这时，一条船从河面驶来，稳稳地停泊在石堤旁。

一位身姿挺拔的贵公子，弃舟登岸，朝桥上走来。他微仰着头，睨视河岸。

这边的罗顺子还被那群人围着，有人已经注意到那位公子。

忽然，有人低呼："邱公子。"

"哪位邱公子？"

邱公子径直穿过人群，谁都没看，目光只对着罗顺子。罗顺子仍在伤心难过，没有发现他步步走近。然后他在众目睽睽之下，伸臂，抱住罗顺子。

罗顺子一惊，偏头仰望，见他双唇轻启："顺子，我来了。"

罗顺子的额头触到他的胸口，眼里似乎有泪，吞下去了。

"你怎么才来？"顺子说。

"看看我带了什么？"邱公子微笑。

他的怀里忽然冒出一个小小的猫头，睁着宝石般的大眼睛，有着小小的粉色鼻子。

罗顺子眼疾手快，一把将那猫抱住。原来是一只袖珍狸猫，体重不过二斤，捧在手里如一团毛绒球。

罗顺子故意撇嘴："这是什么啊？都不能帮我打架。"

手上却迫不及待抚着猫儿。

邱公子连人带猫抱在怀里："这猫儿已是绝品，我托人从宫里买的。"

他俩旁若无人。

邱公子问："哦，你的事情办得怎么样？"

罗顺子说："人已经定了，还没答应。"

此时，朱家的仆人们如撞鬼一般，四散奔溃，就数阿盼跑得最快。

"我的娘啊——罗顺子的靠山竟然是邱公子。"

邱卓，苏州知府的儿子，人称"洞庭二当家"。

眨眼间朱家人作鸟兽散，只留下甘茉呆站在桥上，还没反应过来。

邱卓松开手臂，故意问罗顺子："这是你雇的丫鬟？怎么看着不机灵呀？你可不能亏待自己，来的时候带的银票呢？"

罗顺子嘲弄地笑："再没钱我也不会雇这样的傻子，被人推到前边当先锋，结果人家都跑了，她还等着领赏呢。"

"——娘子！"

桥下陡然一声呼唤。

"茉儿别怕，我来了！"

朱加亮沿着河岸冲来，一口气跑到甘茉身前，挡在她和罗顺子中间。

罗顺子笑笑："行啊，朱家门风真好，少爷保护丫头。"

朱加亮说："你认清楚，这是我的娘子！"

罗顺子喝道："我不承认！"

甘茉说："这人真是有毛病。"

朱加亮的目光转向邱卓，镇定一下，说："邱公子，幸会啊。"

邱卓根本没理睬他，问罗顺子："顺子，这就是你那个财迷赘婿？"

加亮脸上挂不住，看一眼甘茉，咬咬牙，直着脖子："你说谁是赘婿？！"

邱卓猛抬腿，一脚把他踹飞，扑通一声掉进河里。

邱卓说："最讨厌财迷在眼前晃。"

加亮在河里扑腾，岸边围满了人。甘茉把一根竹竿伸向河里。

加亮挣扎着往岸上爬："茉儿，你往后退……水凉。"

罗顺子站在桥上，指着朱加亮："算你有福，这一脚不白踢你，四百两银子抵销了。"

加亮又气又恼，啐了口水。

甘茉对着桥上说："罗顺子，你胡闹的事，到此为止。"

罗顺子哼了声："我招婿才刚开始。朱加亮，赶快洗干净换身衣裳，去我家给我端尿盆子！"

怀中的猫儿柔柔地叫了一声。

罗顺子与邱卓扬长而去。

9

沈环白心里别提多痛快了。丫鬟芳兰把街上的消息给她学说一遍，尤其是朱少爷被罗顺子欺负的过程，芳兰添油加醋地，逗得环白笑个不停。

环白说："哎呀，镇子前两天传遍了，说风家连五百两佣金都拿不出，朱家一出手就是八百两，这眼看风家要塌了……结果呢，呵呵呵，朱老爷紧赶慢赶地，花钱请了一尊瘟神，心里该有多憋气啊……呵呵呵呵。"

芳兰递上毛巾，环白擦了把脸。

芳兰问："大少奶奶，您晚饭想吃些什么？"

环白平静下来："不忙，你去把二少爷请来。"

很快，芳兰叫来了风鸣朝。

环白问："鸣朝，上元赛花灯准备得怎么样？"

鸣朝说："还有一个障碍需要突破，改天给大嫂验看。"

"花灯还是你多费心，"环白说，"我这边在想办法，寻找朱家害死你大哥的罪证。"

"眼看就过年了，大嫂不必焦灼。"

"对了，镇子上最热闹的事，你听说了吧？"

"嗯，原以为罗顺子一个孤身的外乡女子，根本没法与朱家抗衡，不料她有那么强的后援，真是不可小觑呀。"

"我更好奇，她为什么要针对朱家？"

客厅外边传来一阵脚步声。

风鸣朝急忙躬身："父亲。"

沈环白起身："给老爷请安。"

大当家风满堂缓步走进来，过去的一年，长子的死给他造成的伤痛，仍隐含在眉宇间，刚过五十岁，步态有些蹒跚，嗓音沙哑低沉。

"都坐下吧，你们天天去后院请安，我却有些日子没到前院来了。"

环白说："老爷，我们正在聊罗顺子，有些疑问，您可否示下？"

"你们怕是不了解，那位罗姑娘，应是罗家的后人。"

鸣朝一愣："罗家？"

"花灯源自汉代，唐宋时期艺道大展，形成南北两个流派。北派讲究造型和器具宏伟，南派则以华丽奇诡著称。罗家，便是正宗南派灯彩，艺道精深，十八年前，雄霸苏州府，世称'罗鬼工'。"

环白低喃："惊人的名号。"

风满堂说："所以啊，罗家一夜间败亡，更令人唏嘘。"

鸣朝说："如今只剩了罗顺子，是有些凄凉。"

风满堂说："至于这个罗姑娘，是否得了罗家真传，尚未可知，但凭她敢于单枪匹马杀回来，必是有所倚恃的。"

环白说："那邱公子……"

风满堂摇摇头："显然罗姑娘并没有动用官家的势力，否则就不是这个玩法，邱公子只是站脚助威，说到底，罗顺子是要凭'罗鬼工'的艺道，直冲朱家，至于为什么，我推测，应该与十八年前，那场大火有关了。"

风满堂约略讲了一下当年的事，以及罗、风、朱三家的起伏。

环白说："不管是什么原因，既然罗顺子挑战朱家，我们何不与她联手，借势打垮朱家？最终，她完成心愿，我们则可夺取朱家的灯烛资源。"

风满堂起身说："你们商议吧，我去看看夫人。"

鸣朝说："父亲慢走。"

环白说："老爷慢走。"

风满堂走到门口，说："环白呀，过年了，就让虎儿撒开了玩几天吧。"

"哟，这孩子真会告状……好，听老爷的。"

风满堂离去。

鸣朝说:"大嫂,那我正式去拜访一下罗顺子。"

环白点头:"近来你与她见过几面,算是朋友了,带一份厚礼,向罗顺子表明我们倾力结交的心意,她会明白的。"

鸣朝说:"我这就动身,去她的新宅子。"

环白一笑:"我真想亲眼看看朱家帮她买的新居。"

半个时辰后,风鸣朝提着礼匣拜访罗顺子。匣中装着一块鹿脯,匣子上写着"福、寿"二字,与鹿脯的谐音组合,便是"福禄寿",这是规格很高的年礼。

大门口,病快快的小菱接过礼匣。

"风二少爷,候着啊。"小菱用手帕捂着嘴,轻咳着,返手关了门。

鸣朝有些尴尬地站在门外,自己亲手送礼,居然门都进不去。

不一会儿,更尴尬的事情发生了,只见围墙上扔出来一件东西,咚地落到地上,正是那个礼匣。

围墙内传出罗顺子的声音:"本姑娘不会给人当枪使。"

鸣朝愕然。

回到风宅,他对沈环白一说,环白也惊讶。

"如此古怪,她就不怕两家都得罪了?"

"想来是不怕。"

"简直不可理喻,嚣张狂妄。"

鸣朝劝道:"与朱少爷的经历相比,我吃一个闭门羹又算得了什么?"

环白平静地思忖:"她看出我们要拉拢她,而她又讨厌这种行为,所以毫无顾忌地表现出来。"

"这姑娘不好惹,朱家真要吃苦头了。"

"鸣朝,你再去见她一次……"

"哦?"

"听说朱家给她退回的聘礼,是花灯的一个绝品构件,你去找罗顺子买下来。"

鸣朝有些困惑:"她肯出手吗?"

"按照她古怪的脾性,总在羞辱作弄朱家,试想,她把朱家退回的聘礼,一转手就卖给风家,等于又羞辱朱家一次。而且,我很在意那个花灯构件,绝不会是寻常之物。"

鸣朝眼睛亮了："那我们出多少钱？"

环白笑笑："朱家不是欠了罗顺子四百两佣金吗？我们就替代朱家，给她四百两。"

情况正如沈环白所料，鸣朝一提出意向，罗顺子便与他成交。

鸣朝带着连心轴回到风宅，心情喜悦，因为他一见到连心轴，便认定，这正是他渴求的东西。没想到上天安排得这么妥帖，在他需要突破花灯上的障碍时，得到了这个神奇的机关。

上元赛花灯，罗家必赢，朱家必败。

10

夜里，风鸣朝在自己的房间，怔怔地看着桌上的荷花灯。

自从这盏灯被阎婶两口子碰坏后，他的恼恨之情无法消解。他问自己为何这么生气，一方面是因为这是大哥留下的遗物，但更重要的原因，是甘茉曾经为他修好了这盏灯，这灯已经有了特殊的意义，无可替代。

所以他鞭打阎叔时，才会那么凶狠，以至让大嫂觉得惊讶。

想到这里，风鸣朝长吁口气，他是懂得克制的，却在牵扯到甘茉时，竟失了分寸。

风鸣朝打开桌上的匣子，拿出一沓红纸，开始剪了起来。

剪纸，也是花灯的一项重要技艺，用于灯皮装饰。

他剪得很认真，目光凝注在纸上。

他想起与甘茉第一次在竹园见面的情景，他因为袍襟起火而狼狈，惹得她笑，却让人生气不起来，她那忽而痴迷、忽而欣喜的模样，让人忍不住一探究竟。

当她离开后，鸣朝以为再也不会有交集了，直到大嫂偶然提及朱家有个灯奴，擅长修灯，并且形容的相貌像那个丫鬟，鸣朝的探求心更重了。

竹园之后，足足过了四个月，鸣朝才又见到甘茉，鸣朝在街头追上她。

"喂，朱家的丫鬟。"

甘茉紧张地扭过脸，看清了鸣朝："噢，你是那个'不是朱家人'。"

鸣朝笑了。其实他知道了这个丫鬟的名字，但没有说出来，也没把自己的身份说破，宛若初次见面。

鸣朝说："真巧啊，又见面了。"

"上次在竹园，有些仓促，没有好好谢谢你。"甘茉羞怯地说。

"哦，"鸣朝正中下怀，"若真心想谢我，不难。"

甘茉显得更紧张了。

"莫怕，听闻姑娘擅长修灯。"

甘茉一愣："你怎么知道的？"

"哦，我与朱家有些来往，"鸣朝说，"今天想请姑娘帮个忙。"

"我能帮你什么？"

"我有一盏花灯，怎么也修不好，恳请姑娘出手。"

甘茉迟疑："我还要去城隍庙，为夫人烧香许愿。"

"误不了，我会到庙里，帮你多给香油钱。"

"不行……"

鸣朝叹口气："那盏灯对我很重要。"

"什么灯？"

"我兄长留下的遗物。"

"哦，"甘茉捏着手指，"可我……"

甘茉一听到有损坏的灯，便忍不住想修好，在她看来，灯有生命，它亮起的刹那，便是灯的重生。更何况，是故人留下的遗物。

"姑娘若是不愿意，就不勉强了。"风鸣朝走开。

"等等……我是说，在哪儿修啊？"

于是，风鸣朝把甘茉带到了船上。他感受着甘茉的顺从和怯弱。但甘茉一见那盏灯，眼睛就亮了，鸣朝在一旁看着，不禁受到了触动。

风鸣朝事先对花灯做了处理，不希望别人看出这是一盏任意灯，便把荷花形的灯皮摘掉，内部构造也拆解成三部分，只留下了摔坏的部分，因此甘茉看到的，是一盏残破的裸灯。

甘茉一看到这副灯架，脑子就开始复原各种图形——拼接的线条、穿行的路径，逐渐形成一个完整的花灯。

"这是唐朝的宫灯风格。"甘茉说。

风鸣朝有些惊讶。

任意灯的装置，就是唐宫的匠人传下的，甘茉只是看着三分之一的残破构件，就辨认出来历。

然后她动手了。这盏灯摔坏的关键部位，是瓷质的灯芯容器，这是个双层的碗形结构，当年风大少爷琢磨出一种技巧，在容器外层可以注入清水，用以冷却灯油，这样就不会因为温度升高，而使灯油受热挥发，从而延长了灯烛寿命。

甘茉拆掉灯芯容器，对风鸣朝说："这里需要一个竹子托架。"

她用毛笔在纸上画了个造型。

鸣朝看了看，说："我去办。"

他拿了一把砍刀，走上河岸，那里有一片竹子，虽然不如风家竹园，但他凭着经验找到了合适的。

随着清脆的劈砍声，岸边飞起一群小鸟，在午后的阳光里远去。

从鸣朝站立的位置，可以看到船上的窗户。甘茉映在窗口的侧脸，神情专注，从额头到睫毛，到鼻子，及至嘴唇，凝着一抹朦胧的光泽。

在小桥流水的景致衬托下，鸣朝内心涌起一股潮水，潮水化作一双温暖的手，想要捧着那只小船，想要为她摒除一切，只让她安安静静，在自己的世界中。

一阵风吹来，凉丝丝地拂过鸣朝的脸颊，他倏地回过神，想起自己在做什么，便又开始砍竹子。

这一幕多么动人，女孩在船上修灯，男子在岸上为她砍竹子。

薄暮笼罩，暖春的气息更加浓郁。竹丛在风中摇曳，发出雨落般的唰唰声。

小船里，鸣朝坐在甘茉对面。

甘茉轻轻转动灯架上的机关，灯碗里跳起小火苗，仿佛初生的幼小树芽，金色的微小火光，与焰心的蓝色相融，透出神秘又温暖的气韵。

鸣朝抑制不住激动："修好了。"

他看着甘茉，眼中表达着不可思议。

甘茉长长地吁口气，伸个懒腰，这浑然忘我的动作，将娇憨的少女模样展露无遗。然后她才惊觉，自己在一条陌生的船上。

"啊……我得走了。"她慌忙收拢身形，脸在灯烛的微光中，泛起红霞。

就让那一刻永远静止吧。

此时此刻，此情此景。

烙印在鸣朝的心底。

鸣朝忽然手一抖，剪刀的锋刃刺到了指端，他才意识到，自己沉溺在回忆中，忘了正在剪纸。

他手上换了个角度，继续剪起来。

自从船上一别，又过了两个月。在此期间，鸣朝迫切想为甘茉赎身。风家少爷去赎一个朱家灯奴，这需要绕过好几个关卡，要委托一个毫不相关的人。不过，即便成功地赎了她，是带回风家，还是留在外边？鸣朝思前想后，原本觉得是一件简单的事，却是越纠结越复杂。或许因为他对这件事太重视了，不想和其他人一样，随便处置一个丫鬟。

在本朝，丫鬟的出路只有三条：一是被收为小妾，二是配给同样身份的小厮，三是转卖。

但鸣朝没想到，在他纠结时，甘茉走了第四条路：嫁给朱少爷，成了朱家的少奶奶。

鸣朝一方面为自己耽误了工夫而悔恨，另一方面又觉得自己根本是一厢情愿。

婚礼那天，鸣朝在朱宅外边，挤在围观的人群中看着，然后落寞地离开了。

不过，他听大嫂从朱家得到的消息，婚礼当天晚上，新娘子莫名其妙跑出去，回来后变得很奇怪，都说她在河边中邪了，朱老爷很生气。

如此看来，自己是不是有了转机？

鸣朝想到这里，放下剪刀，展开了剪纸，是甘茉的形象。

他拿出一盏素白的宫灯，把这叠剪纸依次贴在灯皮上，然后挂在屋梁。

他躺在床上，看着灯缓缓转动，甘茉的身影被灯光放大，映在四壁，在房间里走动。

他慢慢转头，目光追着甘茉。

满屋子都是甘茉。

他向空中抬起手，触到影子，许久，他缓缓进入梦乡——

甘茉向他走来了，柔软的身子投入他的怀抱，用花瓣一样的唇，贴着他的唇，给他带来灼热芬芳的抚慰……

1

上元节，即正月十五元宵节，也是千灯镇的花灯节。

黄昏时分，映着漫天晚霞，家家户户门口便立起灯竿。城隍庙门前高高矗立两根灯竿，两边各持灯九盏，共燃灯三十六盏，名为九皇灯。

夜幕降临，莲子灯、鲤鱼灯漂在河中，此为"头灯"，无数的河灯尾随其后，缓缓流动，灿若星河。

如此美景，在今晚却不比人们的另一场期待。

城隍庙的戏楼，台口正上方斗拱下，悬有横匾，上书"一曲升平"，两旁有雕花木笼一对。屋顶为重叠式，戏台为四方形伸出式，围有木制栏杆。台两侧有两层看楼，台前广场，可容千余观众。

朱家和风家，分别包了南北两侧的建筑，作为斗赛前的备战间，一楼的桌椅等物全部拆离搬走，腾出足够空间放置花灯器物。两边紧闭着门，谁都不知对方如何做着赛前准备。

空气中浮动着兴奋与紧张的气氛。

看戏的总嫌戏不热闹，心境自然不同。台下的座位，陆续有百姓进入，呼朋引伴。二楼包厢，其中一个贵宾间是罗顺子和邱卓，罗顺子还把多一好请来了。

罗顺子抱着猫儿，向邱卓介绍："这位是老板娘多一好。"

邱卓点一下头。

多一好有些激动："邱公子的大名如雷贯耳，今日一见果然……"

罗顺子说："行了，他不爱听。"

邱卓说："老板娘对顺子的照顾，我会记着的。"

多一好只当是场面话，笑笑说："只是尽一点地主之谊，我也赚了不少钱。"

罗顺子说："一直想问问，我初来乍到，全然没有依靠，为何老板娘一见到我，就愿意亲近？"

多一好有些得意："我十四岁就出来混，走遍了江南，不敢说见多识广，看人还是有准头的。初次见到顺子姑娘，在街上修好龙灯，艺道没话讲，可我更欣赏你手腕上戴的墨翠玉镯……"

罗顺子低头看看，玉镯在灯光下泛着光泽。

多一好继续说："于是我知道，这位姑娘不寻常，仅仅这镯子就值两千两，我给你帮忙，不会吃亏的。"

罗顺子看看邱卓："这是邱公子送的呢。"

邱卓说："可惜没能凑成一双。"

罗顺子说："你可还记得，送我镯子时，大雨的天，你淋了个透。"

邱卓柔声说："我当时得了这宝贝，就想立即让你看见。"

多一好说："二位，或者我回避一下？"

罗顺子笑笑："老板娘委屈了？"

多一好说："我是眼里看到甜的，心里就泛酸。"

这时，楼下传来一阵骚动。三人转头，看到沈环白一行人走进对面。

多一好说："风家大少奶奶来了，好戏快开场了。"

罗顺子扫视一圈："朱家人怎么龟缩着不露面？"

邱卓问："顺子，今晚你打算怎么个玩法？"

罗顺子一笑："我呀，老老实实看戏。"

戏台外边陡然传来一阵鼓声。

多一好说："两家在敲对头鼓！"

院子里，朱家的一排鼓手、风家的一排鼓手，对阵擂鼓，鼓点由慢及快，越来越激烈、越来越高亢。

院子正中，有人一挥旗，鼓声立止。

突然地寂静，让人的头皮阵阵发紧。

然后开始"放焰口"。焰口的形状是各式各样的"伞"，伞中结彩灯、盘烟花，焰光四射，响声震耳，令人眼花缭乱。正所谓，夜张花散，瑰怪溢目！

外边放焰口时，戏台上，一个老者在两人的搀扶下走到中间。

多一好轻声:"这位是乡贤,姓宋,千灯镇寿数最长的,九十八岁了。"

宋老站定,外边放焰口便停了。

宋老的嗓音嘶哑:"老朽不才,虚长了几岁,承蒙朱家、风家看得起,邀我主持这上元赛花灯。两个家族的年轻一辈,已然成长起来,可喜可贺,这场斗赛,就是用来展现学习成果……"

罗顺子一边抚弄着猫儿,一边问邱卓:"你赌谁会赢?"

邱卓拿着一个翠绿的青椒,放到嘴里嚼着,笑吟吟地反问:"你想让谁赢?"

罗顺子说:"朱家若是输了,就不好玩了。"

"你想暗中出手相助?"

"喊,花灯一道,我从不暗中出手……而且,朱家有高人呢。"

她的脑海中浮现出那一夜在朱家宅院的情形。她在前边跑,甘茉把一个橄榄灯扔过来,打在她身上,橄榄灯在地上滚动,犹如一个亮亮的竹球。

2

戏台北边的备战间里,朱家人乱成一团。羊灯摆在中间,开膛破肚,中空的腹部露出一堆复杂的机关构件,丝线连接,纵横交错的竹条叠加着,十几个木制的小轮子分布在其间。曹大葫正把羊眼睛抠出来,重新把一个半透明的薄片嵌入眼眶。另一个匠师在敞开的羊背前,把两根竹条塞进去。

朱加亮焦躁地转着圈:"怎么样,行不行?"

曹大葫擦着汗,指着一个半封闭的瓷杯说:"灯油灌进去,点着了,可以用。"

"能不能赢得过风家?"

"不好说。"

加亮急躁:"不好说?!"

话音未落,羊灯突然倒地,咕咚一声。在场的人都惊了,羊的眼睛在地上滚动,小轮子散落一地。

加亮都快吐血了:"茉儿呢?"

阿忠说:"少爷,您怎么忘了?老爷禁绝少奶奶染指花灯。"

加亮哀叹："想让我死，直接戳我一刀不更痛快？"

阿忠急迫："再有一刻钟，就开始了。"

外边传来一阵锣鼓声，风家已经造出了声势。

曹大葫说："换灯吧，把备用的狮子灯拿上去。"

加亮沉默。

匠师们催促："现在换，还来得及。"

阿忠拉着加亮的胳膊："您是朱家少爷，该您定夺！"

加亮突然往外跑。

曹大葫忙喊："少爷要逃，抓住。"

两个小工匠急忙抱住加亮。

加亮挣扎："放开，我要回家！"

曹大葫急道："您走了，就全完了。"

丁匠师说："少爷，您快下令啊，要不要换成狮子灯？"

加亮朝阿忠嚷："你回家去……"

阿忠怔了下，扭头跑了。

戏台上，风家的花灯已经出场。先是"金鸡报晓灯""肥猪拱门灯"，引起众人的欢声笑语。接着，"黄牛春耕""骏马飞腾"，双灯一静一动。

在众人的欢呼中，"天女下凡灯"，从戏台上方徐徐降落，灯中有仙女，仙女本是灯，在轻盈的舞姿中，竟分出了另一盏灯——天女散花灯。几十朵花瓣在戏台上方飘散，花瓣分作九重，刹那之间，漫天姹紫嫣红。

二楼的贵宾间，多一好啧啧稀奇："真好看，不愧是风家。"

罗顺子不屑："哼，哄小孩的玩意儿。"

邱卓说："顺子，你不是说朱家有高人吗？怎么还不露面？"

……

朱宅。

阿忠气喘吁吁奔向书房。

"老爷，老爷，咱们的花灯不行了！"

"什么？"朱守信从桌后站起身，"几位匠师护驾，能有什么问题？"

"羊灯散落一地，狮子灯也怕是镇不住场面。"

"告诉少爷，无论如何，要把羊灯撑起来！"朱守信说。

"少爷快急出病了……要不您亲自坐镇吧。"

"说什么胡话？儿子辈的比拼，我去了，算怎么回事？"

阿忠偷眼看一下朱守信，感叹："风家还是占便宜，虽说风老爷不会去，可大少奶奶就能稳住。"

朱守信怔了怔。"你是什么意思？"

"没、没什么意思。"

"想让甘茉出面？不可能！"

"小人绝无此意。"

"休得废话，让曹大葫和匠师们想办法，若是打输了，全给我开除。"

"是……"

阿忠踉跄出门，险些和小工匠何仔撞上。

何仔冲到书房外，跪倒在地："启禀老爷，朱家大事不妙。"

"你说什么？"

"风家势头太猛，少爷顶不住，急求少奶奶救场！"

"滚出去！"

何仔连滚带爬，被阿忠拉住了："少爷怎么样了？"

"少爷在流鼻血，只有少奶奶能救他。"

这时，朱夫人从门外匆匆进来："我儿急出病了，这可如何是好呀？"

朱守信厉声："别在这添乱。"

朱夫人抓住朱守信的胳膊："老爷，您不能眼睁睁看着朱家垮了。"

朱守信冷哼："一场斗赛而已，伤不了朱家的筋骨。"

阿忠说："老爷，这一败，只怕损伤了士气，人心涣散。"

朱守信怔了片刻，沉沉地哼了声。

他吩咐："阿忠，叫少奶奶去看看少爷。"

阿忠为难："小人怕是请不动。"

朱夫人说："老爷，您就亲自去吩咐一下儿媳妇，这有何难？"

朱守信一拍桌子，鼻孔里喷出一股气，背着手出门。

众人簇拥着朱守信来到甘茉的房间外，阿盼等人在远处观望。

阿忠对着紧闭的房门说："少奶奶，老爷有话讲。"

众人等着甘茉出来，却没动静。

阿忠咕哝道:"明明在屋里呀。"

他提高声音:"少奶奶,老爷……"

朱守信推开他,沉声道:"春王在城隍庙赛花灯,你去看看。"

屋里毫无反应。

朱守信愤然:"速去照应春王,听到了吗?"

"媳妇儿头痛,恕难从命。"屋里传出甘茉的声音。

朱守信气得脸色铁青,阿忠等人缩着脖子。

朱夫人上前两步:"茉儿呀,春王需要你帮忙,你不为朱家着想,也该想想你自己。"

屋内,甘茉烦躁地踱着步,深呼吸。

她从布囊里捏出一些薄荷,放到嘴里嚼着。她连吃了三口,第四次捏起薄荷时,她努力克制着,手指颤抖,把薄荷塞回布囊,抹着额头的汗。

外边,朱夫人对着房门说:"念在我们养了你十几年……"

房门猛地拉开了,甘茉神色冷峻地走出来,背后的灯光映在她身上,逆光中,她挺立在门前。

"今天,我能让朱家赢,我能让你们免受失败的屈辱。"

众人望着她。

"明天,我要自由出入灯坊,我有权阅看朱家祖传的花灯秘图。"

众人震惊。

朱守信的嘴角抖动,嘶声低语:"竟敢要挟我……"

甘茉倏然转身,欲返回房间。

朱守信忍着气:"先赢了再说吧。"

甘茉侧过身。

阿忠急忙喊道:"备轿,送少奶奶去城隍庙——"

3

城隍庙戏楼里,朱家人在后台的混乱,一直持续到狮子灯推出去。地上仍然散落着羊灯，开膛破肚，机关交叠。

看楼的包厢里，罗顺子扫了一眼狮子灯，不由得撇嘴。就连多一好都觉得差，凡事就怕对比，刚刚欣赏过风家的天女散花灯，再看这狮子灯，显得灰头土脸，光照没有层次，颜色也有些僵硬，狮子的状态是无精打采的。

场子里到处是起哄声。

只听一个男孩大喊："朱门酒肉臭，路有冻死骨！"

人们哄笑。

包厢里，沈环白瞪了儿子一眼："虎儿，注意身份，再说你用得也不对。"

风寅吐了吐舌头，说："二叔也做了狮子灯，该出来打败朱家了。"

环白淡淡一笑："这真是天要灭朱家，居然双方都是狮子。"

风家的压轴大灯——双狮踏雪灯。

一大一小两头狮子缓缓推出。

人们看呆了："这是一对母子。"

两头狮子浑身透出金黄色光芒，狮子嘴边的绿须清晰可见，眼睛炯炯有神，身上环绕着云纹火焰图案。它们的背部，用机关连接着，当一个在动作时，另一个配合着摇头摆尾。随着灯烛的变化，大狮子威严慈爱，小狮子憨态可掬。

罗顺子说："原来是用了连心轴啊……风家还行，会用东西。"

风家的母子双狮，一出场就把朱家的狮子灯压得黯然失色。

人们起哄："朱家完了，走吧！"

"花灯还得看风家，当年乾隆爷就说过，风家的贡灯，甚好——"

忽然，一阵咔嗒咔嗒的声音，从戏台侧幕响起。

现场安静，寻找那声音是什么东西发出的。罗顺子也盯住了戏台侧幕。

沈环白控制住儿子的欢呼雀跃，凝视前方。

一只羊走入众人的视野。

羊灯的外观经过改造，是一只神秘高贵的"四角羊"，其中两个大犄角笔直地长在头顶两端，另两个小犄角弯下来，左右对称，长在两耳上方，整个形貌，犹如头戴王冠，一出场便带着尊贵气势。

众人屏住呼吸，凝视那尊羊灯。

羊灯的肩部到颈部，装饰着棕红色毛发，威风凛凛。

它停在双狮灯的旁边，半透明的腹部，微微旋转，呈现走马灯的装饰——灯里有一群羊，在夕阳下行走。

众人惊愕：一个灯，两种样态，闻所未闻。

更让人惊讶的是，随着羊群的转动，画上的夕阳也在缓缓下落。

同时，羊灯的头部和尾部，乃至羊耳朵，都在有节奏地摆动，几乎像活羊附体。接着，灯烛竟以流动的状态，在羊灯全身游走，当烛光流动到羊头时，羊眼迸发出晶莹的闪光。

而风家的双狮灯，一味在那里摇头摆尾，便显得有些可笑。

人们发出嗡嗡的惊叹声。

在戏楼角落，桑伯隐在黑暗中悄悄看着。

他点了点头，低语："这丫头还行……但倘若我不在了，你还能不能撑得住？"

观众们又发出一阵惊呼："啊——"

桑伯警觉地左右看看，返身退去。

此时，戏台上的羊灯突然全身明亮，仿佛黑暗中的映像，久久不散，羊灯的侧影犹如从天而降的神物，笼罩着双灯狮子。正应了癸未年的生肖，羊行天下。

古戏台上方，唰地垂落两张条幅，写着：神羊既不触，夕鸟欲依人。

观众们起身鼓掌。

一直站在戏台侧幕的朱加亮，不由得眼窝一热。

他转过脸，动情地说："茉儿，你是我的灯火神！"

甘茉漠然："之前羊灯散落，是你做了手脚吧？"

加亮呆住，紧张地看看旁边，朱家人都沉浸在喜悦中，没人听到。

加亮低声："你刚才看出来了？"

"羊灯的腹部底下，裂开的竹节枢纽，是你做的好事吧。"

"真是瞒不过你，"加亮笑笑，"可我不把羊灯破坏掉，怎么让你来呀？"

"我若是不来呢？"

加亮深情地说："郎君受难，你怎会弃之不理？"

甘茉不屑："即便我来了，你又如何保证，我一定会撑起羊灯？"

"我相信你，娘子。"加亮凝视甘茉的眼睛。

甘茉侧过脸，目光投向虚空。加亮在这样的斗赛中，居然敢自毁，就因这句"我相信你"。

加亮比她自己还要相信她。

——可我们两个，终究是要错付一个，或者，互相错付，双双毁弃。

戏台下，热烈的掌声还在持续。

阿忠说："少爷，快去谢幕吧。"

加亮看了看甘茉："这可全是茉儿的功劳。"

甘茉淡然："只不过是我和你爹做的交易罢了。"

加亮被众人推到戏台上，向全场拱手致意。

观众甲喊道："朱家的羊灯，灭了风家的狮子灯！"

观众乙呼应："羊吞狮子，千古奇闻哪！"

在一阵欢呼声和掌声中，风家一行人黯然离去。

4

黑沉沉的云层压在河岸上，夜风吹过河面，荡起幽暗的涟漪。

元宵节刚过了一天，薄雾中还漂着几盏河灯，一半浸在水里，一半颤动，更显出河上的清冷。

阿盼戴着草帽，紧张地望了望四周，快步走到河弯，那里停了一条乌篷船。船头坐着个仆人，看了她一眼，脸转向岸边。

阿盼清了清嗓子，钻进船篷。

沈环白正在等她。

阿盼颤声："大少奶奶。"

环白神色有些阴沉，还在平复着失败后的痛苦。

她开门见山："朱家的花灯，为何突然这么厉害？"

"是甘茉做的。"

"你们那个少奶奶？"

"是。"

沈环白低喃："一个修灯的灯奴，小瞧她了，还真是羊吞了狮子。"

"是啊，我们也大感意外。"

"灯奴怎么突然就会设计花灯？你可别骗我，我给你的钱不少，别让我生气。"

"不敢不敢，大少奶奶，奴婢也不知道她怎么学会的。她一直陪伴我们少爷学制灯，少爷倒是技艺平平。"

"朱家的羊灯，机关奇异，变化多，即便我夫君在世，也得用上二三个月……"

"两天。"

"嗯？"

"甘茉只用了两天，设计制作完成，我亲自向她打听的。"

沈环白惊讶地看着阿盼。

阿盼继续说："具体怎么做，我不懂，只是听她说，原本想用什么连心轴，没用成，她就从青鸟身上想到了办法。"

"青鸟？"

"她说'青鸟'是'羊'的别称。羊灯要活起来，就取青鸟之意，这叫'本源归流'。"

沈环白一副"你在扯什么鬼东西"的表情。

阿盼说："我们私底下传言，说少奶奶成婚那晚在河边中邪，就是中了灯鬼的邪。"

"起先不是说柳三娘迷了她吗？又说河童摸了她的脚？"

阿盼怔怔的："是呀……"

"没工夫听你扯这些鬼话，我问你，甘茉在羊灯里边，究竟做了什么机关？"

阿盼想了想："是个'三足青鸟滚地轴'，为了做那个东西，她到处寻找鸟窝，有一天，过了河去树林里找鸟窝，险些迷路。"

"找鸟窝做什么？"

"她需要三根'羽轴'，也就是羽毛上那个直杆，必须是大小、长短一样。"

"嗯……你想想办法，把那个'三足青鸟滚地轴'偷出来。"

阿盼为难："我……我尽力吧。"

环白冷声："阿盼，我愿意给你钱，就是你能办事。我看得出，你嫉妒甘茉，同样是丫鬟，你跟她没法比。"

"我知道一个人一个命，可我就是不甘心，她的福报太多了，总会用完的，看她不顺眼的，朱宅里不仅我一个。"

环白冷笑："你只需好好完成我交给你的任务。"

阿盼低下头："嗯。"

环白从袖袋里掏出一个药瓶，扔到阿盼怀里："拿着吧。"

"这是什么？"

"你为了生孩子的事，常去镇上的医馆找郎中。你从我这儿拿的钱，也是为了买那些很贵的药。"

阿盼惊讶："您怎么知道？"

"总之以后不用折腾了，我能在苏州府找到传教士，用洋药，治你的不孕不育症，可好？"

阿盼惊讶又感动："是，谢谢大少奶奶。"

"嗯，你回去吧。"

阿盼紧攥着药瓶，行过礼，往船舱外走。

环白说："朱家不关心你，我关心你。"

阿盼抽了抽鼻子，离去。

沈环白兀自低语："一个灯奴出身的少奶奶，居然成了风家真正的对手？"

5

朱家宅院还没从过年的气氛中出来，尤其是朱家赢了风家，激发了多年未有的振奋之情，都在传诵着"羊吞狮"的奇观。甘茉没在意这些，她最大的收获是，可以出入灯坊，并看到朱家祖传的花灯秘图。

下一步，她要寻找契机，再次进击掌灯人之位。

掌灯，是朱家传承三百年的至圣源流，灯是燧人做火、神农做油、轩辕做灯骨、唐尧做灯架、成汤做灯芯，五人合力完成，即"五神之功"。掌灯人必须完成五神之功。

如今，甘茉对于灯骨、灯架、灯芯，已是通透，还须精进"火、油"之功。

火与油本是一体，一通则双通。

午后，甘茉从灯坊出来，去后院看看蜡园。

白蜡虫分泌的蜡脂，即是灯油。放养白蜡虫的园子里种着女贞树，四周是用水曲柳的枝条捆扎的架子，挂满白蜡虫分泌的蜡。几个蜡工穿行在灌木间，虫子排杆产蜡时，要仔细检查有没有瓢虫、蜜蜂等天敌。采收蜡花，则要等到九月，专拣阴天采收，之后用蒸蜡法、熬蜡法，将蜡花溶化，冷却凝固，即成蜡块。其中以"马牙蜡"为上品，打开的断面成马牙形，乳白色，质坚而脆。

其实风家的制蜡工艺，和朱家完全一样，可就是产不出长明灯的蜡质，这是风家大少爷生前，最无法理解的事情，也是风家不得不与朱家交换资源的原因。

此时，甘茉在蜡园里走了一圈，沿着侧门出去，来到第三进庭院，经过假山，墙上有一排花格镂窗，后面还有一面墙，墙上长满了绿藤。这里十分幽静，甘茉坐在池边的石头上，回想着刚才看到的蜡脂。

不知不觉间，到了黄昏。

这时，一个中年女人走过，她显然没有注意到甘茉，甘茉听见一阵沙沙的脚步声，转脸望去。她在朱宅十四年，见过那女人，都是在这个小院，且总是傍晚，偶尔提着水桶走过，步履蹒跚，每次都戴着斗篷，身上裹得严实，即使夏天也是如此。

甘茉对于花灯以外的世界，通常没有什么探求心，可是这个神秘奇怪的女人，究竟是谁？在做什么？为何总是黄昏出来……让甘茉产生了好奇。

那女人发现甘茉映在假山石上的身影，侧脸瞥一眼，脚步一顿，然后加快步伐，背影消失。甘茉不知道她是怎么离开的，忽然有些害怕，急忙出了小庭院。

在朱家，朱老爷是不养闲人的，那女人在宅院里肯定做着什么事，甘茉想起那女人偶尔闪现的苍白的脸，显然是长年不见阳光。

甘茉走着走着，突然停步，脑子里电光石火一般，闪过一些念头。

朱家给她伪造的身世中，是这样说的——

你的父母都是朱家的仆人，在你很小的时候，父亲病故，母亲莫名其妙地跑掉了。

甘茉从记事起，就在等待那个不存在的母亲，母亲的名字叫桂娥。

如今甘茉已经知道了自己真正的身世，自己的父母是朱老爷和朱夫人。但那个名义上的母亲呢？也就是，朱加亮的亲生母亲呢？

二十年前，双方互换孩子，那个女人难道随便交出儿子后，自己就离开了？

难道没有什么交易？

此刻，甘茉突然想：第三进院落，那个神秘奇怪的女人，是不是加亮的亲生母亲？

甘茉往前院走去。

朱加亮正在回廊里，拿着账本质问阿忠："我早晨翻账本，看到上面多记了一颗鸡蛋，是谁在昨日晚饭吃的？"

"少爷，是翠芹，"阿忠低头说，又顿了顿，补了句，"夫人同意了。"

"我娘怎的糊涂，虽是贴身丫鬟，也不能这么惯着，近来鸡蛋贵着呢，再等半个月也不行？"

"喀喀，夫人见少奶奶昨天吃了三个鸡蛋，就给翠芹解馋……"

加亮瞪眼："她能跟茉儿比吗？我自己都有一个月没吃鸡蛋了！"

"是是是。"阿忠躬身点头。

加亮把账本揣进怀里："还有啊，灯坊里剩下那些碎绸缎，别糟践了，缝缝补补，做成手帕，送给丫鬟们。"

阿忠耷拉着脑袋："是。"

加亮转脸看到媳妇走过来，急忙迎上去。

"娘子，你找我？"

"随便走走，看到你在这儿。"甘茉淡漠地说。

加亮很高兴，这是他们成婚后，甘茉第一次主动与他搭话，看来赢了灯赛，大家的心情都好了。

两人沿着回廊散步。

甘茉装作随意地问："方才路过第三进院落，又看见那个女人，是做什么的？"

加亮茫然："什么女人？"

"看不清模样，年龄应该和夫人差不多，身上包得严严实实，走路不是很利索，像是有风湿病。"

加亮点头："哦，那是个远房亲戚。"

"嗯？"

"我以前问过爹，那女人在养病，不让人靠近，久而久之，就像不存在一样。"

甘茉沉默。

加亮问:"她跟你说话了?"

甘茉摇摇头。

加亮说:"你怎么忽然对她感兴趣?"

甘茉吁口气:"没有。"

从加亮脸上看不出异常,而且通过这段日子她对加亮的观察,看来他至今也不知道互换身份的事。或许从这个角度理解,加亮也算无辜,他的命运也受到了摆布,只不过把他摆到了好的一面,而把那残酷的一面,给了甘茉。

对于眼前这个人,这个已经是夫君的男子,甘茉心中五味杂陈。

曾经的青梅竹马,互相依恋,彼此心心相印要共度一生……

可他毕竟抢去了本该属于她的人生。

只是因为他生而为男,就该拥有一切吗?

贵为"儿子"就理所应当占据本该属于甘茉的位子,于是甘茉就该忍受吗?

——所以,我不能对他好,否则又成了逆来顺受!

甘茉再次告诫自己。

当初父母选择换掉她,并把她丢在虎丘山下,不就是放弃她了吗?

在那个恶劣的环境中,她那孱弱的生命如同深渊里的一丝小火苗,实际上,她曾有两个冬天,几乎就要被扑灭了,其中一个冬天,破屋外边摆好了一口棺材,又薄又小,当时病得奄奄一息的她,听到管事的与奶娘争论,说一张草席就可以,把她卷起来埋到山坡上……

"茉儿?茉儿。"朦胧中传来加亮声音。

甘茉倏地回过神,才意识到腮边凉凉的,有一滴泪,她拂去泪珠。

"茉儿,你怎么哭了?"加亮惊讶。

"风吹的。"甘茉淡漠道。

她决定再大胆地试探一下。

"你听说过桂娥吗?"甘茉问。

"嗯?"加亮愣了愣,"听着有点熟悉——哦,那是你娘的名字吧?"

甘茉注视着加亮,加亮满脸忧虑。

"茉儿,原来你是想你娘了。"

甘茉低下头。

加亮劝道："你也不必伤心，人嘛，总归有自己的难处。你娘离开你，或许有迫不得已的缘故，她该回来的时候，自然会回来。"

甘茉深吸口气。

加亮说："别难过，你现在有家了，有我，还有咱爹和咱娘……"

甘茉转身走开。

"哎，茉儿……"加亮追上来，"你去哪里？"

"别跟着我，我想清净清净。"

"哦。"加亮止步，疑惑的目光送甘茉远去。

6

甘茉心里堵得慌，从宅院的后门出去，走到水塘边散步。

远处的桥上有行人的身影。水面倒映着落日余晖，芦苇郁郁葱葱，风中仍有寒意，甘茉束紧了衣领。

"甘茉姑娘，在这里看风景？"

身后传来年轻男子的声音。

甘茉心中一紧，没有回头。

风鸣朝走过来与她并排站立，望着遥远的山峦轮廓。

"哦，风二少爷。"甘茉淡漠地说。

"抱歉啊，之前两次见面，没有向姑娘挑明我的身份，是因为两家毕竟……"

"二少爷没有必要解释。"

鸣朝扭脸看看甘茉，甘茉的声音和神情，都和那两次不一样了，要说有何不同，就是曾经的柔顺和怯弱少了几分，而多了几分清冷。

难道真如传闻所说，她在婚礼当晚，发生了奇怪的事情？

甘茉左右看看，这里距离朱宅不远，并能遥望风家的竹园，与风鸣朝在这里闲谈，实在不妥，便说："二少爷自便。"

她转身欲走。

"甘茉姑娘是幕后高人，在下十分钦佩。"

甘茉停步："这是何意？"

"那一盏羊灯，被你借尸还魂，打败了我的双灯狮子。"

"噢，那我也没办法。"

鸣朝一愣："对，那是你应该做的。"

"你们无须难过，一次失败不算什么。"

鸣朝苦笑："意思是说，往后失败的机会很多，须好好把握？"

甘茉顿了下，似乎自己的表达有些问题："我没有别的意思。"

鸣朝露出温暖的笑容："实话讲，我之前没有和朱家人好好接触过，只专注于花灯。"

甘茉看看鸣朝，莫名有一种亲切感。

鸣朝说："没想到我遇见你两次，你已成了朱家的少奶奶。"

甘茉沉默。

鸣朝言辞恳切："在下认为，朱家和风家，只是为了花灯竞技，无须抵死相斗。两家已经争了上百年，也没争出个高低。"

"二少爷想说什么？"

"少奶奶如今身份尊贵，或可弥合两家恩怨，在下愿意献一份薄力，共同将苏灯发扬光大。"

甘茉低下头："我恐怕没有那么大的力量。"

鸣朝注视着甘茉："你一定可以的。在我们风家，就是大少奶奶主政，就算是丫鬟在宅子里，也比小厮、男仆高一个等级，出了门，更是自带三分贵气。"

"真是气象一新。"甘茉由衷地说。

"事在人为啊。"

"谢谢，告辞。"甘茉欠欠身，转身走去。

"初春时节了，我们竹园有一片地，打算开荒除草，种植新竹。"鸣朝仿佛随意地说着。

甘茉不由得放慢脚步。

鸣朝说："是在竹园南边的斜坡上，就是与你初次相遇的地方。"

甘茉停下脚步。

"我叫他们暂时不要动，因为那里有一片薄荷，长势很旺，你似乎很喜欢。"

甘茉不禁吞了吞口水。

半年前，受到芳香气味的引诱，偷偷钻到竹园里，看见了那一丛碧绿的叶片。微风轻拂中，瑰丽的夕阳映照在鲜嫩的薄荷上，犹如天堂。

"二少爷，能不能麻烦你帮我摘下来？"

鸣朝笑笑："摘掉，就没有生命了，送到你手里就枯萎了，你觉得好吗？"

甘茉迟疑着。

"反正又不远，你何时想去都行，我来照应，不会有差错的。"

甘茉往竹园方向望去，郁郁葱葱的竹林在天地间摇曳，似乎在呼唤她。

"谢谢二少爷。"

这时，身后的远处传来朱加亮的呼唤："茉儿——茉儿？"

"噢，我得回去了。"甘茉紧张地走开。

鸣朝抬手："你还没说，何时去竹园？"

"明天吧。"

鸣朝望着甘茉的背影远去，眼里涌动着依恋之情。

7

甘茉匆匆进了后院，加亮追上来。

"茉儿，刚才水塘边的男人，是谁？"

甘茉不理。

加亮生气："是不是风鸣朝？我虽然没看清楚，可他的样子很像。"

"是又怎样？"

加亮又惊又怒："你是我的妻，竟然去见风家二少爷？"

"是偶遇。"

"怎么这么巧？"加亮上前抓住甘茉的胳膊，"纵然真是偶遇，你一见是他，也该马上离开。"

甘茉甩开加亮的手："我这不是回来了吗？"

"若不是我喊你，你能回来？有多少体己话与他说不完……"

"你无耻。"甘茉粉脸涨红。

"居然反咬一口，"加亮悲愤，"我可算明白了，成婚那天晚上，你莫名其妙跑出去，是到河边见他吗？"

甘茉气得浑身哆嗦。

"不然怎么解释你那天的行为？"加亮两眼喷火，"什么狗屁中邪，是因为你到了河边，没有见到风鸣朝，自己气晕了，对不对？"

甘茉两眼发黑。

加亮越发恼怒："还有，拒绝圆房，更是无理。我们成亲时两情相悦，婚后却突然不让我碰你，那我娶你是图什么呢？"

甘茉气得瘫坐在木台上，嘶喊："你真是不要脸！"

"夫妻人伦，乃是天道，是你自己心里有鬼！"加亮怒极反笑，"我真是傻到极点，今天才明白事情真相。是不是你和风鸣朝有染，怕我发现，才不让我碰你的？说什么成了掌灯人再圆房，你一个女人，怎么可能做掌灯人？"

甘茉的嘴唇咬出了血，巨大的愤怒和屈辱，让她耳朵里响起嗡嗡声。

朱加亮在她眼前时而重叠、时而模糊。这个男人窃取了她的人生，还在这里羞辱她。

甘茉慢慢站起身，嘴角淌着血，一字一字地说："朱加亮，我虽起自苦寒，却比这宅子里每个人都清白。"

她的眼中燃烧着愤怒之火，眸子却又异常平静，仿佛静寂的焰心。

加亮不由得退了两步，意识到自己因为生气而不顾一切，只想用最难听的话打击她，结果却是两败俱伤。他与甘茉相守十四年了，为何怀疑她？之前不惜自毁羊灯，只因相信她会来救场，此刻却如此对待她，是因为太害怕失去她吧。

甘茉踉跄离去。

加亮靠着廊柱，愤激之后的破灭感，让他觉得无比空虚。

他从喉间发出轻唤："茉儿……"

在他身后不远处，一丛灌木后面，那个神秘奇怪的中年女人窥探着。她手上提着水桶，戴着斗篷，身上裹得严严实实。

加亮感觉到什么，扭脸张望，灌木后面已经没人了。

加亮拖着疲惫的步伐走开。

他来到前院，忽然止步，看到廊下走过三个人。他一惊，只见一个年轻女子，一边走一边用手帕掩着嘴，后边两个壮汉提着大红的礼匣。

女子正是那个病怏怏的媒婆儿小菱。

加亮本就气闷难耐，遂上前呵斥道："你们来做什么？"

小菱咳了几声："哦，朱少爷，我来拜会令堂。"

"你还想找我娘？"

"正是，与令堂商讨招婿之事。"

"疯了，是看我好欺负吗？！"

远远近近的仆人好奇地看着。

小菱的手帕掩嘴，咳着说："这是喜事呀，朱少爷怎么不高兴？"

加亮不由得悲从心来，自己一边做着有名无实的夫君，一边还有人要抢他做赘婿，这是造了什么孽呀？

他厉声喊："来人，把他们打出去！"

这时，翠芹搀着朱夫人从回廊走来。

朱夫人问："出了什么事？"

加亮说："娘，您别管了，快进屋去。"

小菱上前行礼："给夫人请安，夫人吉祥如意，福乐绵绵。"

"这是哪位呀？"

加亮说："是罗顺子那个疯子，派来的一个病痨鬼。"

小菱笑笑："夫人，我是罗姑娘请来的媒婆。"

朱夫人打量小菱："这么年轻的媒婆……你是谁家的孩子？"

"我娘就是媒婆，人称'红嘴小鹦哥'。"

"噢，你是红嘴小鹦哥的女儿，难怪了。"

加亮不耐烦："娘，您跟一个病痨鬼闲聊什么？"

朱夫人说："进门就是客。"

"谢谢夫人，我叫小菱，"她略微一顿，"罗姑娘说了，三天内，就把招婿的事办妥。"

周围一片惊讶声。

朱夫人镇定："我正有些疑问，想打听清楚……翠芹，带小菱来喝茶。"

8

半个时辰后，朱夫人跌跌撞撞来到书房。

朱守信瞥了夫人一眼："瞧你一脸晦气的，春王又让你难过了？"

朱夫人坐到椅子上，缓了缓神："罗顺子的媒婆来了，哎哟，说话柔柔弱弱，连咳带喘的，却是字字带尖儿。"

朱守信气愤："门房是怎么当值的？"

"门房又不认得她，还以为真是给少爷提亲。"

"那媒婆怎么说？"

"说自古媒行里有讲究，少爷已经认可，无从反悔。"

"这不是胡扯吗？"

"我对她好言相劝，春王已经娶妻了，断没有出去当上门女婿的道理。"

"你和她说这些做什么？叫人赶出去就好了！"

"那媒婆站着都打晃儿，谁敢碰她，万一躺地上起不来，说朱家打死媒人，名声多臭呀。"

朱守信一拍桌子："那还没办法了？"

"我叫她回去劝罗姑娘，可她说，罗姑娘所作所为合情合理，因为两家是有娃娃亲之约定的，当年罗家还送了礼，以示永结同心。"

朱守信的手撑着额头。

朱夫人继续念叨："我说那都过去了，可她说，当年朱家和风家的约定并未解除，朱家把聘礼留到如今，必是认可此事，却为何擅自娶妻？"

朱守信愤然："简直一派胡言。"

"那媒婆说了，罗老爷临终遗言，女儿必须招婿！"

朱守信闭上眼睛。

朱夫人掐着他的胳膊："这事没完，你快些想办法止住啊。"

朱守信拽开夫人的手："不信能翻过天去，我看她还能闹出什么？！"

话说小菱回去给罗顺子复命。邱卓在旁边喝茶，饶有兴味地听着。

小菱退下后，邱卓笑吟吟地说："顺子，朱家肯定会死扛不认。"

罗顺子抚着猫，眯着眼："我非让他们低头。"

邱卓说："看你的眼睛和猫的眼睛，同时都有一股煞气。"

"对，我就是咽不下这口气。朱家坑了我们罗家，还赖账，我这次回来，就是让他们付出代价！"

"顺子，无论做什么，你自己先要开心，我不希望你难过。"

"不会的，"罗顺子笑，"抢赘婿是我做过的最痛快的事。"

"好，千灯镇就是你的白菜地。"

"什么意思啊？说我是猪拱白菜？"

"要拱，也是我拱，你指挥就好了。"

罗顺子掩嘴笑："你就不问问我的计划，不怕我真的和那个赘婿生儿育女？"

"也行啊，我没意见。"

"你呀，真傻，"罗顺子叹口气，"遇到你、认识你，苦了你。"

"哪里的话，只要你开心，我什么都不在乎。那你的计划是？"

"哈哈哈，心里还是在乎的。"罗顺子作势要把猫儿扔过来。

邱卓伸臂准备接猫，罗顺子却自己跳进他怀里，指着窗外，宣布道："我的计划是，抢来朱加亮，在院里跪一晚上，祭拜我父母亡灵，然后第二天就休了他。"

"哦，就是为了让朱家的儿子，给你父母当孝子。"邱卓看着罗顺子。

"对，我就是这么想的。"

邱卓思忖着说："但现在朱少爷毕竟已经婚配，不可能分身出来做赘婿。"

"简单啊，让他先休妻就好了。"

"行，我家顺子说怎么样就怎么样，"邱卓温柔地拥着罗顺子，"我就是要帮你实现愿望，无论你的愿望是什么。"

"邱卓……"

"什么都不要说，"邱卓微微摇晃着，仿佛一个温暖的摇篮，他在顺子耳边呢喃，"等你实现了愿望，我就娶你过门，我陪你闹、陪你撒气，然后我们生十个娃儿。"

罗顺子轻轻闭上眼睛，什么都不想问、不想说，只想完完全全拥有这一刻。

9

翌日上午，朱加亮和阿忠从朱家灯铺出来，沿街走去。

阿忠发愁地说："少爷，您已经巡视了六七个灯铺，几个管事的都不愿灯笼涨价，担心卖不动，反而让风家的灯铺兴旺起来。"

"一盏灯笼，不过加价十文钱，"加亮说，"咱家的灯笼，用了'花蒸香'，不值这个价吗？"

"普通灯笼，是卖给平头百姓的，舍不得多花十文钱，香味不香味，他们倒不在乎，只要夜里能照个亮就好。"

"账不能这么算。咱家的灯，号称长明灯，蜡油能点三个月，风家呢，一个月就得换灯油。在他家买三次灯油，在咱家只需买一次灯油，哪个划算？"

"也是。"

"还有，咱家的灯，亮堂堂的，灯下读书不伤眼睛，夜里出门能照百步，可那些劣灯，要么让人眼睛坏了，要么看不清路摔断腿，老百姓还要治眼疾、腿伤，哪个划算？"

阿忠感叹："哎呀，少爷只加了十文钱，却是救苦救难的菩萨功德。"

"往后咱家的灯要不断提升，不仅在高级花灯上盖过风家，普通灯笼，也要碾轧风家。从上到下，让他们透不过气。"

"少爷强中更强。"阿忠伸出大拇指。

两人过了青石桥，沿着石板路往前走。

这时，桥边有船停下，是镇上的胡记商行，采办了各种高档礼品，显然刚从苏州城回来，船上的大包小包抬下，放到岸边的马车里，沿着青石街走去。

加亮大声嘲笑："看看，谁这么糟践银子，这个家迟早要败！"

阿忠眼神充满艳羡，嘴上酸酸地说："就是就是，净买些不实用的货。"

加亮神色凝重地背诵起朱家祖训："家宅以安，尤须兢慎，若便骄逸，必至丧败。"

阿忠敷衍点头："对对。"

加亮看着马车远去，幸灾乐祸地说："要是风家的就好了。"

阿忠忽然一皱眉，伸长脖子往前看了看："哎？少爷，马车怎么往咱家去了？"

"不是吧！"加亮跳着脚往前看，"哎哟——"

他狂奔起来。

冲到朱宅大门外，马车正在卸货，大包小包往里走。

加亮大喊："站着！送错门了。"

胡老板满脸堆笑，摘掉瓜皮帽，躬身道："朱少爷，没想到呀，这么多年，终于做成了您的生意。您实在抬举我们商行，整个苏州府都没有我这个福气。"

"你胡说什么，我没买！"

"咯，少奶奶跟您不是一家吗？"

"什么？"

"我买的。"

随着说话声，甘茉走到门口，双臂交叉。

加亮愣怔着。

胡老板急忙躬身行礼："少奶奶，我们根据您下的礼单，连夜去苏州采办，您这还是急活儿。"

加亮愕然。"娘子，你……你……"

"怎么，我没资格买吗？"甘茉斜睨夫君。

加亮咬牙："花了多少钱？"

胡老板拱手："呵呵，一共是两千两银子。"

"啊……"加亮如遭雷劈。

"咯，少奶奶已经付过款，鄙人就不叨扰了。"胡老板离去。

"什么？！"加亮的痛苦瞬间转为惊喜，"付过了？"

甘茉没理他，返身进门。

加亮突然醒过神："等等，从哪儿付的钱？"

他上前抓住甘茉的胳膊，低声嘶语："你哪儿来的钱，是凤鸣朝给你买的？"

甘茉冷笑，继续往里走。

"太过分了，把话说清楚！"他拉扯甘茉。

这时，门外来了个油光满面的胖子，拱手道："朱少爷，一向可好。"

"你是……"

胖子龇着金牙："鄙人是盛德钱庄的。"

加亮一颤:"敲骨吸髓的地方,我家从不与钱庄往来。"

"贵府少奶奶借了两千两银子,加急,连本带利,请您还款两千六百两。"胖子掏出字据。

加亮差点一屁股坐到地上:"一天就三成利息。"

他崩溃地看着甘茉:"你、你借了高利贷,就为了报复我。"

"你现在高兴了,这不是风少爷付的钱。"甘茉淡然离去。

加亮似乎被打蒙了。

胖子拿着字据,作势要收起来:"朱少爷,要不鄙人再等您两天?"

加亮劈手接过字据,又痛又怨:"现在就结清。"

他低头看着字据,失神低喃:"茉儿,你这不是剜我的心吗?"

加亮从小被父亲逼着念祖训,给他讲穷奢极欲而导致家败人亡的例子,让他守住这个家,否则就会流落沟渠,如蜣螂一般,每天捡粪球儿为生。

捡粪球儿的恐怖感,深刻影响了童年的加亮。

每一个吝啬鬼的心里,都住着一个缺乏安全感的孩子,"怕失去",是最大的病根。

但他自己并不认为有什么错,这是节俭的美德,已经成了他的信念,他坚定不移地奉行这种生存方式,如同掌握了真理,若有人在他面前炫富,他只会嘲笑。

自从爱上甘茉后,怕失去一切的感觉更加强烈,可是,媳妇怎么就不理解,买这些不实用的奢侈之物,就是败家的开端。家若败了,还拿什么给她遮风挡雨?

心痛的加亮,唯有独自在风中凌乱。

院子里,阿忠带着仆人们搬礼盒,一群丫鬟挤在旁边议论纷纷。

"呀,这是苏造锦绸……"

"哎哎,玉山坊的五彩美玉……"

"我的天爷,那是万宝楼全套的簪子、钗子、步摇、珠冠……"

"快看,胭脂宫粉、珍珠膏……"

"啊,还有西洋钟……"

阿盼撇着嘴:"这是要给谁送钟呀?"

"啧啧,还是茉儿厉害,真没看出来,敢这么花钱。"

"人家是少奶奶了，一上位就破了朱家的戒，这是忍了多久呀。"

"嘻嘻，朱家有戒律八条，号称'朱八戒'，少奶奶可是嫦娥下凡。"

"嘘，老爷出来了……"

丫鬟们慌忙散去。

朱守信背着手站在廊下，沉着脸咕哝："这败家媳妇儿，成心要弄垮我朱门。"

朱夫人从另一边走来，一脸气闷。

朱守信斜睨："你又怎么了？"

"想劝劝茉儿，却是油盐不进。"朱夫人恨声说。

"东西都买回来了，说什么都晚了。"

"不光是这事……"朱夫人迟疑着。

朱守信睁开眼睛："还有什么？"

朱夫人吐出一口气，用手帕遮住嘴角，低声说："两人似乎没有同房。"

"什么？！"

"我叫翠芹听了窗根，连着听过三夜，没一点动静，只有一夜听到春王说地上凉。"

"春王睡地上？！"朱守信惊讶，"你怎么不早告诉我？"

"我一直没想明白……"

"有什么不明白的？那丫头骗着春王娶了她，翻脸就不认人了。"

"可她有什么好处呀？"

"这还用问吗？肯定是逼着春王给她钱。春王从小就手紧，自然不肯就范，于是她自己买，倒逼春王吐出钱财！"

"哦，"朱夫人神思恍惚地点一点头，"这难道是……难道是……"

朱守信不耐烦："是什么？"

"难道是因为当年换了孩子，现在报应来了，向我们讨债……"

朱守信陡然怒道："你找死！不准提当年的事，什么都没有发生过。"

朱夫人打个寒噤，低下头。

朱守信声音阴沉："我们就是眼瞎，看错了这个丫头。"

朱夫人盯着朱守信："老爷的意思是……让春王休妻？"

"春王恐怕还下不去手，心里还有一丝侥幸。"

"那怎么办？"

朱守信冷冷地看着院子里的仆人搬完最后一个礼盒。

他沉声说:"给春王纳妾。"

"嗯?"朱夫人愣住。

"找个女人治治甘茉,"朱守信说,"男人身边有了两个女人,她们必然就会争宠,想尽办法讨好夫君,还敢这么肆无忌惮吗?"

朱夫人蹙眉:"主意是很好,可春王不愿纳妾呀。"

"那是以前,他眼里只有甘茉,自从成婚后,发现了那丫头的真面目,全然不是曾经心里的美好,终于明白自己被骗了,骗了十四年,一腔深情付了流水,他能不悔、不气、不怨吗?"朱守信冷声道,"纳妾,就是让他解气。"

"明白了,老爷其实还是想挽留茉儿。"朱夫人点头。

朱守信留着甘茉,当然对朱家有好处,甘茉的花灯艺道,完胜风家二少爷,这就弥补了加亮在制灯上的不足,甘茉与加亮形成互补,是朱家资源匹配利益最大化的选择。

朱夫人忽然想起什么:"外边还有个罗顺子纠缠不休,如何是好?"

"给春王纳妾,就是对罗顺子最好的反击,让她看看,我儿不仅娶了妻,还纳了妾,她还有脸闹吗?"

这一个妾,对内治理了甘茉,对外解决了罗顺子。

朱夫人崇敬地说:"老爷真厉害。"

"哼。"朱守信傲然甩袖而去。

第五章

一滴水变成一片海

1

风家的竹园占地八十亩，生长着紫竹、湘妃竹、长枝竹等品种，适合于各类花灯制作，其中尤以园子中心的碧玉竹为上品。风家的碧玉竹，可以对应朱家的长明灯油，都属于花灯的上等材质。

甘茉悄悄来到竹园南边的斜坡前，探头探脑地张望着。她很紧张，无论是遇到风家人，还是被朱家人发现，都会引起大麻烦。

"甘茉姑娘。"竹林间传来风鸣朝的声音。

他走出来。

甘茉吐了口气。"二少爷，你来了。"

"嗯，一直在等你，"鸣朝微笑，"我还是习惯叫你甘茉姑娘，你不会生气吧？你现在是朱家少奶奶了。"

"哦，没什么。"

"快进来吧，"鸣朝招手，"我把家丁支开了，一个时辰不会有人过来。"

"谢谢。"

甘茉走过去，注意力转向那一片碧绿鲜嫩的薄荷。

鸣朝淡淡地问："你打算做什么？"

甘茉蹲下，嗅着薄荷的香气，手抚叶片，控制着想吃的冲动。

鸣朝说："请便，不用在意我。"

甘茉深吸口气，从随身的布袋里拿出小铲子和剪刀。鸣朝坐在旁边的石头上，静静地看。

斜阳映照下，甘茉选了几株长势最旺的薄荷，剪下三寸左右的枝条，都是带顶芽的，留有三四片叶子，然后拿了个小花盆，把枝条插到里面。

鸣朝明白了，甘茉是要移栽这些薄荷。他不禁有些失落，原本是希望用这丛薄荷吸引甘茉不断前来，他就陪伴她，哪怕是短暂的时光。可是甘茉用这么简单的方式，破灭了他的私心愿望。他忽然有一种被人窥破了隐情的羞惭。

"二少爷，你家这片地真好，"甘茉说，"镇子周围没有这么好的薄荷。"

"哦……可能是水土好吧。"鸣朝回过神，看着甘茉。

甘茉的笑容毫无城府，是发自内心的喜悦，反倒映照出鸣朝心底的狼狈。

鸣朝问："这么小的花盆，可以吗？"

"回去后再移到园子里，会越长越多。"甘茉剪着枝条，插进花盆。

"嗯，用不了多久，朱宅的园子里就会有茂盛的薄荷了。"鸣朝的语气有些沉重。

"薄荷容易存活，我从小就喜欢它们，无论在什么地方，只要洒点水，它们就会扎下根。"甘茉的语气伤感。

鸣朝心思一动，顺着话题往下说："听闻你七岁时，才来到朱宅。"

甘茉扭脸看看鸣朝："你怎么知道？"

鸣朝掩饰地笑笑："上元赛花灯，你赢了我，我总得找人打听一下，赢我的是谁啊。"

甘茉抿了抿唇，觉得风鸣朝这个人很温和、很单纯。接着她的脑子里莫名闪过加亮的形象，随即伸长脖子往后看了看，好像加亮会突然杀过来似的。

"你找什么？"鸣朝问。

"哦，没有。"甘茉苦笑一下，不明白自己为什么会这样。

"甘茉姑娘，你不会埋怨我暗中打听你吧？"

甘茉不知该怎么回答，被人关注着的感觉，对于她来说是很陌生的，成长经历中的大部分时间，她都像是不存在一般，就像眼前这一丛薄荷，活着，却没人在意。但也不能这么说，朱少爷倒是一直在意她，但她现在不愿去想他，昨天他不仅气势汹汹地诬蔑她，还向她喊出"你一个女人，怎么可能做掌灯人"——归根结底，朱加亮和他们是一体的，而自己不过是一个被赎身的灯奴，本该匍匐在地，对他们感恩戴德才是。

"甘茉姑娘……"

"哦，我没什么好打听的，七岁进朱宅做灯奴，一直到现在。"

鸣朝从甘茉的声音里感受到怨气，这让他更好奇了。

从某种方面来说，他很了解甘茉，沈环白通过阿盼传递的信息得知，关于甘茉的经历，写出来不超过五十个字，就是个可怜的孤女上位成了少奶奶。简单人生，却又让人觉得神秘莫测。这四次与她的接触，也是各不相同。初遇时，她在薄荷丛中痴迷喜悦；第二次是修灯时，顺从又专注；第三次水塘相见，多了几分清冷；及至此时，又像个邻家小女孩，挽着袖子，侍弄那些小小的植物。

这一切的一切，都让风鸣朝想要探究。

"甘茉姑娘，我们这是第四次见面了，算是朋友，有句话，你莫生气啊，"鸣朝言辞诚恳，"听说你娘在你幼时离开了朱宅，你是否想过寻找她？"

甘茉的心中一颤，刚刚剪掉的一枝薄荷，从手上跌落。

她说："没有想过。"

鸣朝怔了下："哦，我本想说，若是你不方便，我可以帮你找一找。"

"谢谢，不必了。"

甘茉捡起地上的薄荷，插到花盆里，站起身。

鸣朝从石头上站起来："好了吗？那喝杯茶吧，用去年冬天的落雪烹的竹叶茶，你还可以把薄荷泡进去，味道一定很好。"

甘茉迟疑一下，确实有些渴了，便跟着鸣朝走去。

她感受到鸣朝的真诚，鸣朝声音里透出的关心，举止的恰到好处，给人温暖妥帖的感觉。她对鸣朝更多是感激，鸣朝似乎能看到她心底的悲戚，但又小心地不揭破。

自从得知自己的身世，那份沉重的冷和痛，一直被她积压在心底，无法倾诉，朱家带给她的怨，也不可能化解。与鸣朝的短暂相处，让她有了如沐春风之感。

但她又很清楚，自己和风鸣朝的任何一次接触，都蕴含着危险。她在竹园里喝了一杯茶后，便急着要离开。

此时已是薄暮降临。

2

朱宅里。

加亮在庭院里转了两圈，没有看到甘茉，心里莫名地惴惴不安。

阿忠从廊下匆匆走来。

加亮迎上去："阿忠，你见少奶奶了吗？"

"少爷，没有啊，不在屋里吗？"

加亮摇摇头，咕哝道："她这两天跟我置气，别是又闹出什么事来。"

阿忠说："您不用急，派人到处找找……噢，有件事要向您禀报。"

他把加亮拉到一旁，低声说："李翰林的那座宅子，让人买了。"

"镇东的李翰林？真有人舍得花钱。"

"您猜谁买的？"阿忠往加亮的耳边凑。

加亮一阵紧张："你可别跟我说是那个罗顺子。"

"不是，但有点关系。"

"啊？"

阿忠凑近了："罗顺子的靠山是邱卓邱公子……"

"对呀。"

"买这座宅子的，是邱公子的堂兄，邱金谷。"

"嗯？"加亮疑惑，"你没看错？"

"错不了，我每年都要陪老爷，去参加苏州知府的宴席，每次都能碰见他，他是知府的侄子。"

"邱金谷怎么来了千灯镇买房？"

"听说他早就相中李翰林的宅子，说风水奇佳，也正因为风水好，李氏后人坚决不卖，不料家里出了变故，只得卖掉祖业。"

加亮手指抚着下颏，沉吟着。

阿忠说："少爷，邱金谷刚买了新宅，少不了购置花灯，您交代过，有这样的机会，一定要告诉您。"

加亮点头："阿忠，你有心了……先别透露给我爹，等我做成生意，银票摆在桌上，让他见识见识我的本事。"

"明白，可老爷若是自己听到消息，我就没法子。"

"嗯，我得抓紧。"

"少爷，这买卖做好了，不仅能赚一笔花灯钱，最好还能跟邱金谷拉上关系，请他劝一劝堂弟邱卓。"

加亮咬牙："我与邱卓有一脚之恨。"

阿忠劝道："人家是知府的公子，老爷都得让着。咱们是以商谋生，决不能跟官家起哄。惹谁都不能惹官家，听说十八年前，罗家就是因为烧伤一位王爷，一夜间败落了。如今罗顺子跟咱们闹别扭，不就是当年结的怨气嘛，您要体谅老爷的心情，先把那尊瘟神送走，至于邱公子踢您那一脚，也是因那瘟神而起，只要邱金谷能劝得邱卓不管此事，您就是帮朱家解决了一个大麻烦。"

加亮说："对，只要邱卓那边一凉，罗顺子还敢怎么闹腾？"

竹园里，甘茉端着花盆往外走，即使回朱宅有人问起，就说自己到河边采摘薄荷去了，毫无破绽。

鸣朝送她出去。

迎面的小路上，有四个家丁在巡逻，甘茉连忙低头，侧过身。

那四人向鸣朝行礼："给二少爷请安。"

鸣朝说："刘三，把你的灯笼给我。"

"是。"刘三将灯笼捧上。

鸣朝接过灯笼，摆摆手，四人离去，鸣朝提着灯笼护送甘茉。

竹林里的风更大了，灯笼摇晃着，昏黄的光影在地上摆动，周围重重叠叠的竹子呈现出迫人的气势。

"甘茉姑娘，别害怕，竹林里很安全。"鸣朝说。

他的声音让甘茉安心。

远远地看到竹园的大门了，一个小厮跑过来。

"二少爷，二少爷。"

"什么事？"

"大少奶奶有事见您，我来接您回去。"

"嗯，你先走。"

"是。"

小厮说着，随意瞥了甘茉一眼，愣了下，又盯着甘茉看看。

甘茉背过身。

小厮咕哝："这不是朱家的少奶奶吗？"

鸣朝说："休要乱讲。"

"刚才朱家人在外边找她哪……"

"你回去！"

"噢……少爷恕罪。"

小厮连忙走开。

鸣朝转过脸，才发现甘茉不见了。

他顿时紧张："甘茉姑娘——"

甘茉沿着竹林间的小径慌张离去。她被地上的石头绊了一跤，摔倒时，险些撞到竹桩，那尖利的茬口几乎贴着她耳朵滑过。她连滚带爬往前跑，杂草钩着她的衣衫，突然，迎面一个狰狞的影子俯冲而来，甘茉惊叫一声，倒在地上。

风鸣朝追来时，看到那只夜鸟展翼飞过，把他也吓一跳，听到前方传来惊叫。

他急忙喊："甘茉姑娘——"

他冲过来，看到甘茉正在地上寻找。

"怎么了？"鸣朝弯下腰，"什么东西丢了？"

甘茉焦急地说："花盆摔不见了，花盆……"

鸣朝帮着找，灯笼晃来晃去，眼前的竹子盘根错节，灌木丛里黑乎乎一团。

"是这个——"鸣朝说。

"在哪儿？"甘茉惊喜地转过身。

鸣朝捡起花盆，却已经摔破，只剩了盆底一点土，十几枝薄荷枝条也混入了地上的草丛中，找不到了。

甘茉委屈道："白忙了半晌。"

她拿着破花盆，扁着嘴巴，楚楚可怜的模样，使得鸣朝几乎就要伸出手，想把她拥在怀中，告诉她别难过，那边还有很多呢，都给你留着。

鸣朝微微吐口气："甘茉姑娘，别难过，那边还有很多呢。"

"唉，下次吧。"甘茉低头往外走。

鸣朝提着灯笼，默默地送她出了竹林，想到她还会再来，心中涌起一阵喜悦。

3

风鸣朝回到家，沈环白告诉他，邱金谷买了李翰林的宅子，让他及时去洽谈花灯买卖。只要对方有意向，沈环白便可亲自接手，拿下这单生意，赚钱多少还在其次，重要的是扭转最近的颓势。

此次邱金谷来千灯镇之前没透一点声息，鸣朝觉得很突然，也许邱金谷担心有人恶意抬价。

至于这笔花灯生意，风鸣朝倒是有七八成把握，因为他认识邱金谷。当初他在苏州府上学时，与邱卓同窗，经常见到邱金谷，与邱卓的傲慢相比，堂兄邱金谷更好交往，很懂得为人处事。鸣朝偶然听说邱金谷的外号是"牛头阿婆"，不明白什么意思，可能是说他执着，又心肠好吧。

鸣朝赶到邱金谷的新宅时，已是晚上戌正，可他没想到，自己来迟了，更没想到的是，朱家的财迷少爷朱加亮，竟是邱金谷的座上宾。

加亮看到鸣朝进来，撇撇嘴，透出几分不屑。

邱金谷很客气："哦，鸣朝来了。"

鸣朝拱手回礼："邱先生，别来无恙。"

邱金谷说："我来介绍……"

加亮说："都是老朋友。"

邱金谷若有所思地点点头："鸣朝，坐啊，品一品我带来的碧螺春。"

鸣朝说："请邱先生借一步说话。"

邱金谷似笑非笑："鸣朝啊，若是生意，那就不必谈了。"

"哦？"

"我已经选定了加亮兄弟。"

鸣朝愣了愣，邱金谷一点回旋余地都不给。

鸣朝说："花灯不仅用于照明，还是身份的象征，切不可草率行事。"

加亮哼了声："邱先生当然明白。"

邱金谷说："是啊，方才听了加亮兄弟一席话，深得我心。"

鸣朝看了看二人，说："我们风家的花灯，曾经得到乾隆爷的赏识，风家在苏州府，为许多官宦富豪的府衙、新宅、园林置办了花灯，还有宁大人母亲百岁寿辰时，想必邱先生见过了风家的花灯拜寿。"

邱金谷淡淡一笑："那都是过去的事。"

"哦……"鸣朝没想到，风家引以为傲的业绩，被人家轻飘飘一句话消解了。

邱金谷说："我这次一到千灯镇，就听到街谈巷议，上元赛花灯，羊吞狮子。风家可惜呀。"

鸣朝脸上努力保持的微笑，僵住了。

邱金谷拍拍鸣朝的肩膀："我的话有些直了，也是为风家好，多担待。"

"那……风某不打扰了。"

鸣朝难堪退出。

邱金谷转身对加亮说："兄弟，莫要见怪。"

"哪里哪里，邱先生是在赞赏我们朱家，我怎能不知好歹？您放心，新居的花灯，一定给您办得妥妥帖帖。"

邱金谷一笑："我主要是不想让风家纠缠，做生意嘛，干净利落最好，既然认准了朱家，就快些落实，我就怕磨来磨去。"

"是啊，断了他们的念想，免得无谓干扰。"

"呵呵，咱们继续说吧，我很欣赏你提出的'全宅花灯布局'，新鲜，有趣。"

二人出了客厅，往后边走去。邱金谷的两名随从不远不近地跟着。

朱加亮平时有两大嗜好，一是想尽办法节省钱财，二是想尽办法多赚钱。这"一抠一赚"，深得朱老爷欢心，就好比家里有个聚财池，两个水管子，粗管子往里添水、细管子往外流水，何愁聚财池不满？

朱加亮跟着邱金谷来到了全宅最精美的建筑——纱帽厅，厅堂结构状如纱帽，前、中、后三道船篷轩相连，形成满堂翻轩，雕梁画栋。

加亮看了一圈，赞叹："不愧是李翰林的宅第，端庄大气。"

邱金谷问："加亮兄弟，打算怎么安排？"

加亮指着中间的房梁："这里挂一盏硕大的'紫气祥光灯'，满堂生辉，紫气中透出片片祥云，如入仙境。您会客时，朋友一进来，立时叫他们惊呆。"

邱金谷笑笑："你该不是随口一说，却做不出来吧？"

"您放心，我能说出来的，朱家都能做出来。"

邱金谷点头："你看其他的灯，如何安排？"

加亮从袖袋里掏出一张草图，煞有介事地递给邱金谷。

邱金谷一边看一边点头，加亮兴奋地比画，把整个宅院的花灯布局、色彩层次、光线强弱等，讲解了一遍。邱金谷很感兴趣，尤其是加亮所说的，花灯排列的光线，要随着人走入宅子的过程，逐步变化，三步一小景、五步一大景。

邱金谷问："那你看，一共需要多少花灯？"

"大小不等的花灯，至少需六十盏，才能把宅子衬托起来。我说的不是普通灯笼。"

"嗯，那需要多少银子？"

加亮装模作样盘算片刻，其实心里早有答案。

他说："价钱不一，平均算下来，总共二千六百两。"

"呵，这么精细啊。"邱金谷淡淡一笑。

加亮有些紧张地看着邱金谷，生怕吓跑了客官。他报的这个数，正是媳妇之前借的高利贷，白花了一笔冤枉钱，现在这个报价，就是治心疼的。

邱金谷点头："就这么定了。"

"啊……邱先生真爽快。"

"生意就是要干净利落嘛。明天你派人来取一千三百两订金，先做着。"

"好。"加亮觉得神清气爽。

邱金谷送他穿过回廊："咱们以后就算是街坊了，少不了朱家照应。"

"邱先生太客气了。"

说着，他忽然迟疑一下，要不要开口让邱金谷劝一劝邱卓？

"加亮兄弟，有事吗？"

"哦……往后也需要邱先生照应呢。"

无论如何不能一见面就说，等过两天再熟悉一下，请他验看花灯时，再开口也不迟。

邱金谷把加亮送到前院，彼此道别。

加亮穿过院子，忽然见到邱卓走来，不禁一慌，颇有些狭路相逢的意味。邱卓根本没看他，径自上了台阶。

加亮有意放慢脚步，竖起耳朵。

邱金谷正要返身回去，看到邱卓，忙笑着招呼："堂弟，有些日子没见了。"

邱卓语气冷淡："你怎么来了千灯镇？"

邱金谷微笑道："哦，买宅子的事，有些仓促，没来得及告诉你，何况我也不知道你在千灯镇停留多久。"

邱卓说："希望堂兄不要把我的事，都告诉我爹。"

邱金谷淡淡一笑："我并无监督你的意思，那也不至于花大价钱买宅子啊。我确然是喜欢千灯镇，至于我们之前的一些误会，早就消解了。"

"嗯，我只是提醒一下。"

"那进来喝杯茶吧。"

"不必了。"

听到这里，朱加亮加快步伐，出了宅院大门。

他走在街上，心往下沉了沉。看来邱金谷这条线攀不上，指望邱金谷去劝邱卓，恐怕会把事情变得更糟糕。

难道，罗顺子那个瘟神，送不走了吗？

4

媒婆儿小菱又上门了。

这次换了一身鲜亮的衣裳，招摇而来，身后跟着两个壮汉，抬着一顶空轿子，还有个伴僮，举着"招赘婿"木牌，来到朱家大门外。

门房死活不让进。

街边很快聚集起一群围观的。人群后边，邱金谷背着手，用扇骨轻轻敲着背，饶有兴味地看着。

阿忠从大门出来，朝小菱摆着手。

"走吧走吧，别堵在门口。"

小菱用手帕掩嘴，轻咳着说："与夫人约定的期限，三天已到，我们该进去接人。"

阿忠不耐烦："没什么约定，全是你们一厢情愿。"

宅子里，朱夫人拉着儿子去找朱守信。

朱夫人说："老爷，您倒是想个办法，春王不能自己冲出去啊。"

朱守信瞪着儿子："你出去做什么？"

加亮气得说:"我要跟他们理论!"

朱夫人说:"这事来得莫名其妙,轻的重的都不好办,老爷,您出面谈谈吧。"

朱守信从鼻孔喷出一股气:"罗顺子是罗家的小辈儿,还是女儿,让我去跟她谈事,不是自降身份吗?"

朱夫人说:"您还没看出来,人家就是冲您来的。"

"对啊,爹,我也觉着是。罗顺子与我,压根就不认识,更谈不上恩怨,她难道真想把我抢了去,给她做赘婿?"

朱守信沉默。

加亮继续说:"我算是琢磨透了,这就像绑票,我是那个肉票,人家并不想长久地占据我,而是用我达到某个目的,那个目的,应该和爹有关。"

朱守信说:"那你是要卖爹了?"

朱夫人说:"是请老爷出面,问清楚罗顺子究竟要什么。"

朱守信指着妻子和儿子:"你们俩合伙盘算,就不惜让我丢人现眼。"

朱夫人说:"老爷,大丈夫能屈能伸。"

加亮说:"对对,我娘所言极是。"

朱守信愤懑地哼了一声。

一个时辰后,罗顺子坐在了朱宅的客厅。

她独自等了很长时间,朱守信才姗姗来迟。朱守信脸沉似铁,还没坐下,罗顺子便嘲弄道:

"是不是心虚脚软啊?"

"你说谁心虚?"朱守信手按着椅子。

"我愿意进来与你谈话,已是给足面子,你却故意把我晾在这里,是想来个下马威吗?"

"你这个丫头,不懂长幼尊卑吗?"

"是啊,爹死得早,娘也顾不得教。何况,我敬重的长者,自有长者风范,而不是因为多长了几岁,便摆出一副了不得的派头。"

"你……"朱守信忍耐一下,吐口气,"你心中不满,是因为十八年前的事,可那件事早已过去了……"

"你是过去了,如今风光无限,可我爹娘呢?"

朱守信默然片刻,说:"当年的事,谁都不愿意发生,罗家举办灯会时,确实是用的我们朱家的油脂，谁知发生了火灾。若是一般的火灾也能应对，可惜烧伤了王爷，才导致罗家败落。"

"你们的油脂造成火灾，不正是罪魁祸首吗？"

"事后检查，是意外事故，我们也很痛心。"

"我所知的可不是这么简单。你轻飘飘一句'意外事故'，就心安理得了？"

"罗姑娘，我与你爹当年确有交情，不然也不会结下娃娃亲，但如今已斗转星移、物是人非……"

"好一句'斗转星移、物是人非'，罗家败落后，朱家很快兴旺起来，看来是罗家的'斗转'，全变成了朱家的'星移'。"

朱守信有些烦躁："你若强词夺理，我实在没话讲。"

"那你是承认了？"

朱守信站起身："你就直说吧，想怎么办？只要合情合理，是我们朱家能办到的，便不会推脱。"

罗顺子冷笑："朱老爷倒是胸怀宽广。"

"你是想重振罗家吧，我可以帮你出钱出力，恢复罗家在千灯镇的地位。"

"哼，我们罗家的荣耀，岂容你来染指？！"

"你这丫头……"

"我这丫头，足以令罗家光照千灯！"

"好好好，你这么厉害，请便吧。"朱守信转身欲走。

"朱老爷不是问我，想怎么办吗？"

朱守信站定："你说吧，要钱还是什么？"

"我一文钱不要朱家的，更不让朱家耗费人力。"

"那你要什么？"

"只要朱家低头。"

"什么？"

"低头，到我父母的灵位前，认错道歉，所有恩怨一笔勾销。"

"你再说一遍——"

"在我父母的灵位前，认错道歉。"

"一派胡言！"朱守信怒道，"没有做错事，何来道歉之说？"

"那你是拒绝了。"

"小小丫头，竟然威胁我去认一件没有做错的事！"朱守信恼羞成怒，指着房门厉声说，"出去，不准再踏入朱家半步！"

罗顺子讥诮："你以为做出愤怒的样子，就与我一刀两断了？罗家与朱家的娃娃亲约定还没有完成，朱家是守信的，三天内，把赘婿朱加亮送到我的门上。"

她扬长而去。

朱守信愤然坐在椅子上。

5

朱夫人小心翼翼地进了客厅。

"老爷，我看见罗姑娘走了，你们谈得怎么样？"

朱守信沉着脸不语。

朱夫人惶惑地问："是不是更糟糕了？"

朱守信叹口气。

朱夫人焦虑："您亲自跟她谈都谈不拢。"

朱守信说："她的名字叫'顺子'，却一点都不顺从，是个翻了天的恶丫头。"

"这可如何是好？她背后还有邱公子撑腰。"

朱守信沉默。

朱夫人问："她究竟想怎么样？讹钱？"

"能用钱解决的事，都不叫事。"

"那她……"

"她让我低头，去他爹娘的灵位前认错。"

"哦？"

"她让我承认十八年前罗家败亡，是我造成的。"

"那您……"

"决不向恶势力低头。"

"这……"

"我这个头一低，朱家的根基就不稳了。"

"有那么严重吗？"朱夫人急着劝道，"反正老罗家当年与我们交好，如今您去他们夫妇的灵位前鞠躬，念叨一声对不住，就当给亡灵的一声问候，同时还能把咱们家的麻烦解决了，真是两全其美，皆大欢喜。"

朱守信斜睨："妇人之见。"

"我实在想不出，这又能怎样？"

"你懂个屁，"朱守信站起身，"我这个头，不能低。"

朱夫人有些生气："老爷啊，您就给我这个愚妇说说，您那尊贵的头，为甚不能低？"

朱守信走到夫人面前，俯视："我若是承认错误，那就等于招供，十八年前，就是朱家故意用油脂引起火灾，并通过烧伤王爷来毁灭罗家，那么，王爷被烧伤的原因就不是罗家失误，而是朱家蓄谋！如今，王爷还在京城活着，一旦他得知此事，即便没有追究之意，他身边的小人、朱家的对手，以及贪图朱家产业的阴暗家伙，便会罗织罪名，群起攻之，我们朱家瞬间会被吞没。"

朱夫人愕然呆坐着。

朱守信问："听懂了吗？"

朱夫人喘上一口气："我觉着，您是想多了。"

"以我的阅历和对人心的揣摩，我们的后果，会比当年的罗家更惨，所以，我咬死不低头，"朱守信拍了拍自己的脑门，"我这个头，就是朱家的根脉。"

"可是硬顶下去，事情无法可解，"朱夫人焦灼，"您咬死不认，那罗顺子必定不依不饶。"

朱守信在客厅踱步："哼，我要让这个罗刹女彻底死心，赶快给春王纳妾。"

"啊？"

"即便邱公子给她撑腰，又能怎样？难道不让老百姓纳妾了？"朱守信坐上椅子，拿起鼻烟壶吸了吸，"罗顺子是疯，邱卓可不疯，等到春王一妻一妾在手，罗顺子再发瘟，邱卓总要顾及官家的脸面。"

朱夫人离开客厅，回到自己房间，在内室坐了半晌，然后把丫鬟翠芹叫进来。

翠芹行礼："奴婢给夫人请安。"

朱夫人不说话，打量翠芹。翠芹从来没见夫人这样，有些惶惑。

"奴婢有做得不对的，请夫人恕罪。"

"翠芹呀，你来我身边，多久了？"

"回夫人，四年了。"

"嗯，你一向老实勤快，没让我失望，"朱夫人说，"今年也有十九了，按理，该寻个人家，找个依靠……"

翠芹慌忙跪地，哽咽道："奴婢不离开夫人，奴婢愿侍奉夫人一辈子。"

朱夫人平静地说："丫鬟的出路，就是三个，一呢，做小妾，二是配给小厮，三呢，就是转卖出去。"

翠芹以额触地："奴婢只求侍奉夫人。"

"起来吧，我又没说要把你怎样。"

翠芹抬起头，眼泪汪汪看着朱夫人。

朱夫人说："我知道你心气儿高，特别是宅子里出了个甘茉，一众丫鬟都有些心思……"

翠芹轻声："奴婢守本分，不敢妄想。"

"就让你去伺候少爷吧。"

翠芹惊讶地张了张嘴。

"你愿意吗？"

翠芹颤抖着，脸上亦喜亦悲："奴婢一百个愿意，可是少爷怕是不同意，还有少奶奶……恐怕也不会让少爷答应。"

"这是老爷与我定的，由不得他们了。"

翠芹急忙磕头："奴婢谢老爷、夫人开恩，奴婢一定好好伺候少爷。"

"你真是懂规矩，"朱夫人感叹着，眼睛望向窗外，幽幽道，"女人在这世上，活得最苦了，能遇到一个知心知意的男人，那就是苦海里捡了个蜜罐子。可有些人，就是不懂珍惜呀。"

翠芹偷眼看夫人。

朱夫人回过神："翠芹，去叫少爷。"

"噢，是。"翠芹有些慌乱地出去了。

6

入夜，一辆马车悄悄停在树丛前，一男一女从车厢下来，看着树丛里蜿蜒的小路，通向一座宅院的后门。

女人疑惑低语："这不是李翰林的宅子吗？"

说话的正是阎婶。

身旁的阎叔还没开口，一个方脸的灰衣随从走来，示意他们前行。三人穿过树丛，进了宅子，沿着幽暗的回廊走去。

方脸随从停在一间屋子外，示意他们进去。阎叔先一步迈过门槛，看到邱金谷坐在椅子上，但他并不认识。

阎叔哑声问："阁下是哪位？"

"我姓邱，初次见面，叫我邱先生就好。"邱金谷一笑。

阎婶跟进来，与阎叔互视，都有些惊讶。

阎叔恍然大悟："昨日午后，我们在苏州城被泼皮欺侮，原来是您派人相救。"

邱金谷淡然摆摆手："只因看不惯歹徒所为，举手之劳罢了。"

阎婶问："今夜为何请我们回到千灯镇？"

"听说你们在外边找活儿干，是被风家赶了出去。"

阎婶和阎叔有些难堪，也有些警觉。

阎叔轻声问："您为何提及此事？"

邱金谷说："二位不必担忧，我若是成心害你们，何不直接送到风家？"

"哦。"阎叔吐一口气。

阎婶陡然激愤："不就撞掉了一盏花灯，风家二少爷用鞭子抽我们，全然不顾我们做牛做马三十年。风家的大少奶奶，更是狼心狗肺，竟敢扇我一巴掌！"

阎叔跟着叹气："我们十四岁进风家，阎婶给风夫人做丫鬟，天天给那个臭婆娘端屎端尿，后来风夫人有了孙子，阎婶又给那个小兔崽子做奶娘，风家榨干了我们的血，如今找个借口，就把我们踢出来。"

邱金谷点头："世上没有公道，公道是自己夺来的。"

阎婶打量邱金谷，又环视这间奢华的屋子："李翰林的宅院，如今成了您的？"

"嗯，我买下了，"邱金谷淡淡地说，"言归正传，请二位来此，就是为你们夺回公道。"

阎婶伸长脖子，盯着邱金谷："但不知如何夺法？"

"那要看你们多恨风家。"

"恨不得他们全家长疮出脓。"阎婶咬牙切齿。

邱金谷说："既然这样……风家的对头是朱家，要对付风家，最省力的办法就是挑起他们撕咬。"

阎叔睁大金鱼眼："邱先生可有妙计？"

邱金谷淡淡说："把风家的小少爷风寅拐走，嫁祸给朱家。"

"哦？"阎婶挑了挑眉。

"怎么，你对那孩子有感情？"

阎婶说："我不止一次想掐死那个小兔崽子。"

阎叔说："但那小子对阎婶还是很亲近的。"

邱金谷说："毕竟是奶娘，只要找到机会，把他骗走，你们觉得把握大吗？"

阎婶与阎叔互视一下，阎婶说："骗个小孩不难，可这小孩不是寻常人家的，太冒险。"

邱金谷笑笑："放心吧，亏待不了二位。"

阎叔凑近些，嘶声问："邱先生是要吞并风家和朱家吗？"

邱金谷怔了下，注视着阎叔："此话怎讲？"

"拐走风寅，让风家怀疑朱家，引起双方残杀，这不就是最简单的鹬蚌相争、渔翁得利吗？"

阎婶推了推阎叔："你管那么多做什么？反正这世上总有鹬蚌，也总有渔翁，咱们只要跟渔翁站在一起，能吃上鹬蚌的肉就好。"

邱金谷笑笑："阎婶是聪明人。事成后，二位不仅能赚得大把钱财，还可以翻天做主。"

"太好了，"阎婶咬着牙，"我要让沈环白、风鸣朝趴在我的脚边，让我狠狠踩他们的脸。"

"嗯，二位从今晚开始，就住在这个宅子。风家绝想不到，你们还留在镇子，就在他们眼皮底下。"邱金谷说。

阎叔说："一切听凭邱先生安排。"

邱金谷拉开抽屉，取出一个木盒，放到桌上："这点钱，你们拿着，可是要记住，别自己上街买东西，容易让人发现。"

阎婶迫不及待打开木盒："明白明白。"

她惊喜地看着盒子里的一堆银子。

邱金谷往外走："你们随时待命，等到机会合适，就动手。"

"是，是。"阎叔送走邱金谷。

阎婶贪婪地抚弄着银子，问阎叔："我们要等到什么时候？"

"莫急，等那个小兔崽子在街上落单，邱先生自会安排。"

两人相视，发出怪异的笑声。

阎叔忽然收起笑声："哎，有个问题，我们拐走风寅，风寅肯定认识我们，万一他事后把我们供出来呢？"

阎婶思忖片刻，阴沉沉地说："那就没有事后。"

"什么意思？"

"那小兔崽子一落到邱先生手上，就不会让他活着离开了。"

7

早春，乍暖还寒，一片阳光洒在河面，泛起晶莹的涟漪。

午后的镇街上有些沉寂。风寅一路向前奔跑，后边一个小厮追赶。

小厮低呼："小少爷，慢些跑。"

眼看就要追不上了。

街角的墙壁后边，邱金谷的两个随从窥探着，他俩一个方脸、一个麻脸，互相使着眼色，方脸绕过街口，朝另一边跑去。

此时，风寅渐渐脱离了小厮的视线……

却见罗顺子踏着石板路走来。

风寅忽然站定，歪头看着罗顺子。

方脸藏在树后，进退不得，有些焦急，眼睁睁看着小厮赶了上来。

风寅指着罗顺子，命令小厮："给我打！"

"啊……为何呀？"小厮抹着脑门的汗。

"她揪过我的辫子，还说要把我卖到宫里当小太监。"风寅说。

小厮没忍住，扑地笑出声，急忙捂住嘴。

风寅顿时恼怒："掌嘴！"

他的辫子，忽然又被揪住，罗顺子把他拽到自己面前。

罗顺子竖着柳叶眉："你还记得我说的话，为何却是不改？每次碰见你，都见你在欺负人，今天非要把你卖到宫里去。"

风寅尖叫："你可知我是谁？"

"风家的小少爷嘛。"罗顺子忽然展颜一笑，似乎想到一件特别有趣的事。

风寅一哆嗦："你为何突然发笑？"

"你这小子不知好歹，难道我对你瞪眼发怒，你就喜欢？"

"哼，我娘说过，该生气时却在发笑，此为奸佞之人。"

"你娘真了不起。哎，我问你——"罗顺子故作神秘的表情，仿佛是风寅多年的玩伴，"你想不想收拾朱家？"

"收拾朱家？"风寅的小脑瓜上似乎冒起了火星儿。

"我问你想不想？"

"想！"

"跟我来。"罗顺子牵起风寅的手。

小厮急忙阻拦："万万不可。"

风寅喊："让开！"

小厮只好跟着，三人朝朱宅走去。

身后，方脸和麻脸气愤地摇摇头。

罗顺子远远地看到朱宅了，这时一辆驴车从岔口追上来，赶车的壮汉停下，朝罗顺子鞠躬，小菱从驴车里出来。

小菱说："罗姑娘，您要的东西都带来了。"

"嗯，正好，一起走吧。"

一行人跟着驴车走到朱宅外。门房早就察觉不妙，关起大门严防死守。

朱宅的庭院里，甘茉端着笸箩穿过回廊，笸箩里是贝壳、珠子。

阿盼从后边追上来："少奶奶，喊您几声都不答应。"

甘茉扭脸："阿盼姐，我没听到。"

"是在发愁吗？"阿盼故意问道。

"我发什么愁？"甘茉不屑。

阿盼左右看看，压低声音："私底下都在传呢，夫人打算让翠芹给少爷做妾，翠芹已经开始摆谱了。"

"随他们的意吧。"甘茉往前走。

"少奶奶，我真为您担心，"阿盼追上来，"翠芹那丫头，能安心做小？您是灯奴出身，她可是夫人的贴身丫鬟出身……"

"你要说什么呀？"

"把我留在你身边，我帮你盯死那个臭蹄子。"

"不需要。"

"少奶奶，您怕是整不过翠芹……"

"喂，阿盼，你在背后嚼什么舌根？"朱加亮从拐弯处现身。

阿盼吓一跳，连忙躬腰："不敢……我陪少奶奶玩耍。"

"走走走。"加亮不耐烦地挥手。

阿盼慌忙退下。

加亮朝甘茉走来："茉儿，我娘说的话……"

甘茉把手里的笸箩扔了，转身便走。

"茉儿……"加亮呆住。

地上的贝壳、珠子跳跃滚动着，甘茉远去。

一个小厮从院子里跑过来。

"少爷——少爷！"

加亮不耐烦："号什么丧？"

小厮站着不敢动，加亮吁口气，朝小厮招招手，声调缓和一些。

"有事就说嘛，杵在那里做旗杆啊？"

"噢……少爷，那位罗姑娘又来了。"

加亮一惊："在哪儿？"

"您快去看看，在大门口。"

8

朱宅紧闭的大门外，罗顺子从驴车里取下几个竹筒，一节一节拧出来，变成一根长长的竹竿，共有六根竹竿。然后她把驴车里的灯笼拿下来，挂在竹竿上。

这些都是朱家的双喜灯笼，罗顺子把它们买来做了改造，把它们全部大头朝下，倒着挂在竹竿上，然后从围墙上伸到朱宅的院子里。

倒挂灯笼，这是小菱出的主意，因为按照正常的娶妻规矩，喜灯自然是正着挂，可是招赘婿，也就是"倒插门"，喜灯也要倒着挂，又名"喜到了"。

于是六根竹竿上，倒挂着六盏喜灯，在朱宅的墙头上晃悠着。

风寅瞧着有趣，只听罗顺子说："哎，小孩，你不是会自己写歌谣吗？"

风寅叉着腰："那是当然。"

"古有曹植七步成诗，你呢？"

"七步诗算什么？本小少爷五步就能写出一首歌谣！"

罗顺子撇嘴："风家的人就会吹牛。"

"你看好了，"风寅迈开步子，一步一步走着，走到第五步，大声诵道，"雁南归兮千灯镇，兰有秀兮花无痕；朱家富兮无良心，旧有佳人今不认；忘恩义兮天昏昏，后世子孙安可存？"

"好啊，妙啊！"罗顺子拊掌。

小菱用手绢掩着嘴轻咳，笑着说："风家的小少爷真让人心疼，模样又俊俏，还这么有才学……哎，你回去给你娘说说，我要给你当童养媳。"

风寅用力把脸扭到一边："不行！你夜里咳嗽，吵得我睡不着觉。"

小菱都笑岔气了。

罗顺子说："哪有你这样说媒的？欺负小孩！风寅，别忘了正事，对着朱家念歌谣！"

"我还有新的哪——天昏昏兮地沉沉，朱家老爷站不稳，箫鼓鸣兮待秋分，朽木堆里又一尊……"

随着歌谣声，倒挂在竹竿上的灯笼，在墙头上摇晃。

加亮跑来看到这一幕，从地上捡起石子，朝灯笼打去。

嘭的一声，灯笼破了，里面飞撒出无数干花瓣，飘落在庭院里。

加亮嚷道："去拿竹竿，全给我戳下来！"

小厮很快拿来竹竿，正要戳上去，不料，墙头上的灯笼里伸出一块绸布，上面写着：朱老爷寿比南山。

小厮吓得不敢戳了，这要是戳坏了，或者掉在地上，那可是天大的忌讳。

加亮也只能眼睁睁看着，六盏灯笼不断变化着字迹，一会儿是：朱老爷德高望重；一会儿是：朱老爷古今完人。

看似赞美，实则是嘲弄，墙外不断传来围观者的笑闹声。

加亮一跺脚，匆匆去找甘茉。

甘茉正在拆礼盒，之前买来的一堆东西，她没事就拆两件，明晃晃摆在屋里。加亮每次进来都难受，但今天顾不上了。

"茉儿，罗顺子在墙头上欺侮朱家，你能不能想个办法？"

甘茉不理，从拆开的盒子里取出饰品，却是个鸳鸯流苏。她看着鸳鸯，有些烦躁地扔到一旁。

加亮凑近了："茉儿，娘说的纳妾的事，我没答应。"

"与我何干？"甘茉走到桌旁，要给自己倒茶。

加亮连忙拿过茶壶，一边倒茶，一边笑笑："还有啊，你借过的高利贷，我就要赚回来了，你不必担心我难过，我已经不那么心疼了。"

甘茉撇嘴。"喊。"

"只要以后，你不再……"

甘茉扭脸看着他。

"以后再说，"加亮把后半截话生生咽下去，端起茶杯，递给甘茉，"眼下罗顺子用灯笼羞辱咱家，这你可不能不管。"

"用灯笼？"甘茉蹙眉。

院墙内，一群仆从围着，阿忠也赶过来，大家议论纷纷。

阿忠愁眉不展："我能有什么法子？碰又碰不得。"

小厮说："那也不能就这样看着。"

一个仆人说："出去打跑他们……"

阿忠说："站着！罗顺子有邱公子撑腰，还有个风小少爷，再加一个病秧子媒婆儿，你想打谁？"

外边传来风寅的歌谣声："天昏昏兮地沉沉，朱家老爷站不稳，箫鼓鸣兮待秋分，朽木堆里又一尊……"

众人盯着墙头上晃荡的六盏灯笼，深感无力。

这时，加亮扶着甘茉走来。

加亮摆手："都让开，让少奶奶看看。"

众人急忙散开。

甘茉抬头看了看："哼，罗顺子用这种把戏，简直可笑。"

加亮忙问："茉儿，你有办法收拾？"

"我去灯坊。"甘茉走开了。

加亮疑惑地跟上。

朱宅外，围了几十个街坊，邱金谷站在人群后面，背着手，用扇子敲着背。

这时，邱卓走过来，邱金谷有意避了一下，没让邱卓看到他。

邱卓匆匆来到罗顺子面前："顺子，你没事吧？"

"很好呀，玩得正开心哪，"罗顺子笑嘻嘻地问，"你怎么从苏州城回来了？"

"哦，办完事，心里挂念你，急着赶回来。"

他从怀里拿出一个暖暖的瓷瓶，递到罗顺子手里。

罗顺子双手捂住："好暖和，这是什么？"

邱卓的眼睛笑成弯："里面盛着斑肺汤，我叫了苏州最好的厨子，挑了最嫩的斑鱼，你先暖暖手，再把汤喝了。"

小菱说："真是羡煞人了。"

邱卓往墙边看了看，见六个人举着竹竿，挑着灯笼。

邱卓笑着说："真热闹，顺子，你在做什么？"

"我要逼迫朱老爷出来，可他避战不出。"

"你这阵势，谁敢往上顶啊？"

"哼，朱家要是愿意天天做缩头乌龟，我就陪着他们。"

这时，风鸣朝走过来，朝邱卓拱手："邱兄，别来无恙。"

"哦，鸣朝啊，"邱卓向罗顺子介绍，"我与鸣朝有同窗之谊。"

一旁的小菱早就盯住了风鸣朝，眼里冒着火星子："风少爷，可有婚配？"

"嗯？"鸣朝愣了愣。

小菱说："我给你相一门亲，如何？"

鸣朝淡淡地："不必了。"

邱卓问："鸣朝，你也来朱家凑热闹？"

"我可没有这闲心……"风鸣朝看了罗顺子一眼，"我没有别的意思，是来接走我的侄儿。"

风寅正玩得高兴，见二叔过来，有些不满，朝鸣朝身后的小厮瞪了一眼。

鸣朝说："虎儿，跟我回去。"

风寅说："我再玩一会。"

"快走吧，我不能在这里多停留。"鸣朝有些着急。

他是风家二少爷，出现在这里，会让人以为是代表了风家在整治朱家。

罗顺子说："走吧走吧，我可没与风家联手。"

鸣朝笑笑，拉着风寅走开。

他刚走几步，就听见人群里响起嗡嗡的议论声。

"哎呀，那是什么？"

"真是奇怪的灯笼。"

"是呀，朱家出大招了。"

众人仰脸往墙头上看，只见朱宅的院子里，也用竹竿挑起了六盏灯笼，每个灯笼都比罗顺子的灯笼大一圈，造型简单，却很怪，像是一个袋子形状。

墙内墙外两排灯笼靠近了，互相碰撞，大灯撞小灯，众人都以为大灯要把小灯全部撞落，那么"朱老爷寿比南山"就会坠地，与之前的做法没什么区别。

众人大声议论："这是何意？"

"还不如用竹竿戳呢！"

罗顺子盯着那些大灯笼，眉头蹙起。这时，人群发出更大的声音。

"啊——"

只见大灯笼上张开一个口子，竟把小灯笼吞进去，直接吞下。

那六盏大灯笼，挨个儿吞掉了小灯笼。

这时，人们看清了大灯笼上的字：福。

"啊，是福袋！"

"福袋全收！"

"厉害啊！高明啊！"

"收入福袋，稳稳地吉祥如意！"

朱宅的墙内，传来一阵欢呼声。

竹竿上高高举起的大灯笼，炫耀似的摆动着，而墙外只剩了六根光竹竿。

兵不血刃，照单全收。

罗顺子咬着牙关。

只听墙内传来阵阵欢呼声："少奶奶威武……"

"谢谢罗姑娘送灯笼……"

邱卓连忙挡在罗顺子面前，不让她看见朱家的墙，同时把罗顺子的脸转过去。

邱卓说："喝汤，喝汤，凉了就不好喝了。"

他双手捧着罗顺子的手，瓷瓶暖暖的，他把瓷瓶上的盖子拔掉，喂给罗顺子。

邱卓柔声："别生气，一点小失败……"

"哼，我会找回来的，加倍奉还！"罗顺子说。

"好，好，喝一口汤。"邱卓再喂一口。

不远处，风鸣朝从朱家的墙头上收回目光，若有所思地往前走。

风寅问："二叔，是不是朱家又赢了？"

"他们是在玩耍，没有输赢。"鸣朝说。

"才不是，他们是在隔墙斗灯！"风寅说。

朱宅庭院里，众人激动不已，仿佛已彻底送走了瘟神。

甘茉淡然离开了。

朱守信站在廊柱旁，注视着墙边发生的一切。他看到甘茉解决了那个麻烦，手法很简单，却又是如此匪夷所思，他也看到了儿子朱加亮对甘茉的无比依赖。

这样发展下去，以后会怎么样呢？朱守信想到甘茉坚定的眼神——

我要做掌灯人！

朱守信厌烦地甩甩头。

此时，同样不高兴的，还有翠芹，她躲在树后窥探，紧紧地咬着嘴唇。

9

朱守信在书房里，反复翻看着一张名帖。

阿忠躬身站在桌旁，眼巴巴瞅着老爷。

朱守信抬起脸，晃了晃名帖，疑惑地问："外边来的是邱卓？"

"是呀，老爷，正是邱公子本人，他要见您。"

朱守信放下名帖："他和谁来的？"

"就他一个人。"

朱守信皱着眉头："他想做什么？"

"那您见是不见？"

"请他进来吧。"

"是，老爷。"

阿忠出了书房，一刻钟的工夫，邱卓走进来。

邱卓拱手："朱老爷，一向可好？"

朱守信欠身还礼，淡漠的语气："好啊。"

邱卓笑笑："我今天来拜访，是个人的意思，顺子并不知情。"

朱守信愣了下："你是瞒着她的？"

"可以这么说。"

朱守信打量邱卓，脸上的疑云更重："邱公子唱的哪一出啊？我实在不明白你们究竟想怎样？"

"朱老爷也在忧心吧，再纠缠下去，斗不出个输赢，无非是你今天胜、我明天不败。"

"你的意思呢？"

"我只是不希望看到顺子不开心。"

朱守信喷出一股气："她不开心，也不让我们痛快，何苦来哉？她只要乖乖离开千灯镇，或者老老实实做点事，立时便能换得逍遥自在。邱公子本是明白人，却不劝阻她，反而纵容恶女……"

邱卓语气一沉："这句话过了吧。"

"难道不是吗？她嚣张狂妄，竟然抢夺已婚少爷，你还为她助阵，"朱守信拍拍桌子，"我实在不解，邱公子与罗顺子是什么关系？"

"你不必理解，只要明白，我是在帮顺子实现愿望。"

"愿望？"

"不错。无论是什么愿望，我都会帮她。"

"倘若她的愿望，是让你跳太湖呢？"

"我自然会跳下去。"

朱守信惊讶地看着邱卓，随即叹口气："也是啊，你都能帮她抢赘婿，还有什么不会做的。"

"朱老爷，其实你心里明白，顺子抢女婿，只是一个手段，她真正的愿望，是让朱家低头，给她父母的亡灵认错。你只要做到这个，所有麻烦都结束了。"

朱守信冷声："我再次申明，我不会认一件没有做错的事。"

"何必呢？只要朱老爷低一下头，我给你八千两银子作为补偿。"

"朱家不缺那些银子。"

邱卓沉吟片刻："看来你心里有些顾虑，那我可以向你保证，道歉认错的事，对外是保密的，因为这本来就是顺子的家事，只有你和顺子在场，我做个见证人，你应该信得过吧。你让她的心里过了这个坎，一切都烟消云散。"

朱守信疑虑重重地沉默。

邱卓说："你若答应，我可以跟我父亲说，明年苏州所有衙门、官署的花灯采办，都交给朱家，朱家在苏州垄断一年，如此可好？"

"只要我去向罗顺子认错？"

"正是。"

"不！"朱老爷站起身，"十八年前的灾祸，与我朱家无关，我无错可认。"

邱卓站起身，冷视朱守信："现在后悔还来得及。"

朱守信抬起脸："怎么，你准备动用官家的势力，强迫我吗？"

"顺子说过了，这是她的家事，不准我动用官府一兵一卒。"

"呵，她倒是高风亮节啊。"

"照着我的脾气，你们朱家已经鸡飞狗跳、永无宁日了，谁还有闲工夫陪你们隔墙斗灯？那已经是顺子给你们的最大善意！"

"我谢谢了，邱公子，慢走。"朱守信端起茶杯。

"别急，我还要跟你讲一个理。"

"你要跟我讲理？"

"请问，朱家与罗家，是否有娃娃亲的约定？"

朱守信顿了一下，把茶杯放下，闷声道："是有。"

"当年罗老爷是否送了聘礼连心轴给朱家。"

"是。"

"朱家收了？"

"收了。"

"凡事都有规矩，倘若你们在罗老爷活着的时候，把连心轴退回去，这件事早就结束了，可你没退啊。"

"我、我没来得及退。当年罗家遭了灾祸，很快就败落了，我不能立刻退回聘礼啊，那不成了落井下石吗？之后没多久，罗老爷就病死了，罗夫人带着孩子离开了千灯镇，这事也就……"

"也就不了了之。没错，只要没人找后账，它确实就不了了之。可是如今，罗家的女儿回来，跟你翻这个旧账，你，认不认？"

"我……我……"朱守信说不出话。

"顺子就占住这个理儿，你有什么办法？她是跑来收债的，你要想债务一笔勾销，就低头说声抱歉，再鞠一躬，又不会让你身上掉一块肉。"

朱守信有些恼羞成怒："不要逼人太甚。让我这个朱家的大当家，去向一个小辈儿，认一件没有做错的事，我的脸面何存？我在千灯镇、苏州府还怎么活人？"

"既然你意已决，那就对不住了，我要帮顺子讲这个理。"

"那算什么理啊？十八年前的一滴水而已。"

"顺子有了这一滴水，我就要把它变成一片海！"

邱卓拂袖离去。

第六章

这事由不
得你

1

初春的雨雾，是千灯镇一景，雨丝若有若无地织在空中，小船从石桥下漂过，河岸两旁的屋顶升起袅袅炊烟，与雾气氤氲着，红的是梅花、绿的是新竹，犹如置身于一幅美丽的风情画中。

这样的季节，总是让朱加亮想起自己十五岁时，他和甘茉陪着家人去苏州城送灯的情景，那也是他俩第一次结伴出门游玩。

返程的路上，他与甘茉在河边洗手时，甘茉的袖子湿了。他便给甘茉挽袖子，碰到她的皮肤，被冷水裹挟得清凉入骨，他打了一个激灵，心里对她有了无限的幻想和敬意，茉儿真神奇啊，怎么随随便便就能让他灵魂深处打一个激灵呢？

他自然而然握住甘茉的手，柔柔的。甘茉的脸红得像朝霞，抽出自己的手，转身跑开了。

就是在那一刻，他深深地爱上了她。

甘茉七岁来到家里时，他喜欢她佩戴的橄榄灯，正是他的喜欢，改变了女孩的命运，使得那个又冻又饿的小丫头，得以留在朱宅。接下来的朝夕相处，他只是越来越依赖她，有时也把她气哭，她永远是那样地柔顺怯弱，让他明白，她也离不开他。于是他要保护她。但这些都不是爱，只是互相依恋着，一个是满足于保护者的身份，一个是为了生存。

直到十五岁的那一天，在河边，少年加亮感受到了什么是爱。

他站在雨雾中，觉得自己拥有了一切，又觉得自己异常孤单。于是他追上了甘茉，牵着她的手，再也不愿放开。

今天，走到镇子上，甘茉却和他保持着距离，不过，甘茉愿意出来一起吃顿饭，他已经很高兴了。

他们来到多一好的酒馆。酒馆新近请了一位大厨，擅长太湖菜，尤以"太湖三白"出名。朱加亮带着甘茉坐在雅座，没话找话。

"太湖三白，指的是太湖特产的白鱼、白虾和银鱼，其中的银鱼最为神奇，从湖里一捞上来，转眼就变成白色。"

甘茉似听非听，点一下头。"嗯。"

"这道菜就是特别鲜，可称鲜中极品。因为这三样食材，一出水很容易死，就不新鲜了，按理说，只有邻近太湖的店里，或者在船上，才能现捞现做，可是多一好的馆子，不知用了什么法子，能保证食材的新鲜。"

"各行业都有艺道秘术。"甘茉淡淡地说。

"说得没错。"

甘茉随即有些嘲弄："可这要花不少钱吧，你怎么舍得？"

"喀，我想让你重新认识我。"

"什么意思？"

雅座外边传来珠玉碰撞的声音，人未到，多一好的笑声先到："哎呀，朱少爷，您可是稀客呀。哟，少奶奶也来了。"

加亮说："老板娘，自从过了年，生意越来越旺。"

"那还不是遇到了贵人……"她忽然意识到，自己所谓的贵人，恰是朱家的瘟神，连忙将话锋一转，"朱少爷不就是我的贵人嘛。"

"我可担不起，若不是为了陪我媳妇换换口味，你的店门，我难得进。"

"朱少爷真会说笑。"多一好招招手，"知道您来了，特意送一壶好酒，二位慢慢喝。"

身后的伙计将一壶"吴酒"放到桌上。

加亮眼睛一亮："呵，我爹最爱喝这个，带回去给他。"

多一好有些尴尬，看看甘茉，甘茉一脸漠然。

加亮解释道："我媳妇不会喝酒……"

"谁说的？"甘茉拿起酒壶，给自己斟酒。

"呃……"加亮愣住。

"我去厨房看看菜。"多一好急忙出去了。

加亮满脸的真诚和困惑："娘子，咱俩能不能交个心，你实话告诉我，究竟为何变成现在这样了？"

甘茉看了看加亮，反问："变成什么样子？"

"自从成亲以后，你就没有在我面前笑过了。"

甘茉垂下眼睑，几乎要落泪，她深吸口气，端起酒杯，一仰脖全喝了，呛得咳不出来，脸颊通红。

加亮手忙脚乱倒了一杯茶，递到甘茉手上，甘茉握着茶杯，使劲咳着，茶水溅出来，洒在加亮衣服上。加亮用手掌轻拍她的背，这个动作，像是拥抱一般，甘茉的发丝扫过他的脸。

甘茉推了推加亮，加亮坐回椅子。

甘茉说："我就想集中心神，做掌灯人。"

"那也不必像是冤家对头一般。"

这时，太湖三白端上了桌。

加亮说："娘子，尝尝吧。"

他给甘茉夹了一块，甘茉吃了，鲜嫩的鱼肉，搭配着鸡汤和豆腐，入口即化。

她没再动筷子，又给自己斟了杯酒。

加亮想制止她，抬起手，却放下了。

甘茉慢慢地喝着，酒在体内沸腾了，她的心绪也在痛苦中沸腾。这一段日子，她也曾考虑过要不要直接与老爷、夫人对质，不顾一切撕破脸皮，可是后果会怎么样？

每个人都会受到冲击，她自己会遭受双重的伤害。

虽然怨恨父母对她的冷酷抛弃，可是让她亲手打击朱家，她做不出。

她更加坚定想做的是，改变朱家。

她要用更大的努力，洗刷掉自己身上，天然带有的，所谓的"罪孽"。

她站起身，俯视着加亮："我只是想证明我自己……"

"证明什么？"

"证明我比你们全家都好。"

甘茉转身离去。

加亮神思恍惚，看了眼窗外，黄昏的云霞笼罩着远山。

2

甘茉穿过酒馆的走廊时，拐角的雅座里，罗顺子也正在吃饭。

是邱金谷以"品尝太湖三白"为名，宴请邱卓和罗顺子。邱卓原本不想赴约，罗顺子觉得他们毕竟是堂兄弟，不希望邱卓闹得不愉快，邱卓则考虑表面上维护一下堂兄也好，免得堂兄故意在父亲面前说什么，惹父亲生气。

三人就这么坐在了多一好的酒馆。

既是罗顺子在座，又有邱家两位公子，多一好少不了一顿夸耀。她这个店，忽然兴旺起来，确实是邱卓帮了忙，邱卓只是回报她当初对罗顺子的照应，所以归根结底是沾了罗顺子的光。多一好的那位大厨，也是邱卓从苏州请来的，原因当然是罗顺子爱吃"太湖三白"，而这一切，邱卓没有对罗顺子提起一个字。

吃饭时，邱金谷向罗顺子介绍他的新居，罗顺子出于礼貌听着，她知道那座宅子，比自己买的宅子贵了一倍不止，可心里并没觉得多么了不得，那不过是沾了"李翰林"的名号而已。

邱卓对邱金谷的态度始终冷淡，有一搭无一搭地应付几句。

邱卓问邱金谷："杭州那边的生意不做了吗？"

"哦，有人盯着。"邱金谷淡淡地说。

邱卓牵了牵嘴角："如今又把手伸到了千灯镇，是看见了什么好处？"

邱金谷微笑道："这里是江南的一个节点。"

邱卓有些不屑。

罗顺子问："千灯镇有什么好？"

邱金谷反问："你们做花灯时，是否讲究一个'轴'？"

罗顺子点头："花灯越大，内里越需要轴。"

邱金谷说："春秋时期的伍子胥，相土尝水、象天法地，构筑了周长47里的大城和周长10里的内城，这便是如今的苏州府。伍子胥死之前，密令八百龙匠造了十万兵俑，埋藏在太湖底，为保苏州城根基稳固。从埋藏兵俑的地方，与苏州、无锡两座城，连起来，是一个三角轴。在这个三角轴上，选一个分割点，这个点，便落在千灯镇。"

罗顺子听呆了。

邱卓不屑:"堂兄,你比茶园子的说书先生厉害多了。"

邱金谷意味深长一笑:"这种事,你不信最好。"

罗顺子说:"不管真假,听着有趣。"

邱卓问:"倘若千灯镇这么好,你怎么早不来?"

邱金谷说:"天时、地利、人和,缺一不可,不然全是白忙。比方说,李翰林的宅子,就是地利,没有它,我来了也是孤魂野鬼。"

罗顺子笑笑:"我可听说,李翰林的宅子闹鬼。"

邱金谷一笑:"朱家的花灯辟邪啊。"

罗顺子脸一沉:"怎么忽然扯到朱家了?晦气。"

邱金谷说:"我的新宅里,全是他们的花灯,你有空可以去参观一下。"

"有什么可看的。"罗顺子把脸转向窗外。

邱金谷也朝窗外瞥了一眼。

街头,他的两个灰衣随从,一闪而过。

前方,风寅的身影出现,风家的小厮紧赶慢赶,远远传来呼唤声:"小少爷……等等我……小少爷……"

邱金谷很快收回目光。

他已经摸清了规律,风寅每天下午,要去宋老的家里听古训,作为镇上年岁最长的贤人,宋老肚子里装满了古训,每天有十几个孩子听讲,风寅是其中之一,听满半个时辰,穿过小巷而来,是傍晚酉正时分,由于闷坐了半个时辰,所以在街上最撒欢。

风寅从巷口跑出来,身后传来小厮的呼唤:"小少爷……慢些……"

风寅跑开后,那两个随从装作路人,方脸左右张望,麻脸把一辆木板车堵在巷口,挡住后边的小厮,两个随从迅速撤离。

前方,风寅越跑越远。

石板路上寂寂无声,一个女人忽然从树后闪身出来。

她用低沉的声音唤道:"虎儿。"

风寅停住脚步,扭过脸:"噢,奶娘!"

他朝阎婶跑过去,阎婶张开双臂,向他伸出了尖尖的手指。

3

风家陷入混乱，因为小少爷风寅不见了。小厮跪在门前，哭诉了当时的情形，他追着小少爷跑到巷口，发现一辆木板车堵在那里，等他搬开车子，继续往前追，小少爷已经不见了，他拼命沿着河岸寻找，小少爷踪影全无。他又急忙跑回来，想看看小少爷是不是回家了，结果并没有。

沈环白几乎崩溃，一向强韧的她，面对儿子的失踪，竟有些失狂。

风家派出了四路人马搜寻风寅，都没有消息，更增添了几分惊恐。

风鸣朝起初不敢禀报父亲，可是宅子里一乱，风满堂知道了，不过他保持了镇定。

他告诉鸣朝："必是有人蓄谋，事先踩了点，知道虎儿何时上街。"

"应是绑架勒索，您看要不要报官？"

"我们自己处置吧，官府来了只怕更麻烦，"风满堂说，"叫你大嫂稳定住，若是贼人送来了赎票信，拿来给我看。"

"是。"

鸣朝匆匆退下。

此时风寅在一辆马车里，车厢遮得严严实实，看不到外边，所以风寅不知道马车已经出了千灯镇，但他觉得阎姊不大对头。

阎姊接他上车后，目光阴沉，看他的眼神仿佛看着一只待宰的小动物。

风寅的观察力是环白培养的，环白教育他，人若有歹意，会从眼睛散发出来。此刻，风寅不再相信阎姊所说的"带你去看天鹅下蛋"。

风寅试探着说："奶娘，我想吃米粉肉。"

阎姊脸上挤出一丝假笑："噢，就快到了，一会子让你吃个够。"

马车在奔跑时，车轮被石头硌了一下，猛地一颠，车厢里的帘布翻起一角，风寅隐约看到了昏暗的沙石路——这不是镇上的石板路。

他突然尖叫："我要下车！"

阎姊吓了一跳，扑上来捂他的嘴。他的手在阎姊脸上乱挠。阎姊怒，掐住他的脖子。

"我忍了太久，你这个兔崽子，还有你那个臭娘、你那个二叔……没一个好东西！"

风寅双手乱抓，扫过阎婶的脸，阎婶怒极，更狠地掐着风寅，风寅拼尽全力撞车门，阎婶没收住，裹着风寅摔下车，一路滚翻。

驾车的阎叔急忙勒住马缰。

风寅和阎婶滚到坡下，阎婶的头撞到树桩上，手松开了，风寅又滚了几圈，拼命爬起来就跑。

阎叔追过来，拉起阎婶，两人冲向风寅。

风寅玩儿命地跑，看到了千灯镇的灯火。突然，方脸和麻脸迎面冲来。风寅在围追堵截中无处可逃，一头跌进河里，发出扑通一声。河上一条小船经过，船头竖着旗杆，写着"朱家花灯"。船上人听到声音，探身查看，见一个孩子在水里浮沉，急忙拖拽上来。

河岸上，阎婶等人藏在灌木丛，目送小船离去。

阎婶颤声说："快，禀报邱先生。"

话说邱金谷请罗顺子和邱卓吃完饭，回到自己的新宅，在书房里审视一张图。

他在酒馆里说的话，别人只当是笑话，那是他们愚蠢。在这张图上，太湖与苏州、无锡两座城，连起来，形成一个三角轴，在这个三角轴上，千灯镇是一个节点；而在千灯镇上，镇南的风家、镇北的朱家，与他的新宅，连起来，也形成一个三角轴，因此图上是大三角套小三角。

邱金谷这两年才悟透了这张图，这便是他谋划的"地势之利"，要吞并朱、风两家，占据千灯镇，然后扩展到苏州、无锡，进而牢牢把控整个江南。

他的野心，便是做江南地区制灯业的大当家。

眼下，绑架风家的小少爷风寅，嫁祸给朱家，这一步棋很重要。

就在邱金谷憧憬时，方脸随从向他禀报，风寅跑了，让朱家接走了。

邱金谷很冷静，只是问了句："他说出了阎婶吗？"

方脸答："应该没有，朱家人把那小子拉到船上时，像条死鱼，可能是昏了。"

麻脸说："也可能是淹死了。"

方脸说："我看见他的手脚在动。"

麻脸说："我没看见。"

邱金谷说："我就问了一句，你们的话怎么那么多？"

两个随从闭上嘴。

邱金谷沉吟片刻，说："你们立刻到街上，去教小孩子说歌谣。"

两个随从面面相觑："什么歌谣？"

邱金谷随手拿起毛笔，在纸上刷刷点点——天昏昏兮地沉沉，朱家老爷站不稳，箫鼓鸣兮待秋分，朽木堆里又一尊。

方脸疑惑："这是好话还是赖话？"

"蠢材，这是风寅写的歌谣，骂朱老爷的，你们让全镇的小孩都来念。"邱金谷说。

两个随从更迷惑，可不敢耽误，拿上字条出去了。

4

朱家的小船从河里捞起风寅后，风寅昏迷不醒。小船一靠岸，遇到了来搜寻小少爷的风家人，立刻引发冲突。

船上的朱家人本是救了风寅，却百口莫辩。

风家人分成两拨，一些人护送小少爷回家，另一些人与朱家人撕扯。接着，更多的风家人冲来，三个朱家人被打到河里，阿忠紧急赶来，朱家人与风家人在河边对峙，群殴一触即发。

风宅内，所有人的关注焦点都在风寅身上。

郎中给风寅把了脉，说是孩子受到惊吓，又呛了水，导致昏迷，郎中给风寅做了针灸，又开了方子。

沈环白坐在床边，望着儿子苍白的小脸，痛苦得难以自持。儿子是她在世上唯一的寄托，也是风家的希望，她无法承受孩子在她面前出现任何闪失。

"朱家如此歹毒，竟向孩子下手。"环白嘶声说。

"大嫂，情况未明。"风鸣朝说。

"还有什么可说的？之前虎儿跟着罗顺子在朱家外边，念歌谣羞辱朱家，朱家怀恨在心。"

"我去接虎儿时看到了，那是孩子玩闹，朱家不至于把气撒到小孩身上。再说，那次隔墙斗灯，是朱家赢了，何必再存怨恨？"

"鸣朝，你怎么偏心于朱家呢？朱家与我们斗了这么久，现在撕破了脸，你还要替他们说话？"

"大嫂，我只怕，您因为虎儿，失去了冷静。"

"朱家是害死你大哥的最大嫌犯，你也承认吧？他们既然能害大少爷，自然也能对付小少爷。"

鸣朝无语。

丫鬟芳兰从外边匆匆进来，朝环白行礼。

"大少奶奶，全镇的小孩都在念诵小少爷写的歌谣。"

环白神情恍惚："什么歌谣？"

芳兰把一张纸捧给环白，环白接过来看一眼，放到桌上。鸣朝俯身看了看，无奈地摇摇头。

环白颤抖着拍打桌子："鸣朝，你说朱家不至于对付虎儿，可到了这个程度，外边的小孩都被虎儿带着，骂朱老爷，朱家能不恨吗？"

鸣朝敛眉低语："怎么全镇的小孩，突然之间凑到一起了？"

这时，门外有人通报："大少奶奶，朱少爷来访。"

环白哼了一声："他还有脸来？"

鸣朝说："我去见他，大嫂您……"

"一起去，我倒要看看，他能说出什么话？"

会客室，朱加亮有些坐立不宁，他没有处理过这种事，是他爹逼着他来的，但即便他爹不强迫他，也只能他来。

沈环白和鸣朝进来时，加亮努力镇定下来。

"大少奶奶，二少爷，一向可好。"

鸣朝问："朱少爷有事吗？"

加亮说："朱家和风家，两帮人在河边死顶着，先让他们散了吧。"

环白冷声："你进了风家的门，不问一声小少爷，就要求我们把人撤回来，是我们欠了朱家吗？"

加亮愣了愣："哦……小少爷是我家的灯匠从河里捞起来的……"

"住口，明明是你们掳走我儿，竟敢妄称救命恩人！"

"大少奶奶误会了，那个罗顺子整天盯着我们，我们怎么会突然掳走小少爷？而且，我们若是成心掳走小少爷，怎么会派灯匠动手？那船上的灯匠一大早去木渎镇，给钱四爷家里送了十盏灯，又修整了吴老爷家的灯，这是有据可查的。"

环白一下说不出话。

加亮发现沈环白被问住了，立刻直起腰杆："话又说回来，灯匠的船头竖着旗杆，一看就是朱家的船，请问谁做坏事这么明目张胆？"

鸣朝说："我们也没有指定是朱家……"

"随便怀疑也不对吧？若是谁碰见小少爷，你们就怀疑谁，往后谁还敢随便救人？"

鸣朝也说不出话了。

加亮背着手说："朱家光明磊落，即便与你们风家较劲，也是花灯上见能耐，自从我开始接手朱家，朱家的花灯艺道大幅提升，这是不争的事实吧？你们风家应该在花灯上用心，不要给人头上泼脏水，伤害我家是小，失了人心，可是毁了立足之地呀。"

"你……"环白愤怒，"我还怀疑你们是兵分两路！"

"兵分两路？"

"傍晚时分，你和你媳妇去了多一好酒馆，可有此事？"

加亮一愣，没想到他和甘茉吃饭的事，也被风家拿来做文章。

加亮不满道："那又如何？"

"你们一路是灯匠障眼法，一路是你亲自盯着我家虎儿。你必然是知道虎儿的行踪，才去酒馆蹲点的。"

加亮又惊又气，对着鸣朝说："你家大少奶奶是不是脑袋抽筋了，就认准了我们是坏人，所以我们做的任何事都是针对风家的？"

鸣朝说："大嫂，此事还需计议。"

环白说："让他先解释一下，为什么虎儿回家的时间，他在酒馆？"

加亮怒："我在教我媳妇做人，你也要听吗？"

环白愣了愣，无语。

鸣朝忙打圆场："朱少爷，我们风家不会随便诬赖人。"

"那请二位以大局为重，先把河边的人撤回来，若是真打起来，两家的脸面都难看。"

鸣朝说："我们自有主张……"

这时，芳兰从外边跑进来。

"大少奶奶——"

环白顿时紧张。"怎么了？"

"小少爷醒啦！"

环白跟跄着出了门。

鸣朝跟着去看，加亮便告辞了。

5

风寅醒来后，说出了阎婶骗他上车、他如何逃走、两个灰衣人如何堵截、他如何跌进河里，但不记得后来朱家捞他的事。

风寅受此一劫，似乎长大了几岁，变得沉默了。

沈环白亦喜亦忧，而她的心里，对朱家的疑虑并没有消除。阎婶被她赶走后，投靠对头朱家，这也能说得通，至于具体情况如何，需要阎婶自己招供。沈环白已发出悬赏，抓捕阎婶、阎叔。

做完这些事，她把风鸣朝请来谈话。

"鸣朝，之前有件事，我一直没有问你。"

"大嫂请讲。"

环白平静道："我听一个小厮说，那个甘茉去过了竹园。"

鸣朝心里咯噔一下。

"我想问问，她是有事吗？"

"我……还想请她再帮忙修理那盏任意灯，可她表示无能为力。"

"那也不必带到竹园吧。"环白若有所思地说，"她是朱家的少奶奶，你私自见她，是要冒险的。"

鸣朝默然。

"我并无指责你的意思。只是想提醒你，是否知道自己在做什么。"

"请大嫂明示。"

"你让她修理了那盏灯，也就是让朱家人接触了风家的核心艺道，又让她去了风家的竹园，这是三百年来，唯一做到的人。"

"甘茉心境单纯如水，除了花灯，她对外界事物没什么兴趣，对于我们两家的关系，也没那么在意。"

环白审视鸣朝。"你很维护她呀。"

"不不，我只是谈一下自己的观感。"

环白似笑非笑："难怪之前因为虎儿的事，你偏向于朱家，是爱屋及乌吧？"

鸣朝一惊："绝无此意。"

"我更好奇的是，甘茉为什么敢去竹园？"沈环白说，"她即使再单纯，以她的身份，这样做也等同于背叛朱家，若是朱老爷、朱少爷知道，后果不堪设想。"

"这个……"

"你是怎么哄骗她同意了？还是抓住了她的把柄？"

鸣朝沉默着。

"鸣朝，我想知道原因。"

"大嫂为何紧盯她不放？"

环白倾了倾身："我关心的是，你对这个朱家少奶奶，是否有情有义？"

鸣朝有些慌乱："没有……"

环白起身踱步："甘茉的花灯艺道，不需要我多说，她必将成为风家的强敌。"

鸣朝想起甘茉上次对他说的话：

——你们无须难过，一次失败不算什么。

那大概算是一种天真无邪的预言式威胁。

鸣朝忽然明白了甘茉与罗顺子的相似和不同。

相似的是，她们都在碾轧对手、让对手面对失败的命运。

不同的是，罗顺子是以嚣张狂妄的姿态，傲慢地冲击对手，让他们看清自己身为蠢材的现实。

甘茉则是真诚地、单纯地，告诉对手一个事实，她没有嘲笑之意，只是说出自己的看法而已。

沈环白见鸣朝发愣，便问："鸣朝，你在想什么？"

鸣朝说："我接触甘茉，是为了朱家和风家，和平相处。"

环白有些惊讶："和平相处？"

"两家争了上百年，也没争出个高低，现在难得有甘茉这样的少奶奶，全心投入花灯艺道，倘若双方共同努力，或可弥合两家恩怨，共同将苏灯发扬光大。"

环白淡淡地冷笑："哦，你是在指责我故意挑起争斗。"

鸣朝连忙摆手："大嫂误会了。"

"朱家与风家争斗上百年，不是凭两三个人就能弥合的。不过，你把这作为冠冕堂皇的理由，以便接近甘茉，倒是不错。"环白似笑非笑。

鸣朝似乎被人刺穿了心意，有些羞惭。

环白语气一转，凝重地说："可我认为此法甚好，为了风家，你要利用甘茉。"

鸣朝愣住。

"目前来看，你已经取得了她的信任，接下来，就要探查朱家的长明灯秘密，并让甘茉的花灯艺道为我们风家所用。"

"这恐怕不妥。"

"甘茉成为少奶奶后，出现了异常变化，已经引起朱老爷极大的不满。幸亏她在上元赛花灯赢了我们风家，暂时保住地位，可我听说朱家要给朱少爷纳妾了，种种事端表明，朱家内部有了大麻烦，而这个核心，就是甘茉。你要趁势推一把。"

鸣朝怔怔的："我不知如何……"

"你大嫂的建议很好。"

门外忽然传来风满堂的声音。

鸣朝和环白急忙转过身。

风满堂缓步走进。

鸣朝躬身："给父亲请安。"

环白躬身："给老爷请安。"

"嗯，环白，你去看看虎儿吧。"

环白的视线从风满堂和鸣朝身上掠过："是，老爷，环白告退。"

她快步出去。

风满堂坐下，长久地看着鸣朝，鸣朝心里发毛。

鸣朝试探地问："父亲，您有何吩咐？"

"你还在犹豫什么？"

"父亲说的是……"

"就按你大嫂提的建议做吧。"

鸣朝愕然："您、您真打算让我去引诱朱家的少奶奶？"

风满堂摆摆手："不是引诱，你要学会使用策略，倘若策略得当，天下谁人不可利用？"

鸣朝怔怔的。

"眼下罗顺子正在进攻朱家，你趁势对付甘茉，内外双管齐下，正是打垮朱家的绝佳时机。"

鸣朝惊讶地看着父亲。一年来，父亲貌似有些心灰意懒，但其实老虎并没有打盹，他一直在观察这个家。

"鸣朝，你怎么不说话呀？"

鸣朝低下头："孩儿不知该说什么。"

风满堂有些生气："你要有全局考虑，而不是只埋头做花灯。风家格局已变，你要担起重任。"

"父亲身体康健，还可继续做大当家，等虎儿长大，您直接传位给他。至于我，还是以花灯安身立命。"

"以后怎样，要看天意，如今，不能事事让你大嫂做主。这次虎儿出事，她一度失去冷静。这就是说，虎儿是她最明显的软肋，对手倘若认准这一点，就会任意宰割她。"

"大嫂毕竟是虎儿的娘……"

"我还是虎儿的爷爷哪，血脉之亲当然重要，可不能让人看出弱点，你懂吗？家主若失去冷静，毁灭的不是一个孩子，而是全家的三百年根脉！"

鸣朝感到震撼，久久无语。

然后他缓缓点一点头："父亲，容儿再想想。"

6

晚上，邱金谷的新宅里灯光朦胧。

麻脸随从穿过回廊，来到书房外，看到邱金谷背对外面，蹲在书案旁边看着什么，地板上有几块破碎的瓷片。

听到门外的脚步声，邱金谷转过身，用一块绸帕擦着手。

麻脸在门口鞠躬："先生，风家二少爷已经到了。"

"哦，"邱金谷朝书案旁的角落指了指，"你进来处理一下。"

麻脸走过去，低头一看，地上趴着个女人，后脑砸破了，血流到地上。

麻脸蹲下，把女人翻过来，是阎婶，死不瞑目，扭曲的脸上更显狰狞。

麻脸木然问："先生，怎么处置？"

"就埋到后院吧。"

"是。"麻脸拖着阎婶往外走。

"贪得无厌的东西，明知道风家在悬赏捉她，还敢跑来向我勒索钱财。"邱金谷冷笑。

"是该死。"麻脸走到了门口。

"可惜了我的汝窑梅瓶。"

邱金谷说着，把手上的绸帕扔到地上。

一刻钟后，他微笑着走进会客室。

"风少爷光临寒舍，令寒舍蓬荜生辉啊。"

鸣朝拱手："邱兄太客气了，邱兄邀在下前来，在下十分荣幸。"

"呵呵，上次因为宅中布置花灯的事，多有得罪。"

"生意场的寻常事，不必介意，何况我们是老朋友了。"

邱金谷请鸣朝喝茶。

"噢，昨晚我途经河岸，见到风家与朱家对峙，剑拔弩张，"邱金谷关切地问，"不会因为生意上的事，闹得不可开交吧？"

鸣朝摆摆手："是我的侄儿遇到点麻烦，引起的误会。"

"哦，听镇上人议论，说贵府的小少爷出了事故，怎么样了？"

"受了些惊吓，还在恢复中，没有大碍。"

"那就好啊，孩子可要好生爱护。"

邱金谷起身，从柜子里拿出一张银票，放到桌上。

鸣朝愣了下："这是……"

"我要订购你们家的三百个莲子灯，送往京城，这是订金。"

鸣朝连忙拱手："多谢邱兄。"

"哪里，风家的花灯受到过乾隆爷赞赏，名扬海内外，是我近水楼台先得月，"邱金谷微笑道，"不过，我有要求。"

"邱兄但说无妨，在下一定办到。"

"这批灯是一位英国传教士指定的，他希望花灯里设置长明灯。"

鸣朝心一沉，长明灯是朱家掌握的秘密资源，他大哥生前拼命想破解，终归没有成功，他们不知拆解了多少朱家的灯芯，可是看上去与常用的蜡脂没有分别。

邱金谷问："很难吗？"

"邱兄以前与我大哥做过生意，想必听说了长明灯。"

"是呀，我也曾帮助令兄寻找上等油脂，可惜总不如意，"邱金谷说，"眼下这三百个莲子灯，若是实在困难的话……"

鸣朝忙说："我们会想办法的。"

"我的意思是，若实在不好办，至少保证五十盏莲子灯是长明灯，"邱金谷说，"专供英国皇室。"

鸣朝深吸口气："明白了，不负邱兄所望。"

鸣朝回到风家，把邱金谷的意图告诉了沈环白，环白一喜一忧。

喜的是这批灯总价可达三万两银子，而且一旦打开英国皇室的门，前景无限辉煌。

忧的是，长明灯不是那么容易拿到手的，一年前，风大少爷想用碧玉竹交换朱家的油脂，但朱老爷给的条件不公平，没有谈拢，不久之后，风大少爷便猝死在河边。此事的阴影挥之不去，朱家也不肯与风家谈交易了。

鸣朝问："大嫂，有什么主意吗？"

环白敛眉沉吟。

鸣朝心一凉，大嫂都没招了，这事悬乎。

鸣朝欠身说："我先告辞了。"

环白抬起脸："我有一个笨办法，一个坏办法。"

鸣朝一怔："请大嫂明示。"

"你可知，近来朱家灯铺里换了一批新灯笼？"

"是，还涨了十文钱。"

"这批新灯笼有香味，亮度也不错，更重要的，用了长明灯的油脂。"

鸣朝的脑子里电光石火一般："您的意思是……"

"把朱家灯铺里的新灯，全部买回来，拆开灯芯，油脂集中混合，看看能不能分出五十份，用在莲子灯上。"

鸣朝怔怔的："普通灯笼的灯芯小，需要很多灯笼，才可能攒出足量的油脂。"

"是呀，而且突然这样大量购买，必会惊动朱家。所以我说，这是个笨办法。"

"那坏办法呢？"鸣朝看着环白，"难道是让朱家的耳目，帮咱们偷油？"

环白笑笑："你说对了一半，但那个耳目的级别不够，摸不到油脂的门。"

鸣朝更惊讶。"您在朱家还有别人？"

环白忽然换了话题："朱少爷倘若要纳妾，你猜会是谁？"

鸣朝皱着眉："这……与我们有关系吗？"

"我让她有关系，她就有关系了。"

"恕我愚钝，猜不出。"

"我有可靠消息，是朱夫人的贴身丫鬟翠芹。"

"哦，这也不奇怪。"

"而翠芹要上位，最大的绊脚石，不用猜是谁了吧？"

鸣朝微微打个寒战："甘茉。"

环白压低声音："所以我会和翠芹谈交易，我帮她搬开石头，而她为我们送来朱家的灯油。"

鸣朝怔怔地看着大嫂："翠芹会接受吗？"

"一个在泥潭里挣扎、天天被人踩来踩去的丫鬟，一辈子只有一次成为主子的机会，你说她什么事不能做？"

鸣朝心头一震。

环白笑笑："鸣朝，你担心什么？又不让翠芹杀人放火，只不过偷出一瓶灯油而已。"

"可是，您打算怎么搬开甘茉？"

环白注视着鸣朝："就是你啊。"

"我？"

"你渴望拥有她，甚至想过为她赎身，可惜你自己错过了机会。现在因缘际会，各种条件同时摆在面前……"

鸣朝倒退两步。

环白趋前一步："你只要让朱家休了甘茉就行。如此，便能得到三个好结果。其一，帮着翠芹搬掉石头，换来翠芹偷取的灯油；其二，我们风家用长明灯装置的莲子灯，漂洋过海到了英国皇室，成为海外第一的大清灯主；其三，被休了的甘茉，无父无母、无处可去，只能被你收容接纳，她会感恩于你、崇拜于你，你若是担心咱家老爷不让她进门，只要安置在苏州小院，时时与她花前月下、切磋技艺，岂不美哉？"

鸣朝跌坐在椅子上，说不出话。

7

朱家的午饭很简单，通常是一个素菜、一个荤菜，再来一个汤。食材虽简单，却很讲究，比如今天中午的豆腐，便是用苏州特产的圆柱大豆磨制而成，卤煮后清香扑鼻。那盘鸭肉，则是有名的桃花坞骟禽，用了十余种天然香料。米饭自不必说，产自太湖边，粒粒莹润饱满。

朱守信生活刻板节俭，只有在饭食上有些乐趣，这就算是一种放任了。

朱夫人坐在朱守信身旁，翠芹站在夫人身后伺候着，但夫人心不在焉，不时看一眼对面的空椅，那是儿子的位子。

终于，外边传来脚步声，加亮把甘茉拉来了。

自从结婚后，这是甘茉第一次在家庭餐桌前亮相。

朱守信沉着脸，慢慢吃着米饭。

加亮小声劝解甘茉："茉儿，就陪爹娘吃顿饭。"

翠芹在一旁睁着乌溜溜的眼睛，密切关注着。

只听朱夫人说："翠芹，你先下去吧。"

翠芹一愣，忙躬身："是，夫人。老爷、少爷……少奶奶，奴婢告退。"

加亮在屋里左右扫视。

朱守信沉声问："你的饭菜在桌上，还找什么？"

"爹，少一把椅子，茉儿……"

"你只管坐下，"朱守信抬高语调，"媳妇站到婆婆身后，那是她该去的地方。"

甘茉抿着唇，站着没动。

加亮左右为难，因为按照规矩，婆婆吃饭的时候，媳妇儿是得在一旁伺候，天底下都是这个礼数。而且婆婆吃剩的饭，媳妇儿得吃掉。

加亮求救似的看着朱夫人："娘……"

朱夫人用手巾擦了擦嘴，瞥了儿子和媳妇一眼，故作大度地说："给我敬一杯茶，就行了。"

加亮急忙拿起茶壶。

朱守信的筷子在碗里顿了一下。

加亮赔笑："我递给茉儿。"

他把茶壶塞到甘茉手上，给她使眼色。这杯茶，本来在新婚后的第二天早晨，就该由媳妇跪地敬献给婆婆，婆婆接过茶杯，算是正式接纳她为家庭成员，然后就要给媳妇讲规矩了。

今天是要给甘茉补课。

甘茉接住了茶壶，手指有些颤抖。加亮急忙拿过茶杯，举到甘茉面前。

甘茉微微吐一口气，往杯子里倒茶，加亮紧绷的肩膀放松了。

甘茉拿起茶杯，捧给朱夫人。

加亮在一旁说："娘，请用茶。"

朱守信愤然："你是你媳妇的传声筒吗？"

朱夫人一副息事宁人的态度，大度地接过茶杯，抿了一口，放下茶杯。

朱夫人说："茉儿，自从成亲后，你变得让人不敢认了，你以前可不是这样。"

甘茉淡漠："我以前是怎样的？"

朱夫人皱了皱眉，说："你还记得我给你讲过，东汉有个叫姜诗的孝子，他的妻子如何为人？"

姜诗的妻子为了让婆婆喝到喜欢喝的江水，天天走六七里路去担水。有次因为天气突变，她没能及时担水回家，就被婆婆和丈夫一同责备，还被赶回了娘家。可她并没有真的离开，而是寄居在邻居家，每天靠织布换钱买菜，继续给婆婆做饭，并让邻居帮她送去。婆婆过了很久才知道，为什么邻居老给自己送饭，然后才将儿媳接回了家。

只有这种受了误解而不辩解，受了委屈也不反抗的，才是好媳妇。

朱夫人一直认为，甘茉就会是这样的媳妇。

甘茉嘴角一丝冷笑："恕我做不到。"

朱守信似乎就在等这句话，放下筷子，说："你做不到，有人做得到。"

加亮一愣："爹，您这话是……"

"正式通知你，准备给你纳妾。"

"爹，我说过了不纳妾！"

"这事由不得你，"朱守信沉声说，"你是朱家的儿子，传宗接代是你的责任。我和你娘数次警示你媳妇，让她明白什么是正道，可她置若罔闻。我没叫你休妻，已是天大的恩惠。"

甘茉悲愤交集。

加亮说："我们要生孩子的，已经商量好了。"

"哼，骗我老糊涂了吗？"朱守信怒道，"我不能任由你纵容媳妇，你们不生孩子，自有人要生。"

甘茉大步往外走。

"茉儿——"加亮伸手想拦。

"让她走。"朱守信拍桌子。

加亮转向朱夫人："娘，您说句话呀。"

朱夫人又气又怨："我都没脸说你们的事。"

"什么……"

"天天晚上被媳妇逼着睡在地上，你还是朱家的少爷吗？"

"你们……你们偷听卧房？！"

"够了，"朱守信厉声说，"传话下去，三天后，给少爷纳妾！"

"爹——"

"住口！不准辩驳！"

"……您桌上掉了一粒米，别浪费了。"

8

甘茉来到第三进庭院，坐在池边的石头上，心情焦躁，忍不住想发火。

她越发难受，抚了抚脖子，从袖袋拿出布囊，里面还剩了些薄荷，她都吃了。

烦躁的情绪变成了空虚感。

朱加亮就要纳妾了，她为何如此痛苦？她应该对他没有感情才对，这正是她一直在做的，对他冷漠，怨恨他，在心里一次次告诉自己，这个男人窃取了她的人生，抢走本该属于她的命运，而给她换来的是凄惨的童年、卑贱的少女时代。

她自认对朱加亮已是足够冷酷无情，可是现在心绪突起波澜。因为即将有一个女子，要抢走她那仅剩的美好回忆。在她来到朱宅的十四年间，只有和朱加亮在一起时，才会有的美好，以后再也不会有了。

她能阻挡外边的罗顺子抢赘婿，却无法抵抗朱家赐予加亮的女人。

想到这里，甘茉无力地闭上眼睛。

在黄石假山后边，墙上那一排花格漏窗外，那个神秘的中年女人看着甘茉。

女人仍然戴着斗篷，一身墨蓝色的长袍，脸庞被阴影遮蔽，只露出鼻尖和嘴角。墙上长满了绿藤，叶片在风中摇曳翻卷，忽开忽合，仿佛无数双眼睛。

女人转头时，一抹阳光映在她的脸上，眼睛眯了眯，透出一股阴冷的气息。

甘茉似乎听到什么声音，扭过脸，花格漏窗外，寂寂无人，只有阴影凝固。

她从池边站起身，往后门走去，身影如同一个游魂。

一刻钟后，加亮追过来，四处张望，没有看到甘茉。阿忠从回廊走来，加亮拦住他。

"你看见少奶奶了吗？"

"回少爷，没有见到啊。"阿忠说。

一名小厮路过说："少爷，少奶奶从院子后门出去了。"

加亮心头一紧，奔向后门，阿忠迟疑一下，跟上去。

加亮出了后门，来到水塘边，没有看到甘茉，略微松口气，伸长脖子往风家的竹园方向望了望。阿忠不明白少爷在看什么，他自己望着镇街，表情犹豫。

加亮问："你有什么话要说？"

"这个……少奶奶可能又去城隍庙了。"

加亮疑虑:"茉儿独自跑到城隍庙做什么?"

"那就不清楚了,"阿忠没敢说他跟踪过甘茉,"我是上次在街上偶然遇到过。"

"看看去。"加亮快步上街。

甘茉果然来了城隍庙,刚走到庙门前,迎面一乘小轿过来,甘茉侧身避让,却听到风鸣朝的声音。

"甘茉姑娘,你也来进香?"

鸣朝从小轿旁边走过来。

"风二少爷,"甘茉欠欠身,"你这是……"

"哦,陪家母来庙里烧香还愿。"他朝轿夫摆摆手:"你们先送我娘回去吧。"

轿子远去。

鸣朝打量甘茉,关切地说:"你的脸色很不好,病了吗?"

甘茉摇摇头,忽然悲从心来,几乎要落泪。

"早春,还有些冷,这个给你暖暖手。"鸣朝从袖袋里拿出一个小巧的暖炉。

甘茉退了一步:"不用了,谢谢。"

"哦。"鸣朝把暖炉举了片刻,收回去。

甘茉左右看看,有些局促:"那我进庙了。"

"嗯,甘茉姑娘,竹园的那片薄荷,还给你留着呢。"鸣朝说。

甘茉侧脸看一看鸣朝,轻轻点点头:"多谢。"

"那你打算何时来移栽?"

"过两天吧。"甘茉欠欠身,匆匆进了庙门。

鸣朝望着甘茉的背影,眼神变得很深,目光中有渴望,也有一丝愧疚。沈环白让他想办法,使得甘茉被朱家休妻,其实并不难办。在这个"女人无论怎么做都可能受到指责"的年代,要坏掉一个女人的名声,易如反掌。

相反,若是罗顺子那样的女人,强横到无所顾忌,谁又能伤害到她呢?

甘茉不是那样的女人,但鸣朝也并不想伤害她,只是为了帮助甘茉脱离苦海,不得不采取一些手段。鸣朝认为,甘茉在朱家不会幸福的,朱家的财迷少爷也不可能比他更懂得珍惜甘茉。

他希望找到一种方式,既不用严重伤害甘茉,又能让甘茉脱离朱家。

鸣朝继续往前走，迎面遇到朱加亮。他似有所悟，朝城隍庙瞥一眼，对加亮拱拱手："朱少爷，今天得闲了。"

加亮狐疑地打量他："你来做什么？"

鸣朝并不介意，笑笑说："我陪家母烧香。"

"你是否见到我娘子？"

鸣朝有意地迟疑一下："没有见到。"

然后他走开了。

加亮匆忙进了城隍庙，阿忠紧跟着。

阿忠说："少爷，这边走。"

他引导加亮绕到旁边的甬道，往大殿后面走去。

甘茉正在夹屋给桑伯梳头。

桑伯哑声问："你怎么带着一股子怨气？"

甘茉心里一阵难过，自己的委屈，只能与这个老头子诉说吗？

她说："没事，一进了城隍庙就觉着好多了。"

她细细地编起桑伯的辫子，努力让自己开心起来。

"桑伯，给您讲个笑话吧——有个人被老虎叼去了，他儿子执弓追逐，准备射箭时，那人在虎口中朝儿子喊，我儿，对着虎脚射啊，不要伤坏了虎皮，没人肯出价钱。"

桑伯沉默着。

甘茉说："您怎么不笑呀？"

桑伯哼了声："这种挨千刀的吝啬鬼，有什么值得笑的？"

甘茉低下头。

桑伯幽幽叹口气："我近来总是莫名地心惊肉跳。"

甘茉紧张地问："您这是何意？"

"身为朝廷钦犯，被抓住是迟早的事。"

"那可不行，您若不在了，我怎么办？"甘茉焦虑起来。

"天下没有不散的筵席，人总是要分离的。"桑伯有些伤感。

"我还没有出师，您一定要好好活着。"

桑伯咧嘴笑了，笑着笑着，叹口气："真正的勇敢，从来就不是无所畏惧，而是在认清挑战后，却依然前行。"

"您说的道理我都懂，可是一到关键时候，就是怕自己不行。"

这时，外边传来一阵脚步声，桑伯示意，甘茉急忙藏在门后。

屋门被敲响了，传来加亮的声音："有人吗？"

桑伯大声地念诵："道可道，非常道，名可名，非……"

外边的加亮说："请开门。"

门后的甘茉紧张地瑟缩。

门外又传来一个威严的声音："此乃清修之地，闲杂人等勿扰。"

加亮的声音："道长，我刚才听见屋里有女人的说话声。"

威严的声音："朱施主，切莫轻言。"

阿忠的声音："少爷，我们回去吧。"

外边的脚步声远去。

甘茉长舒口气。

一刻钟后，她匆匆出了城隍庙，大门外突然出现了加亮的身影。甘茉在瞬间的慌乱之后，努力挺起腰。

加亮逼近："茉儿，你来城隍庙做什么？"

甘茉冷声："修灯啊。"

"修什么灯？"

"慈航真人神像前，五龙捧圣海灯，你要查验一下吗？"

加亮愣了愣："这……"

他有些尴尬地抓抓后脑勺，扫了阿忠一眼，阿忠缩起脖子。

甘茉快步往前走。

加亮追上来，尴尬地笑笑："城隍庙给你啥好处了呀？咱可不能白干活儿。"

"行善积德！"

"是是……行善是行善，工钱还是要有的，不能让我娘子白忙……"

甘茉从袖袋拎出个沉甸甸的袋子，猛地甩给加亮，"咚"的一声砸在胸口。加亮"哎哟"一声，抬手托住了。

"啊，五十个铜钱是有的。"他一笑，揉了揉胸膛。

阿忠惊讶："少爷，您挨这一下砸，就知道袋子里装了多少铜钱？"

"力度到了啊。"加亮不屑地说。

甘茉没再理会他们，大步往前走。

加亮追上："娘子，这钱是你赚的，你随便花。"

甘茉冷笑："你可真大方。"

"娘子，顺便问一声，你见没见到风鸣朝？"

甘茉不明所以，说："在大门口遇到了，怎么了？"

加亮皱了皱眉，咕哝："他却说，没有见到。"

"你有什么毛病啊，天天盯着人家？"甘茉愤然走开。

加亮急忙追赶："娘子，慢些，商量一下纳妾的事……"

"与我何干？"

两人走远了。

9

晚上，朱夫人把甘茉叫到房间来，单独与她谈话。

屋里光线昏暗，朱夫人穿着藏青色的阔边长袄，端坐在椅子上，一只手攥着手帕，搁在膝头，脸色沉肃，一副要摊牌的架势。

甘茉站在对面，低着头。

朱夫人说："茉儿，我不管你心里在想什么，春王纳妾这事，已经定下了。"

甘茉淡漠："既然与我无关，夫人叫我来何意？"

"当然与你有关。按照本朝的规制，丈夫纳妾，须得正室妻子同意。"

"何苦多此一举？你们安排好一切，谁还会管我怎么想。"

朱夫人沉默片刻，缓和一下语气："春王与你情投意合，这我都看在眼里，但也正因如此，你更要处处为他着想。"

"你与他商量就好了，何必扯我进来？"

"你……你怎么听不懂我的话？"朱夫人生气道，"因为你的阻挡，春王不同意纳妾。"

"我并没有挡他。"

"你的态度已经说明一切，春王偏要看你的眼色……"

"他纳不纳妾，全是他的决定，我什么都没说，也不行？"

"春王太顾忌你的心情，不惜违抗老爷，难道你想让春王因为这件事，与老爷反目？"

"我怎么竟成了罪人？"

"茉儿，我希望你好好想一想，惹得老爷震怒，对谁都没好处。"朱夫人说，"我只求家门安宁，春王平平安安纳了妾，往后端茶倒水、早晚磕头这些事，有妾为你代劳，你只管做你的少奶奶，大家各取所需。"

甘茉咬着牙关。

外边忽然传来加亮的喊声："娘——茉儿在您这里吗？"

翠芹在外边说："少爷，夫人正与少奶奶谈话。"

房门咣咣响着："娘，开门！"

翠芹惊慌："少爷，您别敲门了……"

房门继续咣咣响。

"娘，我不同意纳妾！"加亮喊。

外边传来几个人嘈杂的声音："少爷，少爷，别撞门呀……"

朱夫人盯着甘茉："你想变成这样吗？"

甘茉攥着双手，瑟瑟发抖。

房门继续咣咣响。

朱夫人看着甘茉痛苦的脸，说道："茉儿，还记得十五岁那年夏天，你生病的情形吗？"

甘茉愣了下，茫然地看着朱夫人。

十五岁那年，她连续发烧十几天，浑身滚烫，嗓子又干又疼，像要冒烟一样，仅存的一点意识，只能感觉到偶尔闪现的模糊人影。也正是因为那次发烧，开始依赖薄荷，但对于生病期间的事，她并不知道。

朱夫人说："就在你发烧的时候，春王想办法给你治病，想必你也不知道吧。"

甘茉摇摇头。

"他每天去冰窖底下凿取冰块，包在手巾里，拿回来给你敷在额头降温。"

甘茉怔住。

"宅子的仆人都看着呢，那时候你只是个灯奴，可是春王天天爬到冰窖底下，凿取冰块，拿回来包在手巾里，每天六次，十七天不曾间断。"

甘茉忽然觉得嗓子哽了一下，她深吸口气，抑制自己。

一些模模糊糊的记忆碎片，浮上心头，当时以为那是梦，在沉沉的病痛中，泛起的温柔涟漪，如此清凉，沁人心脾……

甘茉缓缓地吐出一口气。

朱夫人说："如今你忍心让春王难受吗？"

甘茉转身往外走。

她拉开门闩，打开门，加亮冲进来，险些撞倒甘茉，急忙抱住她。

"茉儿，你没事吧？"

甘茉面无表情："没事。"

她摆脱了加亮的拥抱，往外走去。

加亮拉住她的衣袖："娘跟你说什么了？"

"春王，进来，娘有话说。"朱夫人在内室召唤。

甘茉扭动手臂，扯出了自己的衣袖，跨出门槛。翠芹斜眼盯着她，嘴唇紧抿似一支刀片。

"春王——"

"娘，我来了。"加亮垂头丧气走进内室。

翠芹趴在门口听着。

朱夫人的声音："你媳妇答应了，就这么定了。"

翠芹抑制着兴奋，脸都有些变形了。

加亮的声音："娘，我没答应。"

翠芹咬着嘴唇，脸庞扭歪。

"你是朱家的儿子，这事由不得你。"朱夫人的声音。

"娘，您别逼我，我与翠芹没有一丝感情。"

"用她是生儿子的，要什么感情？"

"我和茉儿能生。"

"你要气死我啊！春王——你要气死为娘啊——啊——我活着还有什么意思啊？"朱夫人号叫。

"娘！娘，您怎么了？"

"嗷——"

叮叮哐哐！嘭！

传来椅子翻倒声、瓷器碎裂声。

翠芹急忙冲进去："夫人——"

朱夫人翻着白眼，瘫倒在地。

加亮大喊："娘——娘！"

翠芹朝门外喊："来人！快来人！"

四个丫鬟、老妈子冲进来，抬起朱夫人，小心地放到床上。

加亮说："快去请郎中。"

有人奔出去。

屋里乱成一团，朱夫人突然抓住加亮的手，嘶声说：

"春王，你想让为娘死吗？"

加亮哭道："娘，儿怎么会这样想啊？"

他呜呜地哭着，跪坐在床前。

朱夫人拼命侧过脸，盯着加亮，她身上笼罩着沉重的影子，似乎被二十年前的老太太附体了，她不知不觉说出的话，竟似老太太的声音："儿啊，咱们朱家四代单传，我本想苦撑着看一眼孙子，却是这个下场，风家已经有了孙子，我们与风家斗了几辈子……"

加亮惊疑地看着母亲，觉得母亲似乎换了一个人，换成了一个可怕的阴影。

"娘……您一定能看到孙子的。"

"我怕我等不到了，"朱夫人喘了一阵子，"我这个病，从来没敢告诉你们……郎中也治不好，快走到头了。"

加亮哭："不会的，您好好的。"

朱夫人用力拉着加亮的手。"你若是希望我好过些……就纳妾吧。"

加亮低下头。

"儿啊，能不能顺了娘的意？"

加亮哽咽着，点点头。

第七章

世上有这么邪乎的事情

1

　　纳妾不用隆重的仪式，只需要准备一下，到时小妾坐着一顶青衣轿，从侧门或者角门进屋，通常是不需要拜天地、拜父母等烦琐的礼仪。但有一个规程，就是要向正室妻子跪拜、进茶，表明大房同意了。

　　对朱家这样的门户来说，纳妾也是引人注目的，特别是原配成亲还不到三个月，这就纳妾了，更惹人遐想。

　　翠芹是不在乎这些的。妾的地位虽然不比正室，名字也不能进祠堂、上族谱，但只要占个名分，往后的事，谁说得准呢？甘茉这个灯奴能成正室，她翠芹为何不能？

　　风家的少奶奶已经悄悄见过她，谈好了条件，今后，风家会找机会帮她踢开甘茉，她则利用身份便利，为风家偷取长明灯油。

　　小轿穿过了月亮门。翠芹往轿帘外边看了看，真像梦一样，自己居然可以坐着轿子走过朱宅。

　　厅堂外边，加亮低着头等候着，一副生无可恋的表情。

　　翠芹下了轿，由阿盼扶着往前走。翠芹摆谱似的，昂着头。阿盼轻轻撇嘴。

　　走进正厅，甘茉坐在上首，一身暗红色的牡丹花宽袖长袍，竖着衣领，面无表情。

　　加亮站在一边，不敢抬头看甘茉。

　　翠芹停步，注视甘茉片刻，自己马上就要跪拜这个女人了，她开始沏茶。

　　突然，外边院子传来一阵骚动。

　　接着是阿忠的声音："哎，罗姑娘怎么闯进来了？"

罗顺子的声音:"朱家办喜事,我能不送礼吗?"

"请罗姑娘回避……啊……"

一片乱纷纷的阻拦声。

朱夫人突然从内间出来,迫不及待地说:"快,你们快些。"

加亮愣住:"娘,您不是病重吗?怎么出来了?"

"我还能撑一时,"朱夫人精神奕奕地挥手,"快呀,没听见瘟神又来了!"

加亮惊讶地咕哝:"您是装病诓我?"

翠芹沏茶时太着急,手一抖,茶杯摔在地上,"啪"的一声碎了。

朱夫人气得跺脚:"笨手笨脚,快!"

一旁的阿盼急忙递上新茶杯。

外边的混乱声更大了,翠芹哆嗦着沏茶。

朱守信的声音突然传来:"我就守在这儿,看谁敢进来?!"

坐在上首的甘茉微眯着眼,木然地看着面前的一切,仿佛与自己无关。

翠芹沏好了茶,慌忙端着,朝甘茉走近。

朱夫人催促:"可以了,快跪下,进茶……"

咣当!

阿忠从外边飞进来,撞到桌子上,滚翻在地。

堂上"嗡"的一声乱了。

两个壮汉冲进来,将左右两旁的仆人胡噜开,腾出中间的路,罗顺子大步进来,喝道:"都别动!"

朱夫人尖声叫道:"春王,扶着翠芹跪下……"

加亮迟疑着,手刚挨到翠芹的胳膊,罗顺子一个箭步,上前搂住加亮的脖子,一个大背挎,把加亮猛摔在地。

"治还止不住你了?"罗顺子怒道。

加亮"哎呀"一声怪叫,摔得魂飞魄散。

罗顺子怒指众人:"原配在此,谁敢拜堂?!"

众人吓呆了,加亮索性躺在地上不起来。

甘茉静静地看着罗顺子,罗顺子冷视甘茉:

"你也下来,往后靠!"

甘茉起身,指着椅子:"你来。"

"哎……"罗顺子愣了一下,"我是抢赘婿的,可不是他的媳妇!"

朱守信大步走进来,一拍桌子:"简直无法无天。"

朱夫人借势喝道:"罗顺子,你欺凌我儿也就罢了,竟敢破坏我儿纳妾!"

罗顺子大笑:"哈哈哈,朱家真是可笑,明明欠了我家的娃娃亲,却擅自娶了妻,又想纳妾,以混淆视听。怎么,以为有妻有妾,就能掩盖你们背信弃义的嘴脸?以为有妻有妾,我罗顺子就不敢闹了?"

朱守信突然吼道:"纳妾继续!"

加亮从地上爬起来:"爹——"

"今天就让你纳妾,谁敢拦着?"

朱守信猛地一推加亮,加亮撞到翠芹身上。翠芹抓住加亮的袖子,加亮想甩没甩掉。

朱夫人对着翠芹命令:"沏茶,跪拜大房。"

翠芹急忙去拿茶壶,茶壶却被旁边的一只手抢过去了。

抢的人是媒婆儿小菱。

小菱一手拿着茶壶,一手用手绢掩嘴,咳着说:"朱家,这叫一鱼三吃,竟敢让罗姑娘的赘婿,既娶了别的姑娘,又纳了别的女子,此事极不道德。"

朱夫人说:"你出去,我家不欢迎你这个歪嘴媒婆!"

小菱连咳带喘:"你家少爷想纳妾,也可,但要先把罗姑娘的赘婿之约解除,因为天底下没有哪个男人倒插门的时候,带着妻妾一起的,这叫天理难容,明白吗?"

朱守信摔了杯子。"一派胡言!"

翠芹咕哝:"老爷,您把我进茶的杯子摔了。"

邱卓大步进来:"顺子!还磨蹭什么?来人,把那个财迷赘婿带走!"

两个壮汉扑向加亮。

堂上大乱,双方撕扯。

罗顺子大喝一声:"都别动,我们要讲道理、以德服人!"

众人全惊了。

朱守信气得跌坐在椅子上,嘴里念叨着:"以德服人……以德服人……"

加亮把帽子摔了,吼道:"来人,先把他们打出去!"

一群家丁冲到堂上,甘茉被挤到墙角,看着混乱的景象。翠芹冷冷地盯着她。

这时，一个灯匠惊慌失措地挤过人群，冲到朱守信身旁，耳语几句。朱守信大惊，起身往外走。

朱夫人朝他背影喊："老爷，您做什么？"

"去苏州城。"

"啊……这纳妾呢？"

"顾不上！"

他慌张地往外走，在门槛绊了一下，阿忠急忙扶住他。

堂上的人都吓住了，不知发生了什么事。朱守信和阿忠的背影消失在门外。

翠芹低声问朱夫人："夫人，怎么办？"

朱夫人望着门外，忧心忡忡地说："先缓缓。"

罗顺子得意地离开了，临走扔下狠话，朱加亮再敢撩骚别的女人，让朱家永无宁日。

加亮倒是松口气，拉着甘茉的手出了厅堂。

翠芹用怨毒的目光盯着甘茉的背影。她恨不着罗顺子，就是恨甘茉。一定是甘茉在克她，害得她无法迈出这一步。

2

突发的灾祸，源自朱家和风家在苏州抢生意。

苏州城的阊门沿线一带，本是两家各有市场，多年来基本相安无事，但自从上元赛花灯，朱家赢了风家之后，小规模冲突不断，直到风家小少爷失踪，明明是朱家人救了风寅，却被诬为劫匪，两家更是剑拔弩张，终于在阊门引发斗殴。双方的家丁、工匠，数十人卷进来，冲突中烧了花灯，引起火灾，烧毁六座宅子。

虽没有重大的人员伤亡，但这起恶性事件，令邱知府震怒。

朱守信哪还顾得儿子纳妾，当即乘船赶到苏州城，平息怒火。

风满堂几乎与他同一时间赶到知府衙门。

两个大当家见面时还算客气，互相拱拱手。彼此斗了几十年，又不得不交换资源，却从来没有单独坐下来深谈，那种既熟悉又陌生的感觉，都有些不自在。

邱知府迈着方步进了会客室，朱守信和风满堂躬身行礼。邱知府黑着脸，挥手让他们落座。

邱知府语气淡漠："两位大当家，谁先说？"

朱守信看了看风满堂，风满堂眯着眼，一副置身事外的样子。

朱守信清了清嗓子："鄙人来得仓促，途中听了伙计报告当时的情形，事发原因，是风家的三个灯匠，对朱家的一个灯匠，出言不逊。"

风满堂说："嗯，错在风家。"

朱守信愣了下，竟不知该怎么说。

邱知府斜睨朱守信："朱家就没有错吗？"

"啊……知府大人明鉴，朱家的灯匠……"

风满堂说："朱家的灯匠，一人挑战我家三人，还打伤了一个，勇夫。"

朱守信皱眉，这个情况他并不知道："哦，朱家的灯匠错在鲁莽，朱家管束不力，望知府大人恕罪。"

邱知府一摆手："你们两家都曾经给乾隆爷献过贡灯，怎么不能好好相处呢？你们这样闹法，丢的是苏州府的脸。"

朱守信说："是。"

风满堂说："大人息怒。"

邱知府说："事情怎么发生的，你们回去自己查，本官只问你们，如何善后？"

朱守信说："烧毁的六座宅院，我们双方照价赔偿。"

风满堂说："各占一半。"

邱知府说："只是赔偿，不足以平民怨……"

朱守信暗暗一惊，瞥了风满堂一眼，风满堂的眼睛也睁了睁。

邱知府说："若不能给予惩罚教训，大家只会当我偏袒你们。"

"这……打算怎么惩罚？"朱守信试探地问。

邱知府说："要让你们记一辈子，刻骨铭心。"

朱守信不由得退缩一下。

风满堂忽然提高语调："大人，在下有个想法，不知合适否？"

"说说看。"

"再有几天，就是三月三了，风家与朱家举行一场'三月三花灯大会'。"

"哦？"邱知府注视着风满堂，"在苏州城举行花灯大会？"

"正是风家与朱家在全城百姓面前斗灯彩，"风满堂沉声说，"斗败的一方，退出苏州府。"

朱守信暗暗一惊。

苏州是江南重地，且私家园林很多，再加上官邸、府衙，以及各种节庆，对花灯的需求量极大，两家都把苏州作为江南的主战场，多年来明争暗斗，若是退出，经济损失巨大。

朱守信有些不客气地说："风大当家这个建议，有些仓促了。"

风满堂冷声："朱家怕了吗？"

朱守信咬了咬牙关："我是为风家着想，你们已经败了一次，何苦再来？"

"哼，我都不担心，你担心什么？"

朱守信默然，风满堂为了雪耻，发起的豪赌之约，让他无从拒绝。

邱知府说："如此甚好，既达到惩罚的作用，还能让全城百姓欣赏一场花灯大会，也算两家送给百姓们的厚礼。"

邱知府说着，扭脸朝门外吩咐道："钱师爷，拿文书。"

3

初春的苏州城萦绕着花香，街头巷尾不时听到丝竹乐，犹如天籁之音，伴着吴歌昆曲，缥缈空灵。

罗顺子不在千灯镇纠缠，莫名地偃旗息鼓不闹了，似乎忽然懂事，让别人先办正事，她则拉着邱卓来到苏州城，时而漫步街头，时而乘舟漂游。

她最感兴趣的是南濠街、吴趋坊、吊桥一带，这些地方汇聚了苏州城的灯彩作坊。

邱卓陪罗顺子各家各铺地欣赏，饶有兴味地听着顺子向他介绍。

苏州灯彩是南派花灯的集大成者，材质上有罗帛、琉璃、鱼鲲、麦丝、竹缕、鳌山等。尤其是得益于苏州园林楼阁的意境，苏灯以仿制亭台楼阁的走马灯，最为独特。

但罗顺子看过十几家店铺，都没有新奇感。这里最好的走马灯，就是用五色琉璃制成，灯内有山水人物转动，灯外装饰着花卉翎毛。

邱卓问："顺子，你是在找什么人吧？"

罗顺子说："花灯界有不少隐世高人，就藏在苏州这些不起眼的街巷。"

邱卓问："你想找什么样的人？"

罗顺子说："奇奇怪怪的。"

邱卓笑了："这两天遇到的，奇怪家伙很多了。"

罗顺子摇摇头，抬脸看，他们走到了阊门附近，这里也有不少制灯店铺，临街的一家招牌写：巧云祥。

进了店门，没人，昏暗的光线里，挂着荷花灯、鹿犬灯、栅子灯、夹纱灯。

罗顺子穿过店铺，径直往里面的过道走。

邱卓护着她，边走边问："有人吗？店家在吗？"

过道里冒出一个年轻人，看打扮是个小匠师，骨瘦如柴，面有菜色。

罗顺子笑："灯彩行情这么不景气吗？你没钱吃饭？"

"不饿。"小匠说。

邱卓问："店主在吗？"

"何事？"小匠反问。

罗顺子说："把你们的镇店之宝拿来看看。"

"你要买否？"

邱卓说："相中了自然会买，别啰唆了，快些。"

小匠转身往里走，二人跟上。

穿过幽深的备弄，来到一间房子，里面堆满了各式花灯，都有一种独特风格，受到了明代"吴门画派"艺术的影响，灯上的装饰画丰富多彩，有山水人物、飞禽走兽、花草鱼虫。

小匠推开一道屏风，示意罗顺子看一盏走马灯，灯上画了西施采莲、张生跳墙、刘海戏蟾。小匠点燃灯里的蜡烛，不一会儿，冷热空气对流，画中人循环转动，竟似活了一般。

邱卓指着花灯说："这倒有趣，你看这个人，眼睛似乎也在眨动。"

罗顺子却摇摇头:"苏灯沦落至此,怎么全是幼稚玩意儿。"

小匠有些惊讶:"这不美吗?"

"我要看镇店之宝,不是孩童们过家家的东西。"

小匠抿了抿唇,说:"我家师伯当年留下的一盏灯,给你看。"

他赌气似的推开一扇门,罗顺子和邱卓走过去。

小匠说:"此乃'上桥落马灯'。"

只见灯面上画着小桥流水人家,但仿佛笔力不足,墨迹没有透过纸面,十分勉强地看到一些浅浅的痕迹。

小匠把灯里的蜡烛点燃,很快,灯上的画面渐渐清晰,出现一个骑马的人影,跑到桥墩前,人与马竟然分离,马的影子先过了桥,然后人影过桥,过桥后,人影又跨上了马背,渐渐隐去。

邱卓看呆了:"哎呀,艺道高超,令人惊叹。"

罗顺子点头说:"嗯,这是真东西。"

小匠有些得意地歪着脑袋。

罗顺子说:"把你师伯请出来。"

小匠眼神闪烁,支支吾吾的:"他……他不在了。"

"啊,死了?"

"没死,我也不知道他去了哪里。"

罗顺子见问不出什么,便说:"算了,这盏灯,我们买了。"

"此灯不卖,镇店之宝,"小匠说,"要买就买刚才那盏西施采莲灯。"

邱卓扔给他十两银子:"也好,这是订金,明天派人来取灯。"

罗顺子又扔给小匠五两银子:"这是给你的辛苦费。"

小匠还没反应过来,罗顺子和邱卓出去了。

4

在店铺外边,邱卓抬脸扫了一眼"巧云祥"的招牌,问罗顺子:"你真想找到那个师伯?"

"嗯，此人艺道高超，让我想起一个人。我正有个疑问，需要帮忙解答。"

"你在前边那个食肆等我，我去打听一番。"

邱卓召集了一帮胥吏，这些人是本地官员自行聘用的差役，大多由破落户、无赖、地头蛇之类充任，说白了就是地方的保安队。他们平日里难得见到"洞庭二当家"，今天邱卓亲自找他们打听事情，怎能不踊跃上前？

终于，一个侯胥吏告诉邱卓，巧云祥的这位师伯，名叫"赵有来"，八年前在无锡得罪了人，被仇家追杀，隐居起来不再制作花灯，侯胥吏给邱卓提供了赵有来的落脚点。

罗顺子跟邱卓来到此处，有些傻眼，原来这是制作殉葬用的纸扎明器的店铺。

阴森昏暗的屋子里，一个五十多岁、脸形像茄子的男人，正在认真编织花圈，手法奇特。旁边还堆着各种纸人明器，同样绘制着山水、花鸟、人物，饰以刀法流畅的套色剪纸。

邱卓开门见山："先生是赵有来？"

男人的手指僵了一下，嘶声问："客官是要纸人、纸马，还是花圈？"

罗顺子注意到墙边的矮桌上，放着一杯热茶，显然在他们进来之前，有人正与赵有来喝茶聊天。

罗顺子说："赵先生，你是明代灯彩大师赵尊的后人吧？"

男人浑身僵了一下："客官是要纸人、纸马，还是上等的花圈？"

邱卓说："赵先生莫怕，我们不是你的仇家。本人姓邱名卓，今后若有人再找你麻烦，我来为你处置。"

男人没有理会，继续用奇妙的手法编着花圈。

罗顺子说："赵尊的走马灯，乃世间奇品，有诗为证，飙轮拥骑驾炎精，飞绕人间不夜城；风鬣追星低弄影，霜蹄逐电去无声。"

男人倏地停了手上的动作。

"你得到了赵尊真传，"罗顺子说，"你这'赵有来'的名号，并非你的名字叫'有来'，而是你最擅长制作'有来哉'灯。"

男人转过脸看着罗顺子。

罗顺子说："依我所见，你做的'有来哉'灯，可称当世第一。"

男人不由得挺起枯瘦的胸膛。

邱卓低声问罗顺子："什么是'有来哉'灯？"

"就是走马灯，苏州本地人将其称作'有来哉'灯，"罗顺子说，"通常走马灯，灯壁用的是双层暗花，在灯的内壁画上人物、飞禽走兽，但赵尊传下的走马灯，灯壁可用四层暗花，乃至六层。人物、鸟兽循环转动，犹如街市复活，可以看得到行人张嘴说话、笑着打招呼。"

邱卓惊讶。

男人死死盯着罗顺子："你究竟是谁？"

"我是罗鬼工的后人。"

"哦？"赵有来睁大眼睛，"罗家不是灭了吗？"

"所以你把我当个鬼也好，你画的这个纸人，倒是很像我嘛，哈哈哈。"罗顺子指着墙角的一个纸人。

邱卓仔细看了一下："嗯，神似。"

罗顺子说："眉毛有点细，鼻子有些大。"

邱卓说："嘴唇最像，就是略有些红。"

罗顺子说："这叫妖艳……"

"二位没有正事吗？"赵有来不耐烦地问。

"哦，赵师，我有一个疑问，特来请教。"

赵有来默默地站起身，走到墙角的椅子前，坐下。

罗顺子说："有两句口诀，我参详多年，不得要领，请赵师示下。"

赵有来只是看着罗顺子。

罗顺子说："三叠四捻五横转，六窄七宽八步穿。"

赵有来的眼角痉挛起来："已经失传多年，你怎么知道这两句口诀？"

"家母与我口耳相传。"

"哼，若是家人口耳相传，必须先解其意，以免错上加错，"赵有来冷声，"你不给我说实话，就是不相信我，何苦来惹事。"

罗顺子迟疑一下，从袖子里取出那本《元朔花灯谱》，赵有来猛然瞪大眼睛。

罗顺子说："这两句口诀，来自这本书……"

"我可以破解其意，"赵有来有些急促地说，"但你要让我翻阅此书。"

"哦？"

"我只看一刻钟。"赵有来盯着罗顺子手上的书。

邱卓笑着问："一刻钟，你就能全部记住？"

赵有来说："能记多少是多少。"

罗顺子说："我可以让你看书，但你决不能把我有书的事，告诉别人。"

"放心，我就当作从未见过。"

"你要发毒誓。"

"我赵有来，还用得着发毒誓？"

"对不住，我与你不熟。"罗顺子作势收起书。

"我赵有来若是把《元朔花灯谱》的秘密泄露给他人，叫我五马分尸、万箭穿心、雷劈电打……"

邱卓搓搓指尖："差不多了吧。"

罗顺子说："好了，你先把那句口诀——"

"三叠四捻五横转，六窄七宽八步穿……"赵有来说着，劈手折断了旁边的花圈，以眼花缭乱的手法重新整理起来。

罗顺子霎时像换了个人，全身心地凝注在赵有来的手上。

在邱卓眼中，罗顺子的肩背有一道亮痕，勾勒出神秘莫测的光影。

就连这间堆满了纸扎明器的屋子，似乎也变得瑶灯炯炯。

不知过了多久，当他们二人离开这间明器铺时，外边已是晚霞漫天。

他们前脚一走，里屋出来一个人，是阎叔。

赵有来还沉浸在《元朔花灯谱》的印象中，神思恍惚。

阎叔说："老赵，我该走了。"

赵有来回过神："你不是说要住几天吗？"

"没想到你认识邱卓，我怕不安全。"

"我与他素昧平生，今天只是偶然一见，你莫起疑心。"

"他是邱金谷的堂弟，你最好不要跟他有瓜葛。"

"当然。"

阎叔坐下，长叹一声："阎婶去找邱金谷要钱，再也没有回来，我猜测是被邱金谷害了，可我能怎么办？去报官？自己屁股上的屎都没擦净。风家已经发了悬赏，邱金谷肯定也在找我，要把我一样灭口。"

"你放心，我欠你的情，不会害你，你就住下，我这卖明器的铺子还算安全。"

阎叔苦笑："对于你我这样的人，天下哪里是安全的？"

他蹲在墙边，帮着赵有来做起了花圈。

5

晚霞中，罗顺子与邱卓漫步河边。

"这两天真要谢谢你，陪我东奔西走，帮我了却一桩烦心事，"罗顺子长长地舒口气，伸臂痛快地转了一圈，"为了那两句口诀，我都快把脑壳想破了。"

"呵，竟然还有我家顺子猜不透的谜语，"邱卓笑道，"再说你与我客气什么？我生来就是为你处理烦心事的。对了，你不打算抢赘婿了？"

罗顺子嗔道："你却比我还急，我只想让朱家先缓一口气。"

邱卓笑："朱家这口气，可缓不下来，他们现在最忧心的，就是和风家的三月三花灯大会。我父亲是希望这场灯会，成为苏州府建立以来，最繁盛的一次，促进江南的灯彩业，因为乾隆爷也特别喜爱灯彩。"

罗顺子撇嘴："喊，你爹真懂。"

邱卓说："在一个位置坐久了，便想往上走，借助灯彩，他想博个好彩头，把官职升为道台。"

两人一边走一边亲昵地聊天。河流尽处，一轮硕大的落日缓缓坠下，河面浸染出一片灿烂的橘红色。

罗顺子和邱卓被霞光笼罩，似乎走在一场美好的梦境中。

罗顺子十分开心，在河边草地上蹦蹦跳跳地玩耍，扰动草丛里飞出的小鸟，采摘初春的花朵。

邱卓凝视着她，双眸映着一缕霞光，视线须臾不曾离开她。

罗顺子忽然停下脚步，怔怔地望着一个方向。邱卓抬眼看去，有个年轻妈妈领着小女孩走上石桥，顺子的眼神变得忧伤。

邱卓知道，顺子在思念她的母亲。

邱卓走上前，挽着她的手："顺子，我们去吃船菜。"

"嗯。"罗顺子点点头，目光追着那对母女远去。

苏州船菜极有名，二人选了个码头，登上一条画舫，沿着雕花栏楯走进宴舱，后边的艄舱有灶，小二端着酒茗肴馔，来回穿梭。罗顺子和邱卓坐在靠窗的紫檀木椅上。开船后，歌女弹琴弄弦，如在画中穿行。

罗顺子点了三样素菜，惠山青蚕豆、冬笋菜心、香菇豆腐。

邱卓知道她还没有从忧思中走出来，默默地陪着她。

窗外的河面上波光粼粼，穿行而过的大船小船，灯笼摇曳，光影斑斓。

罗顺子从外边收回目光，邱卓给她的食碟里布菜。

"顺子，尝尝这个青蚕豆，味道很好。"

"嗯，"罗顺子夹起蚕豆吃了，想起什么，说，"我是过年前的腊月二十六，回到阔别多年的千灯镇，你猜猜，我上岸后，最先吃的是什么？"

邱卓略作思忖："糖果子。"

罗顺子有些惊讶："我对你说过？"

"念叨三次，说你想尝尝真正的千灯镇糖果子。"

"这你都记着……嗯，我第一次吃糖果子，是我六岁那年，其实那时候不知道糖果子，只是看到别的小孩吃甜的东西，馋得不行，人家就故意告诉我，某户人家的廊角，有蜂窝，蜂窝里的蜂蜜非常甜。于是我不管不顾，就把蜂窝捅掉……唉，后来发生了什么，我不想说了，我娘跟人家赔礼道歉，把昏迷的我抱回家，守了一天两夜。我醒了后，娘便把攒了许久的工钱，去买了蜂蜜，给我做了糖果子。她说这就是家乡的糖果子，"罗顺子深吸口气，"我三岁跟娘离开镇子，六岁时才又知道，我是千灯镇的人。"

"顺子，莫要难过。"

"我娘第一次打我，是我十岁的时候……你愿意听吗？"

"顺子，想说就说出来吧，说出来，会好受一些。"

"嗯……因为我娘不让我接触任何与花灯有关的东西，她就做杂活儿糊口，我十岁那年，想着帮娘分担一些，就饿着肚子一起给人家洗衣裳，不小心把袖子扯坏一个角，娘赶快缝补好，可东家不给钱，还骂她不准再干活儿了。娘回来打我，又与我抱头痛哭，我说，娘，我不怕疼，您就打我消消气吧。"

邱卓眼圈泛红，抚着罗顺子的手。

罗顺子哽咽着说："娘的心里比我更痛，那天晚上，她抱着我说，我们罗家，本来不必这么凄惨，是朱家害了我们……那是我第一次听到朱家，也是第一次知道了，我们罗家曾经是什么样的。"

那一幕仿佛出现在眼前，母亲在灯烛下诉说，顺子仰起苍白的小脸，泪珠从乌黑的眼里滑落……

罗顺子接着说："只是没想到，在我十二岁那年，娘就永远离开了我。那个冬夜，娘蜷在冰冷的床上，拉着我的手哭着说，娘走了，你以后怎么办呀。然后她盯着我的手，很久，自己的手越来越没力气，却忽然下定决心，取出了那本《元朔花灯谱》，她说你是罗家的孩子，这本书是罗家的命根子。你和这本书，从此相依为命吧，你们要毁便一起毁，"说到这里，顺子抹掉腮上的泪，"娘最后把我托付给一位老家人，那一刻起，我明白，从此，我在天地之间只剩了自己的影子。"

邱卓握着罗顺子的手："你还有我。"

他眼前的罗顺子，飞扬的性情之下，是深埋在心底的痛苦，这份痛苦只有他看得到、体会得到，他能触摸到罗顺子的噩梦。

邱卓说："谁害了你，我就帮你讨还回来。"

罗顺子说："既然这一切都是朱家造成的，难道朱家不该向我父母的亡灵低头认错吗？"

"一定会的，我一定要帮你实现愿望。"

邱卓眼神坚定，因为他看到的罗顺子，即使哭泣怨恨时，也是光明的。顺子从来没有表示，想用任何阴暗的毒计把朱家毁灭，如果她想，根本不必亲自动手，就会有人帮她完成，可她没有。

她是明着来，光明磊落，嚣张跋扈。

而邱卓，唯愿做她身边的护法金刚，在她横行时，为她扫清道路。

6

朱宅这几天有些人心惶惶。少爷纳妾未成，风家又要和朱家斗灯。这一桩桩、一件件缠连着，朱家莫非是遇到了大坎？

最难受的是翠芹，眼看要沾上荣华富贵，突然没了。眼下朱老爷无心搭理，朱夫人让翠芹别着急，等朱家办完大事再说。

加亮倒是松口气，可他被朱守信叫到书房，又紧张起来。

朱守信直接问："三月三花灯大会，你有没有把握？"

加亮低着头："爹，您别问我呀，您得问茉儿。"

"废物。"

"上次的赛花灯，就是茉儿赢的风家，这才过去了一个多月，您还能指望谁？"

朱守信默然。

加亮抬起头："爹，风家这次是要雪耻的，阵仗不会小。"

朱守信不耐烦："这还用你说？"

"所以，您得和茉儿谈谈。"

"我与她谈？"

"是。"

朱守信指着房门："你回去警示她，她若还是你媳妇，为朱家效力便是天经地义的。"

"您和我娘，逼迫茉儿同意让我纳妾，还一度用休妻威胁，茉儿很生气。"

朱守信一拍桌子："这个家还轮不到她生气！你去告诉她，东汉姜诗的媳妇是怎么做的，让她好好学一学姜诗的媳妇！"

"爹……"

"出去！"

加亮离开后，朱守信余怒未消。儿子从小到大都很听话，分得清好坏，怎么一牵扯到媳妇，就蠢笨如猪？

加亮回来找甘茉，甘茉却把内室的门关了，不见他。

加亮并不生气，而是对媳妇的意思，心领神会。他故意在门外折腾了一天一夜，第二天早晨，灰头土脸来见父亲。

"爹，孩儿与茉儿吵了一架，茉儿一天一夜水米未进，孩儿怕她出事。"

"你又胡说什么？"

"古有周文王渭水之滨请姜子牙，您亲自与茉儿谈谈吧。只要茉儿帮咱家打赢了风家，这才是紧要事，其他的，还不是您一句话吗？"

朱守信烦躁地踱着步子。

"爹，怎么说茉儿也是您的儿媳妇，咱们是一家人啊。"

朱守信从鼻孔喷出一股气："你若能刚强一些，我也不至于亲自上门。"

他沉着脸，来到甘茉的房间外。

加亮对着门说："茉儿，爹来了。"

屋里静了一会，甘茉开了门。

朱守信冷声问："三月三花灯大会，有把握吗？"

甘茉说："我能帮朱家赢，我能让你们免受失败的屈辱。"

朱守信脸一沉："多余的话，不必讲了。"

"多余的话，还是要讲。"甘茉平静道。

"你说什么？"

"我若赢了，就把青铜梅花灯拿出来，让我修。"

"你要修掌灯？"

"对，"甘茉坚定道，"这就是我的条件。"

"你……你太放肆了。"朱守信咬着牙关。

加亮忙说："爹，茉儿若是赢了风家，还能把灭了三十年的掌灯修好，这不是喜上加喜吗？咱们朱家从此凝聚一心，兴旺发达。"

花灯大会是燃眉之急，甘茉敢提出这样的条件，就是笃定了朱守信必须答应。

距离三月三，不到十天了。

朱守信感到肚子一阵疼痛，那是郁闷之气在作怪。

他沉声道："先赢了再说吧。"

加亮朝甘茉使眼色，意思是给爹一点面子。

甘茉勉为其难地福了一福："谢老爷。"

朱守信刚离开，曹大葫匆匆走来。

"少爷，您在这里啊，灯坊吵起来了，快去看看吧。"

加亮拉住甘茉："一起去。"

甘茉跟着加亮走，脚步有些晃，额头渗出汗。

加亮忙问："这几天没好好吃饭吧？"

甘茉轻声"嗯"了下。几天来因为纳妾的事，前后折腾，身心俱疲。

加亮急道："还是先回去歇歇。"

"不碍事，"甘茉继续往前走，"没时间耽搁了。"

加亮冲着附近的小厮说："到厨房给少奶奶拿些吃食，生煎包子、酒酿饼、桂花鸡头米，送到灯坊。"

"是。"小厮奔去。

不远处的翠芹走过，望着甘茉，怨恨地撇撇嘴。

甘茉和朱加亮进了灯坊，几个匠师聚在一起争论着什么。

曹大葫走过去："丁师哥，我把少爷请来了。"

众匠师朝加亮行礼。加亮很清楚，匠师们对他没多少敬意，因为他不懂高深的花灯艺道。匠师们看到甘茉跟进来，眼神更为复杂。

丁匠师说："少奶奶有几天没来了。"

这句话很微妙，让大家又想起纳妾闹剧。

加亮说："大家谈正事吧。"

甘茉淡淡地问："各位匠师，为了何事争论？"

丁匠师并没有看甘茉，对着加亮说："这次三月三花灯大会，在苏州城举行，格局必然超过城隍庙戏台，我认为，灯会一定依托于水，也就是在船上展开。"

曹大葫说："苏州多水，水韵灯彩，我同意丁师哥所说。而且，三月三这个节日，本身就要在水边举行祭礼，洗濯去垢之意。"

丁匠师说："曹师弟所言极是。因此我提议制作鱼灯，叫作'百鱼夜戏灯'。"

吴匠师摇头说："格局太小，我和郑师弟要做'琉璃灯山'，这是当年的北宋灯王胡炳昆，受诏入宫，为皇帝搭起的灯山，胡炳昆便是苏州人。"

丁匠师摇头说："灯山我知道，高五丈，但只适宜在平地展示，灯山上各种人物活动自如，若是在船上，船遇风浪，人就全跳水了。"

匠师们发出笑声。

吴匠师有些羞恼："百鱼夜戏灯早已过时，拿出来打风家，只会让人笑掉大牙，谈什么输赢？"

匠师们分成两派争执。

这时，灯坊外边送来了甘茉的饭菜。

7

加亮从门口接进了食盒，先取出一碟油润晶莹的酒酿饼。

"娘子，边吃边谈。"

他又取出一碗清香软糯的桂花鸡头米。

甘茉闻到食物的香气，头一晕，咽了咽口水，不由得伸手去拿。

匠师们神色惊愕，居然有人要在灯坊吃喝，而且是女人，这不是破坏规矩的问题，这是亵渎花灯宝地！

"且慢。"曹大葫出声。

甘茉的手停住了，注意到周围的敌意。

加亮问："曹师，怎么了？"

"在灯坊咀嚼食物，是对先辈的不敬。"

甘茉一愣："嗯？"

吴匠师说："少奶奶不知规矩，少爷可要懂啊。"

丁匠师说："是呀，这不仅是规矩，更是尊崇之心。"

"吃个饭怎么就不尊崇了？"加亮不耐烦道，"我请少奶奶与你们讨论灯会，为了不耽搁时间，边吃边谈，你们一个个，用那些穷讲究压我，有必要吗？"

曹大葫说："对不住少爷，不是我们故意为难您，这规矩，是几百年定下的。"

甘茉转身说："我走了。"

曹大葫说："对嘛，人就要守本分。"

加亮说："娘子，别忙。这我倒要问问曹师，你最讲规矩，那你是否在灯坊喝过酒？"

曹大葫一下愣住。

"你怀里揣着酒葫芦，在灯坊里偷喝过几次？"

"这……"

加亮说："真当我是傻瓜？许你曹师用葫芦喝酒，不许少奶奶吃酒酿饼，是何道理？"

曹大葫羞愤："我在朱家卖力十几年，没日没夜在灯坊里，身上寒气重，喝一口酒暖暖，不行吗？"

丁匠师附和道："酒也可祭神嘛。"

加亮愤然："你说什么？"

曹大葫哼道："老爷对少奶奶够开恩了，破天荒还准许她出入灯坊，可她居然要在灯坊吃饭。"

甘茉转身回来，偏不走了。

加亮说："少奶奶能进灯坊，是她凭本事换来的！你们忘了上元赛花灯？"

丁匠师说："少爷这样讲，实在是……"

"我还没讲完哪，"加亮怒道，"少奶奶帮我们赢了风家，你们反倒觉得丢脸，因为她衬托出了你们的无能。你们见到她，脸色好看过吗？她每次进了灯坊，你们脸色难看得都像是她欠了你们一百吊钱，你们一个个吊着脸。她要取什么东西，你们爱搭不理，她想问什么，你们充耳不闻，一帮忝为前辈的家伙，欺凌一个女子……"

吴匠师不屑咕哝："女人本该如此。"

"你说什么？"加亮问。

曹大葫冷声："女人就是这规矩。"

甘茉突然抓起酒酿饼，大口吃起来。

加亮抚掌："这就对了！来，我也吃一个！"

他拿起酒酿饼塞到嘴里，故意大口嚼着："今天我就豁出来糟践粮食。"

匠师们围成一圈，惊愕地看着两人。

加亮嘴里喷着渣子说："你们听好了，少奶奶今天来灯坊，是来救场的，没有少奶奶，三月三花灯大会，朱家必败！"

曹大葫哑声："既然少爷根本不信任我等，干脆全部辞退，何必让我们在此忍受羞辱？"

丁匠师说："是啊，用了自家的女人，就不用花钱雇用我们，既省了钱，又省心省力，岂不美哉？"

吴匠师说："我去找老爷，准备告辞。"

众匠师："朱家不需要我们了……"

这时，门外传来阿忠的声音："老爷来了。"

众人一起面向门口。朱守信迈步进来。

加亮躬身："爹。"

众人行礼："见过老爷。"

朱守信背着手扫视一圈，看到桌上的食盒、碗碟，还有甘茉手里的半个酒酿饼，以及儿子嘴上的食渣儿，朱守信脸色阴沉。

"你们在做什么？"

加亮说："爹，对不住，我浪费粮食了。"

"我没问这个。"

曹大葫说："老爷，我们正要向您……"

没等他说出"请辞"二字，朱守信冷不防提高语调：

"加亮，你带媳妇出去。"

加亮一愣："啊？"

"随意吃喝、羞辱灯彩先辈、亵渎花灯宝地！"朱守信怒道，"阿忠，把他们关起来！"

"啊……关在一起，还是分开关？"

朱守信怒视阿忠。

"明白明白，分开关。"

"老爷，等一下。"甘茉说。

朱守信眯着眼："你有什么话？"

甘茉看了看丁匠师和吴匠师，说："这两位匠师，我也不知道他们姓甚名谁，反正他们一个提出的'百鱼夜戏灯'，一个提出的'琉璃灯山'……"

大家竖起耳朵听着。

甘茉说："都将是失败的灯品。"

那两位脸都绿了。

甘茉平静地说："即使把朱家所有的灯彩师集合起来，也只有一败涂地，因为技艺上没有新意，再多几次失败，或许能让你们重新认识自己。"

朱守信的脸色极为难看。

可甘茉的语气并不是傲慢的贬低，就是单纯地告诉大家一个事实。

她说："但也有一线希望可能会赢，就是万一风家出现了严重错误，那就是天意了。"

匠师们抑制着悲愤。

加亮急忙说："娘子，你一定有好办法。"

甘茉说:"我的建议是,两种花灯融合起来。"

"嗯?"

众匠师没听明白。

朱守信沉声问:"什么融合?"

"百鱼夜戏灯、琉璃灯山,二灯合为一灯。"

曹大葫冷笑:"这怎么可能?"

"只要把'琉璃灯山'稍微变化成'龙门灯',便可组合为'鱼跃龙门灯'。"

众人吃惊。

两套花灯融为一体,需要极复杂的内部机械相连,而且这两种花灯,是两种完全不同的造型思路,若是连接不好,就像是把猪腿安在了狗身上。

朱守信说:"真是异想天开。阿忠,送他们下去。"

"是,老爷。"

加亮说:"爹,让茉儿试试吧。"

甘茉说:"我能帮朱家赢,我能让你们免受失败的屈辱。"

除了加亮,在场所有男人的自尊心一阵刺痛。

朱守信厉声说:"出去!"

加亮拉着甘茉走了。

朱守信这才面对曹大葫,问:"曹师,你刚才要跟我说什么事?"

曹大葫迟疑着:"这个……我不相信少奶奶能把二灯融为一灯。"

朱守信说:"我也不信。"

"可我就想留下来看看。"曹大葫说,转脸面向众人:"你们呢?"

丁匠师咬牙说:"想看。"

吴匠师说:"对,我们都想看。"

曹大葫说:"我们不相信,这世上有这么邪乎的事情!"

朱守信问:"那没别的事了?"

众人一起摇头:"没有……老爷慢走。"

8

风宅。

风寅睡了午觉起来，独自沿着回廊往前走，看着自己斜斜的影子，想着刚才又做了那个噩梦，梦到阎婶尖尖的手指在他的脖子上。醒来后，他没有告诉娘，他长大了，马上就要十一岁，经历了一次绑架，他的心在颠簸中变得强韧起来。

沿路有仆人向风寅行礼、问候，风寅点头，目光却警惕地斜睨他们，自己的奶娘都可以变成坏蛋，其他人呢？娘对他说，以后还会有人用各种办法害他，他必须学着应对。

风寅不知不觉走到灯舍。

最近他忽然很想学习制灯，灯的世界是温暖的、安全的，那天晚上他从马车里逃出来，惊恐地奔逃时，黑夜里指引他的，只有灯光。

娘对他说过，制灯方面，凡是不懂的，随时向二叔请教。风寅很想成为爹那样的灯彩大师，就连二叔都要崇拜的人。

风寅来到灯舍外，往常这里有匠师出入，此刻很安静，房门紧闭。

风寅绕到窗户前，踩着砖头往里看。

灯舍的墙边摆满了各式花灯，地板中间腾出了很大一块空间，用绸布盖着的想必是一盏花灯，有六张八仙桌那么大、两人多高。

风鸣朝和父亲站在旁边。

风寅这才明白，原来爷爷亲自指导二叔。

只听鸣朝念诵道："万点芙蓉午夜芳，醉看疑是水云乡，兰钉照破北池梦，焰暖红衣绕画梁。"

风满堂点头："这里最难做的，就是'焰暖红衣绕画梁'，若能攻破难关，此灯映着水面绽放，美不胜收。"

"是，父亲，我打算使用大哥留下的任意灯，将其组合进去。"

"嗯。"

风满堂走到桌旁，低头审视桌上的图画，在一大张卷轴上，绘制着结构复杂的线条，纸面颜色泛黄，边角残缺。鸣朝跟过来，风满堂的手指按在卷轴的右侧。

他说："任意灯放在这个位置吧。"

鸣朝仔细看着，没说话。

"你怎么了？"

"哦……我忽然在想，倘若是甘茉看着这张图，她会把任意灯放在哪个位置。"

"你很在意她吗？"

"不……"

风满堂盯着儿子："之前让你控制住她，你不是答应了吗？"

"她深居简出，我正在寻找机会。"

风满堂沉吟片刻，问："若是甘茉这次又出手，你认为风家的胜算有多少？"

"五……六成。"鸣朝低头不敢看父亲。

风满堂有些嘲弄："期望很高嘛。"

鸣朝汗颜："儿无能。"

"还是让你大嫂处理甘茉的事吧……"

这时，窗外忽然传来"咔嗒"一声。

"谁？"风满堂喝问。

外边又传来"哎哟"一声。

鸣朝大步出门，侧身看到风寅摔在地上，苦笑道："虎儿，你在做什么？"

风寅爬起来："二叔，我想看你制灯，不小心摔了一跤。"

风满堂出来，风寅忙行礼："爷爷。"

风满堂一反常态，冷冰冰地说："这里不是玩耍之地。"

风寅说："我没有玩耍……我想学制灯。"

鸣朝拉着风寅的手："二叔一直在教你啊，可这几天不行，二叔要忙正事。"

风寅说："我要帮你打败朱家！"

风满堂沉着脸："虎儿，不可搅闹，回房间去。"

风寅低下头："是，爷爷。"

他耷拉着脑袋走了。

鸣朝小心地说："父亲，我们对虎儿是否有些严厉，他还不到十一岁。"

风满堂返身回到灯舍，鸣朝跟上。

风满堂语气平缓："你肯定忘了，当年你大哥十一岁时，你四岁，你大哥很软弱，你反倒强悍，我一直在犹豫，究竟让谁继承家业，有一次你和一群小孩在镇上玩，掉到河里，你大哥在家中听说后，竟不顾一切跑出去，跳入河里救你，从那以后，你们兄弟俩的性子变了，就好像彼此的魂魄互换，你大哥强悍又聪明，随着年龄增长，集英武之气和儒雅风度于一身，说媒的踏破门槛，他独独相中了昆山县户房小吏的女儿沈环白，可是一个算命的对我说，沈环白克夫克子……"

鸣朝一惊，愕然看着父亲。

风满堂语气依然平缓："我便与你大哥商量这桩婚事，你大哥笑着说，他的命，自己能做主。他当时的笑容，就好像天塌下来，他也能撑住。"

"父亲，您真的相信吗？"

"信谁？信你大哥，还是信那个算命的？"

"您不能把大哥的意外之灾，推到大嫂身上。也许是我克了大哥呢？我四岁掉进河里，大哥救了我，我那次本来就该死了，大哥与我换了命。"

"你不用劝我，我与你讲这些事，是要告诉你，我很想把虎儿与你大嫂分开，让你大嫂远离虎儿。"

"什么？！"

"可我办不到，因为这个家已经离不开沈环白，若强行让她离开虎儿，就会撕裂偌大的家族。"风满堂语气沉肃。

鸣朝的心往下坠，他生活在这个家里，竟然没有察觉到父亲心底的波澜。

他忽然又莫名地想起甘茉，若能与她一道远离是非，该多好。

"鸣朝，你懂得为父的心吗？你要尽快强大起来，要能撑起这个家。"

"……是。"

父亲说了这么多，其实还是对他感到失望，他终究不如大哥。

可他必须要超越大哥，因为他的命，是大哥换来的，他只有站在大哥的肩膀上，才能望到风家的未来。

9

甘茉的焦虑和恐慌症又犯了。

在灯坊与匠师们一起制灯时，他们总是配合不到位，尤其是吴匠师，抵触心很重，很多事只能甘茉自己完成。

她必须咬牙坚持，只有赢了，才能进入下一步。

——等我成为掌灯人，我要让朱家对我俯首称臣，我要把"掌灯人"变成"圣女灯"，从我以后，这个位子只传女不传男！

随着三月三越来越近，压力越来越大，甘茉常常觉得力不从心，这毕竟是一场大规模的灯会。身边除了加亮，其他人要么充满敌意，要么等着看笑话。

甘茉又偷偷溜去了城隍庙，在桑伯那里寻求心灵支持。

桑伯问了她一个奇怪的问题："这世上有没有神？"

甘茉困惑地说："城隍庙不就是拜神的吗？"

"我问你什么是神？"

甘茉怔怔的："不知道。"

"神，就是绝对相信自己的人。"

"嗯？"

"一个人，绝对地相信一座塑像，那塑像就是神；一个人，绝对地相信自己，自己就是神。"

甘茉低喃："绝对相信自己。"

她回到朱宅，似乎明白又似乎更迷糊了。这时候她发现自己的薄荷吃完了，又变得焦躁起来。

傍晚，她终于忍不住，悄悄来到了风家竹园。她没有告知风鸣朝，自己按照之前的路径，钻进竹林，来到那片斜坡上，茂盛的薄荷还在。她扑身其中，揪起一把薄荷塞到嘴里，贪婪地嚼着。她拼命提醒自己不要再吃了，拿出随身携带的小花盆，像上次那样开始移栽。

她没有察觉，风家的家丁发现了她。

家丁奔回风宅，拜见沈环白："大少奶奶，您吩咐过，若是见到朱家人靠近竹园，即刻向您禀告。"

环白从椅子上站起身："是谁？"

"朱家少奶奶，坐在草丛里不知在干什么。"

环白抑制着兴奋："终于落到我手里了……叫刘三带人在竹园外边围着，先不要惊动她。"

"大少奶奶，为何不直接抓了她？"家丁疑惑。

"哼，等朱家人去了，再把她从竹园揪出来，朱家人想赖账也赖不掉了。"

"明白。"家丁离去。

风鸣朝从街上回来，走到竹园外时，看到一群家丁鬼鬼祟祟地围拢着。

鸣朝问："刘三，你们做什么？"

"噢，二少爷，"刘三低声说，"朱家少奶奶跑到竹园了，我们大少奶奶已经派人放出消息，朱家人正赶过来。"

鸣朝神色一紧，抬头往那片斜坡望去，透过竹林，看到一个模糊的背影。

鸣朝低喃："你们在等朱家人到了，就抓人？"

"正是。"

"抓住以后呢？"

"那还不狠狠地羞辱朱家啊，先让他们用银子赎人，还要给全镇放消息，说朱家少奶奶是个贼。"刘三兴奋地说。

鸣朝忽然有些难受，虽说很想让朱家休了甘茉，可是这个惩罚太狠了，他不忍心甘茉受此大辱。

"哦，还有，咱们风家这次一定要报仇。"刘三说。

"报什么仇？"

"我以前听我爹说过，早年间，咱们风家有个人曾经溜到朱家的祠堂，不知想拿什么东西，被朱家人抓住，直接打断一条胳膊、一条腿。"

鸣朝打了个寒战。

"二少爷，您怎么了？"

"哦，没事，黄昏有些凉，我去那边看看。"

鸣朝沿着主干道，走进竹园。

他一进去，立刻钻进小路，急速往北边跑去，那里是甘茉的反方向。

甘茉还在往花盆里移栽薄荷，浑然不觉外边已经被包围起来了，而且朱家人正杀过来。

突然，她听到远处有人喊："走水了！"

甘茉一惊，抬起头，看到竹园北边，有一股烟冒起来。她吓了一跳，接着便意识到，自己在竹园太久了，而刚才喊叫的人，似乎就在附近。

甘茉急忙起身，把花盆抱在怀里，往外跑去。

刚绕过一丛竹子，猛地看到外边有一群人围着，她差点惊叫出声，急忙转身往另一个方向跑。她钻过密密的竹林，看到一个缺口，正要出去，突然看到远处，有一群人气势汹汹过来，领头的是阿忠。

甘茉惊慌失措，不知往里钻。

忽然，阿忠他们停步了。

阿忠在距离竹园三丈外，猛抬手。"停。"

七八个仆人站住。"怎么了？"

"不对劲，竹园冒烟，有诈。"

"嗯？"

"咱们一靠近，必定说是咱们放的火。"

"对呀，风家这是给咱们设陷阱！"

"他妈的，风家处处给爷挖坑！"

阿忠劈手："退！"

一群人转身就跑。

阿忠边跑边喊："速度快，别让风家赖上了！"

朱家人一个比一个跑得快，眨眼就不见了踪影。

甘茉急忙钻出竹林，往朱宅跑去。

这次她留了个心眼，没走后院，绕到街上，走正门，不料正撞见朱守信站在门庭里。

朱守信睨视甘茉，冷声问："慌里慌张的，去哪里了？"

甘茉喘不上气，脑子突然空白，不知该说什么："我……"

"娘子，跑那么快干什么？我又不是鬼。"加亮从后面笑嘻嘻地跨进门槛。

甘茉顿时放松了，有一丝感动。

朱守信沉声问："你们做什么去了？"

甘茉与加亮同时开口——

甘茉说："沿河散步。"

加亮说："巡查灯铺。"

朱守信冷笑："你俩去的地方好像离得有些远啊。"

加亮做出羞惭状："娘子，你又给爹说实话，爹会埋怨我们偷懒。"

朱守信恨恨地哼了一声。

这时，阿忠从院子里过来，看到甘茉，愣了愣："少奶奶在这里。"

朱守信问："怎么了？"

"没事，我们险些上了风家的当，风家散布谣言，说少奶奶去了竹园，我们本想过去戳破谣言，却见竹园起火，赶紧退回来了。"

加亮看了看甘茉，对阿忠说："别听风就是雨的，风家最坏了，宁肯相信狗打的喷嚏，也不要相信风家人说的每一个字。"

"是，幸好我们反应快。"

甘茉低着头。

加亮一把抓住甘茉的手："娘子，回屋吧。"

甘茉被他扯走了。

夜里，加亮躺在地上，手臂枕着头，对甘茉说："今天的事，你不愿意讲，我就不问了，但我有个要求——这次三月三花灯大会，我们赢了，我就得睡到床上去。"

甘茉在床上闭着眼睛沉默。

"怎么不说话？睡着了？"

甘茉沉默。

加亮一下坐起身："正好，我先试睡一下……"

甘茉娇叱："不准过来。"

加亮盘腿坐在席子上，随手抚弄着左脚腕的银镯子，这是他从小戴着的。

加亮说："花灯大会赢了，我们各自进一步，你可以修掌灯，我可以上床睡。"

"我们约定的，等我成了掌灯人……"

"知道知道，我又没说马上就圆房，可我总该睡在床上吧。"

"你那么着急做什么？"

"能不急吗？"加亮愤愤然，"我再不把地方占住，那个位子就没我了。"

甘茉把枕头砸过去，加亮把枕头抱在怀里，躺在地上。

"娘子……你太折磨我了。"

甘茉在床上转过身，咬着被角。

还能对加亮恨多久？

至少要恨到成为掌灯人的那一天吧。

真到了那一天，她就可以俯视这个男人，那就没有恨，而可能是悲悯了。

甘茉闭上眼睛。

第八章 三月三花灯大会

1

苏州城中，宽阔的河面上，停泊着两艘画舫，同为双层阁楼结构，船头飘扬着各自的旗帜，上写"朱家""风家"。

河流、石桥、大船，组合成壮阔的舞台。

舞台最高处的横杆上挂着幡布，写着七个大字：三月三花灯大会。

大运河上放水灯万盏。

官宦豪门的看客们，特意租用街楼，各自搭起帘幕，作为眷属们观灯的所在。朱夫人便在其中，沈环白带着儿子在另一边。

城中的花灯作坊和店铺，联结千百盏灯笼，或旋转球灯，金鼓齐鸣，由旄旗引导，迎神而祈水泽，盼望风调雨顺。

邱知府坐在观灯台上首，朱守信和风满堂坐在旁边，周围嘉宾云集，邱金谷厕身其中，冷眼旁观。他的叔父一心要办一场百年盛会，还从宫廷"灯作"请来了两名御用匠师，邱金谷只是好奇，堂弟邱卓和罗顺子竟然没来凑热闹。

黄昏，岸边的锣鼓声响起，上千人手持彩灯，盘旋跑动，跳起"转龙灯"舞，上千人互相穿梭结阵，手中的彩灯不断变化，组合出了巨大的"天下太平"四字，百姓们欢呼雀跃。

邱知府高兴得眼睛眯成一道缝，那两位御用匠师也是频频点头。但朱守信和风满堂似乎体会不到，他们只想着这场灯会的输家将遭受多么大的损失，两人坐姿僵硬，偶尔斜睨对方，发出无声的威胁。

忽然一阵悠扬的歌声响起。

只见从岸边到河里的船板上，错落有致地站着三十个红衣人，唱起了吴歌。

这是一种无乐器伴奏的"徒歌",由"歌头"起声,声调婉转,或高亢舒缓,或如行云流水,唱的是江南先民的赞歌:

"泰伯仲雍过长江,开辟江南改荆蛮,七哥七娘传谷传山歌哟,沼泽丘陵变了锦绣好河山……"

随着歌声,河面上出现了一片宏大的彩灯之海,仿若仙境一般,气势壮观,这些是苏州府各个花灯作坊集合起来的大型灯组,一时间笙箫管弦响起,入目万紫千红。

从街巷到岸上,舞龙灯的队伍纷至沓来,有布衣龙灯、草龙灯、板凳龙灯,其中有之前罗顺子救起的龙灯队,舞得最欢,龙头昂扬,15节龙身里灯烛闪耀。

酉正时分,一盏绚丽的孔明灯率先升起,灯上写着"风家"。

孔明灯辉映着最后一片晚霞,从风家的画舫扶摇直上。

风寅指着天空,兴奋地说:"娘,开始了。"

沈环白说:"开始了。"

孔明灯里倏地飞出了两只青鸟,在云霞间盘旋。

接着,风家的画舫上依次推出各种花灯,有"碧玉灯""彩云阁灯",这都是作为演示的,各具特色,每推出一盏灯,看客们便发出赞叹声。

相应地,朱家也推出灯组,全部是生肖主题,造型瑰丽。

随后,朱家与风家,各有一个年轻男子,笔直地站立在船头的尖顶上,各自提着一盏球灯,大小如一个西瓜,朱家是八面玲珑灯,风家是七彩宝珠灯。

只见二人同时用力抛起球灯,双灯升空的高度,风家略高一些,双灯落下时,观者以为他们要接住,却见双灯坠入河面,发出"嗵""嗵"两声。

观者惊呼中,两盏灯挟着水浪,重新提起,映着水花,灯光反而更亮。

两个年轻人抢耍着球灯,双灯不断划过河面,撞出漫天水花,形成斑斓漩涡。

观者全都看傻了,饶是邱知府见多识广,也不禁微微张着嘴。

都知道灯笼怕水,这两盏灯却像是龙宫宝灯,遇水更亮。

两个御用匠议论:"是用鱼皮制的灯罩吧?"

"嗯,但能够浑然一体,不渗不漏、不破不损,实在是难。"

"名不虚传。都说苏灯是灯彩之巅峰,千灯镇是苏灯之巅峰,朱家和风家则是千灯之巅峰。"

"是双峰并立。"

"那是那是……"

那两个年轻人在船头打个平手，各自收灯，退下。

随后，风家推出一盏"七宝灯漏"。

所谓"灯漏"是一种计时装置，今天首次以灯彩的形式出现。它高一丈五，以金为架，分四层，饰以珍珠，内部有机械作为关窍，更精妙的是，有十二个小灯人，每到时辰定点，灯人儿依次出来，按照时辰显示。

眼下，已到了戌时初刻，小灯人出了小门，站在金架上，身上映现一个明亮的"戌"字，并活动手臂，连续敲打珍珠十一次。

观众席响起一阵惊讶的声浪。

朱家这边却没有对应的花灯，画舫上一片沉寂。

画舫内，朱加亮听着外边的动静，焦躁地踱步。

"咱们少了一出，少了一出。"

曹大葫等人耷拉着脸，一副爹快死娘要嫁的表情。

内舱里，甘茉手上拿着一个梨，忘了吃，盯着那团黑乎乎的灯彩发呆。

加亮进来，脚步变轻，嗓音变柔和："娘子，准备决战了。"

"嗯。"甘茉淡淡应了声。

"你怎么了？"加亮在甘茉的眼前挥挥手。

"别干扰，我在想灯亮以后的样子。"甘茉摆过头。

"噢，你要在脑子里演一遍整个过程，"加亮放心了，"是不是稳赢？"

"不知道。"

加亮的头皮一麻："你怎么能不知道？你是咱家的灯火神。"

外边，忽然传来一阵欢呼声，声浪越来越高。

加亮哑声说："风家出大招了。"

"哼。"

甘茉拿起梨吃起来。

2

风鸣朝亲自推出了决战之灯。

看客们却觉得莫名其妙，因为那不过是一面铜镜。

铜镜竖立在画舫的甲板上，周围寂静无声。风鸣朝环视四周，手在铜镜一侧按了一下，铜镜缓缓翻转，变为平行状，成了底座。

在底座之上，浮起一层花瓣，似乎在镜面上开出的花，花瓣不断扩展膨胀，随着绽开的节奏，有灯光渐次点燃，每一片花瓣里都有镶嵌的灯，细小如珠粒，晶莹闪烁。

随后，第二层花瓣绽放开来，刻镂金珀，玳瑁饰之，花瓣上缀满五色珠子灯。

第三层花瓣继续绽放，玲珑剔透，光彩灼灼。

观者全都屏住呼吸，不知道还能绽开几层。

看台上的御用匠低呼："镜手开花。"

第四层花瓣绽放了，从内到外，每片花瓣上都有层层叠叠的光影。

随着绽放的花瓣越来越多，每片花瓣上的灯光交相辉映，令人神迷。

从第五层花瓣开始，每一层出现一句诗，用灯光组合而成，仿佛是花瓣上自然生长的——万点芙蓉午夜芳。

第六层花瓣——醉看疑是水云乡。

第七层花瓣——兰釭照破北池梦。

第八层花瓣——焰暖红衣绕画梁。

当第九层花瓣绽开时，人们眼前出现的，是一盏壮美无比的花灯，灯上映现出五个字：醉焰莲花灯。

九层莲花灯，萦绕着迷离的光雾，似乎感受到强烈的生命力，在湖光山色的夜景衬托下，犹如来到仙境一般，令人如痴如醉。

有人竟落下泪来。

这时，朱家缓缓推出了自己的决战灯品。

朱家的画舫上一片昏暗，丝竹乐轻轻响起，已经很难引起人们的注意，河岸两面，沉浸在风家的莲花灯意境中，仿佛集体陷入梦乡。

加亮咬了咬牙，回头往船舱看一眼，甘茉的剪影凝固在灯光边缘。

加亮深吸口气，猛地扯掉了灯品上的绸布，眼前是一盏巨大的河灯，点亮的同时，人们看到河灯的中间，营造出流动的光影，而人们听到的丝竹乐，竟然就来自河灯，那里有一群小灯人，手臂活动，拨弄丝弦。

随着丝竹音乐声越来越大，河灯中间流动的光影，出现了鱼的身形。

观众们终于被吸引，纷纷将目光投向朱家的画舫。

看台上，风满堂斜睨朱守信，嘴角有一丝冷笑。

朱家的玩意儿虚张声势，哄骗老百姓还行，老行尊却只会耻笑耳。

身后的御用匠轻声议论："这应该是'百鱼夜戏灯'。"

"嗯，但又稍有些不同。"

"这东西再怎么变，也不过如此。"

朱守信的嘴角一抽抽，面无表情，继续盯着自家画舫。

河灯中间的十几个鱼影，是由竹叶、纸片和绢帛制作而成，利用了烛光加热以后形成的气浪，催动鱼影来回游动，初看时有趣，看久了也就没意思了。

就在人们快要失去耐心时，朱家画舫的二楼上，突然又亮起一座花灯。

骤然点亮的光彩中，出现一座巍峨的龙门——大门的曲梁正中，有一颗云珠，云珠左边，一轮太阳，右侧，一轮圆月。曲梁的两端，各饰以龙头，更令人不可思议的是，随着船身在水中的晃动，两个龙头张嘴、转目，船往哪边斜，龙眼就往相反的方向转动，似在调整水平。

接着，整艘画舫突然暗了，所有光芒聚集在一楼的河灯、二楼的龙门。

一阵铿锵有力的乐曲声，河灯里的鱼影，倏地跃起，直冲龙门，在空中一个旋转，飞过龙门。

观众们惊呼。

接二连三的鱼影，依次跃过龙门，姿态优美、动作惊人。

伴随着高亢的乐曲声，观众们纷纷站起。

朱家的"鱼跃龙门灯"，灯中有景，景中有灯，形成灯景交融、气势磅礴的宏大场面。

伴随着灯彩光影的变化，观众一起呼喊："飞起来了！"

"又飞起来了！"

看台上，朱守信斜睨风满堂，露出一丝得意笑容。风满堂沉着脸，众目睽睽之下，仿佛他自己正被围观，虽然难受，却无法退场。

街楼上的帘幕后面，眷属们的观灯区，也是一片热潮。

朱夫人很久没有这种晕眩的舒适感，仿佛听到了全城的赞美。

"翠芹，飞起第几个鱼了？"她在眼花缭乱中，问道。

"夫人，应是第十一个鱼。"

"好，好呀，茉儿做的鱼跃龙门，太美了。"朱夫人第一次赞赏甘茉。

另一边的沈环白一脸冰霜。风寅握着小拳头，盯着河面，生气却不敢大声嚷。

忽然，风寅指着朱家的画舫，说："娘，快看！"

环白望了一眼，怔了怔，瞬间笑了。外边，一阵惊愕的嗡嗡声传遍观灯区。

朱家的画舫上，二楼的龙门灯突然裂开，镶嵌在曲梁中间的云珠，滚落下来，整座龙门扭动着，快要倒下。

朱加亮惊呆了，刚反应过来，甘茉已经冲出去，手上拿着一根竹竿。

甘茉跑到龙门下，伸出竹竿，竹竿却从手里掉下来。

加亮连忙上前："娘子！"

甘茉脚下发软，向后退："少爷……"

"怎么了？"加亮惊问。

"我没有力气……"

呼隆一声，二楼的龙门灯彻底垮塌，引动一楼甲板上的百鱼夜戏灯一起翻倒，破裂的机械关窍发出崩坏的声响，烟尘与水雾夹杂着火花，噼噼剥剥声响成一片。

加亮托着甘茉慌张后退，匠师们和仆人拎着水桶和扫帚出来救灾。

河岸两边的观灯者惊呼着。

看台上，朱守信站起身："怎么回事？"

风满堂皱着眉，语气平淡："慌什么？不就是一次事故吗？"

朱家的画舫很快沉寂下来，一片狼藉中陷入昏暗，仿佛河面上的一条鬼船。

而风家的画舫上更加明亮，熠熠生辉，没想到"醉焰莲花灯"，后劲十足，以更为明丽的色彩，绽放在春夜。

看客们重新投入到莲花灯的意境中，欢呼鼓掌。

邱知府轻轻拍了拍朱守信的肩膀，咕哝一句："虽有些遗憾，却也辉煌过。"

然后他站起身。

3

邱知府起身宣布道:"三月三花灯大会,胜者……"

呼——

河面上突然驶来一条船,以极快的速度驶向河中心。

邱知府继续说:"胜者,是风……"

嗡——

一阵大风吹过,邱知府用宽大袖子遮住脸。

只听河面上有人高声说道:"偌大的苏州府,就这么一点玩意儿吗?"

"是谁在讲话?"邱知府问。

有人指着河上的船:"大人,您看——"

一条柳叶小舢板从朱家和风家的画舫中间穿过,一个女子在船头负手而立。

朱守信惊讶道:"这个恶女怎么来了?"

邱知府看不清对方,问:"来者何事?"

"斗灯彩。"罗顺子说。

看客们有的疑惑,有的嘲笑:"真不知天高地厚。"

众人望着罗顺子的小舢板,船上什么都没有,只在船尾坐了个艄公,手边扶着桨,戴着斗笠、裹着蓑衣。

风满堂冷声:"你要斗灯彩?凭什么?"

"凭你们的灯,太破太烂,不堪一击!"

举座哗然。

风满堂被当众羞辱,脸上差点儿没挂住,硬是忍了忍。

朱守信斜睨风满堂,心想:让你也领略一下恶女的风采。

风满堂从鼻孔里喷出一股气:"我们风家没有招惹你,何至于口出狂言?"

"我与风家并无恩怨,我只是谁赢了,我就灭掉谁的灯!"

看客们顿时兴奋起来,发出各种怪声——

"我们想看……对，看你有何本事？"

风满堂愠怒："竟有如此狂悖之徒。"

邱知府说："这是个疯子，不必计较，来人，将其驱离，待本官宣布灯会的结果。"

风满堂说："大人所言极是。"

罗顺子笑道："这么急着收场，是怕丢丑吧？"

风满堂冷哼："不可理喻。"

朱守信仿佛自言自语说："嗯，能躲则躲，此人惹不起。"

风满堂不满："朱老爷有话明说，何必阴阳怪气的？"

朱守信兀自低语："奉劝有些人，见好就收，以免追悔莫及。"

风满堂愤怒："我倒要看看，这个狂徒有什么能耐。"

邱知府环视周围，发现老百姓看热闹的心情很急切，而且他也想看这个热闹，于是对罗顺子说："暂且等你片刻，你速速回去拿灯。"

"拿什么灯？"罗顺子问。

邱知府耐着性子："你一无灯、二无彩，拿什么斗灯彩？"

风满堂愤然："此人就是来胡搅的。"

罗顺子哼了声："灯就在我手边。"

大家望着光溜溜的船板，开始相信这就是个疯子。

突然，罗顺子手一晃，从河水里拽出一盏灯，挟着水浪，那盏灯跃至半空，众人还没看清她的手法，灯便在空中绽出光彩。

"这是什么？"有人惊呼。

"从河底捞出来的？！"

那盏灯的灯架里安装的机械，随着在空中旋转，全部撑开了，灯身上发出轻微的爆裂声，不断弹跳起晶莹的光片。很快，它从出水时兔子大小，迅速膨胀，身上金箔闪烁，当它落回到水面时，正式展现出瑞兽的模样：龙头、马身、龙鳞、牛尾。全身上下透出五彩斑斓的光芒，背部鳞片金光闪闪、胸前晶莹碧绿。

看台上的御用匠猛地站起身："花麒麟！"

另一个御用匠低呼："这是汉代古灯，花麒麟闹春灯！"

风满堂惊疑道："不可能，花麒麟闹春灯，已经失传了。"

御用匠说："谁又能想到，今晚，又见它横空出世！"

另一个御用匠吟诵:"绵团裹铁云包月,麒麟海里翻筋斗。"

这盏灯在河面飞腾跳跃,脚下各踩着一盏圆灯笼,仿佛四个小小的风火轮,搅起一片片光彩夺目的水花。河岸两边,鸦雀无声,所有人都被那盏灯彻底地吸引住。

距离花麒麟二三丈之外,河面上那一片彩灯,犹如春天的花海,始终在静静地展示着。此时,那花麒麟一跃,扑入彩灯之海,纵横驰骋。在它脚下,所有的灯,黯然失色,仿佛那花麒麟是天地的主人。最后,花麒麟猛地绽放出耀眼光芒,以无边的夜幕为背景,仿佛在燃烧一般,久久地映现、刻印在每个人眼中。

良久,看客们回过神,花麒麟已经消失了。

小舢板远去。

两个御用匠用手帕擦着额头的汗,争相询问:"那人是谁?怎么做得出这样的灯彩?"

朱守信望着夜幕下波光粼粼的河水,低喃:"罗鬼工的南派灯彩,又回来了。"

4

夜色中的河水,远离了灯会的喧嚣与绚丽,河道上幽静悠远,一弯月牙映在河面,泛起迷离的波光。

船尾的艄公慢悠悠划着桨,戴着斗笠的头侧过来,露出坚挺的鼻子,看着罗顺子笑道:"我这个艄公还合格吧?"

罗顺子单手枕着头,躺在船板上,吃吃地笑:"每天二两银子的那种。"

邱卓故作辛苦地用手背抹着脑门:"这位小姐怎么不体恤苦力人啊?不过,我刚才玩得很开心,今夜不虚此行。"

"嗯,孺子可教也。"

罗顺子坐起来,挪到船尾,拿起另一个桨,划起来。

两人依偎着,在清朗的月色中,化作温柔的剪影。

邱卓说:"玩得这么开心,却是向两家都开火了,朱家的赘婿还没有抢到手,又把风家的脸面撕了个干净。"

"我怕什么？我有邱公子撑腰。"罗顺子拍拍邱卓的肩膀。

"哈哈，其实你横行的资本，是你的花灯艺道。"

"我这次回来，不仅要让朱家为当年的事付出代价，还有一个愿望，要恢复罗家的荣耀，"顺子望着远方，"十八年前，我们罗家灰飞烟灭，如今，我让他们重新认识罗家。"

"明白了，今天你横扫三月三花灯大会，是带着父母的遗愿，浴火重生。"

二人轻声细语，夜色中的舢板渐渐远去。

此时，朱家的画舫内，则是一片躁动。甘茉半昏半醒，躺在内舱，朱夫人坐在床边，接过翠芹递来的水杯。朱夫人难免流露出焦虑之色。

加亮和父亲，还有几个匠师在一旁紧急商讨，有两个问题：一是鱼跃龙门灯为什么突然垮塌？二是甘茉去救场时，为什么突然停下？

先解决第一个问题。

鱼跃龙门灯，是一套灯组，分成一上一下两个部分，损毁的是上部的龙门灯，因此曹大葫要彻底检查那一堆装置。朱守信亲自盯着，他的花灯艺道不输于高级匠师，虽有十年没有亲手制灯，但谁也别想骗过他。

很快发现，龙门灯的曲梁，是用四根竹节编织而成。

加亮凑过来一看，顿时不满："我记得茉儿说过，这里该有五根竹节。"

朱守信问："这是谁做的？"

现场一静，曹大葫瞥了吴匠师一眼。

吴匠师低头说："是我。"

朱守信问："少爷说的是实情吗？"

吴匠师说："我原本提议是琉璃灯山，少奶奶非要把灯山改成龙门，我就说两种花灯不能融为一体……"

加亮说："那你也不能故意少用一根竹节！"

吴匠师说："我不是故意的，而是少奶奶多此一举，四根竹节足矣。"

曹大葫叹口气："少奶奶虽然行事怪异、不合礼法，可她要求五根竹节是对的。因为我们不是在平地上，而是在船上操作，船上就会有风浪，灯架就会抖晃，少一根竹节，就少了一分支撑。"

"我没想这么多啊。"

加亮愤然："在灯坊的时候，你就推三阻四，茉儿都告诉你了，你不做！"

吴匠师梗着脖子："那她怎么不盯着我，自己去忙别的事？"

加亮说："这么大的一套灯、这么短的时间，你让茉儿怎么盯？她若是一双眼睛就够了，要你何用？"

"加亮，住口，"朱守信转向吴匠师："吴师一时疏懒，少用了一根竹节，导致事故，怨不了别人，就此辞退。"

众匠师一惊。

吴匠师说："我为朱家效力近二十年，就因为少用了一根竹节，就要驱逐我？"

朱守信说："你走时，朱家不会亏待你。"

吴匠师看着曹大葫："曹师，你不说两句？"

曹大葫叹息："小事故，却酿成恶果，吴师好自为之。"

吴匠师僵住。

朱守信走到昏睡的甘茉面前，说："该解决第二个问题了。"

5

加亮起先以为是甘茉的寒蝉症又发作了，症状却不同，寒蝉症是周身发冷，在猝不及防中，倒在地上浑身颤抖。

可这次甘茉拿着竹竿去救龙门灯时，还很正常，竹竿莫名从手里掉下，然后说了声"我没有力气"，就瘫软下来，错失了临场救急的机会。

加亮焦虑地看着昏睡中的甘茉。

朱守信不耐烦地说："掐她的人中啊，叫她醒。"

加亮说："爹，您不要逼迫茉儿，她足够尽心了。"

朱夫人咕哝："怎么就成了这样？"

翠芹端着碗从舱后出来，没注意昏暗的船板上有半个梨，一脚踩上去，"哎呀"一声，身子前扑，碗里的汤水泼在甘茉脸上，所幸不烫。

加亮急得推开翠芹："当心些。"

翠芹趔趄着站在一旁。朱夫人用手绢擦拭甘茉的脸，甘茉缓缓醒来。

朱守信催问："你为何停止了救灯？你怎么就眼睁睁看着灯阵垮塌？"

加亮说："爹，您让茉儿喘口气。"

甘茉虚弱地说："我当时手脚忽然没了力气。"

加亮思忖着说："是不是吃了什么东西，吃坏了肚子？"

甘茉轻轻摇了摇头："三四个时辰水米未进。"

"噢，那就是饿的！"加亮恍然大悟。

甘茉忽然想起什么："哦……我对着花灯吃了半个梨。"

朱守信竖起眉毛："嘴巴怎么那么馋呢？上次在灯坊吃喝，亵渎了花灯宝地，还不思悔改，今天又对着花灯吃梨？！"

朱夫人清了清嗓子说："梨是我给茉儿的。"

朱守信又气又无奈："你就别来添乱了。"

朱夫人说："我是为了朱家好，担心媳妇儿撑不下来，输了风家。"

朱守信默然。

朱夫人接着说："梨能抵饿，还能解渴，就让翠芹送来四个梨，怎么只吃了半个？"

曹大葫忽然舒口气说："啊，问题解决了，就是因为少奶奶对着花灯吃梨，惹恼了灯火神，降罪于朱家，导致灯彩垮塌。"

加亮惊讶："曹师，你是为了故意报复茉儿，还是真的相信这无稽之谈？"

"我是有依据的。梨的汁水儿多，水克火，用梨水去克灯火，不料被灯火神反克，导致朱家大败。"

"行了！"朱守信一摆手。

加亮忽然发现翠芹在偷偷笑，掩着嘴，眼神仿佛在说"这帮蠢货真有趣"。

加亮冷不防问："翠芹，你笑什么？"

翠芹一惊，恢复了楚楚可怜的模样："少爷，我是难过。"

加亮走近翠芹，上下打量着，翠芹羞怯地往后退。

朱守信不耐烦："混账，你盯着丫鬟看什么？"

加亮盯着翠芹的眼睛，问："我娘让你给茉儿送来四个梨，其他的梨呢？"

翠芹迟疑一下："在呢……问问少奶奶。"

甘茉茫然地说："我就拿了一个，是你给我的。"

朱夫人指着翠芹说："啊，你这个刁嘴丫鬟，竟然偷吃了三个梨！"

加亮说："娘，重点不是这个，茉儿和我们上船以后，就没有离开我身边，她与外界接触，只有你送来的梨，此事是否有蹊跷？"

翠芹有些慌乱："少爷，奴婢不明白……夫人，您救救奴婢。"

朱夫人皱着眉头："春王这么一说，我也有些疑惑。从岸上到船上，来回不过一刻钟，可你送梨的时候，半个时辰才回去，你说是河边耍龙灯太热闹，你多看了一会。"

翠芹扑通跪下："夫人，奴婢又懒又馋，请您责罚。"

"这可不是又懒又馋那么简单，"加亮蹲在地上，捡起踩瘪的半个梨，"幸好茉儿只吃了半个。"

甘茉问："这梨怎么了？"

"等到天一亮，我就送到苏州府，请官家查验……其实都不用官府，找小猫小狗，一试便知。"

翠芹恐慌，说不出话。

朱守信问："翠芹，究竟出了什么事？"

翠芹瑟瑟发抖："没、没有。"

加亮怒声："现在说出实情，或可宽恕，若是明天送到官府……"

"我……我给梨里掺了蒙汗药。"翠芹缩在地上。

"什么？"朱夫人惊呆了。

舱室内一片愕然。

翠芹叫道："蒙汗药是别人给奴婢的！"

加亮厉声问："是谁？"

翠芹怔怔地看着加亮，思绪回到了昨天晚上——

夜里，朱夫人睡了，翠芹躺在外间辗转反侧，想着明天就是花灯大会，甘茉又要出风头了，心里一阵阵难受。她爬起来，对着桌上一尊小神像，低声祈愿，想和少爷在一起，想让神明惩罚那个讨厌的甘茉。忽然，窗外传来轻轻的叩击声，翠芹一惊，出去却没看见人，窗台上多了个纸包。她打开纸包看到药粉，不知是做什么的，她四处看看，回了房间。不远处的树后藏着一个黑影，悄悄退去。

翌日天还没亮，翠芹悄悄把药粉掺在鱼肉里，喂给一只野猫，野猫昏倒了，于是她把药粉带到了苏州。

听了翠芹的交代，加亮半信半疑："你是瞎编，蒙汗药就是你自己的。"

翠芹嘶叫："苍天在上，奴婢绝无谎言。"

"可你又说不出是谁，难道……"加亮忽然一怔，扭脸对父亲低语："是不是风家在咱们家安插了奸细？"

朱家若是失败，最大的得利者，自然是风家。

朱守信沉吟着。

甘茉问翠芹："你为什么要这样对我？我欠了你吗？"

加亮说："朱家对她这么好，她却只想害朱家。"

翠芹哭道："奴婢不想害朱家，奴婢只是……看不惯少奶奶。"

加亮怒道："你害茉儿就是害朱家，茉儿对你从无坏心，你竟然朝她下黑手，你还是人吗？"

翠芹的嘴角一阵抽搐，突然嘶叫："我就是恨她从灯奴成了少奶奶！我恨她，挡着不让我和少爷在一起！"

加亮对朱夫人说："娘，看到了吧，就是这么个人，你让我纳她做妾。"

朱夫人又怨又怜："唉，翠芹呀，你自己葬送了好日子。"

"夫人，只有我能一心一意伺候您，我能比东汉姜诗的媳妇还要好，"翠芹指着甘茉，"可她呢，成了少奶奶翻脸不认人，我是为了帮朱家清除这个恶媳！朱家顾及脸面做不到，我来做，我让她倒霉，让她把事情做坏了，让朱家赶走她！"

加亮叹息："你是不是疯了？"

翠芹笑："是，我自作多情，我在你眼里，不及甘茉的一根头发丝！"

加亮说："你何苦作践自己，情与爱这些事……"

"够了！"朱守信厉声，"还嫌不够丢人吗？就这些鸡零狗碎，眼睁睁发生在三月三花灯大会，是朱家的耻辱！"

甘茉迸出一句："啊，我们真的输了，风家赢……"

加亮急忙捂住甘茉的嘴。

朱守信指着翠芹："把她带下去，等回了千灯镇再处置。"

外边进来两个小厮，拉起了翠芹。

其他人默然低头，都不敢出声。

甘茉感到一阵悲哀，自己生在朱家，却不被父母所认，还被指责为不守本分，匠师们则因为她的存在而感到羞惭，下人们对她的嫉妒已无法掩饰，翠芹向她下黑手，是必然的。偌大的宅子，除了朱加亮，她无依无靠。

她又感到一阵头晕，睡了过去。

6

苏州最大的早市在城东的葑门，阳光明媚的清晨，罗顺子在河边漫步，穿过琳琅满目的货摊。由于附近的河中盛产茭白，随处可见小贩拎着成捆的新鲜茭白，但罗顺子没兴趣，她寻找的是上好的青椒，因为邱卓爱吃。

穿过小巷，罗顺子来到卖蔬菜的摊贩前，继续搜寻，身旁有人招呼她。

"罗姑娘，很有闲情逸致啊。"

罗顺子扭过脸，是邱金谷。

"哦，邱先生，真巧。"罗顺子点一下头，又把目光投向菜摊。

"你在找青椒吗？"

罗顺子好奇："咦，你怎么知道？"

邱金谷微笑："难道我连堂弟喜欢吃什么，都不知道吗？"

"哦，说不定我在给自己找东西呢。"

"呵呵，眼睛只盯着红椒和青椒，三岁小孩也看得出……噢，这里的青椒不多，到市场东南角看看吧。"

罗顺子边走边问："你对这里很熟悉啊。"

"你忘了，我生在苏州、长在苏州。"

"你喜欢逛早市？"

"方才在附近码头送了两位朋友，顺便来走走。"邱金谷说。

"哦，你也是昨天来看灯会的？"

"是呀，我叔父办的盛会，我得捧场，"邱金谷笑吟吟地说，"昨晚的花麒麟闹春灯，令人大开眼界。呵呵，我就说嘛，若没有你，会少了许多精彩的。"

罗顺子笑而不语。

邱金谷说："罗鬼工的南派花灯，横空出世……哦不，应该说是王者归来。"

罗顺子的脚步顿了一下："你也知道罗鬼工？"

"昨晚有两个御用匠，是从宫里的'灯作'请来的，他们被你的花灯震撼，这可太难得了，从皇宫出来的，不是一般人。"

罗顺子停下脚步，急切地说："他们知道我家，能否让我见一见？"

邱金谷摊开手："真可惜，他们一大早就走了，我方才就是去码头送行。"

"哦，这样啊。"罗顺子有些遗憾。

前方的摊位上摆满了青椒和红椒，小贩身边堆着铜钱，显然生意很好。

罗顺子仔细地挑拣青椒，小贩耐着性子看着。罗顺子挑好了，上秤一称，小贩说："一斤半，12 文钱。"

罗顺子说："一斤葱才 6 文钱，青椒怎的这么贵？"

"姑娘，你挑的都是好椒，难道一斤不值 8 文？"

"不说了，青椒一斤半，10 文，凑个整。"

小贩发愣。罗顺子放下十枚铜钱，拿起青椒走了。

邱金谷感叹："你一到千灯镇，就用八百两银子购入宅邸，怎么买菜……"

"哼，黄瓜一斤 2 文，蒜薹一斤 8 文，青椒是折中价，一斤 5 文正好，我买他一斤半，给 10 文钱，他一点不吃亏。"

邱金谷惊奇："原来你是这样算账的。"

"我在很多地方买过青椒，全部用黄瓜和蒜薹比照。"

邱金谷怔了半晌，说："莫测莫测，出类拔萃者，非常人所能揣度。"

罗顺子匆匆穿过巷子，邱金谷跟着。

罗顺子说："你跟了半天，可有事？"

邱金谷说："与你同行啊，去见我堂弟。"

罗顺子说："你要见他，自己找机会去，可别是我引去的。"

邱金谷笑笑："还指望姑娘帮我们弥合裂痕。"

"你们兄弟之间的矛盾，我还是不沾为好。"

"哦，抱歉，是我为难姑娘了，"邱金谷指着前边的石桥，"罗姑娘就从那里走吧。"

罗顺子加快步伐。

"哦，我忘了提醒姑娘。"

"什么？"

"昨夜横扫朱、风两家，但不知那两家如何应对？"

罗顺子笑了："他们会联手反击吗？"

"我的意思是，三月三花灯大会，是签了契约的，谁失败，谁就退出苏州府，"邱金谷淡淡一笑，"不知那两家会不会抵赖？"

他挥手离去。

罗顺子心里一动。

7

苏州城中心的三万昌茶楼，虽坐落在街边，却格外幽静，还没有进门，便听到窗口飘出绵长婉转的评弹曲调。

朱守信背着手走向茶楼，身旁跟着朱加亮和甘茉。

朱守信没好气地说："你把媳妇带来带去，做什么？妇道人家不宜抛头露面。"

加亮说："罗顺子都能横行。"

朱守信更生气："怎么不跟好人比，跟一个恶女比坏？"

加亮说："风家的少奶奶沈环白也能独当一面。"

朱守信愤然："还想学着沈环白掌权？"

加亮低头说："没有。"

甘茉一副事不关己的模样。

朱守信斜睨儿子，看加亮那个怕老婆的熊样，还能指望他？甘茉妄想做掌灯人，就是为了达成野心。等着看吧，哪天自己一闭眼，这个家就没人镇得住甘茉，她就是女霸天了，她就要给朱家立规矩了！朱守信心想，必须赶快找个茬儿，打掉甘茉的威风。

加亮对甘茉说："娘子，等会儿尝尝这里的点心，反正邱公子请茶。"

朱守信说："哼，你以为是好事吗？这叫'吃讲茶'，懂不懂？就是有了纠纷，需要找人评判说理。"

"说不定是罗顺子良心发现，要和我们解除赘婿之约……"

加亮话音未落，便看到风满堂和风鸣朝、沈环白走过来。

加亮把话咽回去，顿时觉得今天这场茶宴，好吃难消化。

风满堂看也没看朱守信，径直走过。鸣朝瞥了甘茉一眼，大概是没想到她会来。沈环白微微侧着脸，旁若无人上楼。

朱家的三人也跟着上楼。

二楼装饰典雅的茶室内，罗顺子已经坐好了，邱卓起身招呼。

"各位，请坐。"

加亮有些害怕罗顺子，因为罗顺子会突然发疯，他吃过了好几次苦头。此时，他竟有些感觉，是甘茉在保护他。

甘茉看了看罗顺子。罗顺子品着茶，沉吟不语。

风满堂说："莫名把我们三人请来，所为何事？"

他根本不提朱家，表现出忽略不计的态度。

朱守信说："邱公子，我们急着回千灯镇，这场茶宴，甚是无聊，我们就此告辞了吧。"

"请你们两家来饮茶，就是有事，"邱卓睨视众人，看了罗顺子一眼，问，"顺子姑娘，可以开始了吗？"

罗顺子说："大家都忙，就开门见山吧。"

"嗯，"邱卓睨视两家人，"三月三花灯大会，朱家和风家都败了，朱家是自己的花灯突然垮塌，风家是被顺子的花麒麟灭掉。"

罗顺子说："朱家的花灯若是不垮，一样败于我手。"

"那是。"邱卓说。

"未必呀，"甘茉冷不防开口，"我们的鱼跃龙门灯，后面的精彩还没来得及展示。虽然我因为遭了蒙汗药，没有看到之后发生的事，但据我所知……"

"娘子，不用说话。"加亮急忙止住甘茉。

沈环白往这边看了看，若有所思。加亮恨恨地瞥去一眼，目光掠过风鸣朝。鸣朝正疑惑地看着甘茉，加亮哼了一声，鸣朝把视线移开了。

朱守信清了清嗓子："邱公子，你继续说吧。"

"你们两家已败，根据签署的契约，失败者，退出苏州府。"

风满堂问："什么意思？"

罗顺子站起身说："这不是很简单嘛，就是你们两家，全部退出苏州府。"

"什么？"朱守信竖起眉毛，"你这丫头，又口出狂言……"

"朱老爷，文书上写得明明白白，"邱卓拿出一份影印本，啪地扔到桌上，"两位大当家签的字，可是真的吧？"

朱守信和风满堂有些怨恨地互视一眼。

风满堂愤然："胡闹。"

"胡闹？"罗顺子敲了敲桌上的影印本，"据我所知，这个提议是风老爷你提出的，你要求风家与朱家在全城百姓面前斗灯彩，斗败的一方，退出苏州府。"

风满堂无语。

鸣朝说："家父是希望两家互相切磋花灯艺道，共同为江南的灯彩繁荣……"

"这些话，留在自家祠堂说吧，"罗顺子提高语调，"两家全败，两家全退！"

茶室骤然一静。

邱卓说："有契约，若想抵赖，恐怕天下人……"

沈环白冷然开口："哼，罗顺子，你已经呈现了本领、卖弄了技艺、得到了虚荣满足，就此歇手也就罢了，莫名跳出来谈什么全败全退？"

"这难道不是事实吗？"罗顺子反问。

"三月三花灯大会，是风家与朱家的约定，谁赢谁输，是两家的事，与旁人何干？"沈环白说。

罗顺子默然，与邱卓互视。

加亮趁势说："看你还强词夺理吗？"

朱守信急道："休要招惹她。"

加亮忙闭上嘴。

沈环白瞥了罗顺子一眼，起身说："我看今日的茶会……"

罗顺子突然发声："没错，两家不能全退，但风家必退！"

沈环白蹙眉："凭什么？"

罗顺子冷笑："你们的莲花灯被我灭掉，这是不争的事实吧？"

"你怎么听不懂我的话？那场灯会本就与你无关，你是跑来添乱的，即便你是罗家的唯一传人，也只能等到三家共同约定时，你才算数。"

"我为什么要等三家共同约定？我已经代表朱家灭掉了你！"

"什么？！"

风家和朱家的六个人都惊呆了。

8

朱守信哑声问："罗顺子，你代表朱家，我怎么不知道？"

"你儿子是朱家的少爷，是唯一继承人，同时是我的赘婿，"罗顺子得意，"朱家乃朱加亮的娘家，那我为赘婿的娘家出头，打灭风家，合理吗？"

众人呆若木鸡。

加亮使劲摆手："不不不，没有我的事。"

甘茉冷声问："我的夫君，怎么就成了你的赘婿？"

加亮心头一暖，挨近甘茉，挺起胸膛："听到了吗？我是有主之人！"

朱守信瞪着儿子，一副恨铁不成钢的表情。

罗顺子说："休想抵赖，娃娃亲的约定还没有解除。"

加亮的脑袋快爆炸了，又绕回到可怕的咒语里。

邱卓大声说："朱老爷，你来决定，愿不愿意让顺子代表朱家？"

"不愿意！"朱守信斩钉截铁。

"你再好好想想，"邱卓语重心长道，"顺子若是可以代表，那么灯会的胜利之名，就落到了朱家头上，按照契约，风家必须退出苏州府！"

朱守信张了张嘴，一时竟说不出话。

风满堂说："不愿意！朱家不愿意！"

鸣朝看着父亲，轻声说："父亲，您……"

风满堂自知有些失态，连忙克制住。

加亮盯着朱守信，急迫地问："爹，您难道要认了罗顺子？"

朱守信沉默。

众所周知，苏州府对花灯的需求量极大，苏州是江南的主战场，若能让风家退出苏州，便等于掐灭了风家的灯脉，令风家元气损伤，就能挖断风家的根基，让这个三百年的灯世望族轰然坍塌。

若是错过了，永远不再有，而下一次，就可能是朱家的头被人按在地上。

加亮说："爹，您还犹豫什么？不能认罗顺子。"

朱守信没理他，转脸问罗顺子："可是我儿已经婚配，这是事实，你当如何？"

罗顺子一笑:"简单至极,休妻啊。"

加亮怒:"你算什么东西?"

邱卓厉声:"朱加亮,你找死!"

罗顺子挥挥手,一笑,指了指桌上的纸笔:"朱老爷,现在写休书,黄昏,朱加亮就是我的赘婿,明天,朱家便能席卷苏州城,将风家打回千灯镇。"

风家人都捏着一把汗。鸣朝虽然盼望朱家休了甘茉,可是随之而来的,将是风家的灾难。

加亮突然怪笑一声:"爹啊,我成了罗顺子的赘婿,以后谁继承朱家大业?"

朱守信仍在盘算着。他想要的,就是把风家赶出苏州,然后翻过手来,处置罗顺子。也就是先利用罗顺子打垮风家,然后回头整理罗顺子。到时罗顺子不过一个孤身女子,虽有邱公子撑腰,面对的却是雄踞江南的朱家,她怎么对抗?最终,爹还是爹,儿子还是儿子,被抛弃掉的,只是一个甘茉。

甘茉这个丫头,实在太让人失望了,早就该了断。

鸣朝忽然向前一步说:"我们不要中了罗顺子的诡计,她利用朱、风两家的契约,故意挑起我们撕咬。"

罗顺子拍了拍桌子说:"我可没闲工夫陪你们玩耍。朱老爷,你决定了吗?朱加亮若是我的赘婿,我们就是一家人了。"

鸣朝说:"罗姑娘,我真的很好奇,倘若朱少爷与你成了亲,之后呢?"

罗顺子说:"你凭什么过问我们的家事?"

朱守信朝儿子招招手:"加亮,你过来。"

加亮一脸愤懑与悲怆,深刻地体会到命运被摆布的滋味。

他转向甘茉:"娘子,你怎么一言不发啊?"

9

甘茉始终坐在桌边,喝着茶,漠然地看着他们争吵、算计。

此时她站起身,冷视罗顺子:"你把我的夫君当成什么了?"

她的目光从罗顺子脸上,掠到朱守信脸上。朱守信一怔,怀疑甘茉是在指桑骂槐。

"你……你在问谁？"

甘茉的目光又回到罗顺子脸上。

罗顺子说："朱加亮是我打败风家得到的战利品。"

"我与加亮相守十四载，壬午年腊月初十，成亲拜天地，他是我的男人，玉皇大帝都带不走。凭你这个莫名其妙的女人，就想把他掠去？你配吗？"

罗顺子竖起柳叶眉："我与朱加亮有婚约在先！"

"字据呢？"甘茉冷笑，"从头到尾都是你在说，胡搅蛮缠，却从未拿出半张纸。"

"罗家有聘礼连心轴，你想赖账？！"

"连心轴呢？"

"你……你们退给我……"

"退了就是退婚，还不明白吗？"

罗顺子怒极反笑："行啊，跟我来无理取闹。"

"你教的。"

"那你是要撕开脸皮跟我大闹一场了？"罗顺子逼视甘茉。

甘茉不由得吸口气，论霸蛮，她还差一截。

加亮伸手过来揽住甘茉的腰："我家娘子岂能与你一般见识，你好自为之啊。"

朱守信沉声说："大庭广众之下，妇道人家吵闹不休，像什么样子？"

"我要和她对战灯彩！"甘茉说。

众人愣住。

罗顺子蹙眉："你要与我对战？"

"正是。"

罗顺子撇嘴："赌注是什么？"

"朱少爷。"

加亮急道："啊？茉儿……"

罗顺子笑道："花灯大会上，连风家都没赢，还想赢我？"

甘茉说："我们的鱼跃龙门灯，后边更加精彩，可惜匠师少用了一根竹节，导致全灯垮塌，否则的话，你会看到龙门后面飞出一条龙。"

罗顺子怔了下："你可以随便吹嘘，反正灯会已经结束了。"

甘茉说:"至于你的花麒麟闹春灯,我当时没有看到,只有过后听了匠师的描述。不错,那是一盏汉代古灯,可它的致命弱点,就在花灯背部,那些金闪闪的鳞片,很容易脱落,露出的竹架淹了水就会涨开,与灯腹内的火芯相遇,变成一团气,超过一刻钟,花灯便会全身爆裂。"

罗顺子的表情凝住了。

甘茉说:"倘若我在场,你是很难全身而退的。"

茶室内一下变得寂静。风家的三人也很震惊,鸣朝看看父亲,又看看沈环白,都对甘茉觉得不可思议。

邱卓指着甘茉说:"话题扯远了,顺子也没工夫陪你一人单打独斗。"

罗顺子说:"对啊,你也没资格与我斗灯,我是罗家的唯一传人,而你呢,只是朱家的媳妇,而且马上要被休了。"

甘茉冷笑:"你怕了吗?"

"这又不是我定的,问问你们老爷。"罗顺子斜睨朱守信。

朱守信黑着脸无语。

"甘茉姑娘可以代表我们风家,与罗顺子对战。"

风满堂突然说道,他的声音并不大,却产生令人震撼的效果。

茶室的人都惊住了,甘茉一脸困惑,鸣朝和沈环白愕然。

鸣朝问:"父亲,您、您说什么?"

"甘茉姑娘,代表风家,与罗家的传人对战——我说得不够清楚吗?"风满堂冷冷瞥了儿子一眼。

沈环白说:"老爷,您是否太生气,出现了口误。"

朱守信回过神,说道:"风满堂,你是不是老糊涂了?"

加亮简直受不了,嘶叫:"茉儿是我娘子,你们一个个都怎么了?"

风满堂冷哼一声:"你爹不是要休了甘茉吗?"

加亮怔住。

朱守信微微缩了缩脖子。

风满堂说:"甘茉既然被休,已和朱家无关,那我们请甘茉代表风家,反击罗顺子,你们有意见吗?"

加亮对朱守信喊道:"爹,您就任由风家这么对我们?"

朱守信说:"风满堂,你太过分了。"

风满堂没理会朱家父子，用关爱的语气和甘苿谈话。

"甘苿姑娘，我与你相见恨晚呀，若是早知道朱家这么对你，当初你做灯奴时，我就是拿出一半家产，也要将你赎出，决不能让那种丑陋的家庭将你毁掉！"

鸣朝与沈环白互视一眼，已经明白了老头子先人一步的智慧，马上配合起来。

环白说："甘苿姑娘虽然被休，可也不是任意被丢弃的物品。"

鸣朝说："甘苿姑娘，之前就想为你赎身，可惜你已嫁给朱少爷，不过朱家不懂珍惜，还是来风家更好。"

"喂，这是什么情况？"罗顺子愤慨地问，"怎么突然又变成了甘苿要代表风家出战？"

"谁说甘苿要代表风家？"朱守信冷声说，"那不过是某些人痴心妄想耳。"

加亮说："对，我家娘子还要做朱家的掌灯人呢！"

朱守信脸色一沉："休得多言。"

风满堂缓缓说道："甘苿姑娘，不要听那些聒噪声，那些就像是夏天的傍晚，你从池塘边走过，看到岸上一群猫狗、水里一群蛤蟆，争相对你喊叫罢了，而你，大可不必停下步子。"

甘苿扫视众人，淡漠地说："我不会离开朱家，我也希望朱家以后更光明些。"

朱守信听甘苿话里有话，似在嘲讽朱家暗无天日，可自己又说不出什么，不禁腮帮子抖了两抖。

甘苿已出门而去，加亮急忙跟上。

朱守信低语："冤孽。"

遂也昂首而出，留下罗顺子和风家人等。

罗顺子嚷道："哎哎，话还没说完哪——"

没人再理会了。

鸣朝怔怔望着甘苿离去的门口，深沉的眸中隐含痛苦。他又失去一次和甘苿厮守的机会。

1

烟雨蒙蒙的千灯镇，染了一层水光，青翠欲滴。河上漂过采茶船，慢悠悠消失在远山投影中。

甘茉从远处收回目光，眸子覆上愁绪，撑着一把竹伞走在古朴清幽的小巷，雨雾笼罩寂静，只有她的脚步声。

加亮从后边追上来："娘子——"

甘茉有些烦："你别总是跟着我。"

加亮笑笑："下雨路滑，我担心你摔了。"

甘茉没好气地说："你是在监视我吧。"

"哪有……"加亮左右看看，"我怕风家人偷袭你。"

"你是头磕坏了。"甘茉加快步伐。

"又要去城隍庙吗？"加亮继续跟着。

甘茉停下脚步："能不能让我一个人清净清净？"

加亮注视着甘茉："娘子，你真好看。"

甘茉一甩头，继续走。

她知道朱加亮疑神疑鬼的原因，之前与风鸣朝的几次偶遇，被加亮撞见，心里就扎了根刺，然后在苏州的那间茶楼里谈判时，风家不仅表示想为甘茉赎身，甚至要等朱家休了甘茉，让她代表风家与罗顺子斗灯，这表明风家觊觎甘茉已久，加亮怎能不防着？

从苏州回来四天了，加亮总这么跟着甘茉，让她又烦又无奈。

这次回来后，朱守信也没有把青铜梅花灯拿出来让甘茉修，因为花灯大会并没有赢了风家。

尽管加亮与父亲商谈，说是意外事故造成的，只能怪吴匠师疏漏，还有翠芹下黑手。而且甘茉的鱼跃龙门灯，一度盖过了风家的醉焰莲花灯，但朱守信还是拿结果说话。

甘茉为此也很郁闷。本想着修好了掌灯，自己更有资格进击掌灯人之位，却又被挡住了。

烟雨蒙蒙，甘茉在前边快步走，加亮紧赶慢赶。

"娘子，你慢些，地上滑……哎哟！"

加亮滑了一跟头，摔了个四脚朝天。

甘茉已经走过去了，停下步子，扭脸看着他。

加亮说："你看看，我就说地上滑。"

他拼命往起爬，却显得很艰难。

"怎么了？"甘茉不禁有些担心。

"咝，好生疼痛……可能把腰摔断了。"加亮龇牙咧嘴。

"啊？"

甘茉紧张了，连忙合起自己的伞，让加亮握着伞柄，想把他拽起来。

加亮一使劲，甘茉连人带伞往下倒，眼看就要倒在加亮怀里，甘茉迅速调整身段，伞柄杵在加亮胸口，把自己横着撑住了。

"哎呀！"加亮吃痛。

伞柄顶在加亮胸膛，甘茉几乎全身重量都压在伞柄上。两人平行着一上一下，四目相对。

加亮意味深长地说："娘子，你戳到我的心口了。"

甘茉急忙挪动伞柄，站直身，歪着头看着加亮。

"腰不痛了？"

"心痛。"加亮爬起来，抚着胸口，"这什么破伞啊？伞柄这么尖。"

甘茉撇嘴一笑，大步离去。

"哎，娘子，你笑了，你笑了……"

在街上转了一圈，甘茉无奈返回。

两人进了朱宅大门，气氛一下变得肃穆了。门房朝加亮使眼色，意思是轻手轻脚，别出大声。

两人经过前院的回廊，看到朱守信黑着脸站在廊下。

院子里并排站着十五六个下人，都低着头不敢出声。

加亮示意甘茉躲一下，却被朱守信看到。

"春王，又去哪里混闹了？"

"没有，爹。"

"你媳妇在花灯大会上中了蒙汗药，这事没有查清楚，你们还有闲心出去逛。"

甘茉低头走近。

朱守信指了指下人们："这些是我亲自筛选的有可能是奸细的家伙。"

下人们委屈。

"老爷，我冤哪……"

"老爷，我对朱家忠心耿耿……"

"住口。"朱守信转向甘茉："你自己看看，谁最可能借助翠芹之手害你？"

甘茉扫视下人们，阿盼也在其中。

甘茉摇摇头："我看不出。"

"你平时得罪过谁？谁对你不满？"

嫉妒甘茉的，可不是一个两个，但真正能下黑手的，甘茉实在猜不出。

加亮说："爹，茉儿从来不在意这些，您不要逼迫她。"

"查奸细不是为了你媳妇，是为了朱家不能留下这种人！"朱守信愠怒。

这时，阿忠走过来，躬身说："老爷，邱先生来了，在会客室等候。"

"哪个邱先生？"

"是邱金谷。"

"嗯，"朱守信抬起眼皮，"阿忠，你好好盯着这些人，一定要查出奸细。"

"是，老爷。"

阿忠目送朱守信离去。

加亮拉着甘茉跑开了。

下人们立刻散漫起来，有的抱怨，有的发叹，有的发呆。

阿忠装作无意地走到阿盼身边，低声说："你随我来。"

阿盼愣了下，跟着走了。

在回廊的僻静处，阿忠停步："阿盼呀，有些话不该我问你，可是你身上有些让人捉摸不透的东西。"

阿盼怔怔的，忽然眉尖一挑，在阿忠肩头拍了一下，腻声问："那你想怎么在我身上捉摸个透呀？"

阿忠故作矜持地退了半步："别，我跟你家老李经常喝酒的。"

"休要提那个死鬼，只会播种，不结果儿。"

"那也可能是你这块地不行。"

阿盼脸发红："你……"

"没工夫扯你家的裹脚布，"阿忠垂着眼皮，"你夜里偷偷出过宅子吧，且不止一次。"

"哟，你倒是盯得紧，老爷让你做管家了吗？"

"你好好说话，夜里出去干什么？还有，你哪儿来的钱买首饰？"

阿盼脸上一阵红一阵白，忽然一跺脚："我出去找男人了。"

阿忠惊讶地抬起眼皮。

"你去告诉老爷吧。"阿盼撂下这句话，扭着胯走了。

阿忠盯着阿盼的背影咕哝："整天干粗活儿，腰还那么细。"

2

甘茉去了灯坊，加亮在庭院徘徊，心里乱糟糟的，一会儿想着究竟什么时候才能与娘子圆房，一会儿又想起了风家，恨不得立刻打垮之。

加亮越想越烦躁，坐在亭子里，仰望头顶的棱角灯。

这时，邱金谷从廊下走来。

"朱少爷，似乎不大开心呀。"

加亮回过神，起身拱拱手："哦，邱先生，事情谈完了？"

邱金谷回礼："不知朱少爷何事烦恼？"

加亮叹口气："没有。"

"春愁多为情伤。"邱金谷淡淡一笑。

"邱先生见笑了。"加亮说。

邱金谷背着手，侧身欣赏园中风景。

"石径逶迤，花香四溢，朱家庭院步步有景啊。"

"哪里。"加亮应付着。

"不过，与苏州拙政园相比，还是逊色了些。"

"拙政园……那可是没的比，"加亮苦笑一下，"苏州城最大的园林，就是放眼江南，又有几家可比？"

邱金谷轻叹一声："所以啊，可惜。"

加亮愣了愣。"可惜什么？"

"我给令尊介绍的生意，令尊婉拒了。"

加亮眉头一皱，试探地问："是拙政园的生意？"

邱金谷点头。

加亮睁大眼睛："什么意思？您、您买了拙政园？"

"我可没有那么多闲钱，是一位朋友，买了园子邀我去看，还准备花大价钱重新修整。"

"哦！"加亮表现出极大的兴趣。

"他曾来过我的新宅，对你设置的花灯布局印象深刻，尤其是走进纱帽厅时，看到那盏硕大的'紫气祥光灯'，当时就要我转手卖给他，我没答应。这次，在他的新园子，我便推荐了朱家。据我目测，那座园子需要的花灯，至少是我的两倍，而且需要更大规格的灯彩。"

加亮像被闪电击中似的，兴奋道："感谢邱先生啊！"

"不过……"

加亮的心一沉："对了，你刚才说，我爹拒绝了？"

邱金谷点头。

加亮急切地问："为什么？"

"与之前的三月三花灯大会有关，似乎契约上有疑问，朱家与风家，谁胜谁败，还没有最终定论，而这座拙政园，正处在朱、风两家划定的交叉地带，令尊打算暂时放一放生意，再与风家协调。"

"再协调就调到风家的锅里了！"加亮生气地说，"我爹不是在讲规矩，是犯糊涂。拙政园确实地段特殊，可主顾认的是我们朱家的花灯啊，您说对吗？主顾才不管我们势力划分，他当然是谁的灯好，就买谁的。"

"嗯，有道理。"

"我去找我爹说说——"加亮转过身。

"你去说了，可令尊若是拒绝，你怎么办？"

加亮怔住。他爹极大可能拒绝，还会臭骂他一顿。

邱金谷说："要不然就算了，损失一次机会而已，等下次……"

"这种机会，六十年一次，上一代拙政园的主人，那还在先帝的手底下谋差。"

加亮无论如何不能放过这笔生意，何况主顾已经认可了朱家的花灯，这就是送到嘴边的肥肉。拙政园是什么地方？占地一百亩的大园林，他虽然没进去过，可是谁不知道那座园子？若在那里占满朱家的花灯，对于朱家来说是何等荣耀！

邱金谷不露声色问："朱少爷，你考虑好了吗？"

加亮说："我先去看看园子，估摸一下大致需要多少灯。"

"既然你已决定，我就帮你一下。"

"邱先生放心，少不了您的辛苦费。"

"举手之劳罢了，"邱金谷略作沉吟，"那就明天午时，我朋友的船接你去苏州。"

"那位朋友贵姓？"

"姓卢，人称卢三爷。"

"卢三爷，久仰大名，"加亮笑笑，"好，明日午时，我去码头等卢三爷的船。"

邱金谷离开后，加亮很兴奋，但没有过多地显露出来，只是偷偷告诉甘茉，让她明天一起去苏州。

"可我们才从苏州回来没多久呀。"甘茉说。

"上次是参加灯会，心里憋着劲不痛快，这次先带你散散心，到时候你要帮忙设计很多花灯，把它们安置在苏州最大的园林里。"

"这样啊。"甘茉也有了兴趣。

"嗯，千万别告诉其他人。"加亮嘱咐。

"什么意思，只有你和我？"甘茉警惕地问。

"怕什么？咱两口子把这事办成了，我爹岂能再轻视你？"加亮的眼睛发光。

甘茉点了点头。

加亮动情地说:"我们夫妻携手,横扫江南灯彩界。"

甘茉心里涌起一股潮水。

第二天中午,甘茉跟着加亮来到码头,卢三爷派来的船,准时接走了他们。

他们走了没多久,风宅里的沈环白,把鸣朝请去商谈。

"刚刚得到消息,卢三爷的船接走了朱加亮和甘茉。"

鸣朝怔了下:"卢三爷怎么与朱少爷勾连上了?"

"具体情况未明。不过,苏州那边传来的话,卢三爷刚买了拙政园,我还在琢磨呢,朱家倒是先下手了。"

"朱家这回又要抢先!"

鸣朝想起上次邱金谷买李翰林的宅子,他跑去谈生意,不料朱加亮已经坐稳,而他被邱金谷客气地赶走了。

环白说:"拙政园不是寻常之地,无论如何不能让朱家得手。"

"可是,三月三花灯大会,契约之事还没有确定,我们风家究竟是赢是输、究竟谁退出苏州府,邱知府那边还是悬而未决。"

环白的手按着椅子,气愤道:"全是罗顺子那个祸害,把所有事情搅得乱七八糟。但花灯大会无论怎样,朱家都不能抢这个生意。"

"是啊,拙政园地处苏州城东北隅,正是风、朱两家划分的交叉地带。即便没有灯会的比拼,朱家也不能擅自下手。"

"朱家连一句商量都没有,这是摆明了要违规犯禁。"

"大嫂,您的意思呢?"

"你跟着去一趟。老爷目前还留在苏州,你顺便向老爷请示如何处置。"

鸣朝想了想,点头说:"我这就出发,去苏州见父亲。"

3

苏州拙政园,分为东、中、西三部分,共有堂、楼、亭、轩等三十一景,山水萦绕,美不胜收。

卢三爷高高瘦瘦的,说话鼻音重,身上自带上流人士的疏离感,反而打消了甘茉的局促，没有被陌生人盯着说话的感觉。卢三爷慢条斯理与朱加亮说话，他不懂花灯艺道，只想要新的、漂亮的好灯彩，用以装饰这座壮美的园子。朱加亮投其所好，尽情煽惑，卢三爷听着，不时眼睛一亮。

此时正逢花期，园内的杜鹃比别处开得早一些，放眼望去，万紫千红，满目妖娆。

三人一路前行，只见廊下、亭子、花轩内外，到处都有仆役在拆卸旧物件，最多的是灯笼，有人抬着灯笼走开，有的身上背一串，灯笼边角破损，颜色深浅不一，显然是不同年代累积的。

甘茉忽然停下步子，定定地望着一个方向。

加亮正给卢三爷煽惑："……卧房挂灯可是大有讲究，首先灯形要圆润，不能带尖、带棱，以免引起冲煞，做噩梦，灯光还不能太亮，要如纱中见月一般，朦朦胧胧……哎，娘子，你怎么了？"

加亮疑惑地停下步子。

甘茉望着的方向，有三个仆役拆下一盏花灯，外形看起来普通，四个灯面，每一面上描画着人物、花鸟。

甘茉轻声问："买那个灯，多少钱？"

加亮一愣："咱们是来卖灯的，你怎么要买灯？而且是盏旧灯……"

甘茉说："快买呀。"

"一来就要花银子……"加亮心里一紧，咬咬牙："卢三爷，您看那盏灯，多少钱出手？"

卢三爷也有些疑惑，但语气平淡："本就是要丢弃的，送给你们。"

"好好，多谢，"加亮说，"不过这个便宜，我们不能白占，到时候从灯钱里退一两银子。"

卢三爷淡淡一笑："朱少爷可不像传说中那么吝啬啊。"

加亮笑笑："生意是生意。"

卢三爷有些不屑："你方才给我设置的花灯数，我大致估算，至少一万两银子，你退这一两银子，是在戏弄我吧。"

加亮连忙摇手："不不，绝无此意。"

"与你说笑哪。朱家的花灯就值那个价，尽管去做吧。"

甘茉没再理会他们，迫不及待走到那盏灯前，手刚挨到灯上，回廊拐角有人喝道:"别动!"

加亮一听那声音,顿时头皮发麻,扭脸一看,真是冤家路窄、瘟神难躲啊。

来者正是罗顺子,她气势汹汹过来,指着那盏宫灯:"这是我的。"

甘茉怔怔地看着她:"怎么是你的呢?我刚买的。"

"我昨天就订了。"罗顺子说。

"昨天……"甘茉无力。

加亮说:"罗姑娘,你能否讲点理……"

"你走开,"邱卓跟过来,"顺子需要与你讲理吗?"

加亮梗着脖子,却说不出话。

"那我来与她讲理!"甘茉一反常态站到加亮面前。

邱卓不禁往后退了退。

甘茉说:"道心出于天理,禀受仁义礼智之心,发而为恻隐、羞恶、是非、辞让,则为善。"

罗顺子捂着耳朵:"不听不听,王八念经。"

甘茉说:"艺道便是天道,天道为灯,则为'道心'。道心,即是灯心,驱散黑夜,长明于人心。而你又一次使用恶劣的手法掠取财帛,你的心里全是私欲。"

"什么叫'又一次'?"罗顺子愤然,"我昨天来园中闲逛,相中了这盏灯,仆役说准备要拆,我便约定第二天,也就是今天来取灯。"

她在三个仆役中间扫视,对着其中一个问:"我昨天是否说过?"

那个仆役忙不迭点头:"是是,这位高贵的姑娘说第二天带个苦力来取灯。"

邱卓往前一步:"我这不是来了吗?"

此时,最惊讶的是卢三爷。

面对此情此景,他觉得自己半辈子的见识全废了,首先,他不理解这些人对着一盏破灯笼争执什么,其次,堂堂邱公子居然自称苦力来伺候。

卢三爷说:"请各位不要吵闹,以免冲撞了土地爷,对我这个新地主不利。"

罗顺子低语:"反正灯笼是我的。"

甘茉说:"是我刚买的。"

卢三爷说:"这位罗姑娘,昨天确实拿着邱兄的名帖进来过,我当时忙,疏于照顾,没想到她喜欢破灯笼。"

罗顺子说:"你懂什么呀……"

甘茉说:"这是明代独冠的'宝底金蕊灯'……"

罗顺子说:"他怕是没听过'光凝珠有蒂,焰起火无烟'的典故。"

甘茉说:"我们也不要耻笑外行,他们不懂只是因为无知而已。"

两个女子你一言、我一语,配合默契,却互相并不看对方,仿佛自说自话。

三个男人站在那儿面面相觑。

加亮喘上一口气:"对……我就觉着那盏灯不同一般,只是没想到是明代的灯品。"

甘茉说:"相公,你也看出来了。"

一声"相公"叫得加亮心花怒放。

罗顺子撇嘴:"一个傻子,身边必有一个骗子。"

邱卓说:"我才明白,顺子一听说拙政园被我的朋友买了,便急着进来参观,却不是看风景,而是看灯。"

罗顺子笑笑:"这座园子到如今将近三百年了,天知道留下多少好物件。"

拙政园是明朝正德初年,一位官场失意的御史,回到故乡苏州,建造了这座园子。

卢三爷说:"今日真是长了见识,以往只关注珍奇异宝,可珍奇异宝挂在眼前,却视而不见。"

甘茉说:"花灯是传递光明的,希望你的内心永远……"

"好了,"罗顺子不耐烦地说,"这盏灯我带走了。"

"不行,"甘茉说,"这个人已经答应送给我们。"

她指着卢三爷。

加亮说:"娘子说得对,卢三爷是宅子的主人,他说给谁就给谁。"

罗顺子竖起柳叶眉:"你们还敢与我抢?"

加亮壮着胆子说:"我们是讲理的。"

"哼,你们烧高香吧,今天若不是我只想找灯,我这就把你抢去做赘婿!"

加亮往后一退:"你、你难道要在卢三爷的新宅撒野?"

卢三爷抬起手:"各位少安毋躁,拙政园的灯笼不少,这一盏嘛,就给罗姑娘吧,请朱家少奶奶另选花灯,看中哪个就带走哪个。"

加亮估摸一下形势,说:"茉儿,就这样吧。"

甘茉叹口气,依依不舍地看了看那盏灯。

邱卓上前提起灯，准备离去。

"等等，我昨天又看了几盏灯，"罗顺子从袖袋里取出纸，"我都记下来了。"

纸上画着简单的草图，标注了五六盏灯笼的位置。

甘茉急忙对加亮说："相公，咱们也去找灯。"

两人沿着回廊奔去。

罗顺子和邱卓朝相反的方向跑去。

在这座一百亩的园林里，双方在迷宫般的亭台楼阁间，找得不亦乐乎。

——快快，相公，摘掉这盏灯！

——邱卓，那边……爬到梯子上……

——茉儿，这个好高，我脖子都快断了……

——顺子，接住……啊……

4

甘茉和朱加亮逐渐走到了园子深处，她越发高兴。

自从成亲后，加亮从没有见到娘子这么开心，他虽然有些担忧时间，却不忍打断娘子的兴致。

甘茉在寻宝的兴奋中，暂时忘却了烦恼，而且在这个壮阔美丽的环境里，身边只有这一个亲近的人，彼此的依恋自然加深了。

他们已经在园子转悠了一个多时辰，还看不到边界，这不仅是因为面积大，还有古典园林构造的奇特性，"隔与影""藏与露""围与透"的表现手法运用得淋漓尽致，可以达到移步换景、方寸乾坤的妙处。甘茉之所以感到兴奋，是因为这些手法，也是灯彩追求的境界，他们仿佛走在一盏没有尽头的花灯里。

加亮推着一辆独轮车，车上放了四盏灯笼，是甘茉刚刚找到的。

加亮望着层层叠叠的水景，低声说："茉儿，咱们怕是迷路了。"

甘茉仍在全神贯注地寻找灯笼。

加亮说："咱俩和罗顺子、邱卓反向而行，按理说绕过几个圈子后，应该在某个交点相遇。"

甘茉停下步子："对呀，他们若是抢我们的花灯怎么办？"

加亮试探地说："那咱们还是回去吧。"

甘茉四处张望，又侧耳听了听，周围很静，除了鸟鸣声，一个人都没有。

她透过一丛花树，看到不远处的小庭院。

"再去那里看看。"

"好吧，看完就走啊。"

加亮推着独轮车跟上。

庭院静谧，微风习习，院中耸立着三块假山石，点缀着各式花草。

加亮把独轮车停在假山石旁，走过去推开一扇门。甘茉探身望去，屋里摆着五六个精美的空兽笼，看样子是用来安置大型的猫、犬类。

加亮说："原来是宠物房啊。"

两人走进来。甘茉一眼看到天花板上挂的花灯。豪门人家集中养宠物并不稀奇，但在宠物房挂花灯，却很少见。它是由一对圆灯笼组合而成，仿佛树梢上结的两个淡黄色的瓜果。

加亮笑笑说："一般用普通的照明灯笼就足够了，这家真是讲究，宠物也要欣赏花灯。"

甘茉说："相公，你把它摘下来吧。"

"哦？这个也要？"

"这是'兽息灯'。"

"什么……兽息？"

"宠物有时夜里躁动，点亮这盏灯，它们就能安安稳稳睡着了。"

加亮惊讶："居然有这样的灯。"

他踩桌子从天花板摘下灯，一边递给甘茉，一边说："咱们镇上冯老爷家的疯狗，就该用这种灯治，还有王富贵家，夜夜闹猫。"

甘茉往灯腹内看了看，摇头说："里面的关窍坏了。"

"啊？"加亮凑过来，"哎呀，是老鼠咬坏的。"

甘茉遗憾地放下灯笼。

加亮说："茉儿，你会做这个吧？"

甘茉点点头："但可能没这个好用。"

加亮搓着手说："只要能蒙住冯老爷和王富贵，足矣。"

"蒙人家作甚？"

"喀，我说笑呢。"

"不光有兽息灯，还有专门的'婴眠灯'……"

"你先别说，让我猜啊，就是让婴儿夜里安心睡觉的。"

甘茉点点头。

加亮不由得感叹："等我们以后有了孩子，也要用这盏灯。"

甘茉脸一红。

加亮察言观色，故意低喃："真想有孩子啊，家里会有许多快乐的。"

甘茉转身出屋了。

加亮苦笑，跟着出来："娘子，你再给我讲讲这种灯。"

甘茉说："这一类的，统称为'寝灯'。"

"好，回去后，你先给我做一盏寝灯。"

"嗯，陵墓里也需要，那一种叫作'陵寝灯'。"

加亮愣一下，说："终有一天要长眠，有灯陪伴，也好，魂魄就不会迷失了。"

两人穿过院子，加亮推着独轮车。

他想起什么，问道："茉儿，你晚上睡觉用的，也是寝灯吗？"

甘茉摇摇头："我只是怕黑，只要有暖暖的亮光就好。"

"有我在，你就不用怕了。"

甘茉看看他，低头不语。

两人出了院子。

"茉儿，走这边，该回去了。"加亮往右侧示意。

"旁边还有个院子，再进去看一眼。"

加亮抬头望望天，已是酉初时分，再耽误一会儿，天就快黑了。

"相公，最后看一眼。"甘茉径自走去。

"等等我。"

加亮费力地掉转独轮车，七扭八拐跟上来。他以前没用过这种车，手掌都磨破了。

旁边是一座更小的庭院，位于园子的西南角尽头，再往前就到围墙了。

两人进了庭院，明显感觉风更凉。院子里只有个幽僻的小房间，门外的池水凝滞着墨绿色，残荷凋零，茎秆挺立在水面，扭曲诡异。

加亮停下独轮车时，风中传来呜呜声，他硬着头皮推开门，吱咛一声响，古旧的门板颤巍巍敞开了。

甘茉望一眼黑洞洞的门口，颤声说："阴气森森的，相公，我不敢进去。"

加亮也害怕，但他挺起腰杆："怕什么？有我在。"

他往前迈步时，腿发软，急忙扶住门框，指尖触到了黏糊糊的蛛网。

屋内首先映入眼帘的，是一张床，镂刻雕花，古朴精美，却又十分诡异，似乎床上还印着某个人的身影。

旁边的八仙桌上积了灰尘，在昏暗的光线下呈现一层青灰色。

但屋内最奇特的，是天花板上挂着一盏灯。

这是典型的宫灯造型，灯壁画有山水风景，或许是他们进门时带入的风，使得宫灯缓缓旋转，又仿佛是一直在缓缓转动，不知道转动了多少年。

灯角上有缤纷的流须，灯架四周嵌以花边，映着昏暗的光线，初看时，灯上亭台碧瓦飞檐，气势不凡；再看，灯壁上的风景中，隐隐浮现一群绢衣泥人，待要仔细观赏，那些小人儿又消失在风景里，等到再出现时，又是一群姿态不同的小人儿，循环往复，时隐时现。

"别看了！"甘茉突然呼喊。

加亮打个愣怔。他一进门就盯着那盏灯，不知不觉间，想看清楚那一群绢衣泥人有几个，还想分辨出是什么姿态。

"相公，别看！"甘茉猛地推了加亮一下。

加亮一趔趄，回过神："噢……怎么了？"

甘茉的额头浸着冷汗，神色惶惶："我们走吧。"

"哦……"加亮的眼睛又往灯上飘。

甘茉拽着他出门，在庭院里深喘几口气。一抹斜阳映在池面的残荷上，水中微起的涟漪，竟似一片神秘怪异的笑纹。

加亮犹如刚刚打了个盹儿，清醒过来，重新推起独轮车。

"茉儿，那盏灯怎么了？"

"是不好的东西。"甘茉说。

她忽然犹豫着，停下脚步，壮着胆子看看那扇门。

加亮也紧张了："既然不好，就快走吧，难道你还想采集那盏灯？"

甘茉纠结不定。

加亮急了:"茉儿,你可别犯迷糊,万一吓出病来,我怎么办?"

"相公,你再陪我回屋。"甘茉说。

"啊……你……"

"邪灯不能留在这里,迟早还会害别人的。"

"那也不能拿走呀……茉儿!"

甘茉已经朝房门走去,加亮追过去。甘茉拉着加亮的衣襟,战战兢兢走进屋子,在墙边摸索了一下,有一根竹竿,她拿起来,往那盏邪灯打去。

加亮抢过竹竿:"我来。"

"只管打,别往上看啊。"

"嗯,放心。"

加亮侧着脸,往天花板上一通胡乱地戳捣。邪灯似乎抗拒被打的命运,随着竹竿的戳打,剧烈摇晃,发出咯吱咯吱声,吊诡的是,它的灯壁仍然在缓缓转动。

终于,哐当一声,邪灯摔落到脚边。

加亮尽量不去看,用手摸索着捡起来,仿佛提着一个咬人的动物,侧身拎出去,扔到庭院里。

"娘子,现在怎么办,是把它砸坏,还是丢到池子里?"

甘茉从身上拿出火纸,点燃了,扔到邪灯上。

呼的一声,灯皮燃烧。在诡异的火光中,灯壁上的风景转动着,那一群绢衣泥人,若隐若现,忽而消失在风景里,忽而出来另一群小人儿。邪灯在火中逐渐坍塌,冒起青烟。

远处响起仆役的呼喝声:"走水了!"

一群仆役冲来。

5

卢三爷赶来时,地上只剩一堆灯笼灰烬,冒着一丝青烟。来救火的仆役发现只是一盏灯笼,纷纷散去。甘茉没有多做解释,只说自己想试灯,不小心烧着了。卢三爷并不介意,反正园中的旧灯笼全部要丢弃的。

罗顺子和邱卓已经走了，据卢三爷说，他们收获了七盏花灯，若不是邱卓有急事要走，罗顺子还会继续找。

甘茉和加亮摘取的灯笼，仍是四盏，卢三爷派马车送他们走。朱家在苏州城有常驻的宅所，位于城东的河边，虽不如千灯镇祖宅豪阔，但也不逊色于一般的高门大庭，门口有照墙，河边的驳岸堆叠考究，门南筑有水码头。要想坐船出去，或品尝船菜，船可以一直停到大门口。

此番是朱少爷第一次在外宅过夜，让接待人员好一阵忙乱，加亮的要求只有一个：别给我爹传消息。

但朱守信肯定知道儿子带媳妇去了苏州，加亮要让老爹以为他们出来游玩，只要拖两天，就能把拙政园的生意拿下。

晚上吃饭时，加亮迫不及待给甘茉算了这笔账，又是画图，又是拨拉算盘，把花灯的大小、规格，连同各项费用一条一条写下来，结果把他也惊着了，这单生意搞好了能赚一万两银子，而且这个数额是可调的，关键就在花灯的大小和规格，手上一紧一松，就是上百两银子的进出。

灯光下，加亮擦着口水说："娘子，咱们逮到了一条肥鱼，虽说对于朱家来说，不算什么冒尖儿的事，但对我本人，开创了新境界。下一次，就是二万两！"

"嗯，是吧。"甘茉心不在焉地说。

加亮又起劲儿地拨拉起算盘。

甘茉对算账的事没兴趣，还在想着拙政园里的各式花灯。

她问："那个园子的上一任主人是做什么的？"

加亮想了想说："好像是姓叶，死了好几年，生前在绍兴做过官，归乡后买下了拙政园，当时园子已经散为民房，据说很荒凉，他经过十数年修葺维护，形成今天的规模。"

"他应该对花灯有研究。"

"这倒也不稀奇，有人沉迷古玩字画，有人爱唱戏，就有人琢磨灯彩。"

"嗯。"甘茉思忖着。

加亮放下算盘，往前凑了凑："今天见的那盏邪灯，很恐怖吗？"

"那要看怎么用了，不过，会做那种灯的人很少。"

"哦，还好。"

这时，餐室门口有人说："少爷、少奶奶，有事禀报。"

加亮说："老昆，进来吧。"

老昆进来行了礼："风家的二少爷也来了苏州，与两位是一前一后。"

加亮皱眉："怎么才报告？"

"因为风老爷还留在苏州，我们以为风鸣朝是来见他父亲的。"

"嗯，也有可能。"

"不过，风鸣朝往常来苏州，都与做生意有关，随船带来许多花灯，今天却是孤身一人。而且他傍晚从风家的宅所出来，散步经过了拙政园外边。"

加亮盯着老昆："确信吗？"

"咱们的人盯着呢，他散完步回到宅所后，直到现在也没有出来，显然是要过夜。"

"难道是冲我来的？"加亮抬脸看了看甘茉，"或者……"

甘茉疑惑："你盯着我做什么？"

加亮使劲摇一下头，搓搓脸："是我胡思乱想了。"

老昆不明白少爷的内心波动，有些着急地问："要不要禀报老爷？"

"不用。这一来一回，就到半夜了，我爹知道了又如何？"加亮背着手踱步，"风家若是明着抢生意，那就是撕破脸皮了。"

老昆低头不语。

加亮说："放心吧，是卢三爷主动选中了我们，这笔生意啊，就是三个手指掐鱼头，稳稳地一把抓。"

"是。"老昆退下了。

加亮陪着甘茉去灯库，打算挑一盏好灯，明天拿到拙政园，先给卢三爷喂一颗定心丸。但灯库里的花灯，甘茉都觉得不好，可是现做肯定来不及，离天亮只有五个时辰，加亮也心疼不想让甘茉熬夜。

甘茉问："相公，你真的想做成这笔生意？"

"是啊，咱们一定要成功。"

甘茉点点头。

加亮忙说："不过，我可不能让你累着了。"

"只要有好的帮手就行。"

"你打算怎么做？"

甘茉想到了他们收获的那四盏花灯，既然是从拙政园摘来的，本身又是特别精妙的花灯，只要重新设计制作，令其回归拙政园，岂不美哉？

加亮很高兴，让老昆叫了三个最好的匠师，协助甘茉。可是三个匠师很抵触，虽然是给少奶奶帮忙，可是从来没有匠师给女人打下手，传出去太难听了。

加亮骂他们有眼无珠，结果人家撂挑子走了。

加亮气得不行，使劲扇着扇子："老昆，外宅的匠师怎么管理的？"

老昆耷拉着脑袋说："他们本就是城里有名的灯彩师，抢着雇都雇不来，老爷好不容易请来他们撑门面，少爷却当面斥责。"

"我连匠师都不能教训，还做什么少爷？"

老昆暗自摇摇头，这就是个雏儿，窝在千灯镇没经过风雨。

加亮把手里的扇子拍到桌上，起身对着灯库里边说："茉儿，算了，没有帮手了。"

甘茉的声音传出来："我自己做。"

"其实也不是什么紧要事，不做了啊。"加亮走进去。

"你不是很想完成这件事吗？"甘茉有些失望，"怎么一下子又退缩了？"

加亮垂下眼皮："我当然能坚持到底……可这次，我没本事帮你。"

"我说了自己可以做，"甘茉说，"你别耽误时间。"

加亮退到门外，对老昆说："赶快再去找三个匠师。"

老昆哀叹："大晚上的，去哪儿找现成的？您这还是急活儿。"

"外宅没有能干的伙计？"

"干粗活儿没问题，我能给您划拉一二十个，可您愿意使唤吗？"

加亮从桌上拿起折扇，又放下，说："我去向那三个匠师赔礼。"

"啊？"老昆怔住。

"不能让少奶奶一个人做啊，无论如何要让他们回来。"

老昆惊诧："可从来没有少爷刚训完人，转脸就去赔礼认错的，您以后还怎么跟他们见面？"

"以后再说吧，眼前得让茉儿有帮手。"加亮往外走。

老昆愕然看着加亮的背影，又看了看灯库里边浑然不觉、默默干活儿的甘茉。

老昆咕哝："这位少奶奶真是厉害，能让少爷这么不顾脸面。"

他追到院子里，看到朱少爷正对那三人拱手行礼，不知说着什么，那三人也很惊讶，因为按照规矩，即使传话，也是明天早晨另外有人联络，到时作态一番，谁对谁错，也就不计较了，毕竟都在灯彩界，朱家又是一方灯主。可是朱少爷为了一个女人破了规矩，他们反倒好奇想看看，那个女子有什么本事。

6

灯库最里面的墙边，摆放着各式工具，甘茉坐在马扎上，旁边放着四盏花灯，都是从拙政园拿回来的旧灯，甘茉拆开了两个灯，正用柳条刀破开一个机械关窍。她听到脚步声，侧脸看看，是那三个匠师。

甘茉点点头："谢谢你们来帮我。"

匠师甲一脸倨傲："礼数都不懂，见了我们要起身鞠躬。"

匠师乙说："算了，朱少爷都那样，别说一个女人了。"

匠师甲重重哼了声："倘若不是朱少爷赔礼，谁愿意帮她？"

甘茉怔了下："赔什么礼？"

匠师乙不耐烦道："多余的话不用讲了，好好制灯吧。"

匠师甲指着甘茉说："我们懒得计较，但你可听好，莫把今晚的事传出去，不要让外边知道，我们三位灯彩师，给一个女人做帮手。"

匠师乙说："是呀，实在太丢脸了。"

甘茉的表情凝滞片刻，又把注意力投入到灯笼上，继续工作。

匠师丙拖着长腔："想让我们怎么帮？"

甘茉没有理会，继续拆解那个机关，机关是用犀牛角制成的。

匠师乙哼了声："怎么不说话呀？"

匠师甲说："大半夜的，就是在故意折腾我们！"

匠师乙扫视一下，疑惑地说："难道是用这些旧灯笼，重新组合一盏灯？"

匠师丙说："这不是白费工夫嘛……"

说着，他拿起一盏旧灯看了看，忽然一愣。

匠师甲问："师兄，怎么了？"

匠师丙有些惊讶："我没看错吧，这是'游仙灯'？！"

匠师甲抢过那盏灯，借着光线摆弄几下，神色倏地变了："这怎么可能？"

匠师乙凑过来看，低呼："真是游仙灯！"

三人同时将目光投向甘茉的手。

甘茉正在拆解"游仙灯"的机械关窍，手指在朦胧的光线中变化无穷。

三人惊呆了。

匠师甲嘴唇动了动，嘶声："她把游仙灯的机关拆了。"

匠师乙的喉咙一阵窒闷，仿佛被人掐住了脖子："游仙灯的机关，只能破坏毁弃，不可能原貌拆解。"

匠师丙颤声低语："那她在做什么？"

只听一声清脆的咔嗒声，甘茉手上的机械关窍，裂开为整齐的九块，露出了正中间的位置，有一颗玉珠，泛着幽幽的光泽，便是灯芯。甘茉拿出灯芯，对着烛光照了一下，玉珠瞬间明亮。那三个匠师目瞪口呆。

匠师甲低声念诵："梦游仙，分明曾过九重天。"

匠师乙说："游仙灯最珍贵的就是它的灯芯，除了制灯者，其他人是看不到的。此灯是为唐朝的虢国夫人所制，用一整块犀牛角做了机关，就是为了保护灯芯。据说灯芯的材质，便是夜光杯的材质，到了晚上，不用蜡烛，灯芯放出光芒，挂在堂中，光照一室，拿到外边，能照百步远。"

匠师丙看了看地上的旧灯笼，说："只可惜此灯年代久远，一部分损坏了。"

甘茉旁若无人，继续着自己的工作。

她把游仙灯的机关放到桌上，灯芯放到锦盒里，开始拆解下一盏灯笼。

匠师甲怔怔地看着甘茉，脸色灰白。

他哑声低语："没想到此生能看到游仙灯的真容，当年我师父直到临死还在挂念……少奶奶，真乃神人也。"

匠师乙突然扑通一声跪倒在地："是我等有眼无珠，求少奶奶恕罪。"

匠师丙哽咽："今日得见神灯降世，即便死在当场，我亦含笑九泉。"

他也跪倒在地。

匠师甲跪地，哀求："请少奶奶收我为徒。"

"还是收我为徒吧！"

"我愿为少奶奶鞍前马后，效犬马之力……"

"你们做什么？"

朱加亮提着食盒，从外边跑进来，看到眼前的阵势，不由得一阵惊疑。

匠师甲说："少爷，是我们错了。"

甘茉这才开口说："别耽误了正事，想帮忙就快些，先编织两个灯架给我。"

"噢，是是。"

三个匠师爬起身。

匠师乙问："那拜师之事……"

甘茉说："你们道心不正，做不了我的弟子。"

三个匠师面面相觑，十分尴尬。

加亮有点明白了事情的转折，当下说道："先干活儿，其余的事明天再议。"

然后他打开食盒，对甘茉说："娘子，你歇一会儿。"

甘茉微微吁口气，走过来。

那三个匠师并排坐着马扎，整理地上的灯笼。

外边隐约传来打更声，已到子正时分。加亮看着甘茉，那氤染在眸中的丝丝倦意、灯光下两颊映现的微微红晕，更有着动人心魂的美。加亮不禁心潮澎湃，凝视着甘茉。

"相公，怎么了？"甘茉问。

"哦……"加亮回过神，拿出手巾递给甘茉，"先擦擦汗。"

甘茉接过手巾，轻拭额头。加亮拿回手巾，又递上一碗银耳羹。甘茉接过来，她没有意识到，已经习惯了这样的你来我往。倒是旁人看得惊心动魄。

天底下哪有少爷这样伺候少奶奶的？

老昆上前一步，问："不知少奶奶何时完工，给二位的房间预备好了。"

甘茉没听见，一边吃着银耳羹，一边还在想灯上的事。

加亮说："辛苦老昆了，再等等。"

老昆躬身退下。

甘茉放下碗："嗯，对了，就做一盏'兰台灯'，不用挂起来，是摆放在正堂的灯。"

她走向工作区，忽然停下步子，扭脸问："相公，你刚才给他们赔什么礼？"

"啊？"加亮反应过来，"我骂他们有眼无珠。"

三个匠师齐刷刷点头："少爷骂得太对了，请少奶奶明鉴。"

他们低头忙活起来。

1

翌日上午，甘茉跟着朱加亮再赴拙政园。这次是坐船，老昆亲自划桨，甘茉和加亮坐在船舱，守着那盏"兰台灯"。今天能否与卢三爷商定生意、拿到这笔大单，加亮有信心，但要提防风鸣朝横插一手。

"相公，你想什么呢？"甘茉问。

"我在考虑见到卢三爷说什么。"

"别担心，你会做成这件事的。"

"嗯，一定会。"

加亮凝视甘茉，心想，为了你的辛苦付出，我也要赢。

半个时辰后，这盏兰台灯摆在了卢三爷的正厅。这是一盏楼阁形的座灯，灯的八个角上挂着流苏，八个面上装饰着细小的珠玉。卢三爷欣赏了一下，点点头，并没有惊艳的感觉。

加亮说："这是我们昨天从拙政园收集的旧灯，重新改装而成，算是物归原主了。"

卢三爷"嗯"了声。

加亮笑笑说："这盏灯是独一份，没法制成更多的。"

卢三爷淡漠地说："若是都这样，那还不如没有。"

甘茉忽然走过去，把正厅的门关了。卢三爷愣了下，还没反应过来，甘茉把窗户也关了，屋里变得昏暗。

卢三爷疑惑："这是做什么？"

加亮说："您少安毋躁。"

卢三爷有些不高兴："你们这是何意？"

话音未落，忽见桌上的兰台灯透出一点微光，朦朦胧胧，似乎初月升起。卢三爷怔怔地，眼看着那盏灯越来越亮，八个面的珠玉交相辉映，整座灯散发着迷人的光晕。

卢三爷惊讶："这怎么点亮的？"

加亮说："用了游仙灯的灯芯，不用蜡烛，外界光线一暗，灯芯便亮，美不胜收。"

卢三爷盯着这盏灯，说不出话。

加亮打开门和窗户，笑笑说："卢三爷，咱们的生意……"

"好说，"卢三爷坐直身子，"现在就签契约文书，你的报价是多少？"

加亮从怀里掏出一卷纸，双手捧给卢三爷："这是所有的明细，包括花灯数量和全宅布局，请您过目。"

卢三爷接过来，直接翻到最后一页。"嗯，一万两银子。"

他把这卷纸放下，从抽屉里拿出一份契约文书，递给加亮："朱少爷过目。"

加亮有些激动地接过来，仔细看一遍，说："就按这个来，我把报价写上，明天就派人进园子丈量。"

"好。"

门外进来一个书童，把笔墨放到桌上。

加亮拿起毛笔，在砚台里蘸墨时，手指微微颤抖。

这时，一个管家模样的人来到门口，躬身说："三爷，外边来客了。"

"什么人？"

管家递上名帖。卢三爷接住时，加亮瞥了一眼，看到一个"风"字，不禁手一晃，一滴墨洒在文书上。

卢三爷对管家说："请客人进来吧。"

加亮埋头急着签名字，却见卢三爷的手啪的一下按在文书上。

卢三爷说："不忙，等风二少爷来了再说。"

加亮焦急："咱们的生意，等他做什么？"

卢三爷抽走了文书："风二少爷是我的朋友，顺便请他看看你做的花灯布局，提些建议不是更好吗？"

加亮惊讶："那是生意上的机密，怎么能让别人窥探？"

卢三爷漠然："为了我的新居更好，不必如此狭隘。你也说过，拙政园非比寻常，我当然要慎之又慎。"

加亮眼睁睁看着桌上的契约文书，却不能签。

甘茉问："相公，是不是生意完了？"

加亮咬着牙根说："还没完。"

2

风鸣朝意气风发，走进了正厅，向卢三爷拱手。

"三爷，别来无恙。"

"二少爷，一向可好。"

"听闻三爷买了拙政园，送上一份薄礼聊表心意。"鸣朝招招手，门外两个小厮抬着礼箱进来，放到墙边。

"二少爷太客气了，"卢三爷笑笑，"请坐。"

风鸣朝才像是看到朱加亮："哦，朱少爷也在，甘茉姑娘……少奶奶也来了。"

加亮听他说出"甘茉姑娘"，一阵牙根痛。

甘茉说："二少爷来迟了，我们已经和卢三爷谈好生意了。"

场面顿时诡异起来，本来三个男人各怀心思，表面还要装腔作势，行使一些虚伪的社交礼节，再把话题转到生意上，可甘茉开门见山，让人无法回避。尤其是风鸣朝，顿时被置于尴尬的位置。

他清了清嗓子说："哦，我并不是抢生意的。"

加亮说："从千灯镇到苏州城，追着咬我，还说不是抢？"

这话很难听，鸣朝脸色一沉："朱少爷，我来拜访卢三爷，你是否有些自作多情啊？"

卢三爷说："少安毋躁，二位坐下饮茶。"

侍女送来香茶。

加亮说："卢三爷，我斗胆问一句，这个契约文书，您还有诚意签吗？"

"签是要签的，"他的目光扫过加亮和鸣朝，"不过，货比三家，也是人之常情嘛。"

加亮皱皱眉，在这个节骨眼上，卢三爷忽然提出货比三家，这很奇怪，加亮突然意识到之前的进展太顺利了，可又不知哪里有问题。

甘茉说："我不懂做生意，可是论起货比三家，那是浪费时间。"

卢三爷淡然一笑："好大的口气。"

鸣朝很清楚甘茉的水平，勉强应付道："那也未必……"

加亮一指桌上的兰台灯，问鸣朝："你知道这是什么灯？"

鸣朝说："灯形古朴精美，但我从未见过这样的座灯。"

加亮哼了声："你倒是老实。这样吧，你若是解开了这个灯，我们就认输。"

"嗯？"鸣朝怔了下。

"你只要有本事解开这盏兰台灯，我们转身便走，再也不碰拙政园的生意。"

加亮这是在赌，可底气十足，联想到昨夜三个匠师的反应，以及他对媳妇的绝对信赖，这个小小的赌赛，他稳赢不亏。

这时，管家从门外进来，在卢三爷耳边低语，卢三爷点点头，管家快步离去。

卢三爷继续饶有兴味地看戏。

只见风鸣朝走到兰台灯前，俯身端详灯腹，不由得脑门出汗。

他咕哝："难道是游仙灯的灯芯？"

"可以啊，风二少有眼力，"加亮笑着伸手示意，"请解开。"

鸣朝手足无措，更加难堪。

门外忽然传来冷冷的声音："朱家以艺压人，可也不能坏了规矩！"

众人转头望去，沈环白在丫鬟芳兰的搀扶下跨入门槛。

鸣朝微惊："大嫂。"

甘茉和加亮看着沈环白。

加亮说："呵，风家的大少奶奶都出动了，这抢生意已成定局。"

环白先给卢三爷福了一福，卢三爷回礼。

环白转向加亮："请问朱少爷，何来抢生意之说？拙政园的生意，什么时候归了朱家所有？"

加亮说："最简单的先来后到，大少奶奶不会不懂吧？再说了，我们朱家的花灯，是卢三爷亲自选中的……"

卢三爷忙说："那是因为以前只知道朱家，现在发现有风家，当然要货比三家了。"

"这……"加亮惊讶地看着卢三爷，说不出话。

甘茉说："怎么又要货比三家？那是浪费时间。"

沈环白说："这位少奶奶不懂事，我尚可理解，但朱少爷在生意场上愚蠢无知，我倒是为朱家感到丢脸。"

"你说什么？"加亮愤然。

"拙政园所处之地，是风、朱两家划分的交叉地带，你擅自下手，就是违规犯禁。"

加亮一甩手："什么交叉地带？你当自己是城主啊？"

"果然是无知小儿，我就代替你爹教教你——生意范围是多年之前三家商定的，以防互相倾轧。就拿拙政园来说，当年，原本浑然一体的拙政园，因为园主家族变故，裂变为三个园林，自成格局，分别是东园、中园和西园。东园的生意归朱家，西园的生意归风家，中园的生意归罗家，大家相安无事，各做各的花灯、各赚各的钱。如今拙政园合三为一，并且罗家不在了，可我们风家还在，你见利忘义，自己跑来妄谈生意，还想吞下整个园子，你吞得下吗？！"

加亮哑口无言。

鸣朝说："而且，三月三花灯大会，你们朱家的'鱼跃龙门灯'出现事故，自己垮塌失败，这是事实，你们应退出苏州府，不要说拙政园的生意，城里一盏花灯都不该有你们朱家的份。"

加亮怒："风家也失败了，忘了吗？况且邱知府并没有亲口宣布最终结果。"

环白说："是罗顺子赢了我们，与朱家何干？难道你承认自己是罗顺子的赘婿吗？"

加亮最烦"赘婿"两个字，又生气又无奈。

甘茉说："谈生意，何必扯不相干的人？赘婿之事是罗顺子胡搅蛮缠，大少奶奶却似乎很欣赏。"

环白冷笑："朱家少奶奶果然是维护夫君啊……"

甘茉哼了声："说那么多做什么？我们现在一较高低！"

加亮说："对，风家这么厉害，比一下试试。"

鸣朝退缩。

环白冷笑："我们不与无谓之人斗灯彩。奉劝朱少爷顾及一下脸面，自己离开吧，至于拙政园的生意，凭你是吞不下的，况且你也没有资格来谈，这里的事，还是交给我们风家。"

门外忽然传来朱守信的声音："不劳风家的大少奶奶教训我儿。"

3

加亮一惊，转头向外，朱守信在阿忠和老昆陪伴下，跨入门槛。

"爹。"加亮羞惭地低下头。

甘茉在面子上的礼数还是要顾及一下，行礼道："老爷。"

朱守信点点头，朝卢三爷拱手："三爷，久未谋面，没想到你买了拙政园，可喜可贺。"

"哪里，"卢三爷客气地说，"上回见面，还是三年前在邱知府的宴席上，今日一见，朱老爷气色颇佳，朱家兴旺发达呀。"

朱守信扫了眼桌上的契约书，目光掠过加亮，对卢三爷说："见笑了，犬子连你的生意都谈不下来，实在汗颜。"

"这个嘛……"

加亮说："爹，本来谈成了，我把笔都拿起来，准备签字……"

甘茉说："是这个卢三爷突然要货比三家……"

"行了，你两个闭上嘴。"朱守信转向沈环白："进门时听到大少奶奶教训我儿，不知何意？"

环白说："令郎不懂规矩、不通事理、不守信义，我只是提醒他一下。"

"竞争生意，本是常事，谈何不守信义？"

"拙政园三家共存……"

"世事多变，当年园子裂变时，我们是三家共同约定，如今园子合三为一，我们却是两家，规矩怎么定啊？"

环白顿了一下："那也该商量着来。"

"你说要商量，我却说不必商量，规矩谁来定？"

"这……"

鸣朝说:"不是我们阻断朱家,是卢三爷要求货比三家。"

朱守信说:"所以我们拿出最好的灯、最大的诚意,请顾主挑选,这有错吗?"

"没错,我们拿来了最好的灯。"加亮指着桌上的兰台灯。

朱守信说:"我们还有最大的诚意。"

说着,他拿起那份契约书翻了一下。

卢三爷问:"我很好奇,朱家拿出什么诚意?"

朱守信把契约书扔到桌上,看了看加亮:"不肖子,整天吹嘘自己是金算盘,怎么连做生意的法宝都不会?"

加亮一愣:"法、法宝?"

"你用这样的条件,卢三爷怎么会满意?"

"儿不明白……"

"你想想吧,本来说定的事,卢三爷却突然不让签字,那他为何反悔?"

卢三爷有些尴尬地摸了摸鼻子。

加亮一脸困惑:"请爹明示。"

"你既然不会做生意,难道也不会降价吗?"

"啊?!"

"卢三爷的钱不是风刮来的,你报价一万两怎么行?"

全屋人都呆着。

"三爷不满意,一定是价钱上的原因,可他不便明说,对吗?"朱守信看着卢三爷。

"这……"卢三爷说不出话。

"八千两。"朱守信说。

众人惊讶。一张口就减了二千!

环白问:"朱老爷,你这是何意?"

"意思就是,这笔生意,我们朱家非做不可。"

环白蹙眉,完全没料朱守信来这么一出。

鸣朝说:"朱老爷,您可是朱家的大当家,这也……"

朱守信说:"我们吐出自己的血,二少爷有意见?"

环白冷笑:"朱老爷就是这样教儿子的。"

"你明白就好。"朱守信转向卢三爷:"三爷若是满意,可重新签一份契约书。"

卢三爷面无表情,一言不发。

加亮越看越觉得不对味,按理说,卢三爷很喜欢朱家的花灯,并且决定交给朱家来做,现在减了两千两银子,如此优惠,总会让人心动的,卢三爷的反常,让加亮有些怀疑,此人原本就不想做这笔生意。

可是又为何如此折腾?

朱守信说:"还不满意吗?那么五千两,如何?"

旁边的阿忠冒汗了,手指轻轻碰了碰朱守信,轻声说:"老爷,算上材料、工时、匠师耗损,咱们不赚几个钱了。"

朱守信说:"三千两!"

全屋都呆了。

加亮痛苦不堪,从一万两,眨眼间砸到三千两,对于他就是剜心割肉、万箭穿心啊!他爹虽然爱生气,可是像今天这么冲动,只为争一口意气,并不是他爹的风格。

加亮哑声问:"爹,您究竟怎么了?"

"三爷,这个价钱满意否?"朱守信盯着卢三爷问道。

加亮彻底迷惑了,不明白他爹的想法。

甘茉更不懂,无法理解眼前究竟在发生什么。

门外忽然传来一阵嘲弄的笑声。

"呵呵呵,真是天下奇闻,朱家竟然沦落到折本大甩卖,难道朱家的花灯都被虫蛀了吗?"

风满堂缓步走进。

鸣朝连忙躬身。"父亲。"

环白行礼:"给老爷请安。"

风满堂斜睨朱守信:"这么一点银子,何必与我家两个晚辈争来争去?"

朱守信漠然一笑:"这么一点银子,风家的大当家跑来做什么?"

风满堂不屑道:"我是请你们离开的。"

朱守信一愣。

加亮梗着脖子说："这里是卢三爷的宅子……"

风满堂从袖袋拿出一份文书，扔到桌上："你们想要一个结果，这就是。"

卢三爷问："这是什么？"

"知府大人的文书，"风满堂不屑道，"本不该多此一举，可惜有些人，脸面丢在地上，不懂得自己捡起来离开，却还要耍赖撒野，自己踏上去踩个痛快。"

卢三爷拿起文书看看："哦，三月三花灯大会，朱家败，风家胜。"

环白指了指桌上的兰台灯："尘埃落定，拿上你们的灯，走吧。"

鸣朝看着甘茉，甘茉看着加亮。

甘茉问："他们说的什么意思？"

加亮咬着牙根，拉着甘茉的胳膊往外走。

甘茉说："还没斗灯呢！"

加亮说："傻媳妇，斗什么啊？"

卢三爷环视厅堂："朱家真的要退出苏州府？"

鸣朝说："当初是这么约定的。"

卢三爷故作惊讶地说："今天的事，难道是我害了朱家？"

环白说："是他们自己倒霉。"

"哦，那就好，我还担心损了阴德，"卢三爷说，"你们花灯界真是很厉害，想灭谁的灯，就能灭了谁的灯。"

朱守信盯着卢三爷看了一眼，离去。

4

夕阳下，河面闪烁着斑驳的金光，朱家的船漂漂荡荡返回千灯镇。甘茉坐在船头，凝望天边玫瑰色的云霞变幻万千。

加亮低头进了船舱。

朱守信盘腿坐着，闭目养神，侧脸上遮了一片影子，看不到表情。

加亮小心地开口："爹，这件事，我做错了吧。"

朱守信微微睁开眼睛，看了儿子一下，又把眼睛闭上了。

"哼，若不是老昆及时派人禀报我，你打算如何收场？"

加亮低头无语。

顿了顿，他说："可是爹，我不大明白，您突然降价，是另有原因吗？"

"这笔生意，本来已被我拒绝，你为何私自去接？"

"是邱先生牵线相邀，我觉着是很好的机会。"

"你难道不觉得，太顺利了吗？"

"是，可我……"加亮忽然灵光一闪，注视着朱守信，"爹，您怀疑这是个坑？"

朱守信默然片刻，说："拙政园是什么地方？竟然直接找朱家做灯，没有任何条件和对比，这肯定有问题。"

"是有人要害我们？！"

"我现在有把握，是罗顺子在背后捣鬼，故意挑起朱、风两家残杀。"

"又是那个疯丫头？"

"我故意用降价去试探，果然卢三爷装糊涂，不接招。"

"可是，万一您报价三千两的时候，他真让咱们做呢？"

"既然要跟对方赌，起码有个掂量吧，当然你这个蠢材是不懂怎么去碰。"

"请爹明示。"

"卢三爷只是为了设局，把朱、风两家拉进来，互相倾轧血拼。"

"您怎么会想到这一层？"

"凡事要从源头上挖一挖，这笔生意，起始是谁介绍的？"

"邱金谷呀。"

"他为什么独独选中了朱家？"

"因为我与他做过生意，李翰林的宅子，他很满意。"

"那就是个铺好的由头，这次才是深挖的契机。"朱守信看着儿子，"那邱金谷是邱卓的堂兄，他俩虽然与我们没有过节，可罗顺子和我们有怨。邱卓是给罗顺子撑腰的，这件事便是罗顺子在背后支使。邱卓为了那个恶女，请堂兄做一个局，卷入朱、风两家，拙政园只是开始，目的是让我们在生意场上撕咬，斗个两败俱伤，为罗家卷土重来铺平道路。你懂了吗？"

朱守信说完，长吁口气，闭上眼睛。

加亮皱眉说："可是我见过邱金谷与邱卓谈话，两人似乎并不和睦。"

"怎么，你要质疑我的阅历和对人心的揣摩吗？"

"不敢。"

"他们兄弟都是做大事的，邱卓走的是官路、邱金谷走的是商路，互惠互利的一家人，岂是你能猜得透的？"

"对了，我想起来，在镇上见过罗顺子、邱卓、邱金谷一起吃过饭。"

"你现在明白了？"

"是，全通了。"

朱守信摆摆手，加亮往外退去。

在船舱口，他轻声问："爹，那我们朱家真的要退出苏州府了吗？"

"这事还轮不到你操心。"

加亮默然片刻，出了船舱。

他坐在甘茉身边，两人沐浴在晚霞的光芒中。

加亮低喃："我还是太蠢了。"

"嗯。"

"以为天上突然掉下一个金元宝，脑袋就蒙住了，不顾一切往上扑，还让你跟着受累。"

甘茉淡然一笑："我制灯很开心。"

加亮动情地说："娘子，你真好。"

甘茉望着晚霞，低喃："真想好好与风家比试比试花灯艺道。"

加亮皱皱眉："你是想和风二少爷比吧？"

甘茉说："但愿风家还有高人。"

加亮忙问："你的意思是，风二少爷不值一提？"

"他的花灯艺道，只有我的三成，我打败他就是信手拈来，可我不能让他一次次面对自己失败的命运，这对我是易如反掌，对他却是心口的一块大石头。"

加亮目瞪口呆地看着甘茉，媳妇这是在同情风鸣朝吗？

加亮忍了忍，吐出一口气。"他活该啊。"

这时，一条肥美的鲢鱼突然跃出河面，扑棱一声，水花四溅，鲢鱼跳到船头。

甘茉呼喊："快快，抓住！"

加亮喝了声："风二少，哪里跑——"

他往前一扑，按住鲢鱼，鱼身猛地一扭，鱼尾抽在他脸上，他怒将鱼身按住。

甘茉问："相公，你怎么喊它风二少？"

加亮咬牙说："你看它长得鬼头鬼脑，就是风二少的分身。"

甘茉不禁笑起来。

加亮更用力地按压着鲢鱼，鱼不动了。

加亮说："天堂有路你不走，地狱无门偏进来……今晚就把你炖了喝汤。"

不料，那鱼突然狂扭，加亮手一滑，身子往前扑倒，从船头往下栽。甘茉急忙去拉他，手拽住他的袍襟，却被他带倒，扑通两声，双双坠河。

加亮抓住甘茉的胳膊："茉儿，别怕！"

他咕咚喝了口水。

甘茉拉着加亮，挣扎着往船上爬。船工慌忙捞人。混乱中水花四溅，那条鲢鱼一个优雅的摆尾，从他们眼前滑入河中。

加亮嘶喊："鱼也欺负我！"

他又喝一口水。

船舱内，朱守信闭着眼睛咕哝："成事没有，败事有余。"

阿忠进来，躬身说："老爷，救上来了。"

"多喝几口水，对他们有好处。"

"是。"

"我问你，家里的奸细查得怎么样？"

阿忠迟疑一下："还在查。"

"要抓紧，可别应付我。"

"不敢不敢。"

阿忠紧张地捏着手指，退出船舱。

5

翌日晨起，朱守信在院子里练五禽戏，做个"鹤飞翔"的动作，又来个"熊撼树"，正要做"猿摘果"，宅院外边忽然传来一阵锣鼓声，吵得他心慌意乱，遂收了身形，转脸问："怎么回事？"

阿盼匆匆跑来："老爷，那个媒婆儿小菱又来了，开门送喜。"

朱守信身子晃了晃，手扶着树，咬牙切齿地说："一出跟着一出，没完没了，这是要逼死我呀。"

阿盼担心地问："老爷，您没事吧？"

"去叫阿忠。"

"阿忠躲在门房。"

"少爷呢？"

"还没起床。"

"去报官，让张巡检带兵抓人。"

"张巡检说了，媒婆送喜没法抓。"

"……去，把我的三百斤大砍刀拿来！"

阿盼惊慌无措，这时朱夫人跌跌撞撞走来。

阿盼急忙行礼："给夫人请安。"

"阿盼，扶着老爷。"

"是。"

阿盼搀扶朱守信，朱守信甩开她。"我还能走。"

他气冲冲往前走，外边的锣鼓声还在敲着。

阿盼扶着朱夫人，跟着朱守信来到书房。阿盼正要离去，朱夫人想起什么。

"阿盼呀，自从翠芹出事后，我身边缺个知冷知热的人，你在家里十几年了，从今往后就在我的房里支应着。"

"啊，谢谢夫人！"阿盼没想到一步登天了。

"你先去换身衣裳。"

"是。"阿盼匆匆离去。

朱夫人走进书房，看着朱守信坐在椅子上生闷气。

朱守信问:"你进来做什么?"

朱夫人掩上门,坐下叹口气:"罗顺子的媒婆儿又来了。"

"不用你报告,我有耳朵能听见。"

"老爷,有句话,堵在心口咽不下去,折磨我好些天了。"

朱守信没有回应,拿起手边的《菜根谭》翻阅起来。

朱夫人低头沉默着。

朱守信不耐烦地抬起脸。"不想说就出去吧,让我清净清净。"

朱夫人抬起脸:"十八年前,老罗家发生的灾祸,是不是真的与我们有关?"

朱守信眼皮一跳:"你是何意?"

"我们朱家的油脂,是否……真的祸害了罗家?"

朱守信合起书,盯着朱夫人:"你是说我故意设下计谋,用油脂引起火灾,烧伤王爷,以使罗家获罪。"

朱夫人艰难地吐口气:"当年罗家败亡后,朱家突然兴旺起来,这事儿我越想越不安心。"

"所以是我用毒计侵占了罗家,你就是这个意思吧?"

朱夫人低下头:"如今罗顺子这么不依不饶,难道不是报应吗?"

朱守信抢起书扔到墙上,啪的一声,朱夫人战栗。

"你这个愚妇,一起过了二十几年,竟然诬蔑我。"

朱夫人啜泣:"我记得罗家办灯会的那天晚上,你和罗老爷发生了争执。"

"争执几句,我就要放火烧他的灯会?"

朱夫人哽咽:"我怎么知道你是怎么想的……你从来不让我多问。"

"简直愚不可及!出去,我懒得与你多言。"

朱夫人起身往外走,仍是疑虑重重,低声念叨着。

门外,阿盼已经偷听了一会儿,书房里传出断断续续的声音,时而恼怒、时而哀叹,还有摔打东西的响声。

阿盼既紧张又兴奋,战战兢兢地听着,直到身后有脚步声传来,她才突然回过神。

"阿盼姐,你在做什么?"甘茉的声音。

阿盼深吸口气,强自镇定地扭过头:"哦,少奶奶,我在等候夫人。"

"你趴在门上,不是在偷……"

"少奶奶，您可不敢这么说，掉脑袋的！"阿盼恐慌得脸庞都变形了。

"瞧你吓得，"甘茉淡淡道，"我懒得管你们的事。"

"我是忧心老爷和夫人吵架，想随时进去安慰的。"

"老爷又斥责夫人了？"

"嗯。"

这时，朱夫人从书房出来，兀自抹着眼泪。

甘茉侧身站在一旁，视若无睹。

朱夫人看到她，怔了片刻，问："你来做什么？"

"我是来找阿盼姐的，听说她是您的贴身丫鬟了。"

"哦。"

阿盼惊疑："少奶奶找我做什么？"

"外边敲锣打鼓很讨厌，我想到一个办法。"

"哦，好。"阿盼松口气。

朱夫人说："这种事，随便找个人就行了。"

甘茉说："丫鬟做不来，工匠不肯听我的。"

阿盼说："夫人，我愿意帮着少奶奶。"

朱夫人点一下头。

甘茉带着阿盼来到前院，地上有两盏鱼形灯，一盏灯上写着"吉"，一盏灯上写着"凶"。

阿盼不解："少奶奶，这是什么？"

"吉凶双鱼灯。"

"嗯？"

甘茉拿起一盏"吉鱼灯"，拿在手上轻飘飘的，灯腹点蜡烛，用的是孔明灯的原理，不同的是，灯架上有一根长长的丝线，又像风筝。

甘茉点起蜡烛，不一会儿，灯体内的热空气充盈，鱼灯微微鼓荡起来，甘茉往起一推，灯飘起来，缓缓升空。

阿盼照样操作，她手上的鱼灯也飘起来。

两人来到大门外。小菱带着八个鼓乐手，敲锣打鼓正欢着呢，周围不少百姓看热闹。

甘茉示意阿盼，把手里的丝线放长。

鱼灯升到半空，两个灯身上分别写的"吉""凶"二字，十分鲜亮。

"吉鱼灯"一身富贵颜色，模样喜人，"凶鱼灯"丑陋狰狞，人见人厌。

双灯借着风势，时快时慢，追赶、盘旋，飘到鼓乐班头顶，锣鼓声立刻乱了，因为人人都操心着头顶上方，不愿意站在"凶鱼"底下，于是不停地挪位，每当"凶鱼灯"飘到谁的头顶，那人像是鸟屎淋头似的，慌忙躲避，手上的木槌忽而敲得急了，咚咚咣咣乱响，忽而忘了敲锣打鼓，引得围观百姓哄笑。

小菱也害怕"凶鱼压顶"，不停地躲避。

加亮闻讯赶来，兴奋地抢过阿盼手上的"凶鱼灯"，配合着甘苿，把一班鼓乐手耍得狼狈不堪，六个人丢盔卸甲跑散了。

百姓们看得高兴，不由得鼓掌。

甘苿让加亮收了"凶鱼灯"，自己手上的"吉鱼灯"在百姓们头顶盘旋转圈。

众人齐声高呼："朱家有福！朱家威武！"

朱家大门外一片欢腾。

6

朱守信病倒了。其实从三月三花灯大会后，他的胸口就闷着一丝郁气，吃饭不香了，睡眠不踏实，梦中常有叹息。这次从拙政园回来，又一次受辱，被风家赶出苏州，颜面尽失。虽然他表面上还端着大当家的做派，但内心的狼狈让他十分苦闷。接着又有罗顺子施加压力，以及妻子的疑神疑鬼，朱守信终于支撑不住了。

郎中诊断，说是"心脉不畅，虚无所定"，开了药方。

加亮每天来看望父亲。第七天，朱守信终于有了些胃口，朱夫人给他喂粥。

加亮说："爹，您的气色好多了。"

朱守信虚弱地说："哪能恢复那么快。"

朱夫人说："我也觉着快好了。"

朱守信摆摆手，不想吃饭了，朱夫人用手巾擦了他的嘴，扶他躺平。

加亮说："爹，您的病好些了，关于咱家的情况，我得赶快跟您说说。"

朱夫人劝阻："春王，你爹还在养病，别乱说话。"

"叫他说，关心家里的情况，这是好事。"

"是，您这些日子昏昏沉沉的，我发现家里的浪费问题又多了。"

"什么问题？"

"主要是吃饭上的，"加亮说，"家里人口多，我建议每次做饭，下多少米、用多少油、烧多少柴，都要事先用秤称好。"

"嗯？"

"给每个人定量。"

朱守信问："我和你娘定量吗？"

"孩儿的意思是最好定上，免得一顿饭吃得太饱，对身体不好。"

"你媳妇定不定？"

"茉儿……她自己把握。"

"她自己把握，就是不定量，放开吃？"朱守信黑着脸。

朱夫人也生气了："闹了半天，就是让我们省下来，都给你媳妇吃？"

加亮说："茉儿天天琢磨制灯，耗心力，费油水。"

朱守信恼怒："那我们就是什么都不干的废物？！"

"爹……"

朱守信指着门口："出去！"

"春王，快走吧，别气你爹了。"朱夫人拍抚丈夫的胸口。

"爹，我也是为您好，您和我娘岁数大了，油水太多不容易消化……"

"滚！"

"好好，您歇着。"加亮往外走。

朱守信怒冲冲地说："娶了媳妇忘了爹娘，小算盘拨到我头上了。"

"老爷，儿子是无心的，您莫生气。"

"哼，这准是甘茉的主意，想把我们饿得没有力气，她就能肆意妄为了。"

"那怎么办？"朱夫人疑虑重重，"本想让春王收了翠芹，翠芹自己不争气。老爷，尽快再给春王纳个妾吧。"

"先别急，马上还要用到甘茉，再忍忍，"朱守信闭上眼睛，"这次退出苏州，是大灾，我得想办法翻过来。"

7

一场淅淅沥沥的雨后，朱家宅院里姹紫嫣红芬芳四溢。傍晚，朱守信在回廊散步，来到第三进院落。他的身体还有些虚弱，但病势已退，精神好了许多。

他没有察觉，阿盼在后面悄悄跟着。

阿盼本来是路过，看到朱守信独自散步，似乎有目的，便想跟着看看。

一踏入第三进院落，便可以闻到一股淡淡的水腥味，或许因为刚刚下过雨，那股味道比以往更浓烈一些，似乎附近有鱼。

朱守信绕过一排花格漏窗，后面有一堵墙遮挡，墙上长满了绿藤，泛着绿油油的光泽。阿盼知道，墙后面是朱宅的禁区，除了老爷，没有人可以进去。阿盼犹豫了一下，咬牙跟上。

由于阿盼最近没有给沈环白提供有用的消息，沈环白有些不满，阿盼很担心沈环白放弃她，那不仅会损失一笔钱财，沈环白给她治疗不孕不育的洋药，也会停掉，那是阿盼最害怕的。

阿盼上次在书房偷听老爷和夫人争执，听到"火灾""兴旺""报应"等字眼，还没弄清楚什么意思，她现在需要更直接的情报给沈环白。

前方，朱守信的身影忽然消失了。

阿盼一怔，悄悄靠近绿藤墙，一抹斜阳中，绿藤的叶片摇曳翻卷，仿佛无数眼睛盯着她。她嗅到了更浓的水腥味，但不知道朱守信怎么不见的。

她没有发现绿藤墙上有一扇暗门。

朱守信走进隐秘的小院，朝院子角落的石屋走去。石屋外观残破斑驳，门外有两棵枯树。朱守信推门而入，昏暗的光线中，摆了几件家具，虽然古旧，却很干净，桌椅一尘不染。他径直穿过小屋，走到墙边，又推开一扇门，里面有一道阶梯往下。

朱守信走到地下室，沿途挂着小灯笼，光线朦胧，经过一条甬道，眼前是个宽阔的房屋，低矮的天花板上挂着十几盏小灯笼，幽幽的光线映照着二十八个陶瓷水缸，缸底深埋到地里，缸沿可以看到水波。

那个中年女人弯腰伏在一口缸前，她浑身仍然裹得严实，只是把斗篷摘掉了，侧脸上映着模糊的烛光。听到脚步声，她本能地瑟缩一下。

朱守信沉声："是我。"

中年女人嘴角微动："哦，除了老爷，也没有旁人了。"

"你继续干活儿吧。"

朱守信穿过两排水缸，左右检视着，缸里养的是尖嘴鲽鱼，这是鳉鱼的一个种类，也是此类中唯一以小鱼为食的品种。

朱守信缓步走到女人身旁。

女人手上提着小水桶，另一只手用竹筛子捞着缸里的小鱼苗。

朱守信问："这是新产的仔鱼？"

"嗯，须得快些取出来。"

尖嘴鲽鱼的主食是小鱼，它们不辨亲疏，即使自己繁殖的鱼苗，也会吞下。

女人在捞取时，缸里的尖嘴鲽鱼不断碰到她的手。她收回手时，露出腕上的银镯子。

缸里有七八条五寸左右的成年鱼，搅起水波，水滴溅在朱守信脸上，有一丝凉意，朱守信在脸颊上抹一下。

女人咕哝："鱼就是抢食难看，猪都不如。"

"人还不是一样，"朱守信看着鱼，语气一转，"这可是我们朱家的宝贝呀。"

女人捞完了最后一条仔鱼，提着水桶走到墙边，这里有一排小水缸，她把桶里的鱼苗小心翼翼地放进缸里，动作轻柔舒缓。

朱守信不禁感叹："桂娥，你养了二十年的鱼，丝毫没有倦怠，难为你了。"

女人默然。

朱守信说："当年我娘让你守在鱼窟，真是有眼光，你不愧是鱼母啊。"

女人声音沙哑平淡："老太太是主，我是仆，老太太怎么安排，我遵命就是。"

朱守信感慨："我最服气的就是我娘，临终之时把一切安排妥帖，包括……儿子……不提了，一想起我娘，我就难过。"

"老爷有一位好母亲。"桂娥有些伤感。

"怎么，你想……"

"不不，老爷不必多虑，奴婢一定信守诺言，决不抛头露面。"

"其实我很敬佩你，"朱守信诚恳地说，"这世上的人，多的是人情翻覆、背信弃义，极少能把'坚守'二字做到一辈子。你做到了，还刻到了骨子里。"

桂娥平淡地说："老爷过奖了，只是本分而已。"

"是啊，难就难在知本分、守本分。"

朱守信环视四周，二十八个水缸，在他眼中犹如二十八块基石，让他的底气更足了。

他说："这些尖嘴鲽鱼就是朱家的希望。"

这些鱼，不仅是希望，更是秘密。

在这个神秘的鱼窟，这二十八个水缸里的尖嘴鲽鱼，便是朱家的长明灯秘密。

朱守信说："我想看看这一次的成果如何。"

桂娥停下手里的活计，推开一扇门，朱守信跟着来到鱼窟的内间。

这里的案几上摆放着全套的熬制器具，一只砂锅里正在缓慢地熬着鱼油，锅上微微泛起泡沫，发出咕嘟咕嘟的声音。旁边的砂锅里，熬制着白色的凝胶物，桂娥用木勺搅拌，再往里边洒入一些鱼油，继续搅拌。

朱守信凑近了仔细看着，眼神中充满了欣慰。白色凝胶物越来越黏稠，一股淡淡的苦腥气夹杂着芬芳扑鼻而来，随着香味越来越浓，鱼腥味荡然无存。

最终成形的胶状物，便是长明灯的油脂。

这是朱家的终极秘密，真正用来点灯的油脂，是用尖嘴鲽鱼熬制的凝胶物，而不是白蜡。至于那饲养白蜡虫的小园林，只是障眼法，表面上与风家一样，园子里种植着女贞树，白蜡虫生长、产卵、变蛾，分泌的白蜡，有仆人采收、加工。所有形式与风家毫无区别，但朱家的蜡脂燃烧时间远远超过风家，这是风大少爷生前最无法理解、苦求不得的原因所在。

朱家以花灯立世数百年，为了生存、为了血脉延续，除了艺道相传，便只有紧紧握着自己的命脉，一旦失去了根基，就会沦为别家的附庸，乃至逐渐湮灭。

这世上无数的家族，都在上演着相似的命局。

如今，朱家拥有的灯油资源，便是唯一的长明灯秘密，在这座鱼窟，由这位鱼母守护。

一旦这个秘密被人破解，对于朱家是毁灭性打击。

因为尖嘴鲽鱼，别人也能养，难的只是饲养方法，尤其是鱼母这样，二十年孤独相守，这份心力常人难以企及。

朱守信也在考虑，鱼母之后，谁来继续守护鱼窟。但他极难信任别人，能够留在这里的，不仅是饲养尖嘴鲽鱼，而是守护朱家命脉……

"老爷，您在想什么？"桂娥忽然问。

朱守信回过神，苦笑一下："我真担心，你之后，谁来守住这里？"

桂娥平淡的语气："我还能再守二十年。"

"你对这里真的是有感情了。"

"是呀，有感情，才能坚守下去。"桂娥望着虚空说。

"那就好，这个难题，我二十年以内不用过多纠结了。"朱守信说。

桂娥牵牵嘴角："老爷，您该走了。"

"哦。"

"地下阴寒，我看您的气色不比往常，还须注意身子。"

"嗯，刚病了一场……我得走了。"朱守信转过身。

"家里一切都好吧？"桂娥似在随意地问。

"诸事缠身，麻烦不断，"朱守信穿过两排水缸，"朱家从来不缺麻烦，只是今年的麻烦比较多。"

桂娥在门口福了一福："有老爷掌管朱家，朱家必能渡过一切危难。"

朱守信深深点一点头，离去的脚步更有力了。

他决定，正式发起"端午撞天灯"！

第十一章

换了个打法

1

阳光明媚，袖珍小猫趴在廊下睡觉。

罗顺子闲适地端着一杯茶，看着邱卓踢毽子。小院里放了张茶几，上面摆着干果点心，罗顺子正要拿起松子，邱卓一个旋腿，把毽子踢过来。

"顺子，接住——"

罗顺子起身，一手端茶杯，右脚一勾，从空中接住毽子，顺势弹起，踢回去。邱卓不慌不忙，看着毽子落下时，用膝盖磕起，稳稳落到脚面，脚尖一绷，毽子向上直升，他旋腿一踢，毽子飞出去……

那边小菱带着阿忠走来，只听嗖的一声，毽子飞向阿忠。阿忠急忙闪躲，毽子打在身旁的树上。

阿忠惊问："哎呀，什么东西啊？"

罗顺子笑道："你真是赶得巧，险些白吃一枚毽子。"

小菱也吓一跳，拍抚着胸口说："罗姑娘，你家这媒婆儿不好做。"

邱卓走过来说："顺子每天五两银子雇你，好吃好喝款待着，专门让你对付朱家的赘婿，可是几次出战，你倒是把赘婿带回来呀。"

小菱说："朱家顽劣，好似千年的倭瓜。实在不行，我得请我娘出手，我娘人称红嘴小鹦哥，能把死人说活……"

"喀喀。"阿忠尴尬地清着嗓子。

罗顺子这才想起来似的："噢，这不就是朱家的那个管家吗？"

阿忠更尴尬，连忙摆手。"不不，朱家没有管家，我就是老爷身边跑腿的。"

罗顺子说："你们老爷想通了，打算何时把朱加亮送来，要不要我备上八抬大轿去接呀？"

阿忠掏出一封信，双手捧上："罗姑娘，这是我们老爷给您的信。"

罗顺子接过信，哼了声："怎么，下战书了？"

阿忠紧张："我可不知。"

邱卓说："坐下喝杯茶吧。"

"不敢不敢，送完信我就走了。"阿忠拱手。

邱卓说："这里又不是龙潭虎穴，你怕什么呀？"

"两国交战、不斩来使，告辞告辞。"阿忠慌张离去。

邱卓撇嘴："顺子又不抢他，看把他吓得。"

小菱掩嘴笑："罗姑娘把朱家折腾得清气不升、浊气不降，可憋闷了。"

一旁的罗顺子专注地看着信。

邱卓问："写的什么？"

罗顺子坐在茶几旁，小菱退下了。邱卓坐在罗顺子身边。

罗顺子说："端午撞天灯。"

"哦？"邱卓好奇，"什么意思？"

"我听我娘说过，那是先辈的古约。"

数百年来，千灯镇的朱、风、罗三家并存，先辈们共同约定，倘若遇到三家都解决不了的难题，僵持不下，甚至想通过武力解决，那么就启动"端午撞天灯"。

三家各自拿出最强的花灯艺道，以艺相搏，避免互相残杀、同归于尽的恶果。

邱卓点头："哦，原来如此。朱老爷向你发出了邀请？"

"是啊，他把我作为罗家的传人，正式发起挑战，当然风家那边也得认可。"

"风家没有理由不认可，在这个节骨眼上，他们可不敢逆势而动。"

"嗯，所以三家共同出战，用花灯艺道一决高下。"

"是在端午节那天？"

"是呀，端午撞天灯，就在洞庭西山缥缈峰，争夺'太湖灯王'。"

"太湖灯王……好威风的名号！"

"谁成为灯王，享有无上的荣耀，拥有话事权，其余两家必须认他是王者，他说什么就是什么。"

邱卓笑笑："明白了，难怪朱老爷主动发起挑战，他太需要这顶桂冠了。"

罗顺子哼一声："自从过年以来，朱家总是在倒霉，朱老爷想一次解决全部麻烦，把他们家的盘面翻过来。"

邱卓点点头："确实如此，朱家流年不利。你还记得咱们去拙政园采灯笼，遇到朱家的财迷少爷。"

"嗯。"

"我事后才知，他们那天不是闲逛，而是贪着心，去和卢三爷做生意，居然想在拙政园挂满朱家的花灯。"

"是吗？但朱家倒是有这个实力。"

"实力若是托不住贪心，那只会出门撞鬼。"邱卓嘲弄地笑。

"你是说另有隐情？"

"我只知道，卢三爷是和邱金谷勾连上了，事情肯定不简单。不过朱家还是退出来了，算他们侥幸，若继续纠缠，迟早入坑。"

罗顺子笑笑："你呀，对你那位堂兄真是偏见很深。"

"也许吧，这就是不投缘，我不喜邱金谷的品性，他怪我不容人。"

"算了，不管他们，自求多福吧。"

"嗯，如此看来，朱家提出端午撞天灯，确实是个自救的策略，但不知是饮鸩止渴，还是逆风翻盘。"

"不用猜，必是前者。"罗顺子笑道。

"那你是打算接战了？"

"我是罗家的唯一传人，当然要接住这盏灯。"

"那就要暂时放过朱家了。我听说前阵子，小菱带着鼓乐班在朱家外面迎亲，被'吉凶双鱼灯'吓得四散溃逃。"

罗顺子嗔怪："哪壶不开提哪壶。那个甘茉，还真不能小看，鬼主意一出一出的。不过，像这种你来我往的攻守小把戏，我也玩腻了，是时候下一把大注。"

"那万一朱家赢了呢？"邱卓说，"虽然这种可能性微乎其微。"

"他们怎么可能赢？"罗顺子撇嘴，"做梦都别想。"

"我是说，万一呢？"邱卓伸出小拇指，掐着指尖。

罗顺子歪着头靠在邱卓的肩膀上，伸手把邱卓的小拇指拉过来，放到自己的牙尖上啃了啃："信不信我像嗑瓜子一样，把你的指甲盖嗑掉！"

"哎哎，不敢不敢……"邱卓嘴上求饶，却没有抽出手。

罗顺子捏着邱卓的小拇指："万一输了呢，那我只好嫁给你了。"

"太突然了吧，你把自己输给了我？"邱卓露出夸张的表情。

"没办法，无路可走了。倘若是朱家真的成了太湖灯王，我就高攀不上了，怎么能去抢王者的赘婿呢？就算我不顾一切往上扑，必引发众怒——太湖灯王呀，江南百年的荣耀，乾隆爷都要给面子的。"

"哎，若是风家赢了呢？"

罗顺子想了想说："那为了对抗风家，朱家很可能把朱少爷送到我的门上，与我联姻呢。"

邱卓思索着："嗯，以朱老爷的品性，他做得出来。"

"哈哈，你怎么害怕了？"

邱卓认真地说："我仔细盘算，三家之中，朱家赢，对我最有好处。我准备给朱老爷投以巨资，让他雇用全天下最好的灯彩师，加大他的赢面。"

"你敢！"罗顺子像一只猫似的，猛地扑倒在邱卓身上。

邱卓向后仰翻，带倒了茶几，杯盘摔落，干果点心满地乱滚，头顶花瓣翩飞。

正在睡觉的袖珍小猫，睁开眼睛，无聊地看了看，又把眼睛闭上了。

邱卓大叫："啊——救命！"

罗顺子问："还敢乱投资吗？"

邱卓说："投钱归投钱，我心里还是支持你的……顺子，加油哦——"

罗顺子忽然跳起身，往外走。

邱卓爬起来："你做什么？"

罗顺子咬牙切齿："抢赘婿——小菱，备轿！"

"好了好了，我收回投资了……"邱卓急忙上前拉扯罗顺子，罗顺子拼命往前走，邱卓一下拽掉了她的上衫，露出光膀子，雪白耀目。

小菱正跑过来："妈呀，我看到了什么？"

罗顺子不屑："喊，你自己没长膀子吗？"

邱卓连忙伸臂环住罗顺子："好了，今天不宜出行，明天再抢不迟。"

罗顺子说："我气饿了，小菱，叫厨房做狮子头，我要大吃一顿！"

小菱远远地应道："是，罗姑娘。"

邱卓说："吃什么狮子头呀，还是去多一好的酒馆，吃太湖三白——要夺太湖灯王，必食太湖三白。"

罗顺子转嗔为喜："哈哈，所言极是……小菱，狮子头不做了！"

2

朱守信的书房里，曹大葫、丁匠师、郑匠师站在桌前。

三个灯彩师同时来谈事，这让朱守信有些意外。

"曹师，你们三位对于端午撞天灯，有新的见解吗？"朱守信问道。

曹大葫从袖袋拿出一份文书，放到桌上："老爷，这是我们的请辞文书。"

"什么？"朱守信睁大眼睛，"你们要走？"

丁匠师说："是，老爷，请准许我们三人离开。"

朱守信很惊讶："你们是朱家花灯的三根柱子，在这个节骨眼，怎么能做出这样的事？是我平时亏待了你们？"

曹大葫说："老爷对我们很好。"

郑匠师说："也尊重我们。"

"那你们这是……哦，是埋怨我之前辞退了吴师？"

曹大葫摇摇头："吴匠师的事已经过去了，再说是他自己疏懒，造成了花灯垮塌，与我们无关。"

"那你们……"

"是因为少奶奶。"丁匠师说。

"甘茉……怎么又是……"朱守信皱眉，"她羞辱你们了？"

曹大葫说："老爷让我们与她协作……"

郑匠师说："其实就是给她打下手……"

丁匠师说："我们无法忍受。"

朱守信默然片刻："各位多虑了，甘茉不会使唤你们的，无非是互相商量，谁说的有理，对花灯有好处，就按谁的办。"

"可她说话太气人了，我们又无法反驳……"

"郑师弟，不是无法反驳，是我们不屑与她计较。"丁匠师说。

"对对，我来朱家也有十几年了，自问能够独当一面，可是少奶奶身为女子，一开口就否定了我的全部才学。"郑匠师愤慨。

朱守信说："那丫头并不是故意贬损你们，只是说话没轻没重，她对我都是如此。"

曹大葫说："自从您允许她走入灯坊，她就越来越过分。"

朱守信说："甘茉能到今天这一步，是她自己做到的，我也没办法。"

"您一直说，讨厌她的不守本分，却让她一步步非分所为。"

丁匠师忽然气呼呼道："噢，我明白了，老爷其实是指责我们无能，才让少奶奶侵占到灯坊。"

郑匠师哀叹："少爷也说过一样的意思，看来朱家真的有那个女人就够了，何必浪费钱财雇用我们？"

曹大葫说："老爷，话已至此，我们必须走。"

朱守信站起身说："端午撞天灯，是百年一遇的大事，我不允许你们撂挑子。"

"您这……"

"自己想想吧，离开朱家的原因，竟然是被一个女人吓退，这话传出去，只会遭到耻笑，江南花灯界恐怕很难给你们留下一席之地。"

三个匠师面面相觑。

"不服的话，争一口气，在花灯艺道上盖过甘茉……除非你们告诉我，这个念头你们连想都不敢想。"

三个匠师僵硬不动。

"我能理解你们的尊严受到碾轧的痛苦，我何尝没有承受过？作为朱家的大当家，虽然讨厌那丫头的不守本分，可我也不能强行压住她的光芒，那样的朱宅，岂不成了乌云盖顶？"

三个匠师低下头。

"就这么办吧，一切围绕着端午撞天灯，给你们的酬劳，每人增加一倍。"

三个匠师抬起脸。

"守住自己的本分吧。"朱守信坐回到椅子上。

三个匠师鞠躬，默默退下。

朱守信闭上眼睛，长长地吁口气，掐揉着眉心。

此时在灯坊里，甘茉专心地绘制着一份图纸，这是她设计的花灯图。

这次她又与朱守信约定了条件——只要她为端午撞天灯做出灯品，就准许她修理那盏青铜梅花灯。

甘茉俯身在桌上，旁边的纱灯发出温暖的光，映着她的脸颊，长长的睫毛低垂，眸子里光华内敛，一尘不惊，沉浸在另一个世界里。

加亮提着食篮轻步走来，怕打扰了甘茉，站在不远处静静地看着。

甘茉在灯光笼罩下，秀发犹如洒着星光，全身笼罩一团朦胧光彩。加亮的心在胸口扑棱棱地响，宛若一只飞蛾。

甘茉忽然轻呼一声："哎呀。"

加亮回过神，急忙走上前："茉儿，怎么了？"

"画错了一个地方，"甘茉扭脸看看加亮，"哦，你来了。"

加亮凝视甘茉的脸庞，喉咙一窒，竟有些喘不上气。灯下的甘茉有一丝倦意，脸庞被烛光覆上淡淡的红晕，竟似微醉一般，身上散发出迷离芬芳。

她很快转向图纸，用毛笔细细地勾画。

"茉儿，"加亮柔声说，"吃些点心吧。"

他打开食篮，拿出碗碟，把一碗红枣银耳粥放到甘茉手上。

甘茉吃着红枣银耳粥，很甜。

3

风家的正厅，气氛肃穆。风满堂坐在太师椅上，风鸣朝、沈环白站在一旁。

鸣朝躬身说："父亲，距离端午撞天灯，不到一个月了，孩儿……"

"怎么了？说呀。"风满堂眯着眼。

"孩儿有些迷茫。"鸣朝低头说。

"都到这时候了，还在迷茫，"风满堂脸色阴沉，"你是没有信心了。"

鸣朝更低地垂下头。

环白说："老爷，这次是三家共同较量，鸣朝独自支撑，是有些艰难，对付朱家尚可一战，可还有一个罗顺子。"

鸣朝说："大嫂是在安慰我，其实甘茉和罗顺子，没有一个好对付的，想想上次的三月三花灯大会，虽然朱家自己失误，使我们赢了，但罗顺子的突然出场，以及过后甘茉指出了罗顺子的花灯弱点，两人都是匪夷所思。"

风满堂不禁轻叹一声："有她二人，成败莫测呀。"

环白说："老爷，我们斗胆建议，这次您来出手，制作花灯。"

"是啊，父亲，您上次是指导我，而这次无论如何，必得您亲自出手，孩儿与一众匠师，全力配合父亲。"

风满堂默然良久，抬眼望着窗外，幽幽地说："我们的时代已经过去了，当年，我与对手斗灯的景象，仿佛还在眼前。那时年轻气盛，好勇斗狠，有人受了很大的挫伤，不愿再碰了，朱守信就是一个，没想到，他如今比我幸运，他家里有个甘茉，我身边……"

他忽然意识到什么，止住了话头。

鸣朝与环白互视一下，神色都有些痛苦，他们同时想起死去的大少爷。

鸣朝的悲苦更多了几分。

环白稳定心绪，说道："老爷，难道就没有办法了吗？"

风满堂说："天下能人辈出，尽快寻访一些灯彩大师，还来得及。远的不说，苏州府就是藏龙卧虎之地。"

环白忙问："老爷是否有了人选？"

风满堂说："其实三月三花灯大会结束后，我当时留在苏州没有急着回来，就是想寻访此人，因为罗顺子的花麒麟闹春灯，让我感到非常忧虑，人外有人、天外有天，我们风家遇到天了，就得寻找天外天，以图压制。"

鸣朝追问："那您找到此人了？"

风满堂沉重地摇摇头。"我只知道，他的落脚点是一个叫作'巧云祥'的花灯铺，可他八年前在无锡得罪了人，为躲避追杀，隐居起来不再制灯。"

环白叹息："八年了……这么久，是生是死尚且未知。"

风满堂说："人应该还活着。"

鸣朝问："那人究竟有多大本事？"

风满堂说："赵有来是明代灯彩大师赵萼的后人。"

"赵萼？"鸣朝一惊，"绝品走马灯，唯赵萼所有。"

风满堂说："专门有一首《走马灯诗》，写的就是赵萼的手法……"

门外忽然传来清朗的吟诵声："飙轮拥骑驾炎精，飞绕人间不夜城；风鬣追星低弄影，霜蹄逐电去无声。"

环白一怔："虎儿？"

伴随着吟诵声，风寅跨过门槛，更让人没想到的是，他拉着风夫人的手。

屋里的三个人都很惊讶。

鸣朝急忙行礼："母亲，您怎么来了？"

环白行礼："奴家见过婆婆。"

风夫人极瘦，像一根竹竿，似乎风一吹就能倒，自从长子死后，她便天天待在后院的佛堂，诵经祈愿，不闻世事。

风满堂说："夫人，很久没来前院了。"

"是呀。"风夫人扫视一下，眼神虽空洞，却有几分平和悠远。

环白扶着风夫人坐到椅子上，对风寅说："别缠着奶奶，松手。"

风寅依然拉着风夫人的手："我要护着奶奶，不要摔跤。"

风夫人笑笑："好，虎儿与奶奶最亲了。"

鸣朝问："虎儿，你怎么会念那首诗？"

"噢，是我爹教的，他只教了我这一首《走马灯诗》，方才在门外听见你们说起，就忍不住诵读出来。"

环白心有所动，看着风夫人，说："婆婆也惦念着端午撞天灯的事？"

风夫人对风寅说："虎儿，出去玩吧，奶奶再坐一会儿。"

"是。"风寅松开奶奶的手，跑出去了。

风夫人说："我这几日见老爷发愁，便想出来看看，正好你们提到了赵有来。"

风满堂疑惑："你知道赵有来？"

风夫人淡淡一笑："我一心吃斋念佛，不问家事，老爷便也忘了，我娘家就在无锡。"

风满堂眼神一动："对呀，我怎么没想起来，赵有来是在无锡得罪了人……莫非夫人知道此事？"

"赵有来是灯彩大师，我娘家也是花灯世家，我虽然不准碰花灯，可也没少听说赵有来的名号，我兄长当年就擅长制作走马灯，赵有来曾经教他一招，灯壁可用四层暗花。二人私交甚好，或许，赵有来逃出无锡时，兄长知道些什么。"

鸣朝顿时充满希望，看着父亲。

风满堂依然沉稳："鸣朝，带着你娘口信，去一趟无锡，拜见舅爷。"

"是，孩儿即刻出发。"

4

入夜，一辆马车停在邱金谷的新宅后门。一名随从领着卢三爷穿过蜿蜒小路，来到茶室外。

邱金谷在门口说："三爷，快请进来。"

卢三爷走进去，拱拱手："邱兄别来无恙。"

邱金谷笑道："哎，你我还客气什么，请坐。"

卢三爷落座。邱金谷挥手赶走仆从，自己给卢三爷沏了茶。

卢三爷端起茶杯："拙政园没有套住朱家和风家，这杯茶受之有愧呀。"

"三爷真会说笑。我盯着朱、风两家不是一天两天了，若是好对付，早就一口吞掉了，呵呵，难啃的骨头才香嘛。"

"这次的路子是对的，用一笔花灯生意，诱进朱家，再卷入风家，两家的矛盾积蓄很久，稍作煽风点火，就是一场好戏。可惜朱老爷那个老滑头退了。"

"总有他绊脚的时候，"邱金谷淡淡一笑，"我之所以扎根在千灯镇，又连番出招，是想借用罗顺子打击朱家的契机，牵动风家，让他们互相拼斗，我好坐收渔翁之利。"

"我听说朱老爷换了个打法。"

"嗯，三家突然发起端午撞天灯，要采用和平竞争的方式完成决战。"

"那你岂不是没戏了？"卢三爷说。

"三家打、打三家，自有另一番趣味。"邱金谷笑道。

卢三爷沉吟一下："哦对了，邱兄，我顺便给你透个信儿，有人看着邱知府不顺眼。"

"嗯？"邱金谷没反应过来，"你是说我叔父？"

"那还有谁，苏州的知府大人，你叔父，让人盯上了。"

"哦，官场上不就那样嘛，你抽梯子、我拆台，总是不能让对手往上爬。"

"听说你叔父想做道台的心思很重，之前的三月三花灯大会，便是他的一次表现，因为乾隆爷喜好花灯，邱知府闹出了声势，还从宫里的灯作，请了两位御用匠，这意思就太明显了，想让他们给乾隆爷说好话。"

邱金谷抚着下巴："有些急功近利了。"

"谁都不想被别人踩，自然对他不满。"

"这事嘛，倒也危害不到我，我父亲与我叔父，本就不和，这是人人皆知的，我只是想沾知府大人的油水，这才两边维护着。"

卢三爷淡淡一笑："邱兄善于拿捏分寸，进可夺利、退可自保。"

邱金谷说："三爷过奖了。"

卢三爷说："至于朱、风两家嘛，迟早被你吞下。"

"借三爷吉言，功成之日，定当厚报。"

这时，那名麻脸随从在门口探了探头。

邱金谷问："有什么事？"

麻脸进来："先生，有消息向您禀告。"

卢三爷站起身："邱兄，我告辞了。"

"哎，这算什么，来了一趟，不能就这么放你走。"

邱金谷拍了拍手，两个艳丽的丫鬟从后堂出来，一起行礼。

"给先生请安。"

"带三爷去后边，上船。"

卢三爷故作惊讶："你让我上什么贼船？"

邱金谷笑："这贼船可是艳福无边，你没见过的船娇娘。"

两个丫鬟媚笑着拉走了卢三爷。

邱金谷转过脸，收起笑容问："何事禀告？"

麻脸低语："发现了阎叔的行踪。"

"哦？"

"他在苏州城里的一间卖明器的店铺里。"

"卖明器的？"

"哦，就是制作殉葬用的纸扎明器的店铺。"

"那怎么不动手啊？"

"只是看他出现过，一转眼又不见了，怀疑店铺里有暗道，兄弟们担心打草惊蛇。"

"无论如何要抓住，明白吗？让阎叔去见阎王，他知道的事情太多了。"

"是，先生。"

麻脸离去。

午后，邱卓穿过庭院，拿着一份请帖，随手摆弄，看到小菱穿过回廊，便问：

"小菱，顺子呢？"

"哦，邱公子，罗姑娘在后堂。"

邱卓加快步伐走去。

后堂是罗顺子制灯的所在，她往常不大进去，如今为了备战端午撞天灯，总要待些时辰。

邱卓来到门外，正有两个伙计搬着竹木工具出来，他们不是花灯匠师，之前是做屋宇营造的，罗顺子认为花灯与建筑相通，花灯上具备亭台楼阁元素，结构与表现手法互为照应。当然制灯的核心艺道，除了罗顺子，没几个看得懂。

邱卓走进后堂，看到罗顺子站在一座竹架前，仰头观察着。圆形的竹架上，用缠枝藤的手法细密地编织着花纹图案。

听到脚步声，罗顺子转过脸，朝邱卓笑笑。

邱卓走近。"顺子，打扰你了吧。"

"没有，我正觉得乏味呢，"罗顺子看到他手上的请帖，"这是什么？"

"哦，你不是乏味了吗？陪我去赴宴吧。"

"又是一群人吃饭吗？"

"这次你会感兴趣的，"邱卓扬了扬请帖，"鉴灯宴。"

"嗯？"

"鉴赏花灯的宴会……有个朋友知道我喜爱花灯，邀请了一些盐商，各自拿出好灯彩，聚集起来大家品评。"

罗顺子摇摇头:"观灯尚可,盐商嘛,就算了,我不想面对那群盐凯子。"

盐凯子是对盐商暴发户的贬义绰号,骂他们有钱不知何处花。

邱卓笑笑:"有些是很讨厌,但也不乏有趣的家伙。他们暴富后,虽有穷奢极侈的一面,但同时也聚拢了天下奇珍。"

邱卓晃了晃手上的请帖:"这几个淮扬盐商,以鉴灯的名目开宴,应该是有些好东西,你不想看看?"

罗顺子动心了:"人虽然丑陋,花灯却美,就去走一趟吧。"

宴会地点是在苏州城最大的酒楼万芳斋,盐商们把整座酒楼包下了。鉴灯是在主厅,约定傍晚开始。罗顺子和邱卓抵达后,自己寻了雅座,静静地品尝美食,本店的招牌菜是鸭血糯、松鼠鳜鱼、蟹黄豆腐。

吃饭时,不停有朋友来与邱卓打招呼,邱卓担心罗顺子烦,有心推拒掉应酬,罗顺子却配合得非常得体,这让邱卓很感动,他很清楚罗顺子对这种场面的厌恶,坐在这样的环境中,有违罗顺子的天性。

邱卓很少为某件事后悔,此刻却觉得,自己不该鼓动顺子来这里。

好在,乱七八糟的应酬告一段落,正题开始了。

宴会主厅重新做了布置,桌子上摆着花灯、天花板上挂着花灯,酒楼根据客人们的要求,有意把光线弄得很暗,那些花灯只能看出模糊轮廓,有的座灯上面盖着绸布,神神秘秘的。

客人们围站在旁边,个个儿衣装鲜亮,派头十足。罗顺子和邱卓站在靠后的位置,听着周围的议论声,似乎有个叫孙五爷的人,还没来,不知是害怕东西拿不出手,还是临时有别的事。

这时,两个女侍缓步走到主厅前边,现场静下来。

忽听一个粗哑的嗓音骂道:"他娘的,快些开始吧,爷的灯耐不住了!"

"哈,施二爷等不及了。"有人说。

施二爷啐了一口,口水溅到罗顺子的衣襟上,罗顺子厌恶地看他一眼。

他怒道:"你看什么?"

邱卓冷笑:"看你怎么了?"

"噢……邱公子,这位是……"

"你管她是谁,我就问,看你怎么了?"

"没、没什么。"

邱卓没再理他，低声问罗顺子："他怎么了？"

罗顺子说："没事。"

邱卓抬起脸，冷冷地扫了施二爷一眼，施二爷躲到旁边去了。

这时，又有人嚷道："快些点灯，看看谁的好？"

女侍慌忙点亮一盏灯，一片光芒映现。

施二爷怪笑："看到了吧，爷的灯！"

这是一盏"嵌宝水晶灯"，灯架上镶嵌了上百颗珍珠，烛光一照熠熠生辉。

有人赞道："施二爷出手不凡呀！"

"此灯只应天上有，哈哈哈。"

那施二爷乐得咧着油嘴、龇着板牙，眉毛都笑开花了。

"中看不中用的玩意儿。"

这一声响起，现场顿时一静。

"谁？谁说的？！"施二爷怒道。

"站出来，谁敢贬损施二爷？"

"我说的。"罗顺子仰起脸。

灯光下，一群人盯着她。

施二爷怒指罗顺子："你算什么……"

他突然看到邱卓冷冷的笑容，电光石火间，他回过神。

"你是哪家的姑娘？"施二爷瞪着眼问。

"管我是哪家姑娘，你这灯，就是中看不中用的玩意儿。"

施二爷脸上挂不住："你凭什么这样讲？"

"灯火与珍珠互相映照，半个时辰，珍珠就熏黑了，你说它有多美？"

施二爷噎得说不出话，脸庞发紫。

人群响起哄笑声。

一个盐商拖着长腔说："看看我的灯吧。"

女侍点起一盏"五彩浮光灯"。灯高八尺，上面缠绕着五彩丝线，线上垂着无数的金箔，微风拂过，金箔摇曳，犹如波浪翻涌，发出雨落般的唰唰声，金光四射，让人眼花缭乱。

"好灯！"有人赞叹。

那盐商挑衅地看着罗顺子，一脸轻薄之态："小娘们，本少爷的灯怎么样啊，服不服？"

旁人提醒他："那是邱公子带来的女人。"

"怕什么？我爹和邱知府称兄道弟……"

"真想听我的评点吗？"罗顺子淡漠地问。

"你说啊。"

"一团乱光迷人眼，这灯还能看吗？挂在家里不心烦吗？"罗顺子说，"实不相瞒，这就是招蚊子的灯。"

对方气得说不出话。只见客人们有的揉眼睛，有的侧过脸不去看灯。

邱卓哈哈大笑，盐商们有的赔笑，有的不敢笑。

一个尖嗓门嚷道："点起我的灯！"

女侍点起一盏"玉龙辟邪灯"，灯上用各种玛瑙、翡翠、珠宝镶起了两条龙，双龙盘踞的中间，用珍珠镶出"辟邪"二字，灯烛映照，泛着异光。

罗顺子实在忍不住咯咯地笑起来。

"也不知谁想出来，专门骗暴发户的，"她边笑边摇头，"邱卓，我们走。"

"哎，别忙走，说说我的灯！"尖嗓门嚷道。

"我看不懂。"罗顺子说着，拉着邱卓往外走。

"太不给面子了，邱公子，你带来的是什么人啊？"

"已经给足你面子了，你还要怎样？"邱卓看着他。

这时，门外传来脚步声，四个仆人抬着个东西进来，上面盖着绸布。盐商们的注意力转过去，一个体型肥硕的中年男子走进主厅。

众人说："哟，孙五爷，姗姗来迟。"

"还以为孙五爷不跟我们玩了，嘎嘎嘎……"

孙五爷扫视全场，抬手扯落了灯上的绸布，众人哗一声惊叹。

这是一盏纯金打造的灯笼，通体没有一丝杂质，四个仆人吃力地抬着，放到桌子上。女侍点起灯，顿时金光闪闪，夺人眼目。

盐商们鼓掌："孙五爷，大手笔！"

罗顺子和邱卓已经走到了门口。

孙五爷招了招手："邱公子，怎么我一来，你倒要走了？"

邱卓淡漠一笑："我们还有事，告辞。"

施二爷忽然嚷道："何不评点一下孙五爷的灯。"

尖嗓门附和:"是啊,我们洗耳恭听。"

"对对,快快说来……"

邱卓对罗顺子说:"别理他们。"

孙五爷摇晃着大脑袋说:"这个娘们看来有些本事,那就说说看,说好了,五爷有赏!"

罗顺子瞥了孙五爷一眼。"送给孙五爷两句诗吧。"

"好——"

"何为服黄金,吞白玉,谁似任公子,云中骑碧驴。"

说完,罗顺子和邱卓出门而去。

孙五爷摇头晃脑:"嗯,越琢磨越有味,如此赞美我的灯……哎,我得赏啊!"

一个师爷模样的人凑上来,说:"那不是好话。"

"嗯?"

"那是写棺材的一首诗,那臭娘儿们说您的灯,是个金棺材。"

"什么?!"孙五爷怒睁双目。

鉴灯宴草草收场了,孙五爷出了酒楼,脸色始终阴沉着。他正准备坐进轿子,施二爷走过来,拱拱手说:"五爷,上回宁大人对我们说的话,您还记得吧?"

孙五爷愣了下,点点头。

施二爷往地上啐一口:"今日当众被打脸,我们还要忍着吗?"

孙五爷脸上的肥肉抖动着:"邱卓那小子一向狂傲,今天竟然带了个女人来羞辱我们,是该教训一下了。"

施二爷龇牙:"明日晌午,我们去拜见宁大人。"

"就这么定了。"孙五爷转身上了轿子。

6

千灯镇的傍晚,阿盼上街给朱夫人买了些蜜枣,转过弯,忽然看到风家的丫鬟芳兰，她想避开，但芳兰朝她示意，只好走过去。

她左右张望着，溜进路旁的丝绸铺。

沈环白独自坐在里间，从一堆绸缎里挑选自己喜欢的。芳兰守在门口。阿盼进来后，沈环白头也没抬。

"正好在街上遇到你，说说吧。"

"不知大少奶奶叫我说什么？"阿盼低着头。

"这些日子一个像样的消息都没有，你拿着我给的钱，拿着我给的洋药，不亏心吗？"

阿盼咬着嘴唇，更深地低下头。

沈环白坐直身，冷冷地说："实在没有的话，就算了，我可不愿勉强别人。"

"有一些……模模糊糊的，因为不确切，就没敢告诉大少奶奶。"

"确切与否，由我来断定，你只需把看到的、听到的，说出来就行了。"

"我就是在书房偷听过老爷和夫人争执。"

"说了什么？"

"嗯，'火灾、兴旺、报应'等等，可不知什么意思。"

沈环白专注地听着："还有呢？"

"我当时被甘茉打断了，然后夫人出来后，流着眼泪。"

沈环白凝神思忖着，问："他们有没有提到一年前，我夫君死的事情？"

"没有，老爷只和阿忠谈起过风大少爷的死，这我以前给您禀报过。"

"嗯，还有什么？"

"哦，要说最奇怪的，就是第三进庭院里，老爷的身影忽然消失了。"

"嗯？"沈环白抬眼看着阿盼，"你是在梦游吗？"

"不不，我那天悄悄跟着老爷，看到他走到绿藤墙边，转眼就不见了。"

"第三进庭院，绿藤墙……"

沈环白在脑子里复原朱宅的环境，她以前让阿盼画过图，虽然很粗糙，大致方位和结构是知道的。

阿盼想起什么，说："还有，那里有一股水腥味。"

"水腥味？"沈环白蹙眉，"从你的讲述来看，所谓朱老爷消失了，必然是绿藤墙上有门，只是你没有发现，至于水腥味……你还是想办法进入墙内，或许就有答案了。"

阿盼低头扭着手指。

沈环白冷冷一瞥:"当然有危险,可我给你的价,值这份危险,对吗?"

阿盼点一下头。

沈环白又开始挑选绸缎,手抚着柔软的缎面,说:"别再让我等,人的耐性是有限的。"

"是……"

外边忽然传来芳兰的声音:"二少爷,您来了。"

芳兰的声音很大,有意给里间的人传话。

沈环白指着桌案底下。"快进去。"

阿盼慌张往里钻,脑门磕在木头上,咚的一声,沈环白迅速将绸缎垂下。

风鸣朝走进来:"大嫂,听说您在这里,特来通报。"

"鸣朝,何事呀?"沈环白闲适地摩挲着绸缎。

"赵有来已经进了家门。"

"噢,人到了!"沈环白有些惊喜,随即意识到屋里还有别人,压了压情绪,"我这就回去。"

鸣朝看了看环白,迟疑一下:"大嫂买蜜枣了,我闻到一股味道。"

"哦……"环白顿了顿,"怎么了?"

"大哥生前一吃蜜枣,身上就出红疹,所以家里从来不吃蜜枣。"

"大少奶奶,是奴婢该死,奴婢嘴馋了。"门口的芳兰说道。

沈环白往外瞥一眼:"你以后留神,惊到了二少爷。"

鸣朝连忙说:"是我多嘴了,大嫂,告辞。"

他出门而去。

阿盼从桌案底下钻出来,抱着蜜枣袋子仓皇离开。

芳兰扶着沈环白往外走。

芳兰说:"奴婢不解,阿盼的事为何要避着二少爷?"

"鸣朝啊读了些书,有些认死理,他虽然知道我用了朱家的耳目,可是这种背地里的勾当,他不大接受,所谓君子远庖厨,眼不见为净,这一点倒是挺像他大哥。"

"啊,真是为难大少奶奶了。"

"总得有人干脏活儿,对吗?"沈环白扫了芳兰一眼,冷不防问,"你觉得二少爷怎么样？"

芳兰猛地一怔，脸莫名地红了："这……二少爷有些认死理。"

沈环白淡漠一笑。

"奴婢不知大少奶奶为何突然这样问。"

"因为你也是会帮男人干脏活儿的人。"

沈环白径自往前走去。

芳兰凝住。

7

风家原本要举行隆重的接风宴，被赵有来拒绝了。风满堂理解赵有来的心情，要躲避追杀，必须隐匿行踪，这八年能活着，赵有来深谙此道，他之所以答应来风家，也是权衡之后的最佳选择——仇敌想不到他会跑到千灯镇，藏进一座深宅，风家承诺会保障他的安全，而且风夫人的娘家也表示了关切。

作为两个家族保护的灯彩大师，此刻，他坐在一间幽静的房间内。

沈环白从外边进来，芳兰跟着，捧了一盘果品点心。

"赵大师若是觉得房间不舒服，可以随意挑选宅院里的房屋。"环白的语气十分敬重。

赵有来嘶声低语："很好了。"

相比于那个制作明器的铺子，这间厢房干净整洁，楠木床宽大厚实，躺上去很解乏。

芳兰把果盘放在桌上，拿起茶壶。

赵有来眯着眼看了看芳兰，芳兰沏茶时，露出白皙的手腕。芳兰感觉到赵有来的目光，手抖了一下，洒出几滴茶水，连忙擦拭。

沈环白视若无睹，接着说："端午撞天灯，是我们风家与朱家、罗家的……"

赵有来摆一下手："无须多言，我来风家就是制作灯彩，其他事与我不相干。"

"是，请您休息好以后，坐镇灯舍，风家的二少爷接受您的教诲。"

赵有来点了一下头，目光又投向芳兰，芳兰退缩。

这时，风寅忽然跑进来。

"娘——娘，看我用萤火虫做的灯笼。"

环白瞪了儿子一眼："虎儿，注意礼节。"

风寅捧起小灯笼给母亲看，视线转到赵有来脸上，脱口而出道："你的脸怎么长得像茄子？"

芳兰掩嘴没敢笑。

环白有些生气："虎儿，怎么说话呢？快向赵大师道歉！"

赵有来居然笑了一下，嘶声说："因为我是茄子精变的。"

风寅睁着圆溜溜的眼睛看着他："是真的吗？"

赵有来拿过风寅手上的小灯笼，薄薄的灯罩里，一群萤火虫在飞，透出朦胧的光。

赵有来问："这是你做的？"

"嗯。"

"谁教你的？"

"二叔。"

赵有来随手抽出一根竹节，反着插到另一侧，编个弧形，重新递到风寅手上。灯笼里的萤火虫成了两组，忽上忽下、忽合忽分、忽而交叉，光线变化无穷。

风寅惊呆了。

沈环白深吸口气："果然名不虚传。"

赵有来流露出厌倦的神色。环白连忙拉起儿子，带着芳兰告辞出来。

晚上，在沈环白的内室，芳兰铺好被褥，端来热水准备给环白洗脚。

环白说："不必了。"

"啊？"芳兰愣住。

"你去伺候赵有来。"

"啊……"芳兰惊慌，"大少奶奶，奴婢犯了什么错吗？"

"你很好，我不是在惩罚你，是在奖励你。"环白说。

"奖励？"芳兰一脸错愕。

"你也看得出，赵有来喜欢你，他在外边逃亡多年，心里缺少慰藉，你去了，他会对你好的。"环白语气平淡。

"可是，我……"

"没什么可是，你的身子迟早要交给男人的，能交给赵有来是你的福分。把他伺候好了，是你的本分。"

芳兰想起赵有来直勾勾的目光，不禁哭起来。

环白冷声："哭什么？你不是一心也想往上走吗？你走出这一步，慰藉了赵有来、报效了风家、幸运了你自己，天底下哪里还有这么周全的事？"

芳兰捂着嘴哽咽着。

环白语气一缓："你家里的爹娘需要贴补的钱，以后不用操心了。"

芳兰抬起脸，慢慢抹掉眼泪。

翌日晨起，风鸣朝兴冲冲去向赵有来请安，忽然看到芳兰从赵有来的房间出来，脚步踉跄着，眼角有泪痕。

鸣朝一愣："芳兰，你怎么了？"

芳兰看到鸣朝，颤抖一下，捂着脸跑开了。

鸣朝怔怔地走到房间外，透过虚掩的门看见赵有来躺在床上，手上抓着一个红肚兜。鸣朝停顿片刻，转身离去。

他在庭院里徘徊，说不上是什么心情，反感、生气、无奈、羞愧，最终变成了烦躁。

风满堂走过来："鸣朝，你在做什么？"

鸣朝连忙行礼："孩儿给父亲请安。"

"看你这副样子，谁招惹你了？"

鸣朝郁闷地低着头："我不知道该不该问大嫂，为何让芳兰去伺候赵有来。"

风满堂沉吟一下："哦，倘若是这样，你当然不该问，芳兰是你大嫂身边的丫鬟，你凭什么过问？

"可是，这个家难道……"鸣朝不知该说什么。

"我问你，你大嫂是不是为了这个家？"

"是……可是……"

"我实在不解，你难受的原因是什么？"

"芳兰不是自愿的。"

"你喜欢芳兰？"

"不，我只是同情她。"

"这就是你的毛病，"风满堂摇头叹息，"什么时候才能让你真正醒来，让你明白什么重要，什么不值一提？"

鸣朝痛苦地低着头。

"与你大嫂比起来，你差得太远了，"风满堂说，"你现在知道我为什么忧心，鸣朝，我再次问你，你懂得为父的心吗？你要尽快强大起来，要能撑起这个家。"

鸣朝怔怔的，等他回过神，看到父亲离去的背影。一片阳光照在父亲身上，鸣朝似有所悟，要守住风家，也许就是要守住墙壁后边的阴影。

但他以往一直坚信的，墙壁后边的阴影，可以被灯火照亮。

然而此时此刻，他有些动摇了，他坚信的东西，真的就这么不堪一击吗，就像一个丫鬟脆弱的尊严？

忽然，鸣朝想起了甘茉，这一瞬间，直击肺腑，让他真正地明白了甘茉的心灵为何如此神圣，如此可贵。因为甘茉那样单纯地拥有着灯火的光明，她从来没有怀疑过，世界上哪有灯火不能驱散的黑暗。

接着鸣朝又想到自己对甘茉的妄念，难道不是一种罪孽？

甘茉已经嫁作人妇，他却思慕不止，迫切想要拥有甘茉。

他一方面坚守道义，在家里不认同大嫂的一些行为，可是另一方面，无法抑制内心对甘茉的爱欲。

这份痛苦纠结，何时走到尽头？鸣朝不知道，也许等他真的拥有了甘茉，他才能重新做个更好的人。

第十二章

留下一抹绚丽的霞光

1

朱宅的一切运转都为了备战端午撞天灯。

灯坊成了朱宅的核心，甘茉则是灯坊的核心。

按她设计的图纸开始制作的花灯，匠师们无从反驳，他们甚至常有看不懂的地方，需要甘茉亲自处置。他们的心情已经不是郁闷，而是战栗，不明白这个年轻女人是怎么想到这些的，他们本来是忍气吞声被支配着，很快就成了惊叹，然后是惶惑，继而变得小心翼翼，如同面对一个未知不明的神秘事物。

除了曹大葫、丁匠师、郑匠师主要配合甘茉以外，还有四个小工匠打下手，日常搬灯架、移除杂物，以及完成各种粗浅的活计。

小工匠们对甘茉敬若神明、畏之如虎。

甚至有小工匠考虑在自己身上贴符咒，用来对抗甘茉发出的力量，因为在他的认知中，女人具有这样的能力是不祥的，神秘莫测，非常可怕。

今天晌午，灯坊突然发生了火灾，便成为一个例证。

起火时，甘茉正在灯坊外间，与朱加亮说话。甘茉这几天不舒服，嗓子痛，加亮给她泡了胖大海，让她喝，还催促她休息一会儿，但她更想吃薄荷，却没有时间去花园采摘。

就在这时，听到有人喊："走水了！"

加亮一惊，先侧过身护着甘茉，一看从内厅冒出了烟，两个小工匠正往外跑。甘茉扔下杯子，朝内厅跑去，加亮拉着她。

"别忙，先看看情况。"

"来不及了，你快去喊人。"

"你去喊人，我进去看！"加亮推开甘茉，自己跑进了内厅。

甘茉不放心，随手抄起一根竹竿，冲入内厅。

起火的是他们正在制作的花灯，硕大的灯架上烟雾滚滚，曹大葫和丁匠师正往上泼水。水是从旁边的缸里取来的，就是为了防备火灾。朱家的防火措施完备，尤其是灯坊，内厅的角落有个小门，平时不打开，专为防火用。

加亮撞开锈死的门，到了后边小院，这里有"水龙"，连接井水，加亮用力压动木杆，甘茉跑过来，两人一起往下压，一股水从牛皮管喷出。

甘茉拉着牛皮管，从小门进来，虽然长度不够，但水流可以喷到灯架上。

曹大葫和一群工匠用木桶泼水，双方齐发力，火很快灭了。

朱守信匆匆赶来，查事故原因，排除了人为破坏。丁匠师承认是他操作不当，灯芯倾斜了，在他们没有注意时，油脂一点点流出来，与另一侧用来照明的灯烛碰撞，引发火灾。

朱守信突然联想到十八年前，罗家的灯会上，火灾是朱家提供的油脂引起的，事后调查是意外事故，可当时无法复原事故经过，如今看来，很可能也是花灯在安装中，灯芯倾斜，因为现场有很多灯品，难免疏漏，导致灾难发生。

这也说明了，朱家的油脂受热后易于融化，因此灯芯的密度需要加强。

没想到，十八年前的谜题竟然这样解开了。

不过这很难让罗顺子相信，罗顺子十几年来认定朱家坑害了罗家，何况，"朱家的油脂受热后易于融化"间接地成为事故的引子，这更是说不清楚的问题。

加亮看着他爹的脸上亦喜亦悲、亦惊亦愁，不知怎么了。

"爹，丁匠师只是一时疏忽，您不会惩罚他吧？"

朱守信回过神，吁口气："大敌当前，不可自斩良将。"

说完，他背着手走了。

加亮学着他爹的样子，背着手说："丁师，你自己反省一下吧。"

"是，我疏忽了。"丁匠师低着头。

"曹师，你要多费些心。"加亮说。

"应该应该，我也疏忽了。"曹大葫说。

加亮走到甘茉身旁，轻声笑着问："娘子，你看我像不像咱爹？"

说者无意，听者有心，甘茉心里一痛，但她看着加亮憨直的表情，吁口气，淡淡地说："灯架烧坏了，需要重做的。"

"啊，那又要熬夜了。"加亮苦着脸。

事情虽然这么解决了，但一个谣言在灯坊里悄悄蔓延：因为女人成了灯坊的主宰，所以惹恼了灯火神，降罪烧毁了灯架。

一时间人心惶惶，生怕发生更大的灾难。

那个小工匠，终于还是悄悄在自己身上贴了符咒，当他站在甘茉面前时，便觉得自己克制住了这个可怕的女人。

就在火灾发生的那天傍晚，阿忠也遇到了可怕的女人阿盼。

那天，阿盼趁大家都在关注灯坊，自己溜到第三进庭院，来寻找那扇可能存在的暗门。她顺着绿藤墙摸索，阿忠突然尾随而至。

"你这些日子鬼鬼祟祟的，我就知道你没安好心。"阿忠说。

"我是随便走一走。"阿盼辩解道。

"你跑到这墙边做什么？"阿忠逼近，"马上跟我去见老爷。"

阿盼恐慌。阿忠上前抓她的胳膊，她却反客为主，抱住了阿忠。阿忠一惊，急忙推开她。

"你做什么？"

阿盼笑笑："你身上沾了我的脂粉，到了老爷那里，我就说你非礼我。"

阿忠哼了声："我阿忠是什么人，岂是你能诬陷的！"

"我如今是夫人的贴身丫鬟，说你非礼我，老爷一定过问，他最是多疑，你认为他还会相信你吗？"阿盼一边说，一边用手抓自己的脖子，眼睁睁地，指甲在脖子上划出几道印痕，"我就说，这是你抓的。"

"什么……你……"阿忠目瞪口呆。

阿盼腻着媚笑："你乖乖地别管我的事，我会给你好处的。"

她用肩膀在阿忠胸口顶了一下，露出了敞开的肩头，然后扬长而去。

阿忠怔怔地，低头离开。

绿藤墙的角落，掉落了阿盼的一只银耳环。

2

天有不测风云。晴得好好的天空，忽然乌云密布，鸦群似落叶从千灯镇上空卷过。

随后迎来了初夏少见的阴雨，断断续续下着，季节仿佛退回到春寒时节。河面上漂过的船呈现出乌青色，河水在雨中扰动着无穷的涟漪，仿佛人的愁绪。

罗顺子撑着一把纸伞，走到石桥上，骤然一股大风吹起，纸伞倒翻，脱手而出。

回想半年前，那个腊月的黄昏，罗顺子回归千灯镇，也是撑着一把纸伞。

那时她眉眼狭长，睨视河岸。那时她买了一串糖果子，追思母亲的遗愿。

可今天，她在风雨中望着跌入河中的伞，如一只残破的纸船缓缓漂去。

罗顺子把宅中佣人打发了，专门给了小菱一笔钱，还把那只袖珍猫儿送给她。小菱哭着不愿走，是多一好把小菱接走的。多一好还把酒馆里专做太湖三白的厨师辞退了，因为是邱卓找来的人，做生意的就怕无妄之灾，撇清关系比较好。

如今邱知府已被告发了贪污，连带还有邱卓欺男霸女的恶劣传闻，父子二人，押往京城接受问讯。

邱卓是被突然抓走的，临行无法见到罗顺子，只让人捎口信：莫思莫念。

罗顺子枯坐了一夜，没有流一滴眼泪。

第二天，罗顺子来找邱金谷。

"你堂弟出事了，你不管吗？"罗顺子见面就问。

邱金谷淡漠一笑："你这个态度，可是救不了人啊。"

"邱先生，你知道邱卓不是欺男霸女的人……"

"我知道又如何？告发他的又不是我。"

"你在京城交游广阔，总能找到肯听你说话的，需要多少钱，我都会给。"

"罗姑娘，你怎么还不明白？他们出事就是因为钱。"

罗顺子痛苦地扭着手指："请你出面担保，还邱卓一个清白。"

邱金谷看着罗顺子，似乎在欣赏她的痛苦，罗顺子像换了一个人，坐卧不宁。

邱金谷忽然像是想起什么，说："倒是有一个办法，可以帮到邱卓。"

罗顺子倏地抬起脸："什么办法？"

邱金谷斟酌着说："你一直在打击朱家嘛，不妨趁这件事，把朱家卷进来，你就减轻了邱卓的罪责，同时打灭了朱家。"

罗顺子有些迷惑："具体的怎么做？"

邱金谷倾了倾身："让朱家分担罪责，只要你能做证，说朱家为了利益，拉拢邱卓，在背后推动邱卓做一些违心之事，我便能帮你处理后续事宜。"

罗顺子站起身："原来你那个'牛头阿婆'的外号，是这样得来的。"

邱金谷抬脸看着罗顺子："什么意思？"

"表面假装善良像个阿婆，心底里却是牛头马面、地狱的鬼使！"

"罗顺子，到这种时候了，毛病还是不改。"

"把我当枪使，你还是别做梦了。趁着别人有难，达到自己的险恶目的，你这种人最是卑鄙。不错，我是和朱家有怨，可我不能颠倒黑白、诬陷别人，我要对付朱家，用得着偷偷摸摸，像只耗子一样钻地洞吗？"

"你……"

罗顺子笑："真要谢谢你，我憋闷了这几天，终于痛痛快快地出了一口气。"

邱金谷咬牙："你就不怕我落井下石，踩邱卓一脚？"

"你是他堂兄，害自家人的后果你想过吗？劝你老实点，咱们井水不犯河水。"

罗顺子转向门外。

邱金谷愤然："还以为邱卓给你撑腰呢？没有邱卓，你就是一只死蟹，还想横行霸道？"

"我是什么需要你来评价吗？蠢材。"罗顺子冷笑，扬长而去。

麻脸随从走进来，朝门外瞥一眼，问："先生，要不要灭了她？"

"哼，一个不知天高地厚的骄狂女子，根本危害不到我，何必多此一举？"邱金谷说，"我们要盯住目标不要分心，朱家和风家才是猎物。"

"是。"

"阎叔抓住了吗？"

"他……忽然又不见了，那个明器铺子也关了门，里面的人去向不明。"

邱金谷冷冷地盯着麻脸，麻脸一哆嗦跪下。

"先生，我一定抓住阎叔，把他灭口。"

"你记着，阎叔不死，你就死。"

"是，是。"麻脸仓皇退下。

3

风家的灯舍里，气氛肃穆，风鸣朝率领十名匠师迎接赵有来。

之前的几天，赵有来只顾吃喝休息，没有一丝制灯的愿望，风家人虽然焦急，却不敢催促。直到今天，赵有来终于走进了灯舍。

他一进来，场面便有一阵骚动，因为他居然带着丫鬟芳兰。

刹那间，风鸣朝有些愤然，觉得赵有来似乎在挑衅，但立刻压下心中不满，赵有来做事不会顾及他人的想法，即使有，他也得忍耐，风家必须依靠赵有来，这便是父亲说的轻与重。

芳兰极快地瞥了风鸣朝一眼，低垂眼睑，像一根木头似的跟着赵有来。

风鸣朝扫视匠师们，用目光示意他们安静，匠师们停止骚动。

鸣朝说："恭请赵大师……"

"芳兰身上的香气很好闻，我的手就不会发抖了。"

赵有来嘶声说着，随手拿过一盏八角纱灯，三两下拆得干干净净，只剩一副骨架，所有内部构件整齐地摆放在桌案上。

鸣朝呆住了。

赵有来忽然指着一个匠师说："你可以出去了。"

"啊？"匠师愣了愣。

"还有你。"赵有来指向另一个匠师。

鸣朝忙问："赵大师，这是何意？"

赵有来没有理会他，兀自指点着："还有你、你、你，都出去。"

他一共指出七名匠师。

鸣朝问："请赵大师明示。"

"芳兰的存在让他们心神不宁，这样的鼠辈，留着何用？"

鸣朝一惊，赵有来把芳兰带到灯舍，原来是考验匠师的专注力。鸣朝不由得为自己的胸怀感到汗颜，原本对于赵有来的不满，转化为了些许敬畏。

鸣朝挥手驱逐了那七个匠师，剩下三个。

赵有来指着其中一个年轻匠师："他最专心，丝毫没有被芳兰扰乱。"

鸣朝清了清嗓子："咯……他只喜欢俊美男子。"

"哦，是吗……那你也出去吧，以免我不安全。"赵有来指着匠师。

匠师看了看赵有来的茄子脸，冷淡离去。

赵有来说："芳兰，你也可以走了。"

芳兰鞠躬，退下。鸣朝再也没有看她一眼。

灯舍里仅有的两名匠师，与风鸣朝一起望着赵有来。

鸣朝问："赵大师能否告诉我们，要做什么灯彩？"

赵有来嘶声说："你知道那首《走马灯诗》，第三句是——"

鸣朝想了想，说："风鬣追星低弄影。"

赵有来说："我们做的，便是'风鬣追星弄影灯'。"

鸣朝莫名感觉一阵战栗。

接着他似有所悟："难道说，那四句诗，每一句都是一盏花灯，一共四盏灯。"

赵有来终于正眼看了看鸣朝："你有些悟性，说得不错。四句诗，便是四盏走马灯，是我的先祖赵萼独创的四种奇灯异品。"

鸣朝低诵："飙轮拥骑驾炎精，飞绕人间不夜城；风鬣追星低弄影，霜蹄逐电去无声。"他感慨道，"每一盏灯的规模、形态，都让人不可思议，心向往之。"

这时，有小厮在灯舍外禀报："二少爷，有客来访。"

鸣朝扭脸说："我没空。"

"她叫罗顺子，说有急事相求。"

鸣朝还没反应过来，赵有来惊问："罗顺子在千灯镇？"

鸣朝愣了下："赵大师认识罗顺子？"

赵有来自知失态，平定语气："听说过，罗鬼工的后人。"

"是啊，她本家就在千灯镇。"

"噢，我倒是疏忽了。"赵有来脸上阴晴不定。

"您有话要说吗？"鸣朝问。

赵有来纠结一下："没有，你去忙吧。"

"嗯，晚辈去见见罗顺子。"

鸣朝来到会客室，罗顺子正在焦急等候。

鸣朝欠欠身："罗姑娘，不在家里准备端午撞天灯，还有闲心来我家？"

"二少爷，你知道我为何来，邱卓出事了，你不能坐视不理，你们有同窗之谊，请你帮一帮邱卓。"

"邱卓是受了他父亲的牵连，我能怎么帮？"鸣朝说。

"外边诬陷邱卓欺男霸女，你和他一同念过书，这半年他在千灯镇如何行事，你都很清楚。"

"我知道邱公子为人，可我有心无力，没有门路啊。"

"风家在苏州的名声很好，与官宦贵胄也有私交，听说宁大人母亲百岁寿辰，风家献上花灯拜寿，很得老太太欢心，请你通过宁大人这条线，为邱公子作保。"

"这……"

"罗姑娘这自以为是的毛病，还是不改啊。"门外传来沈环白的声音。她一步跨过门槛，走进会客室。

鸣朝行礼："给大嫂请安。"

罗顺子看看沈环白："见过大少奶奶。"

"哎哟，这可不敢当。罗姑娘忽然这么客气，我还以为认错人了。"

罗顺子深吸口气，平定心情。

鸣朝说："大嫂，罗姑娘来谈邱公子的事。"

沈环白淡漠一笑："官场上的事，瞬息万变，罗姑娘也明白了吧。"

罗顺子垂着眼皮，默默地听着。

沈环白在她面前踱步："你天赋高，本领强，不可一世，还有邱公子撑腰，让人又恨又怕却拿你没办法。"

罗顺子一动不动。

环白说："可你怎么就少学了一句话，叫作'人有旦夕祸福'？没有谁永远是上天的宠儿。天意就像天气，说变就变，在你嚣张狂妄的时候，最应记住这一点，尤其是当有人主动向你示好，愿意和你做朋友时，你不该把她的礼物，从墙头扔出来。"

罗顺子笑了。

"你笑什么？"

"我都忘了，那是去年腊月的事，大少奶奶记仇记得深哪。"

"我是在教你做人。"

"这也难怪，自己上赶着去巴结我，被我甩个冷脸，自然不喜，这根刺，扎在心头，终于看到我落难了，以为就可以拔出这根刺，扎到我身上？沈环白，你想错了，你永远够不到我，我罗顺子就算跌到泥潭深渊，也比你这种势利小人站得高！"

沈环白脸色发青："这可真是天大的奇闻，我头回遇到，跑来求人的，居然这么狂妄。"

"难道我低声下气向你哀求，你就会帮我吗？"罗顺子冷笑，"何况我今天来拜访的并不是你，我见的是风二少爷，怎么你连风二少爷的事，也要管吗？"

沈环白被噎得说不出话。

鸣朝说："大嫂，不必与她一般见识。罗姑娘，我知你心中焦急，不过，我们风家帮不了你。"

这时，芳兰来到门外，说："大少奶奶，有事禀告。"

环白说："芳兰，进来吧。"

芳兰走到环白身旁，俯在耳边低语。环白脸上掠过一丝惊讶，看了看罗顺子，然后轻声问了芳兰一句，芳兰又在她耳边低语，环白更加惊讶。芳兰告退。

鸣朝不明白发生了什么，疑惑地看着环白。

罗顺子向鸣朝欠身告辞，往外走。

沈环白忽然问："罗姑娘，你做什么去？"

罗顺子一愣，鸣朝也愣住了。

罗顺子扭脸："我做什么，与你有关吗？"

沈环白问："你不打算救邱公子？"

罗顺子说："离了你们风家，难道邱卓就会死？"

沈环白说："你当然还会想别的办法，但后果难料。"

鸣朝十分困惑："大嫂有话，可明言。"

沈环白走近罗顺子，沉声说："你只要拿出《元朔花灯谱》，风家一定设法救邱公子。"

罗顺子怔住。

鸣朝大惊："什么？罗姑娘手上有《元朔花灯谱》？！"

沈环白依然盯着罗顺子。

罗顺子冷声问："你怎么知道我有这本书？"

"我反正已经知道了，你愿意不愿意做这个交换？"

罗顺子瞬间坠入往事中。在她十二岁那年，冬夜，母亲蜷在冰冷的床上，拉着她的手哭着说："娘走了，你以后怎么办呀？"然后母亲盯着她的手，很久，下定决心，取出了那本《元朔花灯谱》。

"你是罗家的孩子，这本书是罗家的命根子。你和这本书，从此相依为命吧，你们要毁便一起毁。明白吗？生便一起生、毁便一起毁！"

"娘，我明白了。我记下了。"

《元朔花灯谱》不仅是一本失传的绝品，而是母亲，乃至罗家，留给她的唯一纪念。除了这本书，与罗家有关的一切，都与罗家旧宅一样，在荒草中湮灭了。

"好，我们做交换，"罗顺子毫不犹豫地说，"我把《元朔花灯谱》给你，你们一定要救邱卓。"

4

《元朔花灯谱》摆在桌子中间。

风满堂、风鸣朝、沈环白伫立在桌边。

罗顺子离开后，他们就这么站着看，似乎在看着一个从天而降的、不可思议的奇迹。

风满堂哑声说："多年前就知道罗家拥有此书，罗家败亡后，以为书也跟着毁掉了，没想到因缘际会，归入了我们风家。"

沈环白说："有了这本书，再加上赵有来的助力，端午撞天灯，风家必成太湖灯王。"

风满堂说："是啊，天意归于风家，这是不争的事实了。朱家仅凭一个甘茉，不足为虑，至于罗顺子嘛，她为了邱卓的事奔忙，连这本《元朔花灯谱》都送出来了，哪里还有工夫制灯？"

鸣朝提醒道:"父亲,罗姑娘与我们风家互信,风家也要遵守承诺。"

风满堂说:"那是自然,无论如何要保一下邱公子。鸣朝,你先去苏州打听一下,快去快回。"

"是,孩儿这就出发。"鸣朝出了房间。

翌日傍晚,风鸣朝返回千灯镇。风鸣朝在苏州拜访过一些朋友,得到的消息是,由于邱知府为官的声名还算不错,跟着落井下石的同僚并不多,主要是他挡住了宁大人的路,宁大人抓住一个把柄,把他拖下马,但究竟要不要置他于死地,目前不好说。至于邱卓,是几个盐商在背后搬弄是非,趁邱知府倒台之际,往邱卓身上泼脏水。

情况大致如此。风鸣朝和父亲、大嫂商量,下一步怎么办。

"拉上朱家吧,"沈环白提议,"若是给邱公子作担保的话,仅凭我们一家是有些冒险,毕竟很多事还悬而未决。"

风满堂点一下头:"风家与朱家同为千灯镇望族,两个担保自然更有分量。"

鸣朝有些发愁:"朱家被罗顺子整治时,邱公子始终站在罗顺子身旁,现在因为罗顺子,去请朱家给邱公子作保,这可太难了。"

环白说:"罗顺子收拾朱家时,朱老爷一直忍让,恐怕不仅是因为邱公子给罗顺子撑腰,朱家自己必有理亏的地方,否则,朱老爷何曾被人欺负成那样,还闷头不吭声的?话又说回来,罗顺子打朱家,朱家实际上没有吃多大的亏,你不是也见过吗?被甘茉反击的情形也是大快人心。"

"嗯,言之有理,那我去一趟朱家。"鸣朝说。

在朱家的会客室,朱守信破天荒地把儿子叫来。以往他从来没让加亮参与过家族之间的谈判。今天鸣朝代表风家,加亮自然代表朱家。朱守信坐在一旁盯着。

鸣朝开门见山说明来意,加亮首先是拒绝。

"邱公子和罗顺子狼狈为奸,把我们家整得很狼狈,你却跑来让我们保他,这不是做梦吗?"加亮说着,看了看他爹。他爹面无表情。

风鸣朝预料到会有这些话,淡淡一笑说:"我们两家,都曾与邱知府有来往,且交情不浅,邱知府若真的遭了大罪,我们恐怕也得受一些牵连。"

"我们在说邱公子,你怎么扯到邱知府了?"

"道理是相通的,这就叫唇亡齿寒。"鸣朝说。

加亮又看看他爹，他爹面无表情。加亮问鸣朝："保了邱公子，我们有什么好处？"

"邱卓没有欺男霸女的行径，相反，他在市井江湖上交游甚广，是一个自带尊荣的人。在他落难之际，我们两家不计前嫌、不惜冒险为他作保，等他出来后，我们便有了扶危济困的美名，说不定还会写到戏文里，世代传唱。"鸣朝说。

看到这里，朱守信心中慨叹，风家就是家教深啊，人家二少爷一开腔就站在历史的层面。

加亮伸出大拇指："就为了这个扶危济困的美名，你们给朱家五十根碧玉竹。"

鸣朝一愣："什么意思？"

"把你们风家的碧玉竹，拿出五十根给我们。"

鸣朝惊讶地看着加亮。碧玉竹可以对应朱家的长明灯油，都属于花灯的上等材质，也是被那些不良之徒渴求掠夺的绝顶资源。

鸣朝有些气愤："原来早有预谋，竟然强行索取我家的珍品。"

"加亮，你说得不对。"朱守信开口了。

"啊？"加亮愣住。

"不是五十根，"朱守信缓缓开口，"是一百根碧玉竹。"

加亮惊讶地看着他爹。鸣朝气得站起身。

"朱老爷，这是趁火打劫！"

朱守信冷哼一声："风家交出一百根上等碧玉竹，我就在具保书上签名。"

"碧玉竹一根八十两银子，你一开口就要一百根。"

"怎么，风家心疼八千两银子吗？"

鸣朝愤慨："关键是它有钱也没处买！"

朱守信盯着鸣朝："你们肯定从罗顺子那里得到了天大的好处，否则怎么会急火火跑来为她求情？你刚才说得对，趁火打劫，我们趁的不是罗顺子的火，是你们风家的火。"

"你……你们父子，沆瀣一气。"

加亮跳起身："你们风家，一丘之貉。"

他扭脸看着他爹："爹，我用得对吗？"

"我儿很对。"

鸣朝气得脸庞涨红。

朱守信淡然扫了一眼："你们风家考虑吧，我们不勉强。"

加亮说："送客。"

鸣朝拂袖而去。

一个时辰后，风家送来了一百根碧玉竹。

当天晚上，罗顺子拿着具保书，纵马奔赴京城，一刻不停歇。

她跑过了河流和村庄，跑过了山林和旷野，她向前飞奔，奔向邱卓落难之处。

5

话说朱家的匠师们，面对一百根碧玉竹，震惊得说不出话。他们虽然见过，也用过碧玉竹，但从来没有体会过，碧玉竹累加起来带来的冲击力。碧玉竹除了外形的美，更兼具了柔韧性和坚硬度，竹节可以承受百斤重量，同时又可制成薄如蝉翼、细如发丝的竹篾丝，甚至可以直接编成半透明的灯皮，似绸、似绢。

朱守信让甘茉进一步精挑细选，从这一百根碧玉竹中，选出更好的。

灯坊全力运转，之前被火烧的竹架，正好废弃掉，重新开始。

在甘茉的主宰下，朱家要造出从未有过的花灯。

风家同样处在高度振奋中。意外得到的《元朔花灯谱》，更让赵有来欣喜异常。因为花灯起源于汉代，这本书可以称为源流之书，是花灯的圣典。有了本书的加持，便可以从源头上复原花灯之美。

他告诉风鸣朝，结合《元朔花灯谱》，他要把先祖赵尊独创的四种奇灯异品，融会贯通——也就是说，以"风鬣追星弄影灯"为主体，把另外三盏奇灯融合进来，发挥出"走马灯"的极致美。

鸣朝听呆了："赵大师，我们还来得及吗？距离端午节不到十天了。"

赵有来嘶声说："你只要让我每天多看看书，就可以完成。"

《元朔花灯谱》被鸣朝掌握着，这是父亲的意思，虽然风家必须依靠赵有来，可这本奇书断然不能交给他，赵有来也理解，他的要求就是多看，能看一眼都是赚的。所以就会出现两人正在忙活着制灯，赵有来突然提出要看书，鸣朝只好从怀里掏出书，小心翼翼地捧到赵有来面前。赵有来说，翻，再翻。鸣朝就翻过一页，再翻一页。

除了对于书的向往，赵有来还对风寅表示出欣赏，觉得这孩子很聪明，是块材料，若能悉心栽培，将来必成大器。风满堂听到后，不置可否。

这天傍晚，吃过饭，难得的放松时间，风寅跑来向赵有来请教问题，又拉着赵有来去花园里捉萤火虫，赵有来唯独对风寅很有耐心，或许是体会到不曾有过的家的感觉。一老一少正在戏耍，赵有来忽然看到树丛后面有个仆人朝他示意。他定睛一看，不禁一愣。

赵有来说:"虎儿，你该回去见你娘了。"

"哦，您呢？"

"我再歇一歇就去灯舍了。"

虎儿离开后，赵有来走到树丛后边，那仆人是阎叔。

赵有来有些紧张:"你怎么混进来的？"

阎叔苦笑。"我十四岁进风家，如今整整三十年了，进这里还不容易。"

"你明知道风家发了悬赏抓你，还敢露面？你是不是又想坑害风寅？"

"我跟你说过，绑架风寅是邱金谷的谋划，而且主要办事的是阎婶。"

"你是同谋啊……"

"是，我知道，我今天找你就是为这事，"阎叔左右看看，"你现在是风家的座上宾，说话一言九鼎，你把邱金谷绑架风寅的事告诉风家，风家必定要对付邱金谷，那我便解脱了。"

"你怎么糊涂成这样？我一没证据，口说无凭，突然指证邱金谷，反而让人起疑；二是邱金谷有势力，倘若知道我整他，会把我的下落告诉我的仇敌，前来追杀我，我还往哪里躲避？"赵有来叹口气，"我已经厌倦了，现在就是求一份安稳的生活，风家对我很好，要甚有甚，就不掺和你的事了。"

"老赵……"

"我劝你啊，离开江南，远走高飞吧。"

阎叔咬着牙:"我在这里活了一辈子，去哪里逃难？再说阎婶死在邱金谷手上，我能一走了之？"

赵有来说:"不听劝，我也没办法，以后别找我了，我欠你的情，也还完了。"

他转身离去。

"老赵……"

阎叔还要呼唤，看到不远处有两个仆人经过，急忙蹲在树丛里。

天黑了，阎叔戴着斗笠在街角徘徊，如孤魂野鬼。他有些饿，到一家食铺前，正要买些吃的，忽然看到方脸、麻脸两个随从经过。他吓得退缩。借着昏暗的灯光，麻脸瞥了一眼，愣了愣，猛地拉住方脸的衣袖。

"是阎叔！"

"什么？"

阎叔撒腿便跑。两个随从追杀。

阎叔一口气跑到一座围墙外，藏在黑暗中辨别一下，这正是李翰林的宅子，也就是邱金谷的住处。阎叔蜷缩在墙根，眯眼想了想。远处传来麻脸的声音。

"跑哪儿去了？"

"那边——"

阎叔咬牙起身，拼命扒着墙头爬过去。最危险的地方最安全，他们做梦也猜不到，阎叔会躲进邱金谷的家。

6

这天晌午，甘茉终于得个空闲，急匆匆来到花园。为了制灯，她有三四天没有好好休息了，也没有补充新鲜薄荷，感到浑身燥热。她来到花园一角，猛地愣住了，之前她移栽到这里的薄荷，被花匠当成杂草，全部铲掉了，泥土上只剩些萎缩发黑的枝叶。

甘茉的脑子瞬间空白，茫然中透出悲哀，她看着那一片空地，嗓子阵阵刺痛，烦躁不堪的情绪涌上心头。她焦躁地踱步，跌跌撞撞往后院走去。

甘茉一路奔向风家的竹园。

远远地嗅到薄荷的芳香气味，令她更加急迫。她钻进竹林，朝着那片熟悉的斜坡跑去。一大片碧绿鲜嫩的薄荷，在微风中摇曳。

在她身后，刘三和两个家丁悄悄看着。刘三朝一个家丁使个眼色，家丁转身飞奔而去。

甘茉扑坐在薄荷丛中，双手撕扯鲜嫩的叶子，一大把塞进嘴里，贪婪地吞吃着。连日来所有的担忧、害怕失败的压力，都在鲜嫩的叶片中融化了，变成一股清凉的气息，从喉间直达肺腑，心在沉醉中飞扬。

那名家丁奔进了风宅。

"大少奶奶——小人特来禀报，"家丁喘上两口气，"朱家少奶奶又去了竹园。"

环白站起身，指着家丁："你们守住了吗？"

"刘三守着。"

"这次一定要稳妥，"环白招手叫来芳兰，对她耳语。

芳兰奉命而去。

环白对家丁说："你快回竹园……记着，不要惊动二少爷。"

"哦……是。"家丁往门外走。

"大嫂有什么事要瞒着我？"风鸣朝从门外进来。

家丁在门口缩起脖子："二少爷……"

环白朝家丁摆摆手，家丁急忙离去。

环白说："鸣朝，进来说话。"

鸣朝跨入门槛："大嫂，宅子里发生了何事？"

"宅中无事，竹园有事。"环白说。

鸣朝一皱眉："难道是……甘茉又去了竹园。"

环白淡淡一笑："真是心有灵犀，我还没说呢，自己却猜到了。"

鸣朝有些紧张："大嫂要对付甘茉吗？"

环白说："鸣朝，你一直是个明白人，明白人最忌讳的就是瞻前顾后。"

鸣朝垂下眼皮。

环白说："你心里明明是想得到甘茉，却又不愿我使用非常手段，那你告诉我，应该怎么做？"

"我是希望……顺其自然。"

环白冷笑："哼，我都懒得驳斥你。"

"大嫂……"

"我今天的话是说得有些重，因为我实在对你失望了。鸣朝，你可记着，对付甘茉可不是为你，是为了给风家搬开一块石头，你只不过正好顺应了风家，这才叫顺其自然，懂了吗？"

鸣朝看着环白："我不希望甘茉受到伤害。"

"那就由不得你了。"

鸣朝转身向外走。

"你做什么？"

"去竹园。"

环白厉声："又要去放火吗？"

鸣朝倏地止步。

环白说："你口口声声说要继承你大哥的遗志，却不惜在你大哥苦心经营的竹园里纵火，只为了放走甘茉。"

"我……那是在平地上烧了些荒草。"

"你在自家竹园放火，倘若被老爷知道，会怎么样？"

鸣朝瑟缩。

环白语气一缓："鸣朝，我始终是在帮你。你大哥生前最照顾你，我不想他在冥冥中失望。"

鸣朝颓然扶着门框，哑声说："那我……去看一眼。"

竹园里，清脆的鸟鸣伴随着竹涛声声，斜阳透过枝间叶缝，漏下一束束金色光线，更显得竹林幽深静谧。

甘茉摇摇晃晃站起身，克制住了自己疯狂吞食薄荷的冲动，此刻的沉醉感，犹如饮了美酒，看着周围的一切都在闪光。

甘茉忽然意识到，自己在竹园停留得有些久，而周围静得邪乎。她慌忙往前疾走，脚下磕磕绊绊，刚走到竹园边缘，突然听到一声断喝。

"甘茉，你在做什么？！"

甘茉一惊，抬头望去，朱守信的身影出现，旁边跟着阿盼，还有两个女仆。朱守信的面容上笼罩着一团煞气，充满了想要吞咬人的可怕力量。

"老爷……"

甘茉受到了突然的惊吓，摔倒在地。

朱守信吩咐："去把她扯出来！"

阿盼说："老爷，这是风家的地盘。"

"趁着没人值守，快！"

两个女仆壮着胆子冲进竹林，一左一右抓住甘茉，硬生生往外拖。

这时，刘三和一群家丁突然现身，从灌木后面冲出来。

"谁这么大胆，竟敢私闯风家禁地？"

那两个女仆拖着甘茉停下了，慌张地看着朱守信。

朱守信说："我来带走朱家人，不打扰众位。"

刘三冷笑："朱老爷，竹园可不是想来就来，想走就走的。"

朱守信说："你算什么东西，敢这样说话！"

家丁们哄笑："朱家少奶奶来竹园偷东西，偷的不是东西。"

朱守信气得浑身发抖。

风鸣朝走过来，对刘三说："行了，你们退下吧。"

"二少爷，"刘三急忙上前，压低声音，"大少奶奶吩咐，要羞辱一番，让朱家好好吐一次血……"

"到此为止吧。"鸣朝说。

"啊……是。"刘三晃了晃脖子，朝家丁们挥挥手，散开。

鸣朝向朱守信拱手："朱老爷，下人不懂规矩，见谅。"

朱守信拱手回礼："是我们朱家叨扰了。"

他朝两个女仆挥手，女仆拖走甘茉。

甘茉喊："我没做亏心事……"

朱守信怒道："丢人现眼的东西，把她的嘴堵上！"

阿盼拿起手帕："少奶奶，对不住，老爷吩咐的。"

手帕塞进甘茉嘴里，甘茉呜呜叫。

鸣朝目送他们远去，心口一阵抽痛，他抑制着悲伤，扭脸不再看了。

朱家人拖着甘茉，一路扬起灰尘。

7

回到朱宅，甘茉便被扔进一间厢房，锁了起来。

加亮在灯坊听说后，大吃一惊，跑去找朱守信。

"爹，为何关起茉儿？"

朱守信黑着脸，嘴角还在抽搐："无法无天了，竟敢偷偷跑进风家竹园！"

"不可能啊，茉儿怎么……"

朱守信震怒："我亲自把她带回来的，说什么不可能？"

"可是您怎么知道她在竹园？"

"风家的下人在街上传，阿盼听见了。"

"这……"加亮十分焦虑，"现在距离端午撞天灯，不剩几天了。"

"就因为这么关键的时候，她居然做出这种事！"朱守信拍着桌子，"枉我对她的信任，把灯坊全交给她，她就这样回报我，让那些匠师怎么看我？他们本来就不服，本来就憋着气，现在该是耻笑我了。"

"他们笑不笑您不重要……"

"你说什么？！"

"啊不，我的意思是，茉儿这么做，兴许是为了朱家。"

朱守信气得嘴唇发青："她从竹林里出来的时候，就像喝醉了酒，她是怎么为朱家的？"

加亮心里一阵焦灼，最害怕的是，媳妇私会风鸣朝。

朱守信怒道："若不是风二少爷说话，我要被风家的一帮下人羞辱！"

"风鸣朝……真的是他……"加亮哑声，"我去看看茉儿。"

"不准去！"朱守信怒指儿子，"你敢接近她，我把你也关起来！"

"爹，花灯怎么办？"

"花灯的主体做好了，曹师他们也不是白给的，我亲手助力，必能完成。"

"不，灯坊离不开茉儿。"

朱守信猛地抡起茶壶砸到地上，在碎裂声中，他厉声道："在这个家，谁敢胁迫我？！"

"春王，别说了。"

门外，朱夫人匆匆走来，阿盼扶住她。

朱守信怒哼："你来做什么？"

"我听阿盼说了，问问怎么回事？"

"哼，甘茉必是与风家暗通款曲。"

朱夫人一惊："她做不到这一步吧。"

"风家曾经想给她赎身,还想让她代表风家与罗顺子斗灯!"朱守信满脸煞气,咬牙道,"风家真是看得起她,她在我家屈才了。"

加亮从痛苦中稍微冷静下来,还是觉得,媳妇不至于在这个关键时刻,突然和风家勾连,媳妇想做朱家的掌灯人,这个愿望才是最强烈的,只有她帮朱家赢了端午撞天灯,她才能获得更多的权利,一步步登上掌灯人之位。

加亮说:"爹,咱们可别上了风家的当。"

朱守信怒视儿子:"难道你媳妇是被风家人绑着去了竹园吗?"

加亮无言以对。

朱夫人问:"老爷,您打算怎么处置?"

"从今往后,甘茉不准再踏入灯坊,还有,她永远别想成为掌灯人!"

站在一旁的阿盼低着头,嘴角牵了牵。

加亮说:"爹,您听我……"

"你再多说半个字,我把你也关起来。"朱守信目光阴沉。

加亮痛苦无奈。

关押着甘茉的房间外,安排了四个仆人,没有朱老爷的命令,任何人不得靠近。加亮试图强闯,被仆人阻挡。

夜里,加亮在梦中挣扎——甘茉在他面前坠入深渊,他伸手去抓她,碰到她冰凉的指尖,眼睁睁看她坠落,她在深渊中仰起脸,澄澈的眸子映着星光。

——相公,我要走了。

——娘子,娘子……

他跪在深渊边,望着甘茉渐渐消失……

翌日晨起,朱守信命令阿忠备车,要把甘茉发配到虎丘山下的斜塘村。

甘茉提了最后一个要求,去城隍庙上一炷香。朱守信同意了,派了两个丫鬟、两个小厮监督,寸步不许离开。

一行人走到城隍庙前,正要进去,加亮提着食篮追上来。

"娘子,吃些早点。"

一个小厮挡了一下:"少爷……"

加亮叱道:"别给个鸡毛当令箭,让开!"

小厮退下。

加亮打开食篮,说:"茉儿,你回去向爹求情,我再帮你说说好话。"

甘茉摇摇头："没用的，他早就看我不顺眼。"

甘茉朝旁边扫一眼，那四个仆人站在不远处。

甘茉低声说："相公，你若是相信我，就帮我掩护一下。"

加亮一愣："你要做什么？"

"进了城隍庙，我要独自去后边，不能让他们跟着。"

"这……"

加亮疑惑地望着甘茉的眼睛，甘茉明亮的瞳仁里含着期望。加亮朝甘茉点点头，他必须支持媳妇。

加亮拉着甘茉的手，突然往城隍庙里跑去。

四个仆人急忙追赶："少爷——少奶奶——"

加亮把食篮甩过去，趁着仆人们躲避，他和甘茉冲向侧屋后面的甬道。

仆人们追上来，加亮在甬道口阻挡，甘茉独自跑进去了。

仆人焦急地说："少爷，我们怎么向老爷交代呀？"

"回去后别乱说话，大家都好。"

四个仆人被堵在甬道口，不敢冲撞加亮，甘茉已经不见了踪影。

甘茉一口气跑进夹屋，推门时急切地呼唤："桑伯——桑……"

屋里没人。

甘茉喘不上气，惊讶地扫视屋子，桌椅放在原位，桑伯却不见了。

"桑伯？桑伯！"

甘茉浑身被一团恐慌的气息笼罩了，惊慌失措。

尽管桑伯多次提醒她，这种情形随时可能发生，可她没有想过，真正出现时会怎么样，是她不敢想。

她颤抖着从袖袋里拿出一张灯图，这是需要桑伯帮她确认的，她不知道这张图能不能成功，但看来已经没有意义了，她即将被赶去虎丘山下，赶到那个童年的噩梦中，而桑伯也消失了，寄托了她十年期望的师父，再也见不到了。

甘茉蹲下，呜咽着。

门外传来轻轻的脚步声，甘茉惊喜地抬起头，昏暗的光线下，高大的身影，是城隍庙的住持。甘茉站起身，哽咽着行礼。

"见过道长……请问，桑伯去了哪里？"

威严的声音响起："桑施主的事情有变，他已离开。"

"有变？他……被抓走了？"

"甘茉施主不必多问，走好自己的路吧，桑施主只能送你到这里。"

甘茉急切地问："我师父留下什么话吗？"

"嗯，桑施主转告你——毫不动摇地相信自己。"

甘茉怔怔地。

"无论多少人贬低你、压制你、怀疑你，你都要相信自己。因为，你就是自己的神。"

甘茉一动不动地站着，等她回过神，门口的身影已经消失。甘茉甚至觉得，刚才的影子只是桑伯留给她的一个化身。

甘茉低头看了看手上的灯图，向外走去。

加亮匆匆迎上来："茉儿，你来找谁？"

甘茉低喃："已经走了，不会回来了。"

她把那张灯图交给加亮。

加亮一愣："这是什么？"

"端午撞天灯，一切，都在这张图上，"甘茉注视着加亮，"我离开后，就靠你了。"

"这是你画的？"

"嗯，我们一定能赢。"

8

端午节，天灯会。

洞庭西山上各祠庙均要立灯竿，悬灯彩，祭天祀湖，亦称天灯节。

洞庭西山，实为太湖中最大的岛屿，巍然矗立。

此时，西山岛步步是景，灯夹林、点灯坡、五里灯。

花灯不仅是夜里看着明亮，白天亦是五彩缤纷，可欣赏灯皮上的剪纸、丝绸彩缎，灯罩上的各种装饰，是另一番景致。

西山岛东部，山岗起伏，峰嶂叠影，其间挂起一片花灯，近看似素练，远望如灯海。

西山岛北的山岭，重山叠峦之间，无数花灯展现出一片灯浪，与远方的湖浪递相衔接，直至天际。正所谓"危石厅礓挂薜萝，一望平畴翻彩波"。

西山岛的西部，诸峰连绵，重岭叠翠。农家户户挂起灯彩，如百花带露绽放，漫山遍野，荡漾灯海。

西山岛南的消夏湾，壮阔湖面上，樯帆如林、渔舟云集，挂满了花灯，放眼望去，无尽的灯彩，层层叠叠蔓延开，直至水天交接处，与霞光辉映，美不胜收。

这些船上有许多是江南各地的花灯大家，前来见证这场灯王之争。

数百名白衣、红衣人，站在船头梢尾歌唱，宛若从天际飘来的歌声，回荡在太湖上，唱的是《春江花月夜》：

"春江潮水连海平，海上明月共潮生。滟滟随波千万里，何处春江无月明。江流宛转绕芳甸，月照花林皆似霰……"

歌声飘到了洞庭西山的最高峰——缥缈峰，此时云霞绕山，忽张忽敛，变化无穷。

朱守信和风满堂，以及各自的队伍，聚集在缥缈峰上。

周围站着一群士绅名流，翘首以待。邱金谷隐藏在人群后面。

沈环白穿了件玄色花袖袄、灯红裙，黑髻玉簪，端正典雅，坐在绫罗伞下。风寅跟在旁边，芳兰陪侍在侧。赵有来也站在人群中，斗篷遮脸。

鸣朝跟着父亲站在前边，心绪中仍有些忧愁，但努力摒除杂念，沉浸在想赢的氛围中。

朱家那边的队伍，显得有些零散。朱守信背着手站在一块石头前，俯瞰浩瀚的太湖。阿忠在侧，曹大葫等匠师围在旁边。

阿忠正躬身禀报，语气不安："晨起少爷还和我们一起出发，方才上山时，才发现他已经不见了，我叫人四处寻找，山上山下皆无。"

"孽子，"朱守信低语，"关键时刻逃避，真是没用。"

风满堂缓缓走来，胜似闲庭漫步："朱老爷，怎么不见令郎呀？"

朱守信斜睨："犬子自有安排。"

"不到一个时辰，端午撞天灯就开始了，少了朱家的传人，实在是遗憾呀。"

"风老爷顾好自己，我家的事何须风老爷操心。"

"说起来，那罗顺子，是不会参加这场盛会了，归根结底，还是我们两家争王，我希望朱家拿出最好的花灯，斗出个精彩。"

"听风老爷的口气，颇有信心啊。"

"呵，我们从不轻敌。"

此刻风起云涌，一阵阵的大风从山顶掠过，云层前开后合，天色忽明忽暗。

一声鼓响，接着又一声鼓响。

朱家和风家的鼓手，擂起了战鼓。

两位大当家，走到各自的瞭望口，向山下望去。

在消夏湾那一片壮阔的湖面上，渔舟云集处，传来了呼应的鼓声。

一阵紧似一阵，峰顶与湖上的鼓声交相回荡，震动西山。

接着，樯帆如林之中，陡然冲出两条龙舟，两家各有十几名精壮汉子，全力划动木桨，龙舟如离弦的箭，奔向西山岸边。两条龙舟顶上，各自站了一名身形修长的男子，手举长竿，挑着一盏纱灯。龙舟在飞速前进中，那两人岿然不动，只有高竿上的两盏纱灯，摇曳晃动，灯上的"朱""风"字迹忽隐忽现。

这便是"追灯"。

两条龙舟几乎同时抵达岸边，早有两队人等候着，领头的从空中接过纱灯，向山上奔去。

这叫"传灯"。

两队人护着各自的传灯手，越跑越快。

到了西山的半山，两名劲装男子怒目而立，他们接过纱灯，继续往峰顶冲锋。

同时，他们不断用自己手中的纱灯，撞向对方的纱灯。

这是"撞灯"。

两盏看似普通的纱灯，比拼的是最基础的实力，灯骨的坚韧、灯芯的安稳，全在这激烈的碰撞中，呈现在世人面前，来不得半点虚假。谁家的灯被打破、打灭，谁就输了士气，谁就自惭形秽。

两人一边飞跑，一边猛烈地撞灯，奔向峰顶……

9

虎丘山下的斜塘村，寂静无声。

一座幽僻的小院里，几个工匠坐在小凳上，低头摆弄着竹篾。一个中年女人在廊下洗衣服。

突然，一个人影冲进来。

小工匠昏昏然抬起头，一惊："少爷？"

朱加亮喝问："少奶奶在哪里？"

"少爷，您不……"

加亮推开他，朝一扇紧锁的房门冲去，中年女人急忙迎上来。

"老爷吩咐了，少奶奶不能放出去。"

"相公——"甘茉在门里喊。

加亮捡起一块砖。那几人吓得后退，加亮把门上的锁砸掉。

"娘子！"他冲进屋。

甘茉脸色有些苍白，抓住加亮的胳膊："你怎么才来？"

加亮的眼泪忽然流下来："娘子，你受苦了……我爹那个苦瓜精，气疯了，天天派了四个人盯着我，我敢乱动，他非杀了我不可。"

加亮拉着甘茉往外跑，那几人不敢拦。

加亮说："幸好今天，能用的人都带到洞庭西山了。"

"花灯做好了吗？"

"按照你留下的灯图，所有细微处都安置好了。娘子，你让我做的，我做到了！"加亮语气一转，"花灯成了，可我心里实在没底。"

"我们走。"

"船我备好了。"

两人飞跑到河边，跳到船上，奔向洞庭西山。

"快，再快些。"加亮催促艄公。

艄公拼命撑船，正在匆忙间，河上漂来两条船，迎面开过来。

甘茉说："当心。"

加亮抬头一看，惊讶地说："河面这么宽，往哪儿开呢？"

他在船头挥手，提醒对方。但两条船没有停下的意思，反而加快了速度。

"冲我们来的！"加亮有些慌了，"快躲着点。"

艄公拼命调整船的方向。迎面一条船猛地蹭过来，把甘茉撞得一趔趄。加亮急忙护住甘茉。

艄公撑着船勉强摆脱了第一波撞击，在河面上打旋。那两条船掉转方向，再次撞来。

"肯定是风家人，"加亮又慌又气，"他们怎么知道我们在这里？"

"相公，当心！"甘茉喊。

那两条船一起冲过来，加亮拉着甘茉趴下，船被撞得剧烈颠簸。

加亮咬牙切齿："准是奸细通风报信……等我回去非把他揪出来！"

"现在怎么办？"甘茉不安地问。

"看这阵势，他们是不让你去洞庭西山。"

"那我们如何是好？"

"茉儿，别怕，有我在，谁也……"

那两船再次撞来，加亮护着甘茉趴在船板上。

"谁也伤害不了你。"加亮激发了斗志，拿起一支桨，配合着艄公一起拼命地划船。

此时，在河的另一边，相距十数里之外，另有一叶孤舟乘风破浪，奔向洞庭西山。

罗顺子已从京城疾速返回。船上，她的眼前是一堆破灯笼，这是她从沿途的岸边，临时采集来的。有的是年久无人照管，挂在横杆上，风雨飘摇。有的是在野村荒街，勉强还能点亮，明明灭灭。有的是在河边搁浅的船上，不知挂了多久，灯皮销蚀，灯芯不在，残留着一副灯架。

但破损的器物，也是这天地之间的存在之物，有它们的魂魄。罗顺子采集的，便是它们身上蕴藏的花灯之美。是她能体会到的，曾经的光明。

这一刻，她心静如水，拆解灯笼的动作却是越来越快，越来越灵巧。

孤舟在河上颠簸，风在舱外呼啸。

破损的灯笼拆开后，重新归整，排列在面前。她深吸口气，以眼花缭乱的手法重新编织起来。

她的所有力量凝注在手上。

——三叠四捻五横转，六窄七宽八步穿。

这正是她通过赵有来破解的制灯口诀。

但它并不仅仅是一种手法。

罗顺子的肩上映着一道亮痕，舱外的风越来越大，景色迅疾掠过，波涛翻涌的河水发出轰鸣声。

孤舟在天地间穿梭而过……

此时，甘茉的船，继续奔向洞庭西山。后面的两条船紧咬不放，疯狂地追赶。

加亮拼命划桨。他看着船舱里，甘茉的剪影，静静地坐着，那给了他力量，他咬紧牙关，用尽全力地划动木桨。

远远地，可以看见洞庭西山的轮廓……

突然，嗖的一声，后面的船上飞来一支箭，擦着朱加亮的肩膀飞过去。

甘茉在船舱里大喊："当心！"

朱加亮喊："别出来，茉儿！"

又一支箭飞来，正中艄公的后背。艄公惨叫一声，跌入河里。

甘茉的船失去力量，在漩涡里转动，被赶来的船狠狠撞击。甘茉身子一歪，惊叫着往河里倒去。加亮冲来抱住甘茉，双双滚落在船板上。

没等他们喘定，两个蒙面黑衣人一前一后跃到船上，挥刀便砍。

加亮抡起木桨抵挡，护着甘茉。

"娘子，我就是死，也要把你送到洞庭西山！"

黑衣人越发凶狠，一刀接一刀猛砍。甘茉在翻滚中躲避着，与加亮分开了。一个黑衣人举刀刺向甘茉的胸口。加亮来不及去救，危急中，他猛地把船晃了一下，那黑衣人身子一歪，刀锋划过甘茉的胳膊，鲜血渗出。

朱加亮疯了似的喊："茉儿——"

他抄起木桨，全身扑向黑衣人，把对方撞进河里，自己也跌下去，甘茉拼命伸手去拉，拽住了加亮的手。

另一个黑衣人提刀冲来。忽然，河上出现一队漕运船，上面堆满粮食，旗帜飘扬中，护船的士兵敲响了铜锣。

黑衣人慌忙跳进水里，不见了。

加亮扒着船舷爬上来，急地问："娘子，你的伤怎么样？"

甘茉说："还好。"

她捂着胳膊上的伤口，血从指缝渗出。

远处，洞庭西山映入眼帘，巍峨地矗立在太湖上，山上山下灯浪起伏，绽放出无尽的灯彩。

西山上，鼓声、呼喝声、加油声此起彼伏。两个撞灯的人即将到达峰顶，他们手中的纱灯，都有了裂纹，但还没有撞破，灯芯还在顽强地亮着。

两人终于冲上了缥缈峰，两盏纱灯挑起，众人欢呼。

朱守信抬头看看，面无表情。

一声号角盖过了人群的呼声。风家吹响了牛角号，悠长的声音在山野间回荡。

此时晚霞漫天，却被一团乌云渐渐笼罩，深暗的云层边缘抽离出薄薄的光线，缥缈峰上一片迷蒙，天空呈现奇诡的颜色，正是展示花灯的绝佳时机。

风寅仰起头，清脆的声音呼唤道："风鼍追星弄影灯！"

话音未落，一片光彩乍然闪现。

风鸣朝推出了巨大的花灯，这是一套组合而成的走马灯，灯壁有六层暗花，旋转中呈现出人物、鸟兽、街市。

观者无不惊愕。因为那里映现出一个活的世界，街上的孩童奔跑，大人张嘴谈笑。随着转动速度加快，一年四季呈现在眼前……

朱家这边，朱守信沉声说："曹师，我们也该开始了。"

曹大葫面对众匠师，说："我们要证明，没有了那个女人，我们也能赢。"

众匠师齐声："能赢！"

曹大葫挥手："兄弟们，放灯！"

犹如半空腾起的光彩绽放在人们眼前，一盏硕大的圆形花灯浮起，灯上呈现出天空的墨蓝色，上面闪着点点星光。

与此同时，风家的花灯展开了一年四季，时而让人感到冷，那里雪花飞扬，一片冰封景象。

旋转中又感觉到热，阳光耀目。

接着感到无比地幽静，有茂密的森林。

然后是无垠的草地，还有山峰。

观者的注意力重新转向风家。

"太美了！"

"不可思议。"

……

10

朱守信瞪着曹大葫："我们怎么回事？"

"应该展开的，可是……"曹大葫满头大汗，抬手在花灯上不断按压。

匠师们手足无措，有的拍打灯罩，有的扳动底座的机械关窍。

风家那边爆发出一阵欢呼，灯壁上升起一轮明月，月亮里有嫦娥的影子。

朱家的花灯仍是半死不活。

不远处的风寅喊道："朱家完蛋了！"

人群哄笑。

空中乌云密布，一阵大风吹来，朱家的花灯猛地倾斜着，垮塌下去。

千钧一发之际，一只手撑住了花灯。

"少奶奶？！"曹大葫惊呼。

朱守信抬脸看到儿子站在甘茉身旁，冷哼一声："冤孽。"

他的目光一转，发现甘茉胳膊上缠着一块布条，上面似乎有血迹，不禁一怔。

邱金谷在人群后面，盯着甘茉低喃："那两个蠢材，连一个女人都处置不了。"

甘茉是一路奔上山的，累得虚脱，眼睛却是异常坚定明亮。

——神，就是绝对相信自己的人。

她一伸手抓向花灯的右侧。

"你们用了我的灯图，可惜你们没有看懂。"

说着，她用力把一根竹节扳过来。

匠师们目瞪口呆。

瞬间，他们的瞳孔上映出一片光彩，仿佛复苏的生命一般，在墨蓝色的背景上，一阵悠远的鸣叫声传来。

灯壁上，一只鸟在翱翔，人们惊讶地发现，那是一只透明的燕子。

燕子疾速上升，盘旋中变成了五只燕子。

所有人都惊呆了，静静地看着。

邱金谷在人群后面，背着手，扇子轻轻敲打着。他朝另一侧的麻脸使个眼色。麻脸闪身不见了。

片刻后，突然一块巨石滚来，向甘茉撞去……

同时人群后边响起喊声："风家杀人了！"

在一片恐慌中，石头就要撞到甘茉，朱加亮逆风而上——

"娘子！"

他一把抱住了甘茉。

朱守信惊呼："儿啊！"

石头轰隆滚过，撞到对面的岩壁上，发出巨响。

"儿啊——"

"少奶奶……"

突然的寂静。一切仿佛不存在了。

加亮和甘茉倒在地上，加亮仍紧紧地抱着甘茉。

甘茉哽咽："相公……"

"茉儿，你没受伤吧，你没受伤吧？"加亮急切地问。

"没有。"甘茉的眼里溢出泪。

"没事就好，没事就好，"加亮抹着甘茉脸上的泪，"你若有事，我怎么活到明天啊？"

他热泪盈眶，泪珠滑落到甘茉的手背上，她颤抖着，用手背抹自己脸上的泪，他们的泪水融合着，甘茉感觉自己冰冷的心，融化了。

又一阵大风吹来，两人猛醒过来，一起站起身。

甘茉旁边的花灯，眼看要熄灭了。

她冲上去，手掌击打花灯的底座，刹那间，花灯裂开为五瓣，每一瓣映现着一只燕子，燕子仍在盘旋飞翔，周身燃起一团明亮的光彩。接着，五瓣花灯同时点亮，光芒中分出五彩，笼罩在花灯上方。

众人齐呼："这是什么灯？"

朱加亮朗声道："五夜齐开满天灯！"

光芒绽放开，辉映苍穹，照耀缥缈峰。

始终在默默观看的赵有来，愕然低呼："天下竟有如此奇灯。"

人群欢呼："朱家赢了！"

"朱家不愧是当世灯王……"

一个清冷的声音传来："还没有结束呢。"

人们陡然一静，分开两旁，一个女子走来。

"罗顺子？！"

她有些憔悴，奔波的疲惫使她的身躯显得瘦弱，却使她的双眼异常明亮。

朱守信说："罗顺子，你怎么来了？"

"端午撞天灯，我不该来吗？"

"我的意思是，你就这么来了？"朱守信看她什么都没拿，又往她身后看看。

她孑然一身，无依无靠。

风满堂走过来："我倒是很想看你打败朱家，可你拿什么跟他打？"

"我倒是更想同时打败你们两家，可惜我慢了一步，风家已经输了。"

风满堂怒哼一声："口出狂言，不知好歹，老夫本想帮你一把。"

"不需要。"

此时，风家的花灯已经黯然失色，朱家的花灯，仍在绽放光彩。

人群嚷道："这女子拿什么斗灯啊？"

罗顺子漠然一笑，走到山顶边上，从袖袋里拿出一个折叠成一团的圆形物，把那东西高高抛起，然后抢过旁边一人的火把，伸到半空，点起圆形物。那东西原本在坠落，瞬间燃烧起来，浮在空中极速翻滚着。

它在翻滚中，缓缓胀开。

发出竹节伸展的嘣嘣声。声音越来越密、越来越快，通体的火焰越来越大。

所有人盯着半空的火球，看着它迅速膨胀。

大到三尺见方时，它发出密集的破裂声。大到六尺见方时，所有人瞠目结舌，看着那个不可思议的巨型火球。

随着一声强烈的爆裂声，完全舒展开的竹节，向上翻卷，成为一只凤鸟。

火焰仍在燃烧，却明显在熄灭中。随着外部的熄灭，凤鸟灯内部越来越亮。

那团火焰，竟似被吸入了内部，凤鸟灯的外观，则变得金光闪闪。

它越来越亮，其耀目的光芒，令人无法直视。

蒸腾的热气，使它继续升上高空，

那团光芒，映着罗顺子的身影，伫立在太湖第一峰上。

突然，凤鸟灯绽放出无数光束。在缥缈峰峰顶的天际交接处，有乌云做衬，云朵被光束镀上一层金光，忽隐忽现之中，那片乌云突然散去，刹那间辉煌之色染遍天际，犹如一轮朝阳肆意挥洒。

山上山下，所有人屏住呼吸，所有人仰望那团光芒。

光芒在太湖第一峰顶上辉映苍穹。

赵有来跪倒在地，呜咽低喃："世上竟有如此神灯，我活着还有什么意味……不，这正是我活着的意味。"

他抬起脸，仰望那盏灯。

罗顺子睨视众人，转身朝山下走去。

甘茉问："罗姑娘……那是什么灯？"

罗顺子的声音飘过山崖："甲光凤天灯。"

甘茉低语："甲光凤天灯。"

甲光，应是太阳的象征，而凤天，是女人的天。太阳再大，也没有天大。

多么豪魁的女子！

甘茉最终还是输给了那个女子，但她并不难过，那个女子让她知道了，天底下还有那样的人、那样的灯、那样的世界。

灯光凝在云霞间。罗顺子的身影已然消失。

当天，返回千灯镇的朱守信，在家里下令："今晚熄灯一夜。"

加亮问："为什么？"

"我们不配点灯。"

当晚，风家不约而同，熄灯一夜。

翌日，全镇百姓聚集到千灯镇西北角。这片荒凉的土地曾经是罗宅，如今只有野草和残垣断壁。

此刻，一根高高的旗杆立于荒地，旗杆顶上挂着一盏豪魁灯，灯上的"罗家"二字耀人眼目。

旗杆上飘扬着一道条幅，上书金字：

豪魁灯彩降自天，击水翻沧海，光辉透赤霄。

罗家成为新一代太湖灯王!

11

烟雨茫茫的小巷，曲径通幽。罗顺子打着纸伞，穿过小巷，走进一座院落。

院子有些凄冷衰败，房檐下挂着一盏灯笼，在蒙蒙雨雾中摇曳。

罗顺子合了伞，走上斑驳的台阶。

屋里传出轻轻的男子咳声。罗顺子顿了顿，推开屋门。

昏暗的屋子里有张床，一个身影侧卧，听到门响，他转过脸，是邱卓。

他张了张嘴，哑声说："顺子……"

罗顺子把伞靠在墙边，快步走到床前。

她问："怎么不去我那里？"

"从京城回来的路上，不小心染了病……打算明天去向你告别的。"

罗顺子坐在床边，抚着邱卓的额头："我让你回来，可不是让你走的。"

邱卓微微叹息。"事已至此，多说无益了。"

"邱卓……"

"此番遭了劫难，我们父子虽没有入狱，但父亲革职罢官，已是身败名裂。"

"你不是还好好的吗？"

邱卓抬眼看看罗顺子："你去京城为我奔波，救我脱离苦厄，但我已经今非昔比。"

他神色消沉，闭上眼睛。

罗顺子抚着邱卓的面颊，柔声问："你忘了我们的约定吗？"

"约定……"

"等我报复了朱家，就嫁给你。我一直在等那一天，你却要抛下我？"

邱卓苦笑："世事变迁，人又奈何？我曾经要为你完成愿望，无论你的愿望是什么，我自认都能帮你做到最好，可是如今，再也不能为你遮风挡雨，甚至会成为你的拖累，因为我得罪过的人，依然在虎视眈眈，而我，勉强自保。"

"是，曾经所有人都说，我罗顺子在千灯镇、苏州府横行，是邱公子撑腰，但你我都知道，那并不重要，重要的是，我们在一起。邱卓，你现在不过是家境败落，只不过是我十八年前的经历而已，难道这样就要认输？"

邱卓沉默。

罗顺子慢慢躺下，拉过邱卓的臂膀抱着自己，在他怀中呢喃："从今往后，我们互相依靠，地老天荒。"

邱卓眼角含泪。

窗外，烟雨茫茫，雨雾在千灯镇飘浮，笼罩在朱宅上空。

朱加亮在廊下来回走动，盯着面前的十几个仆人，阿盼站在其中。

加亮愠怒道："查了几天都查不出奸细，你们定是在互相包庇！"

一个仆人说："少爷，我们真的没有发现什么。"

"朱家的消息一次次被风家所知，尤其是茉儿在斜塘村的事，只有我爹、我、阿忠几个人知道，可是我在端午节去救茉儿时，竟然被风家人围追堵截，险些沉到河里！"加亮怒声说。

一个仆人咕哝："那就去问问阿忠嘛。"

"你说什么？大点声！"加亮指着那仆人。

仆人吓得缩起脖子。

阿忠从回廊走过来，往这边扫视。阿盼低着头。

阿忠来到加亮身旁，伏在耳边低语。阿盼紧张地缩着脚尖。

加亮朝阿忠点点头，扭脸说："我去见我娘，你们继续查奸细。"

阿盼松口气，碰上阿忠的目光，她送去一个媚笑。阿忠紧张地侧过脸。

内室，朱夫人的气喘病又犯了。

"春王，听说洞庭西山上出了事故，你险些被石头砸了。"

"都过去了，娘。"

加亮摩挲着自己的后脑勺，当时巨石滚过，几乎贴着头皮。

"别一副满不在乎的样子，"朱夫人忧心忡忡，"你是朱家的独苗，可不敢再这样不知轻重。"

"那是我媳妇，我能不管吗？"

"人是要救，可你也得想个好办法，怎么就愣头往上冲？"

加亮不耐烦："哎呀，娘啊，谁还顾得了那些！"

朱夫人咕哝："冒冒失失……"

加亮站起身："行了，我还在忙。"

朱夫人抬起脸："还有纳妾的事，尽快办。"

"您怎么又提这事？"加亮烦躁。

"罗顺子夺得了太湖灯王，不再是原先的野丫头了，肯定要暂时收敛一下，趁她还装模作样的时候，赶快给你纳妾，防止她卷土重来，"朱夫人说，"这是你爹的意思，明白吗？"

"纳妾不就是为了生孩子嘛，我和茉儿快了。"加亮有些得意。

"你天天睡地上，什么都快不了！"

加亮脸一红："哎呀，娘，我已经进步了，就差最后一步了。"

"你……"

"好了好了，我去忙了。"加亮行个礼，出去了。

朱夫人叹气摇头："冤孽呀……茉儿要真能生个儿子，才算她的造化。"

12

傍晚，罗顺子在医馆给邱卓取了药，返回时抄近路，穿过僻静的巷子。

身后忽然传来喊声："站住——"

罗顺子一愣，扭脸看，一个人跌跌撞撞从她面前跑过，正是阎叔。罗顺子不认识，侧身避开，后边两个人追过来。

"站住！"麻脸朝前边喊。

两人冲出巷口，把前边的人扑倒了。

罗顺子看看手上的药包，犹豫一下，想转身离开，却见方脸按住阎叔，麻脸抡起一把短刀。罗顺子皱皱眉。

麻脸正要刀刺阎叔，忽然一块砖头飞来，打在肩膀上，刀掉了。

麻脸扭头怒道："臭女人，你做什么？"

罗顺子笑吟吟走过去，冷不防一脚踢到麻脸的脑袋上，麻脸滚翻。

方脸惊呆："你做什么？"

"我认出了，你们是邱金谷的手下。"

"知道还敢造次？"

"本姑娘最恨欺负人的人！"

麻脸捂着脑袋尖叫："我们办事，与你何干？"

他捡起刀砍向罗顺子，阎叔猛地一撞麻脸，麻脸倒地时撞翻了方脸。

麻脸尖叫："愣着干什么？杀！"

方脸爬起来，抽刀砍向罗顺子。罗顺子一脚踢到他的膝盖，他跪倒。

罗顺子拽着阎叔跑。麻脸拼命一扑，短刀扎在阎叔后背，阎叔咬牙奔逃。

两人七拐八绕，跑进一座废弃的院子，阎叔倒地，背上流着血。

"去医馆，"罗顺子催促，"你快起来，我拖不动你。"

"我没力气了，我也不想跑了，"阎叔嘴唇发白，"我知道你，你叫罗顺子……"他喘不上气。

"别废话了……"

"听我说，我原是风家的仆人，被赶出来，我的妻叫阎婶，被邱金谷杀了。邱金谷指使我们绑架风寅……"

"什么？"

"还有一桩天大的秘密，一年前，风家大少爷暴毙，我现在有把握……是邱金谷所为。"

"这些为什么不告诉风家？"

"我是才发现的，风家也不会相信我。"

"你发现什么了？"

阎叔颤抖着，从袖袋拿出一个小布囊："这是我在邱金谷的书房找到的。"

那天阎叔潜入李翰林的宅子后，东躲西藏，幸好宅院很大，别人也想不到他会躲在里边，一直很安全。到了端午节那天，邱金谷和手下去了洞庭西山，阎叔便在宅子里翻拣东西，发现了这个。

罗顺子打开布囊看了看，是一枚玉扳指。

阎叔说："我能认得出，这是风大少爷的玉扳指，上面还有血迹。"

"可这不能完全证明邱金谷是杀人凶手。"

"我只能做到这一步了。"阎叔越来越虚弱。

罗顺子站起身说："我立刻去叫风家人。"

"来不及了……这是我应得的，"阎叔气若游丝，"陪了阎婶三十年，她让做什么，我就做什么……我已经看到了，她在黄泉路上等我，我不能让她等太久，我早该去了。"

他的头一歪，不动了。

外面传来一阵脚步声，有人喊："这里有血！"

罗顺子来到另一侧的墙边，翻墙出去，奋力奔跑。街角昏暗的灯光下，站着一个人，背着手，扇子轻轻敲打着。

"邱金谷？"罗顺子放慢脚步，警惕地看着。

邱金谷神情淡漠："原本把你当作一个不知天高地厚的骄狂女子，却发现你真是个麻烦，惹完了朱家、风家，又来招惹我。"

罗顺子笑笑："你不说我还没留意，看来我命中注定要得罪所有人。"

邱金谷冷声："阎叔对你说了什么？"

"你这么急着跑来，就是怕事情败露啊，可惜晚了，牛头阿婆。"

"那你只好死了。"邱金谷朝旁边扫了一眼。

方脸和麻脸的身影逼近，罗顺子没有退路。

罗顺子说："邱金谷，你杀了风大少爷，以为逃得过去吗？"

"把你灭了口，还有谁乱说？"

"有我在，你敢动她一下试试。"

黑暗中突然响起冷冷的声音。

罗顺子一惊："邱卓？！"

邱卓的脸庞缓缓浮现，病中的身躯显得单薄，也更显得修长高挑。

他语气有些虚弱："顺子，你迟迟没有回去，我不放心，出来看看你。"

"我会回去的，你别过来。"

"我们一起走。"

邱金谷冷笑："那我就送你们一起上路吧。"

邱卓和罗顺子同声："你也配？！"

邱金谷笑："真是天生的一对绝命鸳鸯。"

邱卓说："顺子，你先走，我随后便来。"

邱金谷说："堂弟，你就剩半条残命了，还是这么自以为是。"

"我这半条残命，就来告诉你，什么是洞庭二当家。"

麻脸怪叫着，挥刀砍向邱卓，邱卓侧身，打向麻脸的手肘，麻脸胳膊一震，已被邱卓夺了刀，反手一刀，麻脸倒地。

方脸冲来，邱卓手起白刃，一抹血光，方脸栽倒在地。

干净利落，邱金谷身边没人了。他拔腿便跑。

罗顺子顾不得追，急忙上来扶着邱卓。邱卓脸色苍白如纸，手拄着刀，半跪在地。

罗顺子哭着说："你为什么要来啊？"

邱卓努力笑笑："我们相依为命……我这半条残命，全是你的。"

罗顺子抱着邱卓痛哭。

"别哭了，傻丫头……快去通知风家，抓邱金谷，"他看看地上挣扎的方脸和麻脸，"这两个家伙还没死，可以问出罪证。"

很快，风家得知邱金谷杀了大少爷、绑架风寅、杀了阎婶和阎叔，立刻通报张巡检，封锁镇子，水陆关口都有风家人把守。

两天后的清晨，码头上，一辆马车停下，罗顺子扶着邱卓下了车。邱卓步履有些蹒跚，偎在罗顺子身上。

船已经备好了。两人走向台阶，身后忽然传来呼唤声。

"罗姑娘，等等——"

罗顺子扭脸望去，是风鸣朝。

鸣朝快步来到二人面前，拱手说："罗姑娘、邱公子，真要走了吗？"

罗顺子淡漠地说："不劳二少爷送行。"

这时，又一辆马车停下，沈环白从车里下来。

罗顺子疑惑："你们这是做什么？"

沈环白说："罗姑娘是太湖灯王，就这么走了，不遗憾吗？"

罗顺子淡淡一笑："我走了，你们不高兴吗？"

沈环白微微吁口气："我也不知该说些什么，这件东西，还给你吧。"

她朝鸣朝点点头，鸣朝拿出了《元朔花灯谱》。

罗顺子怔了怔："哦，原来如此。"

环白说："邱金谷杀我夫君、绑架我儿子，幸好有你为他们父子申冤，你对风家有大恩德，风家欠不起。"

罗顺子接过书："好吧。"

鸣朝笑笑："罗姑娘不客气一下吗？"

环白说:"你知道她不会的。"

罗顺子朝二人点一下头:"告辞。"

她扶着邱卓登船。

望着罗顺子的背影,沈环白轻声感慨:"该怎么说呀?这个罗顺子。"

鸣朝说:"天赋异禀,不可一世,光明磊落,嚣张跋扈。"

环白看了鸣朝一眼,默然转身,上了马车。

船舱里,罗顺子安顿着邱卓躺好。船离岸了,千灯镇缓缓后退。

罗顺子轻抚邱卓的脸颊,然后自己躺下,脸庞贴着邱卓的胸口。

邱卓低喃:"就这么放过了朱家,你甘心吗?"

"朱家算什么啊。"

"你还说要重新拿回罗家的一切的。"

"罗家的荣耀已经有了,而你,是我的一切。"

"还没想好去哪里吗?"

"天涯海角,我们的天地。"

在遇到邱卓之前,她从来不曾幻想有一个家。经历了世间太多的冷,终于有个人,与她相偎取暖。

此刻,倾听着邱卓的心跳声,闻着他身上的味道,她沉醉地闭上眼睛。

小船越漂越远,渐渐融入远山的倒影中。

千灯镇的天空,留下一抹绚丽的霞光。

留下一个灿烂的传说。

1

罗顺子离开的时候，加亮陪着甘茉远远地送行。

他们在青石桥上没有惊动罗顺子，望着小船离去，消失在水天之间。天空的一抹霞光映在甘茉眼中，让她的心变得很沉静。

罗顺子真正实现了人生就是大闹一场，然后悄然退去。

罗顺子在甘茉的生活中，留下一道深深的印痕。

甘茉与罗顺子的花灯艺道，究竟谁高谁低、谁强谁弱，答案似乎不言自明，又似乎不能简单评判。

二人大大小小的比拼，有四次，各有输赢，但罗顺子在洞庭西山的决战，赢得更辉煌。

那么是不是罗顺子的技艺无法超越呢？

甘茉是不是无法战胜罗顺子？

其实是性格因素，促进了结果。

罗顺子的天赋或许比甘茉高，但甘茉的后天努力，亦不能小视。只不过罗顺子是绽放型性格，敢爱敢恨，如同一片耀眼的霞光，反过来促成了花灯。

花灯是在光彩中让人受到震撼、有感动、有共鸣，需要美好的感染力达到一定强度，尤其是大型花灯。这便是中华传统艺道中，灯彩的独特性、唯一性。

而甘茉呢，长期没有自信。出生后在虎丘山下七年，在朱宅十四年，均受到严重的压制，卑微的身份、不敢犯错的生存心理，让她长期处在自我束缚中。虽然，通过花灯，她释放了力量，制造了光芒，展现了光彩，但内心还没有打开的部分，无形中，限制了能力。

　　甘茉是在发现自己的身世秘密后，悲愤之情促使她，必须要成为掌灯人，这才激发出了内在的部分力量，然而，还不够。多年的性格压制，不是一次愤怒便能打破的，信心，需要逐步建立。

　　幸好有桑伯，努力为她打开一扇窗，并让她在一次次的花灯较量中，认识到自己的能力，但这段时间太过短暂，还不足以追逐罗顺子。

　　罗顺子是百无禁忌的，怎么想就怎么来，表现在技艺上就是大胆突破，制作出让人意想不到的花灯。端午撞天灯，罗顺子做的灯，若是甘茉知道思路，琢磨一番，也能做出来，或者给她图纸，她能很快领悟，但她自己的思维没有打开。她只有真正打开了自己，才能真正做到辉映苍穹。

　　正如一个拘谨的歌者，无法令歌声响彻云霄。甘茉，只有当她彻底获得自由自在的感觉，她才会真正地绽放出万丈光芒！

　　甘茉和加亮回到家，朱守信把加亮叫去了，开口便质问他：

　　"谁让你去给那个恶女送行？"

　　"虽然斗了一场，可罗顺子要走了，茉儿说应该送一下。再说风家都送了，咱家不能太小气。"

　　"万一是个陷阱，你一去，罗顺子把你抢到船上带走怎么办？"

　　加亮哭笑不得："爹，您真是让罗顺子整怕了。"

　　"别啰唆。现在走了一个瘟神，可镇上还有一个祸害！"

　　"邱金谷啊，官府已经发了海捕文书，镇子四个口封锁了，他能逃到哪里去？"

　　"一天不抓住，一天不安心。现在回想，邱金谷绑架风寅，就是为了嫁祸给我们，让两家互相残杀。后来又用拙政园的生意，诱使我们与风家拼争，险些又起祸端。"

　　"还有在河上追杀我们，又在洞庭西山用石头砸我们，一定是他干的，为了引起混乱。"

　　"是呀。"

　　"此人用心险恶，早就在暗处盯着我们的一举一动。"

　　"他杀了风家大少爷，想必是大少爷发现了他的阴谋。加亮，你也要当心。"

　　"他现在是人人得而诛之，还敢把我怎样？"

"不可掉以轻心，"朱守信不耐烦地说，"传话下去，家里的人人把门户看紧，若是在街上遇到可疑的，立刻报官。"

"知道了。"加亮离去。

黄昏时分，朱守信有些不放心，把各个院落巡视一番，看到阿忠把一些仆人组成护院队在廊下穿行，觉得很满意。

朱守信走到后院的僻静处，忽然听到一间屋里有响动。他警觉地走到门外，侧耳听不清楚，猛地一脚踹开门。

屋里堆了些杂物，落满灰尘。甘茉和加亮在说着什么，突然看到朱守信闯入，不禁怔住了。

加亮说："爹，您这是……"

朱守信意识到自己有些莽撞，清了清嗓子，沉声问："你俩在这里做什么？"

加亮说："我和茉儿商量，想把这个屋重新修整一下，搬进来。"

朱守信耷拉着眉毛："乱折腾什么？原来的屋子不好吗？"

"这里更清静，也更宽敞，将来我们有了孩子，玩耍起来不会磕了碰了。"

朱守信一听"孩子"，语气缓了缓："人家风家的孙子都十岁了，咱们家就算今年有了，十年后，我孙子十岁，风寅都二十岁了，怎么打？"

加亮看看甘茉，笑一笑说："是是是，一定要快。"

甘茉低头不语，脸颊泛红。

这时，窗外忽然传来咯噔一响，有什么东西被踩断了。加亮急忙往外看，一只野猫跑过。

"爹，是猫。"加亮说着，拉起甘茉的衣袖："茉儿，我们走吧。"

朱守信跟着出门，再叮嘱："形势紧迫，要快！"

儿子和媳妇离开后，他心神不宁，站在门外，又端详了一下这间屋子。突然，他的身子晃了晃，如同撞鬼般，冷汗淋漓。

"这间废屋……这间屋子……"他嘴唇哆嗦着，一步一步往后退。

他转过脸，拒绝再看，拒绝再想，脚步踉跄着却辨不清方向。

不远处的树丛里，一双眼睛透过枝叶缝隙，盯着朱守信。朱守信朝这边走了几步。树丛里的手，握着一块石头。朱守信踉跄着转身走了。

邱金谷从树丛里出来，吁了口气："这个老东西，都快站不稳了。"

他扔了石头，继续沿着树影寻找藏身地。

他七拐八绕，躲避着护院队，来到绿藤墙边，这里明显安静了许多。邱金谷累了，坐在墙边休息。一缕斜阳洒在附近，邱金谷忽然看到角落里，有个东西泛着光泽。他凑近，拨拉一下，是一只银耳环。他捡起来看看，随手扔掉。耳环打到墙上，发出一点声音，他原本没在意，随即一愣，那声音不像是打在砖头上，而像是打在木板上。

他沿着扔耳环的方位，拨开墙上的绿藤，赫然看到一扇暗门。

他寻找角度，用力推了推，门开了一道缝……

此时，在朱家大门外，七八个风家人吵吵嚷嚷。

"大家别吵。"风鸣朝说，他看到加亮出来，拱拱手："朱少爷。"

"怎么，山中无老虎，猴子称霸王，轮到风家来骚扰我们了？"加亮说。

"朱少爷误会了，我们有人看到邱金谷，往这边跑来，怀疑进了朱宅。"

"什么意思？"

一个风家的仆人喊："全镇都搜过了，只有朱宅没搜。"

加亮愤然："难道我们包庇邱金谷？！"

鸣朝说："我们是担心邱金谷利用两家的矛盾，藏在贵府，这对贵府也不是好事。"

加亮沉吟着，说："我们会搜检，二少爷请回吧。"

鸣朝迟疑不动。

"你还有什么不放心的？邱金谷几次害我们，朱家岂能饶他？"

"如此甚好。"鸣朝拱拱手，带人离去。

加亮咕哝："整天想着往朱家混，没安好心！"

阿忠走过来："少爷，难道他想窃取咱家的什么宝？"

"别问了，"加亮没好气地说，"马上带人搜宅院，一个角落都别放过。"

"是，"阿忠转身招呼下人，"你们几个跟我来。"

一阵躁动后，四路人马在朱宅展开搜检。

2

邱金谷从暗门进去后，悄悄溜进石屋，故意发出一点声响，周围没反应。

他扫视屋内的简单家具，推开墙上的一扇门，发现里面有一道阶梯往下。

他走到地下室，来到鱼窟，幽幽的光线照着二十八个陶瓷水缸。他愣了愣，穿过两排水缸，疑惑地看着缸里的尖嘴鲽鱼。

他不明白，朱家为什么藏着这些鱼，这并不是什么稀有品种。

他忽然听到一阵响动，慌忙停步，蹲在水缸之间的夹缝里。周围没有人，他弯腰溜过一排水缸，看到一扇虚掩的门。

内间里，桂娥的背影正在忙碌，没有察觉门外有一双眼睛。

案几上摆着熬制器具，一只砂锅正在熬鱼油，发出咕嘟咕嘟的声音。旁边的砂锅里，熬制着白色凝胶物，桂娥用木勺搅拌，往里边洒入一些鱼油，继续搅拌，腕上的银镯子微微晃动。

然后她放下木勺，走到墙边，用竹刀切下一块冷却的油脂，举起来看了看，把油脂放入灯台，点燃，冒起一缕火苗。她盯着橘红色的焰心，点点头，咕哝了一句什么。

邱金谷在门口窥探着，似有所悟。

内间的桂娥回到砂锅前，又拿起木勺搅拌起来。

邱金谷返身走到水缸旁，盯着缸里的尖嘴鲽鱼，陷入沉思。忽然，外边隐约传来一阵声音。

绿藤墙外，五六个朱家人提着灯笼守候着。阿忠带着朱守信疾步走来。

"老爷，就在这里。"阿忠躬身示意。

刚才阿忠带人经过，发现墙上有一道门缝，阿忠没敢动，留人在外边守着，自己去请老爷。

朱守信瞥了一眼，心猛地一沉，脸色变得很难看。

他迈步往里走。

"老爷……"阿忠上前。

"你们守在这儿，我进去。"朱守信沉声说。

阿忠从老爷的语气里听出一丝战栗，还没反应过来，朱守信已经进了门。

仆人们面面相觑，一起看着阿忠。

阿忠低声："别看我，我也不明白。"

朱守信朝院子角落的石屋走去，刚走到门外的枯树前，一个身影从石屋出来。朱守信倏地停步。

"邱金谷？"朱守信哑声。

邱金谷的脸庞从阴影中浮现："朱老爷，别来无恙。"

"你跑到这里做什么？"

"如今的千灯镇，只有朱宅最安全。"

"寒舍请不起你这尊神。"

"朱老爷客气了，朱家这块风水宝地，邱某向往许久，今天既然进来了，我可不愿离开。"

"自投罗网，还敢妄言，"朱守信冷声，"我立刻叫人，把你抓了。"

"倘若不是害怕闹出动静，你怎么不直接带人进来，而是孤身前来？"

"笑话，在我家，我还怕什么？"

"非要我点破吗？"邱金谷冷笑，"这石屋下边，可藏着天大的秘密，你怕泄露吧。"

"我这就抓你见官……"

"哼，敢把我交给官府，我就说出那些鱼的秘密。"

"什么鱼？"

"还装糊涂？"邱金谷踱了两步，"我早听说朱家的花灯可以亮很久，风家大少爷曾与我探讨此事，还请我帮他寻找上等油脂，用来比较，可惜不得要领。"

"你杀了风大少爷，风家也不会放过你。"

"有朱家保着我，我怕什么？"邱金谷一副笃定表情，"朱家的长明灯制作法门，原来是用尖嘴鲽鱼熬制油脂，而不是白蜡。我真是佩服你，饲养白蜡虫的小园林，只是障眼法，让风大少爷到死都不明白。"

"你臆测够了吗？"

"臆测？你敢让我公布出来吗？"邱金谷冷笑，"长明灯的秘密，一旦泄露，便是天下尽知，到时不仅风家能饲养尖嘴鲽鱼，别人也会，朱家的资源一钱不值。"

朱守信感到后背发冷，邱金谷说的话，就是他的噩梦。

长明灯秘密，若宣扬出去，朱家失去命脉，沦为别家的附庸，终将湮灭。

"邱金谷，你话太多了。"朱守信语气冰冷。

邱金谷摆弄手上的折扇："朱老爷是要杀我灭口了，呵呵，先问问朱家能不能赌得起？"

"你恶贯满盈，人人得而诛之。"

"我若死了，一了百了，所有罪证无人承认，我父亲在京城一定过问此事，告你冤杀我，你如何应对？"邱金谷沉声问。

朱守信僵住。

"你不仅冤杀我，还诬蔑我的名声，我父亲一定会把你家毁灭！"

朱守信悚然一惊。

邱金谷冷笑："你可以不想着后果，后果可是会想着你的。"

朱守信倒退两步。

"该怎么做，朱老爷心里有数了吧？"邱金谷摇着纸扇。

朱守信神色恍惚，指尖颤抖。既不能杀，又不能交出去，难道要把这个坏种悄悄供养在宅中？

似乎没有其他选择了。

墙外传来阿忠的声音："老爷……情况如何？"

朱守信陷入焦灼。

邱金谷问："你还在犹豫什么？"

"老爷……要不要小人进去看看？"阿忠再次问道。

邱金谷盯着朱守信。

朱守信转过头，嘶声说："你们——你们退下。"

"哦……"

"这里由我处置，"朱守信命令道，"退到前院去。"

"啊……是。"阿忠应道。

墙外传来凌乱的脚步声，灯笼的光芒晃动，远去。外边安静了。

朱守信深吸口气："邱金谷，跟我出来。"

"请朱老爷前边引路。"邱金谷一笑。

"你记住，从今往后，这个小院，不准你再踏入半步！"朱守信说。

"那是自然，这里又潮又冷，真不是人待的地方。"邱金谷说。

两人出了院子，朱守信关好门，沿着绿藤墙往前走。

朱守信说："我给你安排一间房，你老老实实住着。"

"好说，只要镇上的封锁解除，我立刻离开，不和你有丝毫瓜葛。"

"但愿如此。"

邱金谷跟着朱守信穿过回廊，沿着阴影往前走。

夜色中，庭院里的虫鸣声此起彼伏，白昼的闷热仍未消散，朱守信却感到阵阵寒意。

他把邱金谷带到一排房子前，这里显然没人住，门口的台阶缝隙里有杂草。朱守信选了第三间房，打开，邱金谷推门进去，把门关了。

朱守信左右看看，踉跄着离开。

身后，隐约飘来邱金谷的吟唱："灯红酒绿繁华世，有人唱来有人泣，你说柳叶儿宽，他说天地窄。"

朱守信咬着牙关，加快步伐离去。

当晚，朱守信召见阿忠，严令他不得过问绿藤墙的事，还让他把那几个守候的下人，分别找借口辞退，三天内全部办完。阿忠不敢多问，只觉得老爷的眼神中有一丝可怕的煞气，仿佛谁捏到了他的脉管。

翌日一大早，阿忠在院子里找到阿盼。阿盼刚给朱夫人倒完盆子，看到阿忠在树后给她使眼色，便走过去。

"这么早就想我了？"阿盼腻着媚声问，脸上残留着慵懒。

"别那么多话，"阿忠左右看看，从袖袋里掏出一只银耳环，"认识这个吗？"

"咦……这是我的耳环，"阿盼接过耳环，"丢了一阵子，原来落到你那儿了。"

"这是我昨天在绿藤墙边捡到的，"阿忠盯着阿盼，"你听好了，不要再去绿藤墙，靠近也不行，那里不是我们能碰的。"

"莫要吓唬我。"阿盼有些不安。

"我是为你好，记住了？"

"行了。"阿盼伸手在阿忠腰上掐了一把。

"哎！"阿忠正要责骂，不远处有仆人走过。

阿忠退开，瞪了阿盼一眼。阿盼笑笑，扭着腰离去。

阿忠揉着自己的腰，咕哝："惯了你的毛病，乱掐。"

3

阳光明媚，加亮拉着甘茉的胳膊，从回廊下跑过。

甘茉一只手上提着没做完的灯笼，羞怯又无奈："相公，松手啊。"

加亮不管不顾，把她拽进一座院落，入眼是丁香、海棠，清风拂过绿叶，幽静之中飘浮着阵阵花香。

加亮把甘茉手上的灯笼挂在树枝上，拉着她蹲在花丛边。

"茉儿，这里有好看的蝴蝶。"

甘茉的脸红扑扑的："又不是没见过蝴蝶。"

"还真的没见过那样的，反正我是头回见。"加亮说。

"你又哄我。"甘茉想站起身。

"哎哎，等一下就知道了，不骗你的。"

加亮抓住甘茉的手，甘茉往外抽了一下，没抽动，也就由他握着。甘茉的手纤柔无骨，使加亮的胸口溢满了情愫。就这么握着她的手，一辈子，不要松开。加亮心里说，茉儿能来到我身边，真是神奇啊，从小看着她、守着她，与她一起长大，这种感觉美妙得难以描述。

两个人静静地，等待蝴蝶。

紫玉兰的清香在风中若隐若现飘浮，围墙边的杜鹃花正在凋谢，微卷的花瓣缓缓飘落，阳光从茂密的树枝间洒下，落到地上，升腾起温柔的暖意。

就在那片温柔的暖意中，蝴蝶飞来了。

五彩斑斓，穿过阳光，半透明翅膀的蝴蝶翩翩起舞。

甘茉轻叹："真美啊。"

她感觉到加亮的呼吸，就在耳畔，撩动发丝，还没转过头，耳垂先红了，半透明的，红过了脸颊，鼻翼凝起一滴香汗，睫毛垂下，想回头却不敢。加亮的呼吸越来越近，贴到了脸上。

感觉到暖暖的唇，加亮的吻印在面颊。

甘茉颤颤地出声："相公……"

她软软地坐下了，身子往后跌，跌进加亮怀里。花丛中，又一只蝴蝶飞来，翩翩起舞，阳光变得五彩斑斓。

加亮抱着满怀的温香，埋下头，去吻甘茉的唇。甘茉抬手挡住了他的嘴唇。

"相公，我们有约定的……"

加亮急切地要去吻。

甘茉挣扎地往起站。

加亮说："约定不变，我就亲一下。"

甘茉站起来，腿上还是软软的，不看加亮的眼睛，低头撩开额边的发丝，这个动作更是让加亮激动，抱住甘茉。

"茉儿，就亲一下。"

"亲多了嘴巴会发麻的……我现在就发麻了。"

"那你是不是还暖暖的、酥酥的？"

"你怎么知道？"

"我也是啊。"

"哦……"

"这说明我俩都想亲嘴，这是上天要求我们亲嘴。"

"这个……"

"不能等了，天意来了谁也挡不住。"

他亲上去了。

"嗯嗯……"

甘茉瞪大眼睛，惊愕……奇怪……甜蜜……

她闭上眼睛。

不会呼吸了，喘不上气。她拼命推开加亮，脸颊像是火烧云一般，身子踉跄着往后退，撞到树上，软软地顺着树干往下滑。

"茉儿，你怎么了？"加亮惊问。

他上前托住甘茉。

"相公……"甘茉看着加亮。

"怎么了？"加亮焦急。

"你欺负我……"

"没有的，娘子。"加亮手足无措。

"那为什么我的心口，这么疼，又这么甜？"

加亮一怔，眼角有泪花："我也是呀，又疼又甜。"

他抱着甘茉，脸颊贴着脸颊，心贴着心。

久久地，他偎着甘茉，凝视她眸子里的星辰。

庭院起风了，杜鹃花瓣飘向半空，蝴蝶不见了踪影，阳光退到了屋脊后面。

甘茉忽然有些紧张，说道："似乎有人在暗处看着我们。"

加亮左右看看，笑一笑："哪儿有啊，这是咱们家，别怕。"

"那边——"甘茉指向一排房子。

加亮扭脸扫视一下："哦，那几间房子没人住的。"

甘茉不安地说："我们走吧。"

"好。"

加亮牵着甘茉的手，甘茉一边走，一边回头看了看。

第三间房子里，邱金谷的身影凝固在窗后，仿佛一个幽灵。

加亮送甘茉回到了灯坊前，甘茉正要进去，阿盼把她叫走了，说是夫人有话。

甘茉进了内室，淡淡地问："夫人，何事吩咐？"

"你与春王还没有圆房吧？"

甘茉愣住，没想到朱夫人这么直接，她低头不语。

朱夫人气呼呼地问："那春王说很快就要有孩子了，是哄骗老爷的？"

甘茉说："我与相公有约定。"

"什么约定也比不上传宗接代！"朱夫人说，"你们今晚圆房，我要查验！"

甘茉有些不满，但没说什么。

朱夫人痛心疾首："我是为你好呀，你究竟懂不懂？"

甘茉欠欠身："夫人，没有其他事，我告辞了。"

"你……你站着！"

甘茉扬长而去。

朱夫人气得肚子疼。阿盼轻步进来，捧上一杯热茶。"夫人，请用茶。"

朱夫人接过茶杯，唉声叹气。

阿盼凑近些，低声说："不如给少奶奶用一点手段。"

朱夫人愣了下："手段？"

阿盼弯腰低语："很容易的，下一点媚药就行。"

朱夫人吸口凉气，杯里的茶水洒到腿上，浑然不觉。

朱夫人说："这也算个办法……可是茉儿如今这脾气，事后若动起怒来……"

"哎哟，女人不就是那一下嘛，既然是朱家的媳妇，理所应当为朱家生孩子，您说是不是？"

"嗯，"朱夫人放下茶杯，"天底下的女人都是这么过来的，偏偏她要惹麻烦，是她不懂事，我们就得帮她改过来。"

"可说呢，夫人，等到少奶奶生了儿子，您可给奴婢记一功啊。"

"让你给孩子当嬷嬷。"

阿盼扑通跪下："奴婢谢夫人，奴婢愿为朱家做牛做马。"

朱夫人眯着眼："眼下再等茉儿三天，若是还没动静，就下药。"

"是，奴婢盯着。"

4

翌日，风鸣朝又带了一群风家人，来到朱宅大门外。加亮挡在门口。

"你们风家没完没了的，想干什么？"

鸣朝说："朱少爷，请问贵府搜检邱金谷，可有消息？"

加亮说："邱金谷不在我家。"

一个风家人嚷道："我们不相信！"

鸣朝示意众人安静，对加亮说："镇子的四个口封锁着，我们又把全镇重新过了一遍，就连城隍庙都搜遍了，如今只剩下朱宅。"

"风二少的意思，你还想搜查我家？"

"邱金谷不可能莫名消失，必有下落。"

"那你是要诬陷我们窝藏凶犯？"

阿忠看到这架势，急忙去报告朱守信。

朱守信的书房里，朱夫人正在兴冲冲说话。

"老爷，再等两天，我就能让春王和茉儿办成好事。"

朱守信没好气地问："什么好事？"

"传宗接代啊。"

"嗯，让春王看着办吧，别来烦我了。"

"啊？"朱夫人不明白老爷烦躁的原因，"您这是……"

"镇子上还有个祸害，我烦着哪。"

"我听说邱金谷的事了，风家在抓他，与咱家何干？"

朱守信缓口气："我要为黎民百姓想啊，咱家不能只顾自己。"

朱夫人彻底糊涂了："这……怎么扯到了……"

"行了行了，你去歇着吧。"朱守信耐着性子说。

他看到阿忠在门外探头探脑。

"阿忠，有事吗？"

"老爷，有大事禀告。"

"快进来。"

"是，老爷，"阿忠躬身进来，"见过夫人。"

朱夫人气呼呼地走了。

朱守信问："阿忠，何事？"

阿忠凑近："风家二少爷又带人来问搜捕邱金谷的事，看样子还想闯进来。"

朱守信终于发飙了："还指望你带来好消息，却是个乌鸦，出去！"

"那风家人……"

"关门闭户，让他们滚！"

阿忠慌忙退下。

朱守信起身在书房踱步，烦闷焦躁。

夜长梦多啊，把邱金谷供养在宅中，不仅自家无法交代，还会让风家扣一顶窝藏杀人凶手的帽子，甚至把朱家当作同谋，那还不趁势灭了朱家？

可是邱金谷怎么办？杀又杀不得，也不能交出去让他乱说话……

朱守信慢慢地停步，盯着书房一角。

目光缓缓上移，望着天花板挂的灯。

他的眼角痉挛几下，咬紧了牙关。既然死活都不行，那只能这么办了。

当天晚上，朱守信来到灯坊。曹大葫等匠师在赶制一批花灯，场面有序而忙碌。朱守信转了一圈，走入旁边的小屋，把门关上。屋里的楠木书架泛着古旧的光泽，上面整齐摆放着书卷，全部与灯彩相关。

朱守信用钥匙打开底层的柜子，从抽屉拿出木匣，里面是朱家祖传的花灯秘谱，最久远的可追溯到三百多年前。他把这些秘谱翻了翻，摇摇头，打开另一个柜子，从木匣里拿出一沓图卷，扑面一团尘埃，夹杂着岁月久远的气味。他焦急地翻到最后一页，停住，指尖颤抖着。

一刻钟后，朱守信背着手出了小屋，回到书房，从怀里掏出那张灯图，铺在桌上仔细看看，然后拿起图，来到隔壁的空房间。

夜里，加亮走进自己的卧室，甘茉背对房门，躺在床上。纱灯的温柔光芒映在她曼妙的背影上。

加亮在床边站了片刻，上床躺在甘茉身旁，甘茉没动。

加亮试探地将手放在甘茉的胳臂上，甘茉微微颤动。加亮有些慌乱，手慢慢移到甘茉的手腕上，轻轻握着手。甘茉没动。加亮的胆子大了些，伸过另一条手臂，揽住甘茉的腰。甘茉挣扎两下，把他的手甩开了。

加亮轻叹一声，望着天花板，低喃："咱娘催得紧呀。"

甘茉沉默。

加亮侧过脸，看着甘茉的背："娘子，我这两天就把青铜梅花灯拿出来。"

甘茉终于开口，但没有回头："怎么拿？"

"我一定想办法拿出来，让你修好。"

"嗯，"甘茉轻声说，"你爹要打死你，我可不管。"

"那也是我活该呀，谁让我摊上这么好的媳妇。"

"不满意就算了吧。"

"不不，我是埋怨我爹呢。"

"行了，睡吧，"甘茉顿了顿，"别再扰我了。"

加亮无奈，躺了一会儿，忽然坐起身。

甘茉侧过脸瞥了一眼："你做什么？"

"反正也睡不着，我现在就去踩踩点，看看青铜梅花灯在哪儿。"

他下床，往外走去。

甘茉转脸看着他的背影，忽然觉得自己对加亮有些太冷漠了。

加亮来到庭院里。有护院队经过，大家都在防着邱金谷。加亮嘱咐了几句，沿着回廊前行，忽然看到父亲书房的隔壁有灯光，心里一紧，急忙绕到窗户后边，往里看了看，更惊讶了。屋里的桌子上放着一张图，父亲坐在旁边摆弄着各种工具，他竟然在制灯！

加亮没敢打扰，心里却好生奇怪，他爹有十年没有亲自做灯，往常监督指挥匠师们干活儿，对花灯的各类门道一清二楚，但不再动手。其中的原因，加亮听母亲说过，似乎是受了什么伤害，也可能是眼力渐渐不济，手也不灵便了。

可现在是怎么回事？难道父亲又受了刺激，用制灯来宣泄苦闷？

加亮回想父亲最近的状况，虽然那张苦瓜脸从来没舒坦过，但以往总是有事就发作出来，没有近来这般沉闷，仿佛压抑着心底的什么东西。

加亮想起昨天晌午，看到父亲从院子里走过，不小心绊了一跤，险些摔倒，抱着柱子站下，嘴里咕哝着。那寂寞凄苦的一幕，忽然让加亮感到一阵难过。

此时，那阵悲伤又浮上心头，他想帮帮父亲。

他绕到门外，敲了敲门。

里边传出朱守信警觉的声音："谁呀？"

"爹，是我。"

"大半夜的不睡觉，乱跑什么？"

"孩儿想帮爹的忙。"

朱守信的声音更加警觉："帮什么忙？这里不需要你，走开。"

"爹……"

咚。

屋里一个东西打在门上。

"我叫你走开！"

"好好，您别生气，我走了，您也早歇着。"

加亮疑惑地离去。

5

翌日，朱守信躺在床上起不来了，忧闷加上紧张、急躁，以及彻夜劳累，把他打垮了。

郎中给开了药，让静养。朱守信有苦说不出，顿感朱家前途无望，昏昏沉沉地，陷入半梦半醒。

趁着父亲不在，加亮溜进了制灯的房间，先把那张图看了看。他是学过花灯艺道的，父亲一直在强迫，虽然他心有抵触，但水平可以达到中等工匠级别。

以他的观察，这张图虽然古旧，但看起来并不复杂，是一盏很漂亮的宫灯，灯角、灯架、灯芯，以及灯壁上的图画布景，描绘得十分精致。他把目光转到地上，发现父亲已经大致做了三成，这让他产生了强烈愿望，在父亲养病期间，自己帮父亲完成这盏宫灯，为父亲分忧解难。

加亮从一堆竹条里，拿出几根，对照图纸，沿着父亲已经设置好的路径，把竹条编到灯架上。起初他的动作有些笨拙，再加上紧张的心情，不小心折断了几根竹条，他稳定心神。制灯需要双手和眼睛高度配合，他逐渐适应了。

他还有个憧憬，希望甘茉看到他做成的花灯，他不想在甘茉面前永远像个花灯白痴，他想把更好的自己呈现在媳妇面前。

加亮全心制灯，终于感到手指酸痛，眼睛也干涩难受，这才意识到，已经过去了两个时辰。他站起身，看着灯架，考虑着接下来的工序，按照目前的进度，等到明天傍晚，可以看到灯形，之后才是细节的加工处理。不过，有几个难题，他解不开，而且图纸的年代太久远了，有几处看不清楚。

加亮开门出去找甘茉。

路过父亲的房间，他进去看了看，父亲躺在床上闭着眼睛，床边是空药碗。加亮没有惊扰父亲，沿着回廊走向灯坊，正看到甘茉走过来，他快步迎上。

"娘子。"

"相公，你去哪里了？半天没见人。"甘茉说。

加亮笑笑："想我了？"

甘茉低头不语，是一种默认。

加亮心头一喜，牵着甘茉的手。甘茉抬头看着加亮，加亮又被她眸子里的星光吸进去了，往前俯身，甘茉连忙闪避。

加亮不小心扭了一下脖子，不禁吸口凉气。

"怎么了？"甘茉忙问。

加亮揉着脖子："不碍事。"

"你坐下，我给你捏捏脖子。"

甘茉推着加亮坐在廊下，纤柔的手指捏住他的后脖颈，柔软却有力。

加亮闭着眼睛："哎哟，又痛又舒服。"

"我就当你的脑袋是花灯了。"甘茉笑了笑，手上再用力。

"啊啊，你要谋害亲夫呀。"

甘茉放缓了动作。对于眼前这个人，自己是不是已经原谅他、重新接受他了？他为了她，去凿冰；为了她，不顾自己生命扑身相救。他那么单纯、无辜地爱着甘茉，她怎么还能恨他、怨他？

甘茉一时间觉得恍然若梦。

"娘子。"

"哦。"甘茉回过神。

"花灯里的四角形机关，是做什么的？"

"嗯？"甘茉有些意外，"为何问起这个？"

"我想好好学习制灯，这次是真的，"加亮说，"做一副灯架，把四角形机关装进去，底下套一个八角轴，但八角轴的底端似乎还有东西。"

甘茉怔了怔，侧脸问："你在哪里看到的？"

"一张灯图。"

"八角轴的底端，是否圆形？"

加亮仔细回想图纸，从蚀损的线条推测，应该是个圆形物，他点点头。

甘茉按在加亮脖子的手，停住了。

她喃喃自语："那四角形机关，莫非是蝎子脚。"

加亮打个寒战："蝎子脚？"

她有些着急地问："那张灯图，是不是宫灯？"

"对啊，你也见过吗？"

"灯图在哪里？"甘茉催问。

加亮有些疑惑，站起身说："娘子，你怎么这样紧张？"

"快拿来给我看。"甘茉急道。

加亮顿觉不安："你跟我来。"

他拉着甘茉的手，匆匆来到制灯的房间，推开门，甘茉进去看到桌上的图纸。

她只看了一眼，便吃惊地倒退半步，又将目光投向那盏正在完成的灯。

加亮说："我爹先是做了三成，我又接着做到一半，这盏灯有什么问题吗？"

甘茉拿起灯架，仔细看了一下："老爷为何要做这个？"

"怎么了？茉儿，你别吓唬我。"

甘茉的语气低促而紧迫："你还记得，咱们在拙政园看到的那盏邪灯吗？"

加亮一惊："怎么……"

他不可能忘了那一幕，幽僻的小院，阴气森森的房屋，镂刻雕花的诡异床板，以及天花板上的那盏宫灯，缓缓转动。灯壁上隐隐浮现一群绢衣泥人儿，消失在风景里，再出现时，又是一群姿态不同的小人儿。

当时，他就盯着那盏灯，不知不觉间，想看清楚灯里的一切，若不是甘茉把他喊醒，他不知道会发生什么，反正之后的两天，他时时有心悸的毛病。

但此刻自己在做的灯，会与那盏灯有关系吗？

甘茉说："我当时以为再也见不到了，便没有详细告知你。"

加亮惶惑地问："有多可怕？"

"这是自古以来，严厉禁绝的灯杀术！"

加亮一惊。

甘茉仿佛又听到桑伯对她说的话，不由得低诵口诀，似乎与桑伯嘶哑的声音重叠起来：

"蝎子脚，十人见我十人愁，一对木马似鸳鸯，四面灯影放冥光，夜晚拿来镜前照，白天又上美人头。"

加亮听得胆战心惊："娘子，你别念了。"

甘茉也出了一头冷汗。

灯杀术是从"影灯戏"变异而来，古有"影戏借灯取影，哀怨异常，人若听之，多能下泪"的说法。那还只是最初的"影灯戏"，及至被人发展成"灯杀术"，就不是观之落泪那么简单了。

灯芯点亮后，灯腹内的机关，可以把灯光折射、变换，与灯壁上的特殊图案，一起造出险恶氛围，灯与影，互相映衬、扭曲变化，不知不觉间，夺人心魄，轻则癫狂痴傻、重则自残自杀。

之前在拙政园，加亮看到的还是没点亮的宫灯，仅仅是昏暗的天光映衬，配以灯壁上的绢衣泥人，便通过角度的变化、人影的隐现，达到了扰乱心魂的效果，更不敢想象，点灯之后的状况。

加亮呆呆地站着，心里有种破灭感，他最想问的是，父亲为何要这样做？

6

朱守信患病期间，张巡检来到宅中，客气地转达了风家的不满，并且在宅子前院，留下两名差役，说是帮忙保护朱家安宁，实为探查邱金谷的行迹。

朱夫人失魂落魄，没顾上让阿盼给媳妇儿下药。宅子里有一团阴郁冷厉气息，搅得人人都是惶惶然。

加亮忍耐了三天，等父亲的病情好转。

朱守信感觉身体好些了，急忙来到制灯的房间，发现灯架被捆成了一团，丢在墙角，图纸也不见了。朱守信惊疑不定，这时，儿子跟了过来。

朱守信没好气地问："这个屋里，你进来过？"

加亮神色苦闷："爹，您为何要用灯杀术？"

朱守信一惊，突然被儿子揭出了秘密，还当面质问，他生气又烦躁，指着墙角的灯架："是不是甘茉告诉你的？"

"我自己琢磨出来的。"

"就凭你？"朱守信哼了声，"我早就说过，若是没有甘茉，你连吃屎都找不到厕所门。"

"爹，我问的是，您要杀谁？"

"谁说我要杀人了？狗屁不通的东西。"

朱守信推开儿子，打算关门。加亮顶着门。

"您告诉我实情吧，您究竟要做什么？"

"告诉你有何用？"

"儿想为爹分忧解难。"

"不给我添乱，我就烧高香了，"朱老爷拼命关门，"老子的事不用你过问！"

加亮使劲推开门，挤进去，朱守信一个趔趄，险些摔倒。加亮急忙去扶，朱守信恼羞成怒，一巴掌甩到儿子脸上。

"滚！"

加亮捂着脸，嘴唇颤抖着，说不出话。

甘茉从外边过来，看到父子俩这样，便停在门口。

朱守信一眼看到甘茉，更是烦躁："自以为是的东西，都给我滚！"

甘茉说:"老爷,有什么事不妨告诉大家。"

朱守信一把推出了加亮,用力甩上门。

加亮靠在墙上,难受异常。甘茉抚着他的胳臂,让他平静下来。

屋内,朱守信心神大乱,眼下最麻烦的是,张巡检已经把差役派到了家里,随时可能发现邱金谷,那一切都完了。

实际上,朱守信并不想,也不能杀死邱金谷,邱金谷必须活着,但在朱守信的谋划中,只有一种办法,对朱家是安全的。

朱守信把墙角的灯架翻出来,发现最重要的四根竹条被抽走了,他忍着怒气,重新整理。灯杀术的关键在于灯影与图案的配合,他要把这盏宫灯,挂到邱金谷的房间,只消一个晚上,邱金谷就会神志不清,变成痴呆,然后让差役把他抓走,一个傻子说什么都没有人相信,他公布的所谓秘密,只会让人笑掉大牙。

但这件事只能朱守信独自完成,因为任何一点风吹草动,都会让邱金谷怀疑,从而拒绝这盏宫灯。

朱守信没想到,自己情急之中的那一巴掌,打碎了加亮的心。

从小到大,朱守信虽然严厉苛刻,但没有扇过加亮耳光,最多踹儿子两脚。

现在加亮明白了,自己在父亲心目中没有价值,重要的事情不可能告诉他,因为父亲认为,他只会惹麻烦。

甘茉陪着加亮。天一擦黑,加亮就昏昏沉沉地睡了。甘茉去厨房看着仆役给加亮煲汤。她前脚离开,朱守信后脚就进了儿子房间,一通翻找,把儿子拿走的图纸带走。加亮迷迷糊糊地睁开眼睛,看到父亲的身影晃来晃去,他又把眼睛闭上了。

半夜,加亮做了个噩梦,在梦中,看到自己的脚踝,被一只细长的手抓住了,手上湿淋淋的,他一下惊醒,抹着额头的汗。

床边的甘茉惊醒,手摸着他的额头,惊呼:"这么烫。"

甘茉急忙出门找人去叫郎中。院子里清冷昏暗,下人们都躲在屋里,远处的巡夜队走过,隐约传来梆子声。甘茉忽然看到廊下有个身影,追上去问:

"是谁呀,快去请郎中,少爷病得很重。"

那人却跑了。甘茉惊疑,把腰上佩带的橄榄灯弄亮,快步追赶。

转过拐角,那人不见了。突然,黑暗中疾风掠来,甘茉只觉得后脑一震,剧痛袭来,闷哼一声摔倒在地。

邱金谷的脸从黑暗中闪过，消失了。

屋里，加亮忽然觉得很冷，这个季节不该这么冷，他瑟缩着，看到门窗紧闭，风却一阵阵吹来。他下了床，跌跌撞撞摸索着，从柜子里拿出半瓶酒，猛喝了几口，想让自己暖和起来。

他摇晃着出门，只觉得头重脚轻，扶着廊柱往前走。他与甘茉摔倒的地方，相反而行，穿过月亮门，来到第三进庭院。

不远处，一个身影飘过去，戴着斗篷，浑身裹得严实。

加亮绕过一片花丛，忽然看到廊下两个模糊的人影，风中传来细碎的说话声，其中一个声音，似乎是母亲。这让加亮有些惊醒。

一个声音断断续续的："有人进了鱼窟……刚刚跑开……我在追……"

另一个声音："不要出来……我也不知道……"

加亮冷不防地唤道："娘！"

那两个人影僵住，然后迅速离开。加亮赶上去。前边的一个人影绊了一跤，摔在地上，另一个人影搀扶着，加亮追上。

"娘——是您吗？您为何要跑？"加亮大声问。

"别过来，春王，回屋去。"朱夫人颤声说。

加亮更惊愕："您那边还有谁？"

"没有的……你快走吧。"第二句话是对另一个人影说的，朱夫人推了一下，那个人影跑开了。

加亮追去。月光下，可以看到那个人影也是女人，显然很少活动，脚步踉跄无力。加亮大步追上，那人摔在地上，露出手臂，加亮猛地呆住了。

朱夫人气喘吁吁跑过来，扶起那个人，侧脸看，是桂娥。

加亮一把抓住桂娥的胳膊，问朱夫人："娘，这是谁？"

"她……她是鱼母。"

"鱼母？"加亮惊疑不定，"可她为何有这个镯子？"

朱夫人凝住。

桂娥抽回自己的手，把手腕藏在袖中。

加亮弯腰从自己的左脚腕上，拿下一只银镯子，再次抓过桂娥的手腕，两个银镯子一模一样，只是加亮那个镯子略小一号。

朱夫人喘不上气。

加亮哑声:"娘,这是什么缘故?"

沉寂中,无人说话。

加亮哀声:"娘,告诉孩儿吧。"

"这个……这就是镯子嘛,你买了,人家也买了。"朱夫人说。

"娘,您别哄我呀,这分明是'母子镯',一大一小,上面有字的。"

朱夫人瑟瑟发抖。

加亮从母亲脸上移开目光,盯着桂娥:"你是谁?我以前见过你,茉儿也说见过,我问过爹,说是亲戚在养病……是在骗我呀。"

桂娥嘴唇颤抖,眼角含着泪。

加亮又急又绝望,身子摇晃着,头痛欲裂,栽倒在地。

"春王——"

"儿啊——"

两个女人同时喊道。

加亮在地上,仰面朝天,瞪着眼睛,眼前一片黑暗。

桂娥哀泣一声,跪坐在地。

7

那一定是梦吧。加亮闭着眼睛想,他当时病了、喝了酒,迷失了方向,误闯误撞,肯定是摔倒在某个角落睡着了,至于他看到母亲与那个戴镯子的女人,全部是梦,只是那梦太真实了。

还有哪里来的哭泣声,也太真实了。

加亮慢慢睁开眼睛。哭声就在身边,是那个女人,她不敢大声哭,用手捂着自己的嘴,腕上的镯子晃动着。

加亮轻声问:"你是谁?"

桂娥哽咽出声:"孩子……孩子,我是你亲娘。"

加亮木然看着她,却看不清楚,头一阵阵晕眩。

他听见卧房外边也传来一阵哭声,那才是他的娘。

"娘……"他侧过脸，对着外间，努力发出声音，"娘……"

外间，朱夫人在灯光里颤抖，手绢捂在嘴上，呜咽着。

朱守信站在一旁，脸色发青，满头冷汗，仿佛刚刚被人从井里捞上来。

他嘶声念叨着："今天晚上邪门了，甘茉让人打昏在廊下，被巡夜的家丁抬回来，春王也昏迷不醒……这是造了什么孽？全在今晚发作了。"

"老爷，桂娥不是故意出来的，是有坏人又去了鱼窟，桂娥便跑到我的房间，想问清楚，宅子里究竟出了什么事，以免发生更大的灾祸。"

"眼下的灾祸还小吗？"朱守信怒声，"邱金谷就在宅子里。"

"啊？"朱夫人惊骇，"您怎么没早告诉我？"

"告诉你有何用？你能处置了他？"

"我……"

朱守信烦躁地摆摆手："先不说这件事……春王已经知道了实情？"

朱夫人用手绢捂着嘴，哽咽："怕是知道了。"

朱守信踉跄着坐到椅子上。二十年前发生在产房里的情景，突然如潮水般涌上来，让他喘不过气。

那天夜里，老太太嘴角沾着血，神志已经不那么清醒了，语调却执拗："你去把桂娥的孩子，换过来。"

朱守信一怔："娘，您是说……"

"把两个孩子，换了，男孩归我们！"

窗外骤然一道闪电掠过，映出老太太青白色的脸，眼珠瞬间明亮，犹如鬼火。

朱守信险些瘫坐在地。

老太太将枯瘦的指爪按在儿子的肩膀上："你听到了吗？"

"娘……儿还能再生，儿可以纳妾……"

"可我等不到了，我死不瞑目！"

"娘……"

"你不孝顺娘了吗？"

"不，儿不敢，"朱守信从地上爬起来，"儿这就去。"

过去了这些年，朱守信在心底压制、掩盖、忘却，甚至连那间产房，也早就废弃了，他以为那个秘密已经不存在了。可是前几天，当儿子和媳妇儿，在那间废屋里，说要重新修整，然后搬进去，还要让孩子在里面玩耍，他竟如撞了鬼一般惊惧。

从那一刻起，冤孽，便又浮起。终于在今晚，化作更强烈的恐惧，铺天盖地压向朱守信，如同压垮骆驼的最后一根稻草，朱守信开始瑟瑟发抖。

朱夫人从来没有见到夫君这样，恐慌地问："老爷，您怎么了？"

朱守信突然怒指朱夫人："祸根全因你而起，因为你生不出儿子！"

朱夫人猛地一抖，脸上惊愕与悲痛交集。

"我生不出儿子……生不出儿子……若说惩罚，二十年，已经足够了！"朱夫人嘶叫，"身为人母，我竟连自己的女儿都不能相认，眼睁睁看着女儿为奴，我不敢说出半个字！我为了什么？不就是为了守住当年在婆婆面前发过的誓！为了守住朱家的根脉，我一心抚养春王，二十年战战兢兢，生怕说错一个字。可是今天，你竟怨我生不出儿子！老爷，你的心是石头做的吗？！"

朱夫人凄厉的哭叫，令朱守信颓然后退，跌坐到椅子上。

他斥责埋怨夫人，只是为了掩饰自己内心的虚弱和恐慌。

朱家，今晚到了生死关头。邱金谷这个祸害，还藏在家里，官府差役已经住到了前院，朱家很快就要背负窝藏凶犯的罪名，风家必将打垮朱家，朱家的长明灯秘密也守不住了，家族命运悬于一线，偏在这时候，加亮知道了自己的身世，知道他并不是朱家的亲生儿子——这一桩桩、一件件，从上到下、从外到内，全方位轰击着朱守信，要将他摧毁！

一旁的朱夫人还在悲切饮泣，呜咽声不绝于耳，积郁二十年的痛苦，终于和着眼泪宣泄而出。

"行了……别号丧了，"朱守信疲惫地说，"留着力气，等过几天我死了，你再哭个痛快吧。"

朱夫人知道，这便是夫君服软的表示，她慢慢止住悲声，回顾过往的岁月，自己也有一种破灭感。

她忍不住低声抱怨："若早知要受这么多的苦，你就应该早些休了我。"

朱守信不耐烦："现在说这些不是废话吗？"

朱夫人的眼泪又滚滚而出。

"老爷，敢问你打算怎么处置儿子？"

桂娥从卧房出来，平静地看着朱守信。

"怎么处置？"朱守信的气又不打一处来，"我有的是办法。"

朱夫人低喃："二十年前，老爷在灯坊受了伤，不能再生育了。"

朱守信羞愤地指着夫人："你——"

桂娥上前挡住："我猜也猜得出，不然老爷早就纳妾了。这么说，加亮是救了朱家，对吗？"

"哼，我难道不能再领养一个吗？朱家要领养儿子，没有一万，也有八千个。"

"那朱家过去的二十年，岂不成了笑话？"桂娥平淡的语气。

朱守信被噎得说不出话。

"即使您领养了儿子，年龄小的，您愿意耗费心力再培养吗？年龄大一些的，能与您一条心吗？"

朱守信颓然。

"我别无他意，只是请老爷定下心来，加亮还是你的儿子，什么都没发生。"

"怎么可能？他已经知道了实情，难道不会与你相认？"

"我没什么能给他的，他还是朱家的少爷。"

朱守信嘶声低语："可你能担保，他没有杂念，他与我还是一条心？"

桂娥直视朱守信："是老爷有了杂念。"

"哼，换了谁不一样？"

桂娥缓口气："老爷，我听说家里遇到了难关，甚至有毁灭的危险。"

朱守信冷笑："那你又能怎样？"

"我看见那个人又溜到鱼窟了。"

朱守信咬牙切齿道："这个邱金谷，死不足惜。"

"看来他抓住了老爷的命脉，老爷对他无能为力。"

"谁说我没有办法，我正准备收拾他。"

"何必费那工夫？"

"嗯？你什么意思？"朱守信盯着桂娥。

"老爷最担心的，无非是害怕他说出鱼窟的秘密，害怕人们知道了，尖嘴鲽鱼可以熬制油脂。"

朱守信被戳中了软肋，定定地看着桂娥："难道不怕他说吗？"

桂娥冷声:"他说出去,也根本无法撼动朱家。"

朱守信一惊:"我没听明白。"

"别人怎么养尖嘴鲽鱼都无关紧要,因为,这二十年来,我已对这些鱼做了十七重迭代。"

朱守信愕然。

"二十年,我对那些鱼做了优中选优的饲养,经过十七代的筛选,朱家拥有的尖嘴鲽鱼,比江河之中的尖嘴鲽鱼,高了十七个等级,足以令世人望尘莫及。"

朱守信怔了片刻,哑声低语:"难怪那些灯火,越来越明亮、越来越长久。"

"我已经完善了这套方法,可称为朱家秘诀,就捏在我手上。"

"没想到,你竟如此有心。"

"因为我儿子是朱家少爷,我要让儿子拥有天下无双的油脂,由此燃起的灯火,风吹不熄、雨浇不灭,"桂娥望着窗外的夜空,"什么是灯笼的心,就是母子连心。"

朱守信后退两步,坐到椅子上。

他当然听得懂,这女人明着是在说鱼的秘密,其实是警告他必须保住儿子的地位,为了朱家的长明灯,他还有选择吗?

这时,朱夫人转向桂娥:"春王既然已经知道了秘密,他若透露给茉儿,怎么办?"

朱守信说:"是啊,你想过吗?"

桂娥淡漠一笑:"你们难道没有一丝觉察?"

朱守信愣了下:"什么意思?"

"甘茉或许已经知道了。"

"啊?"朱夫人一惊。

朱守信眯起眼睛,紧锁眉头。

桂娥说:"我暗中观察甘茉,发现她成亲后,突然反常,原本对春王有多热,之后就有多冷。我又观察了几次,便怀疑她知道了内情,所谓中邪什么的,全是庸人自扰,但也有好处,就是让宅子里那些人真的以为少奶奶有了毛病,"桂娥顿了顿,接着说,"我只担心甘茉报复春王,春王抢去了她的位子,使她从千金小姐,变成了灯奴,当然会恨。"

朱守信忽然有所醒悟:"难道说,三月三花灯大会上,翠芹给甘茉用的蒙汗药，就是你给的？”

桂娥点点头：“我想拆散甘茉与春王，让甘茉因为无能，而被朱家赶走，这样春王就不会受到甘茉伤害了。”

朱守信猛地一拍桌子：“太放肆了！当年我娘吩咐你，好好守住鱼窟，绝不可插手朱家的家事，你也信誓旦旦，怎么却犯了大忌？”

桂娥行礼：“老爷莫怪，我也是想帮朱家做出决定，您已经知道甘茉难以控制，不就是想驱逐她吗？”

朱夫人说：“茉儿对朱家有用，而且茉儿能稳住春王，老爷这样做也是为了朱家。”

桂娥说：“我明白了。”

朱守信气道：“你在花灯大会上搞破坏，不仅让春王更亲近甘茉，还因为花灯垮塌，没有及时补救，毁了我朱家的声望！”

桂娥说：“是，以后决不会再犯。”

朱夫人说：“老爷，桂娥知错了，咱们还是商量一下，春王与茉儿以后的事。”

桂娥说：“加亮一定愿意保持现状，这对他只有好处，没有坏处。”

朱夫人点点头：“春王最怕失去茉儿。”

朱守信沉吟片刻，说：“从洞庭西山回来后，甘茉对春王的态度好了许多，两人还谈起了孩子，这说明甘茉已经开始原谅春王了。”

桂娥说：“是呀，甘茉一直认为加亮不知道当年的事，今晚虽然加亮知道了，但他不说、我们不说，此事毫无变化。”

朱夫人点点头。

“那就这么定了，一切照旧，”朱守信扫视两个女人，“算上春王，咱们四个，牢牢地守住这个秘密。”

两个女人一起点头。

卧房里，加亮的眼角含泪，低喃着：“茉儿，对不起。”

在他的成长中，“怕失去”的恐惧始终伴随着他，而失去甘茉，则是最深、最大的恐惧，他不敢想象甘茉离开他的样子，所以，他必须装作什么都没发生。

窗外，天已微明，晨曦初绽。

廊下有一抹影子，倏地消失了。

屋内，朱守信从椅子上起身：“桂娥，你快回到自己的地方。”

“是。”

她转身离去。

朱守信也往外走。

朱夫人问：“老爷，您做什么？”

朱守信没理会，径自出去。

外边传来他的呼唤：“阿忠——”

“老爷，请吩咐。”

“带上几个人，去抓邱金谷！”

“啊……是。”

8

朱家把邱金谷交给了官府，终于云开雾散，朱宅恢复了平静。

甘茉醒来后，脑袋仍然隐隐作痛，昨晚在回廊遭遇袭击，让她余悸未消，神情有些恍惚。加亮告诉她，是邱金谷干的，已经没事了，让她不要害怕。郎中给甘茉开了药，内服外敷，一天一次。

歇息了三天，甘茉渐渐恢复，只是觉得加亮有些奇怪，与她在一起时，眼神闪烁，对她却有种更强烈的依赖。每次甘茉与他见过面准备离开时，加亮都有种生离死别的感觉，这让甘茉有些费解，猜测是因为自己遇袭，让加亮担忧了。

又过两天，加亮把那盏青铜梅花灯送到她手上，似乎为甘茉完成了一桩心愿，而让自己少了些愧疚。

甘茉全心投入到修灯中。

这盏青铜梅花灯，已损坏三十年，上一任掌灯人鹤梨公病逝前，留下一句话：谁修好此灯，谁可成为掌灯人。

朱守信原本想自己完成，结果能力不够，指望儿子也没希望。直到甘茉成亲以后，突然要修灯，并提出要做掌灯人，让朱守信备感惊疑，以为甘茉是积蓄已久的野心爆发了。但现在他已明白，女儿是得知身世后，出于怨恨，向他发起的挑战。

但女人不能做掌灯人，这在朱守信的心目中，是天理。

女人若成了掌灯人，凌驾在朱家之上，就破坏了天地尊卑之道。

可这次加亮把青铜梅花灯交给甘茉时，朱守信意外地保持了沉默。这出于两个原因。

一是加亮刚刚得知自己身世，明白自己拿走了甘茉的身份，仆人的儿子抢了主人家的千金之位，他深爱的甘茉，替代他做了二十年的奴，这份愧疚感，必须通过自己的行为释放出来，把青铜梅花灯交给甘茉，便是为了完成甘茉的心愿，减轻自己的罪孽感。朱守信只能让儿子这么做，如果一味打压，儿子很可能破罐子破摔，后果不堪设想。何况背后还有个桂娥，再把桂娥惹急了，长明灯的秘密也完蛋了，由此引发的一系列反应，关乎朱家的根基。朱守信必须睁一只眼闭一只眼。

其次，把青铜梅花灯给了甘茉，甘茉就能修好吗？朱守信还是存疑的，当年鹤梨公临终时都没有修好，虽说因为岁数大了，头昏眼花阻碍了技艺，不过此灯难修，也是不争的事实。即便退一万步，真让甘茉鼓捣好了，那也不能让她一步就跃上掌灯人之位。掌灯人要求的五神之功，朱守信可以设置出更严酷的标准，让甘茉不能完成。做到这一点很容易，设置规则不让对方实现，是朱守信的强项。

所以，就让她修去吧。

三天后，甘茉把青铜梅花灯送回来了。

灯坊里，朱守信正在训话，曹大葫、丁师、郑师等人站在头排，后面黑压压一群中低级工匠，全部躬身聆听着。

朱守信说："罗顺子虽然成了太湖灯王，可她自知理亏，还是灰溜溜地离开了千灯镇，千灯镇还是我们的地盘。至于苏州的生意，诸位莫要担心，虽然之前与风家斗灯不利，我们暂时退出了苏州，但是如今苏州时局有变，原先的邱知府已被革职罢免，新上任的知府大人，与我家有些旧交情。"

匠师们发出一阵喜悦的嗡嗡声。

朱守信越发得意，背着手挺起胸膛："孟子曰，得道多助，失道寡助。我们朱家坚守正道，自然天意所向。我还要告诉大家，不必相信外边的传闻，风家以为掌握了长明灯的秘密，实在可笑，他们会后悔的。从今往后，就是我们朱家订立规则，我们朱……"

大门一下子推开了，呼隆一声响，甘茉走进灯坊。她的身影逆光而来，脚下拉出长长的影子。

朱守信顿时沉下脸，清了清嗓子："喀哼。"

通常这种情况下，来者应该低着头站到一旁，等老爷讲完话。可甘茉没理会，径直走向朱守信，朱守信有些烦躁。

"你做什么？"

甘茉还没说话，曹大葫低呼："掌灯！"

朱守信这才看清，甘茉手上拿着那盏青铜梅花灯。他沉吟一下，不屑道：

"这才三天，知道自己水平不行，修不了，乖乖交还。"

甘茉淡漠道："您请看。"

她的右手按在梅花灯的底座上，稍用力一拧，镂空的灯腔里，倏地冒出一片亮光。匠师们"嗯啊"一声，只见亮光从内到外映衬着，灯身上的斑驳锈迹，变成了奇异的金橙色。甘茉用左手在灯盖上拧一下，灯身缓缓伸展出五瓣，犹如灯光里绽开的花朵，随着灯腔里的亮度越来越高，五瓣之间交相辉映，叠加出瑰丽的色彩，空气中的水雾笼罩在灯上，竟出现一抹彩虹。

匠师们目瞪口呆，有的羡慕、有的嫉妒。

朱守信不由得退了一步。

他首先感觉到一种难堪和羞耻。三十年没有亮过的掌灯，自己也曾努力想修好，还作为后半生追求的理想，就被甘茉仅用了三天解决了。

甘茉在大庭广众下，点亮了掌灯，便是明着挑战他的威严。

作为朱家的第十二代大当家，除了把家里一半窗户换成玻璃的，他还能留下什么让后人传诵的功绩？

朱守信脸色灰暗。

甘茉平静地说："鹤梨公的遗言，已经完成。我要做掌灯人。"

她的语气一尘不惊，却字字震响。

匠师们惊愕地看着，目光一起投向朱守信。

朱守信咬着牙关，说："众所周知，掌灯人还要完成五神之功……你且退下，回头再议。"

甘茉看了看朱守信，转身将青铜梅花灯放到桌上，大步离去。

——灯，燧人做火、神农做油、轩辕做灯骨、唐尧做灯架、成汤做灯芯，五人合力完成一盏灯，称作"五神之功"。

——这五神，没有一个是女人吗？

——你怎么想到这儿了？

——女人能做得更好。

甘茉想起自己七岁踏入朱宅时所说的那番话。

十四年了，她终于要证明这番话了。

在她身后，青铜梅花灯熠熠生辉，似与门厅的巨大屏风互为照应。

9

傍晚，阿盼提着篮子走过青石街，来到丝绸铺。沈环白照例坐在里间，一边挑选绸缎，一边等候她。

阿盼走进来，向沈环白行礼。

沈环白抬起头，打量阿盼一眼："气色很好呀，朱家有什么喜事吗？"

"大少奶奶，我们说正事吧。"

沈环白盯着阿盼看了一下："嗯，说吧，你有什么消息？我可不想听尖嘴鲽鱼的事，邱金谷早就公开了。"

"不是那个消息，"阿盼说，"不过我要提醒大少奶奶，朱家敢让邱金谷乱说，就是不怕那个秘密泄露。您终究会明白的。"

"哦？什么意思？"沈环白的手抚在绸缎上。"朱家用白蜡虫做障眼法，蒙骗了我们这么久，难道他们的尖嘴鲽鱼也是假的？"

"鱼是真的，具体的我也说不清楚，你们自己琢磨吧，"阿盼说，"我有另外一个更好的消息，但我有条件。"

沈环白不屑地笑笑，拿出一个药瓶，扔给阿盼："不就是一瓶药嘛。"

阿盼却把药瓶扔回到绸缎上："这种洋药，我不要了。"

"哦？"环白有些意外，"那你要什么？"

"钱。"

"我不是给过你吗？"

"这次我要二百两银子。"

环白的眉尖一挑:"真敢开口呀。"

"这些钱,对你们来说不过九牛一毛。"

"对你来说却不是小钱,你究竟何意?"

"今天是我最后一次见您。"

沈环白靠着椅背:"你要背弃我?"

"谈不上背弃,您和我只是做买卖罢了,买卖有做完的时候,往后在街上遇到了,您还是风家的大少奶奶,我还是朱家的丫鬟。"

"你就不怕我将你做的事透露给朱家?"

"怕,也不怕,您是明白人,真要做到那一步,对我有害,对您也不利。"

"你倒是长进不少,"沈环白盯着阿盼,"可你突然这样,是遇到什么坎了?"

"不……"阿盼咬着嘴唇,低头忽然笑笑,"我怀孕了。"

"噢!这倒是奇事。"

"奇事?难道您给我的洋药,都是假的?"阿盼抬起脸。

"洋药确实是治疗不孕不育的,我没必要骗你,我只是怀疑它真能治好,否则,天底下那么多女人,何至于不甘和屈辱。"

阿盼点点头:"是啊,算命的说我注定无子嗣,我就是不服,这些年才拼命挣扎。"

"所以我很奇怪,这些年都白费工夫,怎么突然就怀孕了?"

阿盼笑笑:"我是个下人,不值得大少奶奶操心,还是说正事吧。您愿意付二百两银子吗?"

"那要看你的消息值不值钱。"

"是关于甘茉的身世。"

沈环白怔住了。

半个时辰后,沈环白回到风宅,马上让芳兰请来了风鸣朝。鸣朝正在灯舍与赵有来研究花灯样式,匆匆赶到堂屋。

"大嫂,有事吗?"

"这件事很重要,关乎风家的前途。"

鸣朝有些紧张:"什么事?"

沈环白看了看鸣朝,压低声音:"甘茉真正的出身,不是灯奴,而是朱老爷的亲生女儿。"

"什么？！"鸣朝震惊。

"甘茉是朱家的千金小姐，那个朱加亮，才是仆人的孩子。"

鸣朝退了一步，手指紧扣着椅子。

这些天他越来越觉得煎熬，既不希望甘茉受到伤害，又渴望朱家赶走她，从而投入自己的怀抱。痛苦到无法开解，就用忙碌的工作转移心力。

此刻，这个消息却令他难以理解。

他摇着头："这一定是谣传。"

"鸣朝，无论你信不信，这件事都是确定无疑的。"

"是朱家的那个奸细告诉您的？"

沈环白点一下头："我们不要计较这些，现在的关键是，怎么利用这个消息。"

鸣朝怔怔的："我不明白。"

"之前朱老爷从竹园押回甘茉，并驱逐虎丘山，我以为甘茉从此就废了。可她还是参加了端午撞天灯，而且，朱老爷也没有再驱逐她的意思，甚至还让她修好了朱家的掌灯。如此看来，甘茉的身份地位，正在不断提升。再发展下去，我们风家怎么办？"

"请大嫂明示。"

"我还得到一个消息，就是尖嘴鲽鱼很可能不是我们想象的那样。"

"那还需要试验。"

"没错，可是凭着我对朱老爷的了解，他敢让这个秘密公开，一定有后手。"

"这么说，长明灯的秘密还是破解不了？"

"很可能，朱家依然掌握着长明灯的法门，如今甘茉的地位又提升了，以她的花灯艺道，再加上朱加亮的经营配合，我们风家还有活路吗？"

鸣朝心一沉，低喃："这不就是当初您和我大哥的对照吗？"

"是的，只不过在朱家反过来了，女人掌灯、男人掌财。"

鸣朝抬起脸："那大嫂的意思，是把甘茉的身世告诉她？"

"这个不必，甘茉已经知道自己才是千金小姐。"

鸣朝倏地一怔，随即醒悟："噢，明白了，难怪我第三次见到她，她和以前做灯奴时，不一样了，多了几分冷峻，原来是心中悲愤自己的命运。"

环白说："正是如此，所谓中邪之说，全是妄言。"

鸣朝疑惑道："那这个消息，还有什么意义呢？"

环白淡淡一笑:"有一件事,甘茉还不知道。"

"什么?"

"她以为朱加亮和她一样,也是毫不知情,但她错了,朱加亮已经知道。"

鸣朝一怔:"您能肯定吗?"

"我安插在朱家的那个耳目,把他们几人的对话,全听到了。"

鸣朝敛眉沉思。

环白说:"朱加亮若是不知情,两人的关系会越来越好,甘茉愿意做出自我牺牲,因为她是受害的一方,这就是爱,是接受命运。可是朱加亮知道了,与其他人一样,故意隐瞒甘茉,那么朱加亮就成了加害者的一方,是同谋,是自私。"

鸣朝慢慢坐到椅子上,心在颤抖。

他轻声问:"大嫂想怎么做?"

环白说:"你去告诉甘茉,朱加亮也在蒙骗她,她在朱家唯一相信的人,背叛了她。"

鸣朝哑声低喃:"如此,她可能垮掉……可能疯狂……可能郁闷难解……可能……我不知道。"

"总之对朱家不是好事,便对风家是好事。"沈环白淡淡一笑。

鸣朝轻声说:"那对甘茉太残忍了。"

沈环白故作惊讶道:"让她知道真相不好吗?让她明白,朱家没有一个可以相信的人,她便可以全心投入你的怀抱。你,不想这样吗?"

鸣朝低头,不知如何应对。

"鸣朝,你又陷入了死角。"

风满堂从门外进来。

鸣朝站起身,有些绝望地看着父亲。

沈环白行礼:"给老爷请安。"

风满堂坐在椅子上:"鸣朝,现在不是论错与对,而是论轻与重。你总是在这个关节上意气用事。"

鸣朝低下头。

"孰轻孰重,你还犹豫什么?"风满堂说,"为了风家……"

"不,我说不出这样的话。"鸣朝低着头,语气却透出坚定。

屋里陡然沉寂。

风满堂缓缓点一下头:"我了解了。"

他站起身。

沈环白说:"老爷,我与甘茉谈吧。"

"嗯,也好。"风满堂瞥了环白一眼,又看看儿子,背着手离去。

环白向外走,鸣朝忽然问:"大嫂,您为什么不直接公开这个秘密,让大家都知道朱家与仆人互换儿女的事?"

环白在门口停下步子,笑笑说:"这样做,其实是把打击的目标,转向了朱家,而减轻了甘茉的痛苦,你是这个意思吧?"

"反正大嫂是想打垮朱家。"

环白摇摇头:"互换儿女的事,公布出来,对于朱家只有短暂冲击。世人最多是茶余饭后嘲笑一下,朱老爷无非是因为没有儿子,与仆人做了交易,天底下这种事多了,有人认了义子、养子而继承家业,这又算得了什么呢?反而可能因为这件事的揭破,让朱家正式承认甘茉的女儿身份,女儿嫁给了养子,亲上加亲,甘茉毕竟是朱家人,她现在的怨恨,只是因为她被隐瞒了,而一旦推到风口浪尖,她为了维护朱家,势必与朱家站在一起——鸣朝,我们得到一个更可怕、更强大的对手,这不是我要的,"环白提高语调,冷声说,"我要的就是打击甘茉这个人,甘茉最爱的是朱加亮,我就让朱加亮成为甘茉最恨的人。我要把甘茉从朱家清除出去,她,永远不能与我们为敌!"

10

晌午,通向庭院的入口,洒着一片阳光,廊柱投下的影子,仿佛一道分界线,隔成了内外两个世界。甘茉慢慢走来,经过那道分界线,影子从她身上划过。

多年来,她每天都这样走。但此刻,她觉得周围的一切很陌生。

甘茉的脸庞映在朦胧的光线中,眼睛大而空洞,仿佛她的魂魄离开了她,挪动脚步的,只是一个躯壳。她感觉不到阳光的暖意。这座宅院、这里的每个景物,都变得不真实了,她就像独自走在水底,四周过滤了声音,却有无形的水草缠着她的脚、她的身子。

她往前迈出的每一步，都需要很大的力气，可她使不出力气。

回廊尽头，加亮的身影忽而模糊、忽而清晰。

甘茉不认识他了。

加亮的剪影活动起来，迎面走向甘茉。

"娘子……"声音飘忽不定，"娘子，你怎么了……茉儿……"

她直视着他，可他越发模糊，真像是从水底往上看，隔着扭动的波光，他的脸也在扭动。

甘茉从唇间发出声音，自己却听不到："你……知道了……对吗？"

加亮的表情凝住了，他们两人互相看着对方。加亮垂下眼睑，伸手去拉甘茉的手臂，甘茉甩开了。她继续朝前走，与加亮擦肩而过，廊下的一抹阳光映在她的发梢，一闪即逝，然后她便走入了黑影中。

加亮在后面追赶。

"茉儿，你听我说……我害怕失去你……"

甘茉的嘴角掀起冷漠的笑意。每个人都有自己的理由，每个理由听起来都很合理。

我爹娘不认我，他们也有理由。我唯一相信的朱加亮，你也有理由。

甘茉越走越快，加亮在后边追她，喊她，仆人们跑过来，阿忠和阿盼迎面过来。所有人都在围追堵截她，她困在冰冷的阳光里，天旋地转。

"茉儿！"加亮的声音从空寂中传过来。

那是她最后听到的声音。

她最后的感觉是，有人把她抱起来。

她最后看到的是加亮模糊的面容。

之后，她在床上躺了半个月。

病床前有人进出，朱守信也来了房间一次，并未停留。

加亮追到外边："爹……"

他现在叫"爹"时，略有些不自在。

朱守信没有停步，侧脸问："怎么了？"

"茉儿她……知道了。"

"知道什么？"朱守信问，随即明白了，"她知道你知道了？"

"是，她知道我知道了。"

朱守信停下步子，盯着加亮："这消息怎么泄露出去的？"

"知道这件事的，只有我、您、我娘，还有……那个我娘。咱们四个人，不可能有人泄露。"

"我还怀疑是你说漏了嘴。"

加亮无奈："这对我有什么好处呢？"

朱守信目光复杂地看了看加亮："那你的意思呢？"

"一定还是那个奸细偷听了。"

"奸细还要再查。眼下你打算怎么办？"

加亮沉吟着说："事已至此，我看茉儿也不会到处张扬，否则她在成亲那天就会发出质问了。"

朱守信微微点一下头。"嗯。"

"这事儿缓着来，等茉儿歇息好了，我再向她求情，我跪下给她磕头。"

"男人要顾着脸面，"朱守信不耐烦地说，"你给她下跪？她是你媳妇！"

"只要能让茉儿消气，我多磕几个也没关系。"

朱守信一甩袖子，气冲冲地走了。

加亮对着父亲的背影，说："爹，您放心，我能轻松摆平。"

11

甘茉不是那种痛苦就要宣泄出来的女孩，她会退回自己的小小世界，谁也走不进去。她把自己关在房间，加亮每天在门外徘徊，无法面对甘茉。

二十年前他被换了身份，如今，他仍然不属于自己，朱家养育他二十年，他的亲生母亲在那个又潮又冷的鱼窟，为他守护二十年，他并不能决绝地做出什么改变，这是他痛苦的根源。

半个月后，甘茉从房间出来，又把自己关在灯坊，锁了门，其他人都进不去，不知她在里边做什么。

当所有人的承受力达到极限时，灯坊的门开了，甘茉脸色苍白地走出来。

加亮焦急地迎上:"娘子,你没事吧?"

甘茉踉跄走开。

朱夫人急道:"茉儿,让春王背你回屋。"

加亮拉起甘茉的胳膊,但甘茉挣扎着甩掉他的手,自己摇摇晃晃往前走。

朱守信和匠师们拥进灯坊,突然发现,门厅的那道屏风,彻底变了样子。

原本的屏风,高六尺、长十二尺,上面画着十二个人提着灯,是用十二生肖为造型的各种花灯,造型古拙,画面幽蓝的底色中透出几许神秘。

这是朱家的第一代掌灯人梅载公亲手绘制,已有三百年。

平时除了甘茉经常对着屏风发呆,其他人早已视若无睹,只当作屏风而已,但在无意中,又有某种感觉,似乎画面在召唤什么。可那画面有什么意义,没人说得清楚,屏风就那样立了三百年。

此时此刻,它已变成了一盏巨大的灯。

朱守信和匠师们这才明白,屏风的首尾可以连接,屏风的内壁有连接轴,把一头推向另一头,就像把一张纸首尾相接,形成了圆柱形的花灯。

甘茉已经找到了这盏花灯的机械关窍,在灯腹内呈现灯芯,将其点亮,然后操作关窍,屏风内壁上绘制的十二个人,缓缓转动,如同一盏巨型走马灯。而这还不算什么,真正令人惊奇的是,灯上的人影在缓缓转动中,提在手上的十二盏生肖灯,逐次点亮,形成了"灯中灯"的奇景。

灯中灯在流动中,循着特定的规律,此灭彼亮,呈现出不可思议的十二节律。

"难道,这是对应着十二年的轮回,或是对应每年的十二个月,乃至,对应着一天的十二个时辰吗?"曹大葫发出惊声低语。

神秘的十二灯,无论是一天的时辰循环,还是十二年的大循环,似乎在透露着时运相连的宿命。

如果仔细看着那些灯,每盏灯的内面,仿佛还有灯,深不可见,若隐若现。

是甘茉唤醒了这些灯。三百年了。只有真正纯粹的心灵,才能将其点亮。这或许是第一代掌灯人,想要告诉后人的话。

甘茉与第一代掌灯人,达成了心灵上的连接。

忽然,巨大的屏风灯上,缓缓浮现一行诗句——

掌灯出,我家枕朔冈,他年身致夔龙列。

众人震惊失神。

曹大葫对着这巨大的屏灯，跪倒在地。

匠师们全部跪拜。

他们相信甘茉带到自己身边的神迹。

朱守信还站在那里，看着眼前的匠师跪倒一片，踉跄转身，出门时在门槛上绊了一下，拼命拉住门框，膝盖却还是撞在门槛上，他用尽全力站起身，忍着剧痛，回头望着屏灯。

"我女儿……"他喃喃自语，"掌灯人？"

翌日，黎明前，宅院里静悄悄的，没有一丝人声。

甘茉独自来到朱夫人的房间外。

朱夫人在内室沉睡，阿盼在外间也睡得很熟。

甘茉来到内室的门口，伫立良久，慢慢地跪下。

卧榻上朱夫人的身影一动不动，传来轻微的鼾声。这是甘茉第一次看到母亲沉睡，眼泪不知不觉地淌下来。

甘茉低喃："娘，虽然您不认我，可我还是要叫您一声娘……您生养了我，于我有恩，我铭记在心。"

她轻轻哽咽，抹掉腮边的泪。

她的语气变得平静又坚定："我想对您说，我要走了……在这个家里总是难免要争斗，可这不对。灯，原本是人们为了战胜黑暗、追寻光明的。我需要好好想一想。"

甘茉慢慢站起身，看了看母亲的身影，往外走去。

对她而言，大小姐还是大少爷，又能怎么样呢？

她要看看外边的花灯，看看更大的世界。

桑伯对她说过一句话：等你找回了自己，天下何事不可为。

要找到自己，就是点亮心中的明灯。

她要像罗顺子那样，再回来时，不再是以前的甘茉。

她也很清楚，外边的世界对她来说，太危险了，她除了跟随家人去过苏州，便没有踏出过千灯镇，甚至很少离开朱宅。可她还是决定要出去，离开这个家。

罗顺子就像一道霞光，照进了甘茉的生活，让她知道，世上还有这样的女子。罗顺子带着另一个世界的光彩，仿佛在召唤甘茉。罗顺子的自信、张扬，让甘茉明白，天下很大，人很多。

也许每个人在一生中，都曾经遇到过这样的人，犹如流星划过自己的天空，焕发出耀目的生命力。

她的出现，仿佛就是为了唤醒沉睡者。

甘茉在黎明的微光中，穿过庭院。

加亮慢慢迎上来，像个做错事的孩子，鼓起勇气。

"茉儿……我想对你说，你留下，我不做这个少爷了。"

甘茉平静地笑了笑："这是我和这个家的事。"

"那你肯为我……我是说，你……"

他说不下去了，他从甘茉眼中看出了决心。他想重新开始，但甘茉需要另一种开始，命运的轨迹，就在这里发生了交错。十四年的朝夕相处，终于走到尽头，甘茉远走高飞，而给他留下的，是刀割般的煎熬。

清晨，一条船出了千灯镇，船头的旗幡上写着"京城"。

甘茉在船舱，扭头回望青石桥，远远地看到一个人影凝固着，很像加亮。

她转回脸问艄公："大叔，到京城要多久呀？"

艄公撑着船，说道："姑娘是第一次出远门吧？"

"嗯，是啊。"

"沿着大运河，顺风顺水些，也得大半个月。"

"那么久。"

"呵呵，乾隆爷下江南的时候，来回一趟少说得四五个月哪。"

甘茉又想起十五岁那年，她和少爷陪着家人去苏州城送灯的情景，那是她第一次出门游玩。

返程的路上，她和加亮在河边洗手时，她的袖子湿了。加亮便给她挽袖子，碰到她的皮肤，加亮暖暖的手指裹挟着一丝火热，令她打了一个激灵，心里对他有了无限的幻想和敬意，他真神奇啊，怎么随随便便就能让她灵魂深处打一个激灵呢？

加亮握住了她的手，火热传递到脸上。她抽出自己的手，转身跑开了。

就是在那一刻，她深深地爱上了他。

然后加亮追上了她，牵着她的手，再也不愿放开。

只有她知道，加亮其实是个孤独的男孩。

——茉儿，有我呢，你怕什么？

他每次都这样说，其实他是告诉甘茉，别离开我。

甘茉的眼泪忽然溢出来，小船，已经漂出了千灯镇。

加亮从青石桥上再也望不到甘茉了，他抹掉脸上的泪痕，转身走过街市。

他像游魂似的，无知无觉地飘，身旁人来人往，提篮挑担、呼朋引伴的好不热闹，一群女孩跑过，洒下一串笑声，有人牵着水牛走过，传来哞哞的牛叫声。

"哎哎哎……"拐弯处有人推着板车险些撞上加亮。

加亮木然让开。

"朱少爷，还没睡醒呢？"街边的香料铺老板打趣道。

加亮转过脸，盯着对方。那老板觉得不对劲，缩了缩脖子。加亮直愣愣走来。

老板慌忙摆手："朱少爷，在下只是提醒您当心。"

加亮木然说："你这儿卖香料啊？"

"是、是呀，麝香、沉香、龙涎香……您看这……要不我送您些，您消消气。"

老板随手捏起一小撮香粉。

"这哪儿够呀？"加亮的手指扫过铺子里的坛坛罐罐，"每样来二斤。"

"每样——二斤？！"老板睁大了牛眼，"朱少爷，您是在做梦吗？"

加亮弯腰，从靴子里抽出一沓银票，拍到桌上："听不懂我的话吗？每样来二斤！"

"是是是。"老板急忙拿起秤，他往常三四个月都卖不掉二斤。

铺子内外的伙计、客人、过路的，全都惊呆了。苏州府有名的朱抠财，今天大吐血，若非亲眼所见，打死也没人信。

那老板则像是被雷公电母伺候过一样，狂喜中带着惶恐。

加亮木然地看着老板分拣香料，眼里没有一丝光彩。

——茉儿走了，我守着这钱财有何用？

加亮走进父亲的书房，看到父亲呆坐着，手上捧着那盏小小的橄榄灯。

加亮呼唤："爹……爹？爹！"

"哦，"朱守信一下回过神，扭脸看看加亮，"你媳妇走了？"

"租了一条去京城的船。"

"京城……跑得真够远的，"朱守信把橄榄灯放到桌上，"她把这个留下了。"

加亮一喜："这是茉儿随身带着的，说明她还会回来。"

父子二人看着灯，不约而同想到最初的一幕。

甘茉七岁那年的冬天，来到朱宅，腰上佩戴着这盏灯。灯从地上滚过，加亮双手捧起，脸庞映着朦胧光线，眼神陶醉。

朱守信走过去，从儿子手上拿起橄榄灯看了看，扭脸问甘茉。

"谁做的？"

甘茉一直盯着那块糯米糕，急忙低头，怯声说："回老爷，是奴婢做的。"

"哦。"朱守信淡淡地应道。

"爹，我喜欢！"加亮大声说。

就这样，甘茉得以留在朱宅，成了一名灯奴……

"不知不觉，十四年了，"朱守信有些失神地低语，从书桌后面站起身，问儿子，"你知道这盏灯有什么讲究？"

"哦，茉儿对我说过，橄榄灯，取了'苦尽甘来'之意。"

"苦尽甘来。"

"是啊，茉儿从小有个念想……"

加亮一下停住话头，因为接下来要说的，很可能让父亲难受。

甘茉从小有个念想，就是娘有一天会回来找她。她在虎丘山下做这盏灯时，正是她最悲惨的时候，她是娘的女儿，等娘老了，应该会回来看她吧。她抱着这样的信念，坚强地活下去。

加亮清了清嗓子，说："茉儿还是实现了心愿。"

朱守信走到北边的窗户前，凝视远方的天空，默然良久。

他吁口气，转过身："春王，说说你自己，今后有什么打算？"

"只要父亲不嫌弃孩儿，孩儿就守着宅子。"

"我怎么会嫌弃你？儿啊，你是咱们家的第四代单传，朱家的一切，都要你继承的。"

加亮慢慢跪下，脸庞映着一片晨光，说："孩儿不辜负父亲的期望。"

朱守信注视着儿子，点点头："那你就准备纳妾吧。"

加亮愣一下："茉儿她……"

"茉儿是你的正室妻子，名分谁也夺不去。"

"是，如此甚好。"加亮松口气。

"但你纳妾的事，不能耽搁，这是为了朱家，"朱守信坐到椅子上，"我等着要孙子，明白吗？人家风家的孙子已经十岁了。"

加亮沉默着。他刚表了忠心，这就是考验，他现在不能随意违逆父亲，以前在他不知情时，甚至能顶撞父亲，那是儿子的任性。但如今，大家心里都扎着一根刺，碰不得。

加亮字斟句酌地说："爹，我再等茉儿半年。"

朱守信默然片刻，说："三个月吧。"

"哦……"

"到了期限不见人，你立即纳妾。"

加亮低下头："谨遵父命。"

朱守信挥挥手："去看看你娘吧，茉儿不辞而别，她凄凄悲悲的，让人心烦。"

加亮站起身："是，孩儿去看看娘。"

加亮离开后，朱守信把阿忠叫进书房。

"阿忠，你一向忠心耿耿，我很满意，从今天开始，你做管家吧。"

阿忠惊喜莫名："啊……老爷，您说的是……小人可以当管家？"

"嗯，"朱守信拍了拍椅子扶手，意味深长地说，"多照应着少爷。我说的话，你明白吗？"

阿忠凝神思忖，看了看朱守信的脸，凭着他多年给朱守信做贴身随从的经验，他揣摩透了老爷的心思。

"是，小人明白了，小人一定帮着老爷多多照应少爷。"

朱守信挥挥手。阿忠抑制着喜悦，用更加小心谨慎的态度，行礼，退下。

朱守信靠着椅背，闭目养神。对于儿子表达出的忠心，朱守信是相信的，但要留后手。把阿忠提升为管家，就是监督制衡加亮的。

既无血脉亲缘，便要提防其有异心，这偌大的家业，不得不防备啊。

甘茉离开千灯镇以后，风家也发生了变化。

风满堂做了两个大动作：其一，他重新执掌风家，让沈环白退到后院，陪伴风夫人。

其二，风满堂让赵有来去教自己的孙儿风寅。

赵有来在无锡的仇家已经解决了，那是风夫人的娘家，也就是风寅的舅老爷，帮着解决的。风寅将搬到无锡的舅老爷家，由赵有来传授花灯艺道，并且舅老爷也会倾囊相授。无疑，这是风寅光明前途的开启。

同时，风满堂用这一招，成功切割了沈环白与风寅。母子分离没有引起家族内部动荡，不知是沈环白没有参透风老爷的心思，还是她无力相抗。或许，她也觉得儿子被花灯界的两大宗师调教，是最好的选择，因为无论怎样，儿子都必将成为风家的大当家，而这，便是沈环白唯一的希求。

沈环白从来不是目光短浅之人。她在码头望着儿子远去，已经开始等待儿子归来。只要儿子在，迟早，这个家，是他们母子的天下。现在，她只需要在后院隐忍，收起锋芒，做一个好媳妇。

就在风满堂安排妥当后，他没想到，儿子鸣朝离开了家。风满堂能猜到儿子去做什么了，他对此有一种复杂的心绪，一方面觉得儿子过于感情用事，这样很软弱，另一方面又觉得，儿子或许在努力做一件有价值的事。但无论怎样，他还是派人去寻找儿子。

朱家的一名小厮匆匆跑进庭院，奔向朱加亮。

"少爷，少爷——打听清楚了，风二少爷悄悄去了京城。"

加亮眉尖一跳："消息确切吗？"

"听酒馆的老板娘多一好说，风二少爷临行时，在她那里买了一张京城地图。"

加亮咬牙低喃："肯定是去追茉儿了。"

"您说什么？"

"没什么，"加亮一挥手，"立刻去备一条快船，镇上最快的船。"

"……是。"

"把我那天买的香料，都装到船上，老爷若是问起，就说我去京城收购北派花灯了！"

"啊……是。"

小厮急忙跑开。

朱加亮对着天空深情低语："娘子，等等我，我要给你买京城最好的房子，咱们还是圆了吧。"

尾声

北京南锣鼓巷宅院云集，是大富大贵之地，胡同布局似一条蜈蚣，以南锣鼓巷为轴线，东西两侧各有对称分布的八条平行胡同。

七夕夜，南锣鼓巷西边的沙井胡同，一座宅邸中，正在举行七夕赏灯。

突然，一名衣着华丽的少妇从屋里跑进院子，披头散发，瞪眼龇牙，发出怪声。人群惊恐奔逃，喊着："她疯了，疯了！"

在她跑出来的那间屋子里，挂着一盏绢皮宫灯，缓缓旋转着。

灯壁上的风景中，隐隐浮现一群小人儿，追赶着一只兔子，消失在风景里，接着又出现一群小人儿，追赶一只狐狸，循环往复，时隐时现。

北京西城西四牌楼附近的砖塔胡同，有一座青砖古塔，是元代的万松老人的葬骨塔。守护古塔的宅子中，一个男人踩着凳子上吊了，他的尸体挂在屋梁上，缓缓转动着，半睁的眼睛对着旁边的一盏绢皮宫灯。宫灯也在缓缓旋转，灯壁上一群小人儿，时隐时现。

这是连续第四个受害的灯彩大师。

下个月的中秋节，将举行十年一度的"京城花灯大赛"，但城里的灯彩大师却被一股诡异的力量，有序地消灭着。

什刹海河岸边，一座精美宅邸，巡夜的打更人穿行在院中，从一间房子外边走过。屋内，一个神秘影子手上提着绢皮宫灯，细白的手指将宫灯挂在屋梁，然后影子退去。

透过窗棂，可以看到那盏宫灯开始缓缓旋转，在等待着什么……

图书在版编目（CIP）数据

江南灯彩图 / 张嘉骏著 . — 北京：北京联合出版公司，
2021.5
ISBN 978-7-5596-5173-0

Ⅰ . ①江… Ⅱ . ①张… Ⅲ . ①长篇小说—中国—当代
Ⅳ . ① I247.5

中国版本图书馆 CIP 数据核字（2021）第 055558 号

江南灯彩图

作　　者：张嘉骏
出 品 人：赵红仕
策划出品：一未文化
版权统筹：吴凤未
监　　制：魏　童
责任编辑：徐　鹏
封面设计：NumeR.57
封面绘画：周煜晨
内文排版：麦莫瑞

北京联合出版公司出版
（北京市西城区德外大街 83 号楼 9 层　100088）
天津中印联印务有限公司印刷　新华书店经销
字数 381 千字　710 毫米 ×1000 毫米　1/16　23.5 印张
2021 年 5 月第 1 版　2021 年 5 月第 1 次印刷
ISBN 978-7-5596-5173-0
定价：59.80 元